»Meine Leser lieben eine Figur ganz besonders, und das ist Rupert. Er ist Kult. Jetzt bekommt er endlich seinen ersten eigenen Fall.«
Klaus-Peter Wolf

Schon immer wollte Rupert zum BKA. Doch die haben ihn nie genommen. Jetzt aber brauchen sie ihn, denn er sieht einem internationalen Drogenboss zum Verwechseln ähnlich. Für Rupert ist das die Chance seines Lebens: Endlich kann er beweisen, was in ihm steckt. Ganz auf sich allein gestellt merkt er schnell, dass nichts so ist, wie es scheint, und die Sache gefährlicher als gedacht. Kann er ohne seine ostfriesischen Kollegen überhaupt überleben?

Klaus-Peter Wolf, 1954 in Gelsenkirchen geboren, lebt als freier Schriftsteller in der ostfriesischen Stadt Norden, im selben Viertel wie seine Kommissarin Ann Kathrin Klaasen. Wie sie ist er nach langen Jahren im Ruhrgebiet, im Westerwald und in Köln an die Küste gezogen und Wahl-Ostfriese geworden. Seine Bücher und Filme wurden mit zahlreichen Preisen ausgezeichnet. Bislang sind seine Bücher in 26 Sprachen übersetzt und über zwölf Millionen Mal verkauft worden. Mehr als 60 seiner Drehbücher wurden verfilmt, darunter viele für »Tatort« und »Polizeiruf 110«. Der Autor ist Mitglied im PEN-Zentrum Deutschland.
Die Romane seiner Serie mit Hauptkommissarin Ann Kathrin Klaasen stehen regelmäßig mehrere Wochen auf Platz 1 der *Spiegel*-Bestsellerliste, derzeit werden einige Bücher der Serie prominent fürs ZDF verfilmt und begeistern Millionen von Zuschauern.

Weitere Informationen finden Sie auf www.fischerverlage.de

KLAUS-PETER WOLF

RUPERT UNDERCOVER

Ostfriesische Mission

Kriminalroman

FISCHER Taschenbuch

Aus Verantwortung für die Umwelt hat sich der S. Fischer Verlag zu einer nachhaltigen Buchproduktion verpflichtet. Der bewusste Umgang mit unseren Ressourcen, der Schutz unseres Klimas und der Natur gehören zu unseren obersten Unternehmenszielen.

Gemeinsam mit unseren Partnern und Lieferanten setzen wir uns für eine klimaneutrale Buchproduktion ein, die den Erwerb von Klimazertifikaten zur Kompensation des CO_2-Ausstoßes einschließt.

Weitere Informationen finden Sie unter:
www.klimaneutralerverlag.de

Originalausgabe

Erschienen bei FISCHER Taschenbuch
Frankfurt am Main, Juni 2020

© 2020 S. Fischer Verlag GmbH,
Hedderichstraße 114, D-60596 Frankfurt am Main

Satz: Dörlemann Satz, Lemförde
Druck und Bindung: CPI books GmbH, Leck
Printed in Germany
ISBN 978-3-596-70006-6

»Ostfriesland first?! Okay! Aber America second? Eigentlich käme doch dann erst das Ammerland ... dann das Wursterland. Das Rheinland will ich jetzt nicht vergessen. Das Ruhrgebiet und das schöne Frankenland ... Nee, ich glaube, America second, das wird so schnell noch nix ...«

Hauptkommissar Rupert, Kripo Aurich

Es wäre ein Leichtes für ihn gewesen, sie zu töten, aber das war nicht seine Aufgabe. Noch nicht.

Er sollte sie einkassieren. Doch sie war nie alleine. Dieser Typ war immer bei ihr. Beide waren bewaffnet.

Eine Polizistin zu kidnappen war sowieso immer ein Problem. Er hatte es schon zweimal gemacht. Keine hatte überlebt. Das war auch diesmal so geplant. Aber leider musste er sie zunächst lebend unter Kontrolle bekommen.

Sie war ein besonders schwieriger Fall. Ihre Nahkampfausbildung war hervorragend. Sie galt als bestens durchtrainiert. Sie wusste, dass sie gefährdet war, und sie verhielt sich klug. Es war schwierig, sich ihr ungesehen zu nähern. Aber er war Profi und wollte auf keinen Fall an dieser Aufgabe scheitern. Er hatte einen Ruf zu verlieren.

Sein VW-Transporter war innen zu einem schalldichten Raum umgestaltet worden. Handschellen, Ketten, Betäubungsspritze, alles lag bereit. Aber er musste sie erst allein erwischen. Einmal hatte sie ihm direkt ins Gesicht gesehen. Das durfte nicht noch mal passieren.

Sie war gerade mit dem Typen, der an ihr klebte wie ein Schatten, in der Polizeiwache verschwunden.

Das konnte dauern.

Er setzte sich in Norden auf den Marktplatz vor den Pavillon und bestellte sich ein Mineralwasser und einen Cappuccino. Neben der Tasse lag ein kleiner Keks. Auf den Milchschaum war ein Herzchen aus Kakao gepudert worden. Er zerstörte es mit seinem Löffel.

Viel lieber wäre er mit ihr alleine gewesen, um ihr Angst einzujagen und Schmerzen zu bereiten. Er genoss es, wenn sie jammerten und flehten. Andere gingen in die Oper. Er mochte die klagenden Töne, die aus echtem Schmerz entstanden.

Ein kleiner frecher Spatz hüpfte von einer Stuhllehne auf den Tisch und näherte sich vorsichtig dem Keks.

Von dir kann ich etwas lernen, dachte er. Du kommst so harmlos daher. Man schaut dir gerne zu und ist ohne Argwohn, dabei verfolgst du zielsicher deinen Plan. Du willst den Keks, so wie ich diese gottverdammte Polizistin will.

Er sah zur Polizeiinspektion hoch. Hinter einem dieser Fenster musste sie sitzen. Am liebsten wäre er reingegangen, hätte sie an den Haaren herausgezerrt und in seinen Transporter geworfen. Wenn es doch nur so einfach wäre …

Er musste sich mehr verhalten wie dieser Spatz, der gerade mit dem Keks floh, der eigentlich viel zu schwer für ihn war. Sollte er wirklich versuchen, sich ihr freundlich zu nähern, sich einzuschleimen und ihr Vertrauen zu gewinnen?

Der Spatz verlor den Keks. Gleich waren drei andere da, die sich darum stritten. Er sah sich um. Gern hätte er eine Möwe erlebt, die den Spatzen die Beute streitig machte. Aber hier auf diesem friedlichen Marktplatz gab es nicht einmal Möwen. Er mochte diese Raubvögel mit dem stechenden Blick und den gelben Augen. Er fütterte sie gern, indem er Fleischwurst in die Luft warf. Er mochte es, wenn sie darum kämpften. Es war leicht, ihre Killerinstinkte zu wecken.

Er hatte den Wagen clever geparkt. Wenn sie Mittagspause hatte, vielleicht einen kleinen Spaziergang durch den schattigen Park hinter der Kirche machte und dann zu ten Cate ging, um eine Kleinigkeit zu essen, war die Möglichkeit, dass sie an seinem Transporter vorbeiging, relativ hoch.

Er würde sie einfach schnappen und hinten reinwerfen. Am helllichten Tag. Er wog ab, was dafürsprach, oder gab es eine Gelegenheit, sie rauszulocken? Er scheute nicht das Risiko. Was er hasste, war diese elende Warterei.

Komm endlich raus, dachte er, komm, lass uns beginnen …

Rupert hatte sich zum Geburtstag einen Laubbläser gewünscht. Nicht irgendeinen Laubbläser, sondern einen besonders langen, mit dreifach verstellbarem Teleskop-Blasrohr.

Er wusste genau, dass Frauen von so etwas keine Ahnung hatten, deswegen ließ er für Beate demonstrativ einen Prospekt herumliegen, in dem er den richtigen Laubbläser dick angekreuzt hatte. Ja, genau den wünschte er sich!

Es kam nämlich nicht nur auf die Blaskraft an, sondern vor allen Dingen auf den satten Sound. Dieses peinliche Geknattere, das der erbärmliche Laubbläser seines Nachbarn links von ihm machte, wollte er nicht. Auch so ein heiseres Flüstern wie ein Damenhaarföhn fand Rupert total doof.

Es gab ja neuerdings elektrobetriebene, lärmgebremste Laubbläser mit Akku, also praktisch mit Schalldämpfer. Aus Ruperts Sicht wurden solche Teile für eierlose Warmduscher und Beipackzettelleser gebaut.

Rupert fand, das Röhren der Luft sollte lauter sein als das Brummen des Motors und sich deutlich davon unterscheiden. Nur ein benzinbetriebener Motor garantierte dieses Harley-Gefühl beim Laubblasen.

Aber dann bekam er von Beate doch nur eine neue Gartenharke geschenkt, mit einem rosa Schleifchen dran und den besten Wünschen, weil ihm die Gartenarbeit körperlich bestimmt guttäte.

Er versuchte sich zu freuen, aber es gelang ihm nicht wirklich. Mit dieser Harke bewaffnet, konnte er den Kampf gegen seinen Nachbarn nicht aufnehmen. Der pustete nämlich immer, wenn Rupert mit der Verbrecherjagd beschäftigt war, heimlich das Laub seiner mickrigen Birnen- und Kirschbäume samt dem Rasenschnitt unter der Hecke durch in Ruperts Garten.

Das eigentliche Geburtstagsgeschenk erhielt Rupert aber, als er zum Dienst in Aurich in der Polizeiinspektion erschien. Entgegen der Annahme der Bevölkerung hatten nämlich die ostfriesischen Kripoleute keineswegs an ihrem Geburtstag einen bezahlten Urlaubstag. Trotzdem hielt sich dieses Gerücht seit Jahren.

Im Büro wartete die Leitende Kriminaldirektorin Liane Brennecke vom BKA auf Rupert. Ihr Spitzname war »die feurige Liane«. Sie kam in heikler Mission und unterhielt sich mit Ann Kathrin Klaasen darüber, wie diese Ruperts psychische Verfassung einschätzte.

»Äußerst robust« hatte Ann Kathrin ohne Zögern geantwortet. »Sie müssen ihn sich als eine primitive Frohnatur vorstellen. Er ist nicht die hellste Kerze auf der Torte, aber er ist stets loyal.«

»Ist er für kleine Geschenke anfällig?«

Ann Kathrin fixierte ihre Kollegin vom BKA. »Sie meinen, ob er bestechlich ist?«, präzisierte Ann Kathrin die Frage. »Nein, das ist er ganz sicher nicht.«

Die Antwort gefiel Liane Brennecke.

Rupert ging durch den Flur und schnüffelte. Es roch hier nach Erdbeeren. Hatte jemand frische Erdbeeren gekauft?

Als Rupert hereinkam und die Besucherin sah, erstrahlte sein Gesicht. Liane Brennecke erinnerte ihn an Sharon Stone in »Basic Instinct«. Und genauso saß sie auch da, mit diesen endlos langen Beinen und den glatten blonden Haaren, die sie offen trug und deren Spitzen bis zu ihren Ellbogen herabreichten. Er bekam gleich einen trockenen Mund.

Ann Kathrin war ihm jetzt nur noch im Weg. Er hatte sich in einem nicht ganz seriösen Dating-Portal als »Dieter Deckhengst« angemeldet, um mal wieder die eine oder andere attraktive Frau kennenzulernen.

Mit einer geheimnisvollen »Lederlady«, die zunächst kein Foto von sich preisgeben wollte, es aber geschafft hatte, mit einem heißen Flirt aus ihm seinen richtigen Namen und seinen Dienstgrad herauszukitzeln, hatte er sich verabreden wollen. Die geheimnisvolle Dame hatte ihm versprochen: »Ich mag keine Festlegungen. Aus so etwas Schönem wie einer Liebesgeschichte darf man doch keinen Termin im Kalender machen ... Ich finde dich, und dann werden all deine Träume wahr. Lass dich überraschen.«

Da saß sie also nun vor ihm. Vielleicht fünfunddreißig, höchstens vierzig Jahre alt. Ein Prachtweib. Sie stellte sich als Profilerin Liane Brennecke vom BKA vor.

»Ich habe etwas mit Ihnen zu besprechen. Die Angelegenheit erfordert äußerste Geheimhaltung.« Sie fixierte Ann Kathrin Klaasen. »Darf ich Sie bitten, uns allein zu lassen? Dies ist ein vertrauliches Gespräch.«

Rupert grinste breit und zwinkerte Liane Brennecke zu. Sie spielte ihre Rolle gut, fand er. Trotzdem konnte er kaum glauben, wie leicht die berühmte Kommissarin sich reinlegen ließ.

Ann Kathrin fiel tatsächlich darauf herein. Pikiert stand sie auf, nahm eine Akte, klemmte sie sich unter den Arm und sagte: »Eigentlich ist dies hier mein Büro, aber bitte ...«

Ann Kathrin verließ das Büro und warf ihre langen Haare schnippisch zurück. Rupert lehnte sich zu Liane Brennecke vor: »Du darfst jetzt ruhig Dieter zu mir sagen. Wir sind ja allein.«

Sie guckte ihn verständnislos an, überspielte die Situation mit einem Lächeln und schlug ihre atemberaubenden Beine übereinander.

»Ich bin zwar gern dein Deckhengst, Süße, aber heute erwischst du mich auf dem falschen Fuß«, erklärte Rupert. »Meine Frau und meine Schwiegermutter haben eine Geburtstagsparty für mich vorbereitet. Aber morgen Abend kann ich mir mühelos freinehmen … Ich kenne da ein hübsches kleines Hotel in Leer, mit Blick auf die Leda.«

»Daraus wird nichts«, sagte sie hart. »Es muss heute sein. Wenn, dann sofort oder gar nicht.«

Rupert griff sich an den Kragenknopf. Es war, als würde sein Hemd am Hals zu eng. Mein Gott, dachte er, ist das Weib heiß! Schon waren ihm Ehefrau und Schwiegermutter egal. Etwas würde ihm schon einfallen. Ein akuter Fall ließ sich doch immer vorschieben. Dann waren sie wütend auf seinen Beruf, auf die Dienststelle, aber nicht auf ihn.

»Du bist richtig notgeil, was, meine süße kleine Lederlady?«, freute er sich und leckte den Zeigefinger seiner rechten Hand an. Damit berührte er sie dann an der Schulter und machte ein zischendes Geräusch, als würde Fleisch verbrennen. »Dein Deckhengst steht Gewehr bei Fuß«, prophezeite Rupert.

Sie war den Umgang mit Spinnern gewohnt und blieb ganz ruhig. »Also zur Sache. Das BKA braucht Sie. Niemand kann Sie zwingen, den Job zu übernehmen. Es ist Ihre freie Entscheidung. Ich will ganz offen sein. Es ist gefährlich und birgt unüberschaubare Risiken. Aber eben auch eine einmalige Chance. Mir ist bewusst, dass Sie sich mehrmals bei uns beworben haben und abgelehnt wurden. Aber jetzt ist eine Situation entstanden, die uns keine andere Wahl lässt.«

In Rupert keimte der Gedanke auf, dass er möglicherweise nicht die geheimnisvolle Lederlady vor sich sitzen hatte, denn woher sollte die von seinen vergeblichen Bewerbungen beim BKA wissen? Oder hatte Ann Kathrin Klaasen ihn verpetzt?

Er räusperte sich: »Worum geht es genau?«

Sie setzte sich wieder anders hin, aber egal, was sie tat, für Rupert sah sie einfach verführerisch aus. Die lebende Sünde. Ein wollüstiges Versprechen. Bei jeder Bewegung, die sie machte, verströmte sie noch mehr Erdbeerduft. Wenn Rupert ihr näher kam, hatte er das Gefühl, in ein Erdbeerbeet zu fallen.

»Ich leite ein Undercover-Team. Wir ermitteln im Milieu internationaler Drogendealer. Nun ist uns einer ins Netz gegangen. Frederico Müller-Gonzáles.«

Sie sprach den Namen aus, als müsse ihn jeder kennen, wie Mick Jagger oder Wladimir Klitschko. Aber Rupert sagte der Name überhaupt nichts. Er bemühte sich nur, cool dreinzuschauen und sich nicht anmerken zu lassen, wie verwirrt er war.

»Der Sohn von Harm Müller, der Kiezgröße, und von Valentina Gonzáles«, fuhr sie fort. »Wir hatten bisher nicht mal ein Foto von ihm. Er soll die Geschäfte seines Vaters in Europa übernehmen, und ich rede hier nicht nur von ein paar Stripteasebars im Rotlichtmilieu. Für uns ist nur eins wichtig: Es ist eine Ladung Koks und Heroin unterwegs. Es geht um zehn, wenn nicht zwanzig Zentner.«

Rupert pfiff anerkennend, kapierte aber nicht, was er damit zu tun hatte.

Sie kämmte sich mit den Fingern durch die langen blonden Haare: »Wir versuchen seit vierundzwanzig Stunden, ihn weichzukochen. Er schweigt wie ein Grab. Er weiß, wer in dieser Branche redet, ist ein toter Mann. Über kurz oder lang werden seine Leute erfahren, dass wir ihn einkassiert haben.«

»Ach«, lachte Rupert erleichtert auf, »erst habe ich Sie verwechselt und jetzt Sie mich. Ich bin kein Verhörspezialist. Das ist Ann Kathrin Klaasen. Die haben Sie gerade rausgeschickt.«

Liane Brennecke winkte ab. »Ach, Dieter – Verhörspezialisten haben wir selbst. Sie glauben doch nicht im Ernst, dass ich deswegen hier bin.« Sie zog einen kleinen Spiegel aus ihrer Handtasche und malte sich die Lippen nach, während sie weitersprach. Das schätzte Rupert als Taktik ein, Männer zu manipulieren und zu verführen. In seinem Fall funktionierte es.

»Es soll ein Treffen der bedeutendsten Drogendealer des Kontinents stattfinden. Frederico Müller-Gonzáles ist deswegen aus Lateinamerika hierhergekommen. Dieses Treffen und diese Lieferung sind für uns sehr, sehr wichtig. Wir haben Monate, ach, was sage ich, Jahre, darauf hingearbeitet, diese Gang endlich auffliegen zu lassen. Und wir sind immer wieder gescheitert. Doch jetzt stehen wir vor ganz neuen Möglichkeiten.«

»Und was habe ich damit zu tun?«, fragte Rupert.

Sie steckte den Spiegel wieder ein und drehte den Lippenstift zurück. Sie fischte vorsichtig ein Foto aus ihrer Tasche und präsentierte es Rupert, als hätte sie bereits die Lottozahlen der nächsten Woche.

Rupert blieb die Spucke weg. Der Mann auf dem Bild sah aus wie er.

Das Foto war in einer Bar an einer Theke aufgenommen worden. Neben dem Typen, der ihm so ähnlich sah, dass Rupert einen Moment brauchte, um es zu verdauen, saßen zwei schmalhüftige, aufreizend leicht gekleidete Damen, die Rupert sofort als Stripteasetänzerinnen identifizierte.

Rupert zeigte auf das Foto: »Das ... das bin ich nicht!« Beinahe hätte er »leider« gesagt.

»Nein«, bestätigte Liane Brennecke, »das ist Frederico Müller-Gonzáles. Und mit Ihrer Hilfe, Dieter, bringen wir die ganze Sache jetzt zu Ende.«

Rupert schluckte. Er kämpfte gegen ein Schwindelgefühl an. Einerseits war das ein triumphaler Moment für ihn. Andererseits hatte er das Gefühl, nackt in die kalte Nordsee geworfen zu werden. Oder in ein Erdbeerbeet.

»Wenn Sie mitmachen, werden wir gemeinsam gehen, und niemand wird erfahren, wo Sie sind. Weder Ihre reizende Kollegin Klaasen noch Ihre Ehefrau oder sonst irgendwer.« Sie hob den Zeigefinger. »Äußerste Geheimhaltung. Aber in drei, vier Tagen kehren Sie als Held zurück.« Sie machte eine kurze Pause und sah ihm tief in die Augen: »Oder als Leiche im Zinksarg.«

»Zinksarg? Wieso denn Zinksarg?«, entfuhr es Rupert, und er ärgerte sich sofort darüber, dass er eine so dämliche Frage gestellt hatte. Es gab doch so viel wichtigere Dinge zu besprechen. Aber sein Kopf kam ihm merkwürdig leer vor.

»Wir wissen nicht, wohin die Reise geht. Möglicherweise nach Rio, Bogotá oder Caracas«, antwortete sie sachlich. »Für den Transport von Verstorbenen über Staatsgrenzen hinweg werden besondere Anforderungen an den Sarg gestellt. Üblicherweise verwendet man Zinksärge. Aus ästhetischen Gründen ummantelt man das Ganze noch mit einem Holzsarg. Es gibt klare Regeln dafür, sogar der Abstand der Verschraubungen ist vorgeschrieben. Es gibt allerdings auch Sanitätssärge, die man bei schwerverletzten Leichen einsetzt, damit das Blut nicht durchsuppt. Die sind aus blauem, pulverbeschichtetem Aluminium.«

»Hören Sie auf«, forderte Rupert.

Sie lächelte ihn an. »Wir würden Sie auf jeden Fall zurückbringen, so dass Sie in heimischer Erde bestattet werden können ...«

»Na, da bin ich aber beruhigt ...«

Sie stand auf, ging zum Fenster und öffnete es. Der Wind hob die Blätter auf dem Schreibtisch an.

Rupert war ihr dankbar für die Luftzufuhr. Er hatte Probleme, zu atmen. »Sie machen so etwas nicht zum ersten Mal«, schlussfolgerte er.

»Nein«, sagte sie, »heikle Missionen sind mein Job.«

Rupert schluckte trocken. »Aber ich ... ich bin ein ganz normaler Bulle aus Ostfriesland ...«

Sie zeigte ihre weißen Zähne. »Sie nennen sich selbst Bulle?« Sie lachte. »Auf mich wirken Sie eher wie ein scheues, verängstigtes Reh.«

Es gefiel Rupert überhaupt nicht, dass eine Frau so über ihn dachte. Er versuchte, wieder festen Boden unter die Füße zu bekommen, wieder zu dem harten Kerl zu werden, für den er sich hielt. Sie hatte ihn echt verunsichert.

Er stampfte auf und umfasste mit der linken Hand seinen Hosengürtel, während er mit der rechten versuchte, die Bedeutung seiner Worte zu unterstreichen. »Ich fühle mich hier wie bei ›Kobra, übernehmen Sie‹ oder ›Mission Impossible‹, wie das heute heißt.« Rupert sprach den Anfang nach, wie er ihn in Erinnerung hatte. »*Sollten Sie oder jemand aus Ihrer Spezialeinheit gefangen genommen oder getötet werden, werden wir jegliche Kenntnis von dieser Operation leugnen. Sie sind vollst auf sich allein gestellt. Dieses Band wird sich in fünf Sekunden selbständig vernichten. Viel Glück.*« Er machte eine Handbewegung, als würde etwas explodieren und dann verbrennen.

Während er die Flammen in die Luft malte, seufzte Liane Brennecke: »Ich sehe schon, Sie sind nicht der richtige Mann für uns.«

Sie stand auf und ging mit schwingenden Hüften zur Tür. Rupert sah ihr auf den Hintern. »Wie kommen Sie denn dadrauf?«

Sie drehte sich um. »Sehen Sie, das ist kein Job für Weicheier. Im Grunde auch nichts für Leute mit Familie. Dafür bräuchte man einen Junggesellen, der nichts zu verlieren hat.«

»Ich habe keine Kinder«, triumphierte Rupert. »Und meine Ehe ... na ja ... Gott, das ist so eine Sache ... Nichts gegen Beate, aber ...«

»Sie wollen es also machen?«

»Können Sie mir das Foto noch mal zeigen?«

Sie tat es. Rupert stellte sich vor, dass er an der Theke zwischen diesen beiden hübschen Frauen sitzen würde. Etwas an dieser Vorstellung gefiel ihm. Wie würde er dastehen, wenn er diesen Auftrag erfolgreich durchführte? Dann wäre nicht mehr Ann Kathrin Klaasen der leuchtende Stern dieser Dienststelle, sondern er bekäme endlich die Aufmerksamkeit, die ihm schon so lange zustand. Er fühlte sich jetzt schon fast wie Tom Cruise.

»Viele, die so aussehen wie ich, gibt es ja wohl nicht«, grinste er. »Also, ich bin dabei.«

Sie strahlte ihn an, und er versuchte sofort, seine Chancen bei ihr auszutesten. »Haben Sie heute Abend schon was vor, Liane?«

»Nein, habe ich nicht«, flötete sie zurück. Ruperts Herz klopfte schneller.

Sie tippte ihm mit dem Zeigefinger auf die Brust. »Aber Sie, mein Lieber. Sie haben was vor. Und zu Ihrem Termin kann ich Sie leider nicht begleiten.«

Am Ende, dachte Rupert voller Vorfreude, wirst du nicht meinen Zinksarg nach Hause bringen, sondern am Ende werde ich dich vernaschen, du süße kleine Sahneschnitte. Eine kleine Belohnung muss ja schließlich drin sein.

Sie bat ihn, noch einmal über alles nachzudenken. Es sei eine folgenschwere Entscheidung.

Mit einer majestätischen Geste entließ sie ihn aus Ann Kathrins Büro.

Er lief wie in Trance durch den Flur. Büschers Büro war leer. Dort atmete Rupert kurz durch. Er stellte sich vor den Spiegel und versuchte, sich hineinzufühlen, wie das war als verdeckter Ermittler.

Wie steht so ein Frederico Müller-Gonzáles da?

Ich als Unterwelt-Boss, dachte Rupert, ist das nicht geil?

Wenn er an die beiden scharfen Schnitten auf dem Foto dachte, zwischen denen Frederico so lässig an die Theke gelehnt dastand, dann wusste er, dass dies genau sein Job war.

Er schloss für einen Moment die Augen und war in einer Stripteasebar, und zwar in einer, in der alles nach seinem Gusto lief und jeder nach seiner Pfeife tanzte. Hier war er kein Kunde, der um die Gunst der Stripteasetänzerinnen buhlte, indem er eine Flasche Champagner ausgab und so tat, als würde er nicht bemerken, dass es in Wirklichkeit billiger Sekt aus dem Aldi war. Nein, hier machte er Kasse. Die Mädels an der Stange gaben sich Mühe, ihn zu beeindrucken, denn er konnte ihre Karrieren beeinflussen. Jede wollte gerne seine Geliebte werden und buhlte um seine Anerkennung.

Er nahm sich vor, ein guter Boss zu sein. Oh ja, er wäre keiner dieser bösen Rotlichttypen, die Mädels auspressten, ja gar Menschenhandel betrieben und Frauen mit Drogen oder Prügeln gefügig machten. Widerlich fand er solche Gestalten, und einige davon hatte er die Treppe zur Polizeiinspektion runterfallen sehen.

Nein, er hatte sie nicht richtig geschubst, sondern sie waren wohl auf irgendetwas ausgerutscht, und es war ihm nicht mehr gelungen, sie festzuhalten. So stand es zumindest im Protokoll.

Er wäre ganz anders als diese schlimmen Finger. Es sollte den Mädels Spaß machen, in seinen Bars zu arbeiten und für ihn anschaffen zu gehen. Er würde für gute Arbeitsbedingungen sorgen!

Er sah sich jetzt an der Theke stehen, zwischen diesen beiden Dessous-Models, und er sagte zur Wasserstoffblondine, während er mit einer lässigen Geste einen neuen Scotch bestellte: »Ich weiß zwar nicht, was du bisher verdient hast, aber du bist gut. Wirklich gut. Und deshalb bekommst du ab morgen das Doppelte.«

Sie sah ihn ungläubig an, kreischte vor Freude, küsste ihn, konnte aber noch nicht glauben, dass das Ganze wirklich sein

Ernst war. Jetzt klebte Lippenstift an seiner Wange. Er konnte es im Spiegel der Bar gut erkennen. Es gefiel ihm.

Die andere versuchte, seine Aufmerksamkeit zu erregen, da sie nicht ahnte, wie sehr sie die bereits genoss. Sie reckte ihm zwei Argumente entgegen, wie sie formschöner nicht hätten sein können.

Der Barkeeper, der wohl mehr Augen für die asiatische Schönheit hatte, die gerade an der Stange tanzte, als für die Drinks, die er ausgab, reichte Rupert ein Glas Whiskey. Das Erste, was Rupert sauer machte, waren die Eiswürfel. Er würde den jämmerlichen Barkeeper mit einem missbilligenden Blick mustern, der den Kerl gefrieren lassen würde. Ja! Er sollte spüren, dass er den großen Mafiaboss gerade mächtig gegen sich aufbrachte. So wie er guckte, hatte er keine Ahnung, warum.

Rupert würde das Glas ganz langsam zum Mund führen und vorsichtig probieren. Während er in der Polizeiinspektion vor dem Spiegel stand, schluckte er, als hätte er tatsächlich Whiskey im Mund. Mit dem Handrücken würde er sich über die Lippen streichen und den Versager von Barkeeper mit dem Satz belehren: »Das ist kein Scotch, sondern Bourbon. Richtige Männer trinken keinen Bourbon. Und wer Eiswürfel in den guten Scotch wirft, hat in meiner Bar nichts zu suchen.«

Einen Moment lang würde er sich an der Angst dieses Trottels weiden, der den Bourbon in den Ausguss kippen wollte, aber er, Rupert, oh, Verzeihung, Frederico, würde ihm jetzt eine Lektion erteilen. Ja, dabei sollten die Mädels ruhig zugucken.

»Kipp es nicht weg. Probiere es. Ich will, dass meine Angestellten den Unterschied kennen.«

Der Barkeeper würde daran nippen und den Bourbon vermutlich runterschlucken.

»So. Und jetzt gießt du mir einen richtigen Scotch ein. Mindestens zwölf Jahre alt. Natürlich ohne Eis. Und dir selber auch. Und dann wirst du den Unterschied bemerken.«

Schnell würde der Barkeeper feststellen, dass sie mehrere Sorten Scotch hatten, und unterwürfig würde er ihn fragen, welchen er eingießen dürfe. Mit einer knappen Geste würde Frederico ihn belehren: »Das kommt erst im Lehrgang für Fortgeschrittene. Den Unterschied schmeckst du doch jetzt sowieso noch nicht. Wir sind hier bei den grundsätzlichen Regeln.«

Die beiden Schönheiten an seiner Seite wären bestimmt beeindruckt, aber sie könnten sich auch ein bisschen vernachlässigt fühlen. Deshalb, so stellte sich Rupert vor, würden sie ihre zauberhaften Körper gegen sein seidenes Hemd drücken. Er wog ab, welche von beiden er mit nach oben nehmen sollte. Oder doch gleich beide?

Frederico alias Rupert fand das eine tolle Idee. Rupert selbst überkamen aber auch Versagensängste. Er beruhigte sich mit der Vorstellung, dass ein Drogendealer ja wohl auch genügend potenzsteigernde Mittel zur Verfügung haben müsste. Also klar. Er würde beide mit in sein Appartement nehmen.

Hier in der Bar wehte jetzt ein anderer Wind, das würde sich schnell rumsprechen.

Rupert freute sich schon auf die nächsten Tage. Er war mit Leidenschaft Polizist und bereit, alles zu geben.

Er kehrte zurück zu seinem Traum. Noch einmal sah er sich im Spiegel an und drehte sich. Er reckte die Brust vor und zog den Bauch ein. Ja, das bist jetzt du: Frederico! Was für ein Name!

Er strich sich über die Stoppelhaare, als sei es seine Minipli von früher, aber das jetzt sah viel männlicher und brutaler aus. Oder standen die Mädels mehr auf Locken?

Aber jetzt musste er Härte vermitteln. Darin war er nicht mehr ganz so geübt, seit Beate seine weiche Seite mehr entwickeln wollte. Aber er kannte zum Glück alle Bruce-Willis-Filme. Konnte sich jemand Bruce Willis mit Minipli vorstellen? Nein! Richtige Kerle brauchten einen kurzgeschorenen Kopf.

Schon war er wieder in der Bar. Der Sprung fiel ihm leicht. Er legte um jedes Model einen Arm: »Das mit dem doppelten Lohn gilt natürlich auch für dich«, versprach er der anderen, deren Namen er immer noch nicht wusste, aber die er trotzdem nie vergessen würde.

In seinen Heldenträumen spielte der Whiskey dann gar keine Rolle mehr, sondern ein Mann stakste herein, und Rupert spürte, dass die Frauen sich vor ihm fürchteten. Eine merkwürdige Geschäftigkeit begann.

»Wer ist der Clown?«, fragte Rupert.

Die Blonde fuhr sich durchs Haar und legte die Hand scheinbar zufällig so an ihre Lippen, dass sie sie gegen Beobachtung schützte, als hätte sie Angst, dass jemand von ihren Lippen lesen konnte. Sie raunte: »Der von dir eingesetzte Geschäftsführer. Bruno. Man nennt ihn auch *Das Messer*, weil er gerne schlitzt. Kennst du ihn etwa nicht?«

»Habt ihr Angst vor ihm?«, fragte Rupert.

Beide nickten. »Er regiert mit harter Hand«, flüsterte die Blonde. »Wenn er wütend wird, ist man besser nicht in seiner Nähe.«

»Ein Choleriker, der auch schon mal gerne zuschlägt«, bestätigte ihre Kollegin.

Selbst die sehr gelenkige Frau an der Tanzstange, deren akrobatische Leistung Rupert fast noch mehr bewunderte als ihre Körperperformen, machte jetzt Fehler. Auch sie wurde nervös.

Rupert hatte genug gesehen. Als Frederico bewegte er sich zwei Schritte von der Theke weg, entschied sich dann aber anders. Nicht er würde auf den Typen zugehen, sondern der musste zu ihm kommen. Mit einer Handbewegung zitierte Rupert ihn heran.

Der Typ guckte, als könne er nicht glauben, was gerade geschah. Frederico wiederholte die Handbewegung, diesmal aber etwas abgehackter und schärfer.

Eine Frauenstimme flüsterte Frederico von hinten zu: »Sei vorsichtig! Er ist gefährlich.«

Das schmeichelte Rupert. Sie hatten Angst um ihn. Das war schon fast so viel, wie verliebt zu sein, oder? Nun, er war halt ein Frauentyp, ein echter Womanizer.

Bruno sah sich in der Bar um, rückte den Gürtel seiner Hose zurecht und bewegte sich auf Frederico zu. Noch sah er kampfbereit aus. Hatte er nicht kapiert, wer hier vor ihm stand?

Rupert mantelte sich groß auf. Alle sollten es hören. Er war zurückgekehrt, und ab jetzt wehte hier ein anderer Wind: »Mein Name ist Marius Müller-Westernhagen, äh, ich meine, Frederico Müller-Gonzáles.«

Verdammt, das muss ich noch üben, dachte er. In echt durfte ihm so etwas nicht passieren. Er würde dann seinen Zeigefinger wie eine Waffe auf sein Gegenüber richten und die Worte wie Kugeln abschießen: »Deine hässliche Fresse ist der größtmögliche Kontrast zu diesen schönen Frauen hier um uns herum. Du bist gefeuert! Pack deine Klamotten zusammen und verzieh dich!«

Nein, überlegte Rupert, ganz so einfach würde er es dem Kerl dann doch nicht machen. Er musste ihm erst Respekt beibringen.

»Auf die Knie mit dir! Und jetzt entschuldigst du dich bei den Mädels, die du so mies behandelt hast, und zwar bei jeder einzelnen.«

Ja, genauso würde er es machen.

Ann Kathrin Klaasen und Liane Brennecke saßen am großen, runden Tisch, an dem sonst Dienstbesprechungen stattfanden, und tranken Tee. Ann Kathrin fragte sich, wie die Leitende Kriminaldirektorin es schaffte, so schlank zu bleiben. Sie nahm zwei große Kandisstücke und auch eine gute Portion Sahne. Vermutlich trainierte sie hart und stand jeden Morgen vor Dienstbeginn schon eine Stunde auf dem Stepper.

Zwischen den beiden Frauen war eine merkwürdige Konkurrenzsituation entstanden, und Ann Kathrin machte ihrem Unmut Luft: »Warum haben Sie mich rausgeschickt? Was sollte das?«

»Hat Ihnen das etwas ausgemacht?«, fragte Liane Brennecke zurück.

Ann Kathrin blies in ihren Tee, nahm aber keinen Schluck und bestätigte dann widerwillig: »Ja. Ich frage mich, ob Sie meine Position hier schwächen wollen. Man hat es als Frau in einer Führungsposition sowieso nicht leicht.«

Liane Brennecke gab lächelnd, mit einer großzügigen Handbewegung, eine Erklärung, als würde sie Ann Kathrin ein Geschenk machen: »Nun, ich wollte sehen, wie er sich verhält, wenn er mit mir alleine ist.«

»Und wie hat er sich verhalten?«

»Genau wie erwartet.«

Mit der Antwort gab Ann Kathrin sich nicht zufrieden. Ihr Blick blieb fragend.

Da die Leitende Kriminaldirektorin nicht weiterredete, riet Ann Kathrin: »Er hat Sie angegraben.«

Liane Brennecke schmunzelte in sich hinein. Sie sah aus, als hätte sie alles andere als Beleidigung empfunden.

»Wie lange«, fragte Ann Kathrin, »muss ich ihn entbehren?«

»Ist es nicht eher so, dass Sie froh sind, ihn für eine Weile los zu sein?«

Darauf antwortete Ann Kathrin nicht. Also fuhr Liane Brennecke fort: »Wir brauchen ihn wirklich. Er ist unsere ganz große Chance.

Aber ich hätte mir keine schlechtere Besetzung für diesen Job vorstellen können. Frederico Müller-Gonzáles ist ein hochintelligenter und gebildeter Mann. Und wissen Sie, Frau Klaasen, das Problem ist, es fällt klugen Menschen nicht schwer, sich dumm zu stellen. Aber wir haben es mit dem umgekehrten Fall zu tun. Es ist ungleich schwieriger für einen dummen Menschen, so zu tun, als sei er schlau. Wenn unsere Informationen stimmen, und ich gehe davon aus, dass sie sehr akribisch zusammengestellt wurden, dann hat Frederico unter verschiedenen Namen Kunstgeschichte und Literatur studiert, in Paris und Berlin. Außerdem Französisch und Anglistik, unter anderem in London.«

Ann Kathrin hakte nach: »Ist das die Legende, die man über ihn verbreitet, oder ist er wirklich der ewige Student gewesen?«

»Ich gehe davon aus, dass er das Studieren zu seinem Hobby gemacht hat.«

»Gehen Sie davon aus, oder wissen Sie es?«, insistierte Ann Kathrin. »Kann es nicht sein, dass er seine Mordaufträge erfüllt hat ...« Sie brauste richtig auf: »Die überschwemmen die Welt mit Drogen, lassen überall Leichen herumliegen, und mir wollen Sie erzählen, der hätte die ganze Zeit studiert?«

Liane Brennecke blätterte in ihren Papieren. »Vierundzwanzig Semester sind bei mir registriert. Er spricht angeblich fünf Sprachen. Spanisch, Italienisch, Englisch, Französisch und Deutsch – und der«, stöhnte sie, »soll durch diese ostfriesische Frohnatur ersetzt werden.«

Liane sprach über Rupert so abfällig, als sei er der letzte Depp für sie. Ann Kathrin erwischte sich jetzt dabei, Ruperts Fähigkeiten zu loben. Bis vor kurzem hätte sie so eine Situation noch für undenkbar gehalten.

»Es tut mir leid. Ich habe zwar gesagt, er ist nicht die hellste Kerze auf der Torte, aber unterschätzen Sie ihn nicht.«

Liane Brennecke goss sich noch einen Tee ein und leierte gelangweilt die ihr bekannten Fakten runter: »Ja, ja, ich weiß. Er hat sich irgendwie durchs Abitur geschummelt – bei uns sagt man, er habe das Ostfriesen-Abitur bestanden –, und durch alle Aufnahmeprüfungen bei der Polizei hat er sich so ...«, sie machte eine Schlängelbewegung mit der Hand und erklärte: »Wir haben damals wirklich unter großem Personalmangel gelitten. Er wollte ständig zum BKA, aber dafür reichte es natürlich nicht. Und jetzt setzen wir ihn an so einer Stelle als verdeckten Ermittler ein. Da steht viel auf dem Spiel. Für uns alle.«

Ann Kathrin versuchte, Rupert das Ganze zu ersparen: »Vielleicht gibt es ja auch andere Lösungen. Rupert ist es gewohnt, mit uns im Team zu arbeiten. Er in fremder Umgebung, ganz auf sich allein gestellt, das kann ich mir nun wirklich nicht vorstellen.«

»Entweder er wächst mit seinen Aufgaben, oder er wird sterben«, sagte die Kriminaldirektorin. Es klang nicht mal kalt, sondern einfach nur sachlich. Klar. »Wenn er auffliegt, wenn er auch nur den Hauch eines Verdachts erregt, ist er tot.«

Empört klatschte Ann Kathrin mit der flachen rechten Hand auf die Tischplatte. Die Teetassen sprangen hoch und klirrten wieder auf die Unterteller zurück. Neben Ann Kathrins Tasse breitete sich eine kleine hellbraune Pfütze aus. »Wir können doch den Kollegen nicht geradewegs in sein Unglück laufen lassen!«

»Nun, wir müssen ihn vorher trainieren. Er muss auf die Rolle vorbereitet werden.«

Erleichtert atmete Ann Kathrin auf. »Wie viel Zeit haben wir?«

Frau Brennecke sah auf ihre Armbanduhr: »Zwei Stunden. Höchstens. Und ein bisschen stylen müssen wir ihn auch noch. Frederico sieht nicht mehr ganz so aus wie auf dem Foto.«

Ann Kathrin blickte zur Decke. Sie hatte das Gefühl, Rupert beschützen zu müssen, wusste aber nicht, wie.

»So, und jetzt zu Ihnen«, sagte Liane Brennecke und rückte ihren Stuhl zurecht. »Sie sind mir persönlich dafür verantwortlich, dass alle Bilder von ihm aus den öffentlichen Netzwerken verschwinden. Auf keinen Fall darf irgendwo in einer Zeitung etwas veröffentlicht werden, auf Facebook oder sonst wo. Alles muss gelöscht werden! Wenn die spitzkriegen, dass Kollege Rupert Frederico Müller-Gonzáles ähnlich sieht, reicht das schon aus …«

Ann Kathrin hob die Hände hoch über ihren Kopf: »Wie soll ich das denn machen? Alle Fotos von ihm verschwinden lassen …«

»Das ist Ihr Problem, Frau Klaasen, beziehungsweise das Ihrer Dienststelle. Sie haben ihn sogar auf Ihrer Homepage.«

»Auf meiner Homepage?«

»Auf der der Polizei Aurich-Wittmund. Als Vertrauensmann für die Polizeianwärterinnen. Die haben ihn wohl gewählt, was auch ein interessantes Licht auf diese Dienststelle wirft …«

Ann Kathrin rang um Worte. »Er ist, wie viele von uns, auch in der Prävention tätig. Wir gehen in Schulen und …« Sie zitierte ihren alten Polizeichef Ubbo Heide: »*Das beste Verbrechen ist immer noch das, das wir verhindern, bevor es geschehen ist …* Natürlich gibt es Fotos von Schulklassen mit Rupert. Die waren auch in der Zeitung, aber …«

Liane Brennecke saß jetzt kerzengerade, nahm mit spitzen Fingern die Tasse und leerte sie. Sie sah Ann Kathrin dabei nicht an, sondern betrachtete den Rest Kandis in der Tasse, als sei es ein wertvoller Rohdiamant. »Tun Sie Ihre Arbeit, Frau Klassen, und seien Sie sich bewusst: Es geht um viel. Wenn irgendwo Fotos von ihm auftauchen, wenn die herausfinden, wer er ist, dann ist nicht nur er tot, sondern auch seine Familie … Zum Glück hat er keine Kinder.«

Ann Kathrin lehnte sich zurück und blies so heftig Luft aus, dass sich die kleine Teepfütze auf dem Tisch neben ihrer Tasse kräuselte.

Liane Brennecke studierte immer noch die Zuckertrümmer in ihrer Tasse. Sie nahm den kleinen Löffel, hob die Kandisreste heraus, hielt den Löffel auf Augenhöhe hoch und betrachtete das Ganze, als sei dafür eigentlich ein Hochleistungsmikroskop notwendig und sie versuchte es trotzdem mit bloßem Auge.

Was hat sie, dachte Ann Kathrin, zählt sie Kalorien, oder glaubt sie, dass wir sie vergiften wollen?

Frau Brennecke schloss die Augen, schob den Löffel zwischen ihre Lippen und zerkrachte dann mit den Zähnen genüsslich das Kluntje. Als sie die Augen öffnete, sah sie Ann Kathrin an und hatte wohl das Bedürfnis, sich erklären zu müssen: »Eigentlich«, sagte sie, »esse ich ja so gut wie gar keinen Zucker, aber das musste jetzt einfach mal sein.«

Sie musterte Ann Kathrin, als würde sie plötzlich nicht mehr die Polizistin, sondern die Frau sehen, und fragte spitz: »Und – wie halten Sie sich fit? Sport?«

Ann Kathrin ärgerte sich, dass es so bärbeißig rüberkam. Sie wollte gar nicht so sein. Doch es platzte aus ihr heraus: »Beim Nachdenken verbraucht man auch viele Kalorien.«

Rupert, noch ganz in seinen Heldenträumen, erhielt bereits die dritte WhatsApp-Nachricht seiner Frau Beate, die ihn aufforderte, sich zu beeilen und heute bloß keine Überstunden zu machen. Dabei ein Foto von seiner Geburtstagstorte. Buttercreme.

Seine Schwiegermutter machte ihm jedes Jahr eine Buttercremetorte, vermutlich, weil sie wusste, dass er Buttercremetorte hasste. Trotzdem aß er jedes Mal zwei Stücke davon, bis ihm schlecht war. Das tat er nicht für seine Schwiegermutter, sondern nur für seine Frau Beate, die ein enges Verhältnis zu ihrer Mutter hatte. Und wenn es so einfach war, Beate glücklich zu machen, dann würgte er sich eben auch schon mal zwei Stückchen Buttercremetorte rein.

Zum Siebzigsten hatte er seiner Schwiegermutter aus Rache einen zwölf Jahre alten Scotch geschenkt, den sie mit dem Satz quittierte: »Aber ich mag doch gar keinen Whiskey«, womit sie ihm die Gelegenheit gab, zu antworten: »Macht nichts, ich mag ja auch keine Buttercremetorte.«

Wenn er jetzt diesen Auftrag annahm, dann bliebe ihm die Buttercremetorte erspart. Stattdessen warteten die Stripperinnen auf ihn. Wenn das keine Alternative war! Das eigentliche Geburtstagsgeschenk war ein Dienstauftrag.

Er rieb sich vor Freude die Hände. Er brauchte eine gute Ausrede, aber es wäre ihm leichter gefallen, die per schriftlicher Nachricht abzusetzen.

Er wollte den Frauen jetzt nicht so gerne begegnen, zumal, wenn er Beate richtig verstanden hatte, war seine Schwiegermutter mit ihrer Freundin gekommen, die sich brennend für die Arbeit der Kriminalpolizei interessierte.

Aber wenn es um mehrere Tage ging, dann musste er noch einen Koffer packen, ein paar Sachen zusammensuchen.

Unschlüssig stand Rupert in Ann Kathrins Büro. Er ahnte nicht, dass diese Probleme für ihn gelöst, aber durch ganz andere ersetzt werden würden.

Ann Kathrin persönlich bat ihn, in den großen Besprechungsraum zu kommen. Es müssten da noch einige Details geklärt werden. So, wie sie *Details* sagte, ging es nicht um Kuchenkrümel, sondern eher um ein Bergmassiv.

Rupert wunderte sich, denn einerseits sollte das Ganze geheim sein, aber jetzt war Ann Kathrin mit dabei. Auf dem Flur begegnete ihnen Weller, der seinen alten Kumpel mit der Ghettofaust begrüßte und ungefragt mitkam. Da gab es etwas, das wollte Frank Weller sich nicht entgehen lassen.

Rupert beschloss, noch bevor die Tür zum Besprechungsraum sich öffnete, energisch dagegen zu protestieren. Sollte er etwa verladen werden? War das alles nur ein Witz? Hatten sie in Ostfriesland den 1. April auf den 15. Mai verschoben?

Aber dann sah er dort jemanden sitzen, den er überhaupt nicht leiden konnte, und verglichen mit dessen Anwesenheit war ihm die von Weller und Ann Kathrin ein Vergnügen.

Breit und bräsig, die Beine von sich gestreckt, die Daumen hinter die Gürtelschnalle geklemmt, flegelte sich Dirk Klatt vom BKA auf einem Stuhl herum, der für seinen Körperumfang nicht gemacht war.

Pfeifen wie dieser Klatt hatten immer wieder dafür gesorgt, dass Ruperts Weg zum BKA versperrt worden war. Offensichtlich hatte Klatt seit dem letzten Treffen noch mal zugenommen. Gut zehn, fünfzehn Kilo. Seine rosigen Wangen hingen herunter, seine Schultern ebenfalls.

Der Bürojob macht jeden mürbe, dachte Rupert, und vielleicht spielten auch noch ein bisschen Pasta und Pizza eine Rolle. Neben Klatt wirkte Liane Brennecke noch attraktiver. Ja, selbst Ann Kathrin rückte in Klatts Anwesenheit für Rupert in die Nähe eines *Playboy*-Covergirls.

Klatt stand nicht auf, um Rupert die Hand zu geben. Er wischte sich stattdessen Speicheltropfen von der Unterlippe: »Wir haben nicht viel Zeit. Beginnen wir.«

Ann Kathrin setzte sich so, dass sie Rupert sehen konnte. Weller stand zunächst hinter ihr, dann nahm er neben ihr Platz.

Rupert guckte Liane fragend an, doch sie schickte die beiden nicht weg. Stattdessen sagte sie: »Die zwei werden Ihnen helfen, Ihre Legende aufrechtzuerhalten. Niemand darf wissen, wo Sie sind. Der Kontakt zu Ihrer Frau, zu Ihren Freunden wird über die beiden laufen.« Liane Brennecke sah Ruperts fragenden Blick und deutete auf Frank Weller und Ann Kathrin Klaasen.

»Im Ernst?«, fragte Rupert.

Liane Brennecke nickte.

»Heißt das«, fragte Rupert, »dass ich nicht mit meiner Frau telefonieren muss?«

Weller zeigte auf wie in der Schule und sagte brav: »Das übernehme ich.«

Dirk Klatt brummte etwas Unverständliches und zupfte an seiner Zunge herum. Irgendetwas im Mund störte ihn und nahm seine Aufmerksamkeit in Anspruch. Wahrscheinlich hatte er von den Sanddornkeksen probiert, die auf dem Tisch standen, und die waren schon ein paar Wochen alt.

Klatt bog sich durch, als würde ihm etwas weh tun, entweder die Knie oder der Rücken. Vielleicht sogar beides.

Ann Kathrin registrierte, dass seine schwarzen Lederschuhe lange nicht geputzt worden waren. Sie waren nicht schmutzig, aber rissig und matt. Die Spitzen abgeschrammt.

Sie hatte ihn als einen Menschen kennengelernt, der auf seine Kleidung achtete und um ein korrektes Aussehen bemüht war. Etwas war hier aus der Spur geraten. Entweder er lebte seit Wochen aus dem Koffer, oder, was sie eher glaubte, er befand sich in einer Lebenskrise. Möglicherweise die Trennung von seiner Frau.

War sie bisher immer fürs Schuheputzen zuständig gewesen?, fragte Ann Kathrin sich. Jedenfalls hatte seine schlechte Laune nicht nur mit dem Fall zu tun.

Liane stellte klar »Sie telefonieren mit niemandem. Wir legen Ihr Handy still, damit Sie nicht geortet werden können. Sie erhalten ein Handy von uns.« Sie hielt ihre offene Hand hin, als sei Rupert ihr etwas schuldig.

Er gab ihr sein Handy.

Weller versuchte, seinem alten Kumpel Mut zu machen: »Mach dir keine Sorgen, Alter. Ich klär das. Ich kann ja allen erzählen, dass du ...«

Klatt unterbrach Weller: »Was Sie erzählen und was nicht, sagen wir Ihnen. Hier wird eine Legende festgelegt. Schon mal was davon gehört? Sie beide«, er bohrte mit dem Finger vor Weller und Ann Kathrin Löcher in die Luft, »sind mir dafür zuständig, alle Verbindungen zwischen Ihrem Kollegen und der Außenwelt völlig zu kappen. Rupert existiert ab jetzt praktisch nicht mehr. Ist das klar?«

Weller zuckte zusammen, nickte aber. In Ann Kathrin regte sich noch heftiger Widerstand: »Wie soll das denn überhaupt gehen?«, fragte sie.

Rupert verspürte Hoffnung: »Vielleicht«, bat er Frank Weller, »kannst du ja als Erstes meine Schwiegermutter anrufen und ihr sagen, dass ich heute nicht zu meinem Geburtstag kommen kann. Oder besser noch, geh du für mich hin. Es gibt Buttercremetorte. Du magst doch Buttercreme, oder?«

Klatt spuckte in ein Papiertaschentuch und wischte mit seiner Zunge über den Handrücken. Er verzog angewidert das Gesicht.

Mit einer schneidenden Handbewegung brach Liane Brennecke das Gespräch ab. »Wie das alles zu geschehen hat, das klären wir später.« Sie streckte ihren linken Arm aus und tippte auf die Uhr an ihrem Handgelenk. »Die Zeit läuft.«

Klatt stöhnte. Sie erteilte ihm gestisch das Wort. Doch er hätte ihr die Sache am liebsten überlassen. Er hatte viel zu viel mit den Krümeln im Mund zu tun, und überhaupt war ihm heute sein ganzer Körper noch mehr im Weg als sonst.

Er schob die Papiere, die vor ihm auf dem Tisch lagen, zu Liane rüber. Es passte ihr nicht, wie er mit ihr umging. Die beiden standen offensichtlich in scharfer Konkurrenz zueinander.

Sie nahm die Gelegenheit wahr, zu beweisen, dass sie nicht nur besser aussah als er, sondern auch noch mehr draufhatte. Sie brauchte die Papiere nicht, sie wusste die Fragen auch so.

Rupert kam sich vor, als müsse er seine Abiturprüfung wiederholen. Sie fragte: »Was fällt Ihnen zum Thema Wein ein?«

»Wein?«

Liane nickte.

Wie immer, wenn Rupert an seine verstorbene Mutter aus dem Ruhrgebiet und ihre Lebensweisheiten dachte, verfiel er in ihren Ruhrpott-Slang: »Dat schönste am Glas Wein ist dat Pilsken danach«, lachte er in der Hoffnung, die anderen mit dem mütterlichen Humor anstecken zu können. Doch dem war nicht so.

Klatt versaute ihm die Stimmung sofort: »Sie stehen hier nicht auf der Kleinkunstbühne im Talentwettbewerb für Nachwuchs-Comedians.« Jetzt sprach er jedes Wort ganz langsam aus: »Was wissen Sie über Weine?«

Weller, der ein wirklicher Weinkenner war und für diese Leidenschaft mehr Geld ausgab, als Ann Kathrin lieb war, sah Rupert herumeiern. Er hätte ihm nur zu gern geholfen, doch er wusste nicht, wie.

»Nun, es gibt Rotwein und Weißwein, das weiß doch jedes Kind. Und wenn man die beiden zusammenschüttet, entsteht Rosé«, behauptete Rupert.

Klatt stöhnte und sagte es freiheraus: »Sie werden ihn am ersten Abend erschießen.«

»Wen? Mich?«, entfuhr es Rupert.

Liane versuchte, die Situation zu retten. Zunächst stellte sie klar: »Frederico Müller-Gonzáles ist ein Weinliebhaber. Er besitzt mehrere Weinberge, unter anderem in …«

»Das ist doch jetzt völlig egal«, polterte Klatt.

Ann Kathrin versuchte zu helfen: »Mit einer guten Geschichte lässt sich alles erklären. Vielleicht könnte er behaupten, aus gesundheitlichen Gründen für eine Weile abstinent zu sein, und in der Zeit will er auch nicht über Wein reden, weil ...«

Klatt schlug sich mit der flachen Hand gegen die Stirn und polterte: »Sicher! Vielleicht ist er ja auch Moslem geworden. Das alles glaubt uns doch kein Mensch!«

Weller versuchte zu schlichten: »Wir können Rupert nicht auf die Schnelle zum Weinkenner machen, aber ich könnte ihm ein paar Grundbegriffe ...«

Klatt beugte sich weit über den Tisch vor: »Dafür haben wir jetzt keine Zeit. Wir haben noch eine Menge Arbeit vor uns, und in zwei Stunden wird er hier abgeholt.«

»In neunzig Minuten«, korrigierte Liane Brennecke.

Ruperts Handy spielte in Lianes Tasche *Born to be wild*. Liane Brennecke sah auf das Display: »*Schwiemu* steht hier.«

Rupert stöhnte: »Das ist meine Schwiegermutter.«

Liane schaltete das Handy einfach aus.

»Sie wird stinksauer sein«, protestierte Rupert.

Weller versuchte, ihn zu beruhigen: »Ich klär das. Verlass dich drauf, ich klär das.«

Liane machte Rupert Mut: »Nichts wird so heiß gegessen, wie es gekocht wird. Sie müssen sich einfach bewusst sein, dass Sie der Boss sind, Frederico. Niemand wird Ihre Befehle in Frage stellen. Wenn Sie über ein Thema nicht reden wollen, traut sich keiner, es ein zweites Mal anzusprechen.«

Rupert fühlte sich sofort besser. Er zog den Bauch ein, drückte die Brust raus und hätte sich beinahe in den Schritt gegriffen, beherrschte sich aber im letzten Moment. Er reckte sein Kinn männlich nach vorn.

Ann Kathrin registrierte, wie schnell man aus Rupert die Luft rauslassen konnte, aber wie leicht er auch wieder aufzublasen war.

»Letztlich«, erklärte Liane der ganzen Runde, »hat er die Handlungsführung. Das dürfen wir nicht vergessen. Mir gefallen seine Sprüche. Alle werden darüber lachen und es für einen Scherz halten. Sie finden das cool. Sie finden das locker. Und selbst wenn nicht, wird es niemand wagen, ihm zu sagen, was für einen Mist er da erzählt. Interpol rechnet seiner Organisation vierundfünfzig Morde zu.«

»Sein Vater«, ergänzte Klatt und machte dabei eine Geste, als würde er seinen Hals in der Höhe des Kehlkopfs durchschneiden, »hat Konkurrenten, Kritiker oder Verräter gern köpfen lassen. Zur Abschreckung.« Klatt machte ein erstaunlich unschuldiges Gesicht: »Im Grunde hat er uns viel Arbeit abgenommen. Keiner hat in den internationalen Drogenkartellen so sehr aufgeräumt wie er. Die meisten Morde sind nicht auf unserem Kontinent geschehen. Hier verhalten sie sich wie brave Geschäftsleute. Aber mit Ihrer Hilfe«, er zeigte auf Rupert, »dringen wir in die Spitze der Organisation vor. Erfahren alles. Können den Staatsanwälten schließlich Beweismaterial liefern, und dann – bouw – lassen wir die ganze Bande hochgehen und bis ans Lebensende im Knast schmoren. Das wird der größte Schlag gegen Drogenkartelle in der Geschichte unseres Landes, ja, Europas!«, versprach Klatt mit leuchtenden Augen.

Ann Kathrin machte ihrem Unbehagen Luft: »Und wenn das alles funktioniert, dann werden Sie«, sie deutete auf Klatt und Liane Brennecke, »die Karriereleiter bis ganz nach oben erklimmen. Wenn es aber schiefgeht, wird Rupert dran glauben müssen.«

Rupert fasste sich an den Magen. Er hatte das Gefühl, Durchfall zu bekommen. Er wusste nicht so recht, ob er sich wie ein Held vorkam oder wie ein Versager. Brauchten die hier nur einen nützlichen Idioten?

»Machen wir weiter«, forderte Liane mit einer Andeutung auf die Uhr. Sie griff unter den Tisch und zog einen großen Reisekoffer hervor. Er war durch ein Zahlenschloss gesichert. Sie öffnete ihn. Zuoberst lagen mehrere große Fotos. Sie zeigte sie herum.

»Ein bisschen müssen wir noch an seinem Outfit arbeiten. Das Foto von Frederico in der Bar ist zwei Jahre alt. Er hat inzwischen ein bisschen zugelegt. Ich schätze, acht bis zehn Kilo. Und außerdem hat er nun einen Schnauzbart.«

Rupert guckte auf das Bild und schüttelte den Kopf: »Nee! Ich bin doch kein Seehund!«

»Unter Latinos ist das gerade der Knaller«, betonte Liane. »Wir haben hier mal was vorbereitet. Ich habe verschiedene …« Sie sprach nicht weiter, sondern breitete eine Palette von Schnurrbärten hinter Folie vor Rupert aus. Er fand, dass einer schrecklicher aussah als der andere. Aber er kapierte, dass das Ganze seiner Sicherheit diente.

»Er ist sechs Jahre jünger als Sie«, warf Klatt ein.

»Sieben«, korrigierte Liane Brennecke mit einem geradezu triumphalen Lächeln und schrieb sich innerlich einen Punkt gut.

»Das sieht man nicht«, sagte Ann Kathrin anerkennend. »Entweder hat Rupert sich gut gehalten, oder dieser Frederico betreibt Raubbau mit seinem Körper.«

»Das süße Leben«, flötete Rupert, »hat eben auch seinen Preis«, und er war nur zu gern bereit, den zu bezahlen.

»Eigentlich«, gestand Liane, »bräuchten wir eine Maskenbildnerin, um ihn umzugestalten. Aber es geht auch so.«

Rupert durfte sich keineswegs einen Bart aussuchen, sondern sie zog den heraus, der ihrer Meinung nach dem des echten Müller-Gonzáles am nächsten kam. Hinten war ein Klebstoff drauf, ähnlich wie bei einem Pflaster. Schon war sie bei Rupert und fuhr mit dem Zeigefinger mehrfach unter seiner Nase lang, als müsse sie dort erst saubermachen.

Rupert durchlief ein Schauer. Jetzt war sie so nah bei ihm, dass er vollständig in Erdbeerduft eingehüllt war. Meinte seine Beate das, wenn sie davon sprach, dass jemand eine Aura habe? War Erdbeerduft eine Aura oder ein Aroma?

Während Liane den Schnurrbart unter seiner Nase festklebte und anschließend ihr Werk kritisch betrachtete, präsentierte Klatt weitere Schauergeschichten über Frederico Müller-Gonzáles und seine Familie. »Jetzt denkt ihr natürlich, Fredericos Vater sei der große Killer, aber das ist Quatsch. Er hat lediglich ein paar Bars betrieben, im Grunde ein kleines Licht unter den Rotlichtgrößen. Aber als er Valentina Gonzáles kennenlernte, heiratete er in ein Verbrechersyndikat ein, das sich in Lateinamerika bereits wie ein Krake ausgebreitet hatte. Seine Frau, so sagt man, führte die Geschäfte. Sie hat ihn zum König gekürt, ist aber im Hintergrund die planende Kraft. Jetzt möchte sie ihren Sohn an die Spitze bringen. Wenn ihm der Deal in Deutschland gelingt, dürfte der Kronprinz zum König werden. Es läuft immer nach dem gleichen Prinzip ab: Sie kommen in ein Land und übernehmen da die Geschäfte der örtlichen Drogendealer. Wer sich nicht freiwillig unterwirft, hat nur noch kurze Zeit zu leben. In Teilen von Brasilien, Mexiko und Kolumbien hatten sie eine Weile fast vollständig die Oberhand, doch da weht ihnen jetzt ein scharfer Wind ins Gesicht. Sie geraten zunehmend unter Druck arabischer und russischer Clans. Die Tschetschenen mischen jetzt auch überall mit. Vielleicht weichen sie deshalb nach Europa aus. Keine Ahnung. Aber all das wird er herausfinden – wenn sie ihn«, er zeigte auf Rupert, »nicht vorher umlegen.«

Der musste dringend zur Toilette. Außerdem begann der Schnauzbart unter seiner Nase zu jucken. »Ich … dieser Bart, das ist so ungewohnt …«

Ann Kathrin wollte hilfreich eingreifen: »Können wir nicht einfach behaupten, er habe sich den Bart abrasiert?«

»Klar«, donnerte Klatt, »er ist plötzlich Antialkoholiker geworden, hat zehn Kilo abgenommen und sich den Bart rasiert. Tolle Geschichte!«

Weller wandte ein: »Er kann ja schlecht in neunzig Minuten zehn Kilo zunehmen.«

»Wir könnten ja«, schlug Rupert vor, »zu Gittis Grill fahren. Ein Manta-Teller ist mir sowieso lieber als die Buttercremetorte meiner Schwiegermutter.«

Weller erklärte den anderen: »Gittis Grill ist ein Imbiss, gegenüber vom Amtsgericht in Norden. Ein Manta-Teller ist eine Riesencurrywurst mit doppelt Pommes und Mayonnaise.«

Fast nebenbei erwähnte Liane Brennecke: »Frederico ist übrigens Vegetarier.«

Ann Kathrin sackte in sich zusammen. Sie hielt sich eine Hand vors Gesicht, um den anderen nicht ihre nackte Emotion zu zeigen. Rupert als vegetarischer Weinkenner, das war mehr als komisch, das ging in Richtung Tragikomödie.

Jetzt war der Punkt erreicht, an dem Rupert aussteigen wollte: »Also hört mal zu: Das alles ist ja ganz prima, und ich wäre auch fast drauf reingefallen. Da habt ihr mir zu meinem Geburtstag wirklich eine Supershow geliefert. Aber nichts für ungut, Leute, ich muss jetzt los, sonst kriege ich 'ne Menge Stress mit meiner Schwiegermutter und mit meiner Frau. Das versteht ihr doch bestimmt. War ein Supergag. Selten so gelacht. Ich hoffe, das hat keiner von euch aufgenommen, und wir sehen es gleich auf YouTube oder so ...«

»Ich muss Sie enttäuschen, junger Freund«, spottete Klatt. »Das hier ist kein Scherz. Sie haben sich oft beim BKA beworben. Dies hier ist Ihre Eintrittskarte. Sie kommen als verdeckter Ermittler, helfen uns, diesen gordischen Knoten zu zerschlagen, und dann stehen Ihnen bei uns alle Türen offen.«

Rupert schluckte.

Liane strich mit der Hand über Ruperts Hemd und lächelte: »So geht das natürlich nicht. Er braucht andere Klamotten. Frederico trägt maßgeschneiderte Anzüge.«

»Ja, soll ich erst noch zum Schneider?«, fragte Rupert genervt.

»Nein«, sagte sie. »Als wir ihn verhaftet haben, ist uns auch sein gesamtes Gepäck in die Hände gefallen. Das hier sind seine Originalklamotten.« Sie zog ein Hemd aus dem Koffer und hielt es vor Ruperts Oberkörper. Das Hemd war rosa, mit weißem Kragen und weißen Manschetten.

»Ich trage keine rosa Hemden«, protestierte Rupert.

Liane lächelte seinen Einwand weg: »Das glauben wir Ihnen gerne, werter Kollege, aber Sie sind jetzt nicht mehr Rupert, sondern Frederico Müller-Gonzáles. Und er liebt nun mal helle Farben. Champagnerfarbene Anzüge, rosa Hemden und dazu als Kontrast eine dunkle Krawatte. Sie können doch einen doppelten Windsorknoten binden, oder?«

»Rupert war auf der Polizeiakademie, nicht auf der Schauspielschule«, gab Ann Kathrin zu bedenken. »Das Ganze hier gefällt mir nicht. Ich finde, wir sollten das abblasen. Rupert, lass dich nicht darauf ein!«

Klatt fixierte Ann Kathrin wütend. Er ballte die Faust: »Was erlauben Sie sich?«

Ann Kathrin hatte das Gefühl, sich schützend vor ihren Mitarbeiter stellen zu müssen. Sie schielte zu Weller rüber. Er nickte ihr zu. Es tat ihr gut, Unterstützung von ihrem Ehemann zu spüren, aber sie hätte es sowieso getan.

»Das hier ist Wahnsinn«, mahnte sie. »Jeder sieht doch, dass das schiefgehen muss.«

Rupert fühlte sich nicht beschützt von ihr, sondern in seiner Ehre gekränkt. Vielleicht war ihr Protest ausschlaggebend dafür, dass er nun doch einwilligte: »Also los, dann lasst mich mal die maßgeschneiderten Anzüge anprobieren. Champagnerfarben klingt doch schon mal ganz gut. Obwohl, cognacfarben fände ich besser.«

Als er den hellen Anzug sah, wusste er sofort, was Beate dazu sagen würde: *Wenn da Flecken drankommen, kriegst du die nie wieder raus.*

Der richtige Frederico Müller-Gonzáles, sozusagen das Original, saß derweil in Lingen in seiner Zelle und fühlte sich falsch. Er kaute auf seinen Fingernägeln herum. Er schämte sich. Er hatte auf ganzer Linie versagt. Seine Leute durften nie erfahren, was mit ihm geschehen war. Lieber würde er sich umbringen. Aber das hatte nicht mal geklappt, als er noch sämtliche Möglichkeiten hatte, sich zu vergiften, sich einen goldenen Schuss zu setzen oder in die Luft zu sprengen.

Hier hatten sie ihm alles abgenommen, womit er in der Lage gewesen wäre, sich ins Jenseits zu befördern. Nicht mal Schnürsenkel hatte er in den Schuhen. Sein Vater oder seine Mutter durften ihn niemals so sehen.

In Winsen an der Luhe hatten sie ihn erwischt. Ausgerechnet! Und jetzt saß er, der Erbe eines Imperiums, in Lingen im Knast. Vermutlich hatten sie ihn hierhingebracht, weil hier das einzige Gefängniskrankenhaus in Niedersachsen war, und er brauchte wahrlich ärztliche Hilfe.

Sie hielten ihn von den anderen Gefangenen getrennt. Ihm war es recht. Er wollte jetzt keine Gesellschaft. Vermutlich hatten sie Angst, er könne hier von Mitgefangenen umgebracht werden. Er stand auf der Abschussliste zweier Clans ganz oben. Und innerhalb der eigenen Organisation gab es auch ein paar Gestalten, die sich loyal gaben, aber zu gern an seiner Stelle die Thronfolge übernommen hätten.

Meine einzige Möglichkeit, hier im Knast zu sterben, ist die, dass mich einer von ihnen erwischt. Der Gedanke hatte etwas Verlockendes an sich. Er musste es nicht einmal mehr selbst tun. Es reichte, wenn er im richtigen Moment den falschen Leuten beim Hofgang den Rücken zudrehte.

Alles hatte in Moskau begonnen, in der Tretjakow-Galerie. Dort hatte er das ›Schwarze Quadrat‹ von Kasimir Malewitsch gesehen, und seitdem war sein Leben anders verlaufen. Malewitschs Versuch, die Kunst vom Ballast des Gegenständlichen zu befreien, hatte ihn wie eine Erkenntnis getroffen, die sein ganzes Leben erschütterte, ja, zu einem Paradigmenwechsel geführt hatte.

Vorher hatte er Malewitsch gar nicht gekannt. Das Bild war schon 1915 entstanden, galt heute als Ikone der Malerei. Malewitsch war deswegen mit Spott überzogen und mit Verachtung gestraft worden. Und auch damit konnte Frederico etwas anfangen. Wartete nicht auch etwas Vergleichbares auf ihn, wenn er endlich zeigte, wer er wirklich war?

Alles, was wir geliebt haben, ist verlorengegangen: Wir sind in einer Wüste … Vor uns steht ein schwarzes Quadrat auf weißem Grund.

Diese Worte von Malewitsch hatten sich ihm tief eingeprägt. Jetzt, im Gefängnis, sah er dieses Bild vor sich. Das weiße Feld ist das Nichts, dachte er.

In der Eremitage in St. Petersburg, dem wahrscheinlich schönsten und größten Museum der Welt, für ihn bedeutender als der Louvre in Paris, den er natürlich auch mehrfach besucht hatte, hing ein weiteres schwarzes Quadrat von Malewitsch. Er war auch dorthin gefahren und hatte es sich angesehen.

Wie großartig diese Wirkung zwischen den Leonardos, Picassos, Rembrandts und Matisses, zwischen all der Farbe war dieses schwarze Quadrat die eigentliche Erkenntnis, die Verdichtung der Farbe zu einer undurchdringlichen Masse.

Es gab noch ein drittes Bild, 30 × 35 Zentimeter. Es galt als verschwunden. Er hätte alles gegeben, um dieses Kunstwerk aufzutreiben. Er wollte es besitzen. Nichts war wichtiger für ihn.

Er hatte Kunsthistoriker befragt, Detektive in Russland und in Europa beschäftigt. Einmal gab es einen Hinweis, den er vielversprechend fand. Auf der Flucht einer jüdischen Familie sollte das Bild bis nach Israel gelangt sein. Die Spur verlor sich in Haifa.

So deprimierend diese ganze Recherche war, so viel Mut hatte sie ihm auch gemacht, denn es bedeutete doch eins: Das Bild existierte noch. Es wurde als *bildhafte Masse in zwei Dimensionen in einem Zustand der Ruhe* bezeichnet. Nicht einfach als *Schwarzes Quadrat auf Weiß*, aber genau das war es.

Geld spielte für ihn keine Rolle. Ob das Bild fünf Millionen oder zehn kosten würde, was machte das schon aus, ging es doch um eine malerische Großtat. Den Versuch, von der rein gegenständlichen zur abstrakten Kunst zu kommen.

Seine Eltern akzeptierten, dass er Kunst sammelte. Für sie war das eine reine Kapitalanlage. Leicht zu transportieren, mit großen Wertsteigerungschancen. Eine gute Möglichkeit, schwarzes Geld in weißes zu verwandeln. Sie selbst setzten mehr auf Diamanten und Goldmünzen.

Sein Vater verstand überhaupt nichts von Kunst, hatte im Wohnzimmer einen röhrenden Hirsch über der Couch und daneben eine vollbusige Zigeunerin. Er kannte die Namen der Maler nicht, behauptete aber, das seien noch richtige Künstler gewesen, die auch malen konnten. Abstrakte Malerei, für die Frederico ihn gerne begeistert hätte, war für ihn Betrug, weil sich da Leute als

Maler ausgaben, die offensichtlich gar nicht malen konnten. In diesem Sinne hatte er schon wieder Respekt vor ihnen. Jemand, der mit seinen Hochstapeleien so viel Geld verdiente, beeindruckte ihn durchaus.

Er hatte seinem Vater ein Foto von Malewitschs ›Schwarzem Quadrat‹ gezeigt. Darüber hatte sein Vater laut gelacht und es für einen Witz gehalten.

Wenn sein Vater versuchte, etwas zu erklären, wählte er gern Vergleiche aus dem Rotlichtmilieu, denn darin kannte er sich nun wirklich aus: »Wir hatten mal eine Marlene in unserem Strip-Club, die konnte weder tanzen, noch war sie eine richtige Frau. Aber an manchen Abenden hat die mehr Euros gemacht als die meisten ihrer Kolleginnen. Sie wusste nämlich, was sie nicht kann und nicht ist, und deswegen gab sie sich besonders viel Mühe im Blenden. Die hat die Kerle angegraben mit ihren Augen und mit ihren Lippen, die hat sie völlig verrückt gemacht und ihnen das Gefühl gegeben, etwas ganz Besonderes zu sein. Einmal ist einer durchgedreht, als er auf dem Zimmer feststellte, dass sie eine Transe war. Vier Messerstiche hat er ihr verpasst. Sie ist nie wieder aufgetreten, unsere Marlene ... Ich habe ihr einen Job hinterm Tresen angeboten, aber das wollte sie nicht. Sie hat das psychisch irgendwie nicht hingekriegt, wollte überhaupt keine Bar mehr von innen sehen. Sie hat jetzt einen Käsestand, mit dem sie über die Märkte zieht. Immer schön an der frischen Luft, und ich wette, die verkauft den Käse mit der gleichen Leidenschaft wie damals sich selbst. Wahrscheinlich kann die dir ein Stück Fleischwurst als Schweizer Käse verkaufen, wenn sie möchte. Sie ist wirklich überzeugend. Leider ein sehr unglücklicher Mensch ...«

»Ich fürchte, das war Kasimir Malewitsch auch«, hatte Frederico geantwortet. Aber sein Vater wusste schon nicht mehr, wer dieser Kasimir sein sollte. Den Zusammenhang zu dem Bild hatte er vergessen. Er merkte sich nur Sachen, die wirklich wichtig für ihn waren.

Im Hotel am Schlossplatz in Winsen an der Luhe hatte Frederico auf den Gewährsmann gewartet, der ihm Zugang zum dritten ›Schwarzen Quadrat‹ ermöglichen wollte. Angeblich kannte er den Besitzer.

Frederico war nie zuvor in dem niedersächsischen Städtchen gewesen. Es lag nicht weit von Hamburg entfernt und gehörte zum Landkreis Harburg. Angeblich konnte man im Hotel am Schlossplatz gut essen, aber mittwochs war dort geschlossen, deswegen suchte er einen vietnamesischen Imbiss nebenan auf. Es gefiel ihm, so zwischen all den Leuten zu sitzen, ganz normale Klamotten zu tragen, Turnschuhe, eine Jeans, ein T-Shirt und ein Baumwollhemd, das offen über der Hose baumelte. Ein Maßanzug wäre hier unangebracht gewesen.

Ich trage so viele Masken, dachte er, ich wechsle so oft die Gestalt.

Langsam wusste er nicht mehr mit Bestimmtheit, wer er selber war, ja sein wollte. Und jetzt sollte er das Imperium übernehmen. Die Abwehrschlacht gegen die Russenmafia führen. Die arabischen Clans in die Schranken weisen, und vor allen Dingen brauchten sie eine eigene Bank. Nur so ließ sich Geld im großen Stil waschen.

Bei den explodierenden Immobilienpreisen in den Großstädten, hatte seine Mutter ihm in scharfen Worten erklärt, sei mehr Geld zu machen als mit Drogen, und dazu noch völlig legal. Sie kannte die Immobilienpreise ganzer Straßenzüge in Köln, Frankfurt, Berlin und München auswendig. Es ging darum, sechshundert, vielleicht siebenhundert Millionen zu investieren. In seiner Familie ging man davon aus, dass sich eine Investition jährlich verdoppeln musste, um sinnvoll zu sein. Wenn man dann auch noch Steuern bezahlen musste, wurde es selbst mit Immobilien eng.

Ihn interessierte das alles im Grunde nicht. Er stellte sich vor, es seinen Eltern zu sagen: *Ich möchte nicht nur Sammler sein, ich möchte selbst malen. Und jetzt machen wir gleich reinen Tisch, liebe Eltern: Ich bin mir über meine sexuelle Ausrichtung nicht so ganz im Klaren. Es gibt da auch etwas in mir …*

Es fiel ihm schwer, sich auch nur vorzustellen, seinen Eltern davon zu erzählen. Ja, verflucht, er hatte sogar Schwierigkeiten, es sich selbst einzugestehen. Vermutlich war er bisexuell. Er hatte nicht mal ein richtiges Wort dafür.

Oh ja, er mochte Frauen, konnte Spaß mit ihnen haben. Aber manchmal fühlte er sich mehr zu Männern hingezogen.

Für seine Mutter war so etwas völlig unmöglich. Sie dachte sehr traditionell. Ja, sie regierte eine Verbrecherorganisation. Aber sie war auch katholisch. Nie hätte sie freitags Fleisch gegessen oder am Sonntag den Gottesdienst versäumt. Und sie wäre lieber gestorben, als ihren Mann zu betrügen. Dass er ständig Affären hatte, wusste sie, ignorierte es aber, als würde nur stattfinden, worüber auch geredet wurde. Für sie war das rein geschäftlich. Das eine war, wie man sich skrupellos in der Welt behauptete, und das andere war die Familie. Die heilige Familie!

Auf Drängen seiner Eltern hatte er sogar geheiratet. Eine Frau, die die Familie für ihn ausgesucht hatte. Damit wurden zwei mächtige Familien vereint. Die Müller-Gonzáles und die Rossi.

Die Rossi kamen vom Glücksspiel, besaßen Pferde und Casinos. Aber sie wollten dahin, wo mehr Geld zu machen war.

Madonna Rossi und er hatten pompös geheiratet. Alle sollten wissen, dass der Krieg der Familien beendet war. Sie vereinten ihre Armeen gegen die arabischen Clans.

Madonna war eine schöne, temperamentvolle Frau mit langen

schwarzen Haaren. Wenn sie vor Zorn ihre Locken nach hinten warf, bebte die Erde um sie herum. Sie hasste die Sängerin Madonna, weil sie ständig das Gefühl hatte, mit ihr verglichen zu werden. Niemand durfte einen Madonna-Song spielen, wenn sie sich im Raum befand. Auf solche Provokationen reagierte sie mit legendären Wutanfällen.

Sie ritt leidenschaftlich gern und war als Bogenschützin zu einigem Ruhm gelangt. Sie war lesbisch, was aber niemand, nicht mal ihr Ehemann, wissen sollte.

So spielten sie eine Weile Ehepaar. Er, ständig unterwegs in den Museen der Welt, jettete von einer Vernissage zur anderen. Sie war bei Reit- und Bogenturnieren anzutreffen.

Sie hatten ihre Ehe gut organisiert. Sie stritten sich nicht. Sie gingen sich einfach aus dem Weg. Meistens lebten sie sogar auf unterschiedlichen Kontinenten.

Für die beiden Familien spielte sie die eifersüchtige Ehefrau, die rasend wurde, wenn sie ihren Mann in den Armen einer anderen vermutete. Im Inszenieren von Eifersuchtsdramen lief sie zu märchenhafter Größe auf. Sie sahen sich praktisch nur zu hohen Feiertagen und runden Geburtstagen.

Frederico konnte es kaum abwarten, das Bild in den Händen zu halten. Der Mittelsmann hatte versprochen, es möglicherweise gleich mitbringen zu können. Frederico war ums Schloss spazieren gegangen, hatte sich das kleine Museum angeschaut und Stunden in der Stadtbibliothek verbracht, zwischen den Bildbänden über moderne Kunst.

Doch das Treffen zögerte sich immer weiter hinaus. Dafür wuchs das Versprechen, er käme gleich mit dem Bild. Er nannte sich Eckermann, wie der Herausgeber der Goethe-Gesamtausgaben, der ebenfalls aus Winsen an der Luhe kam und als Goethes Sekretär galt. Eckermann hatte sich mit seinen eigenen Gedichten nie durchsetzen können, aber durch seine Freundschaft zu Goethe und die Veröffentlichung der Gespräche mit ihm hatte er eine gewisse Berühmtheit erlangt. Zu Lebzeiten hatte ihm das nicht viel genutzt, wie Frederico wusste. Er starb verarmt. Heute kannte ihn jeder Germanistikstudent, und seine Geburtsstadt war stolz auf ihn.

Allein der Preis hätte ihn schon stutzig machen müssen. Eckermann verlangte zweihunderttausend in bar für den Besitzer des Bildes plus fünfzigtausend für die Vermittlung. Ein Spottpreis! Das Ding war das Zehn- bis Zwanzigfache wert.

In allen Cafés der Stadt hatte er inzwischen Kaffee getrunken und Torten probiert. Als es dann endlich zur Übergabe kam und Eckermann ihm das Bild im Park präsentierte, während aus einer Teichanlage Wasser plätscherte und eine Entenfamilie über die Wiese watschelte, wusste Frederico auf Anhieb, warum es so lange gedauert hatte: Die Farbe war noch nicht mal richtig trocken. Dieses Bild war eine talentlose Fälschung, schnell hingepfuscht in der Hoffnung, rasch Geld zu verdienen.

Er brauchte dafür kein Gutachten. Dieses Bild hatte einfach keine Magie, kein Flair, strahlte nichts aus von dem, was er in der Eremitage und der Tretjakow-Galerie erlebt hatte. Sein Herz begann nicht, wild zu pochen. Das hier war so unerotisch wie ein desinfizierter Operationssaal.

Dieser plumpe Versuch, ihn hereinzulegen, hatte ihn nicht wütend gemacht, sondern lediglich traurig. Sein Vater hätte diesen Eckermann und seine Helfershelfer einfach umgelegt. Er war da anders. Nie hatte er das so sehr gespürt wie in diesem Moment. Etwas in ihm zerbrach völlig.

Das war der Augenblick, in dem er wusste, dass er zwar einer Verbrecherfamilie entstammte, aber doch selber keiner war.

Statt diesen schmalbrüstigen, angeblichen Kunsthistoriker an den nächsten Baum zu nageln, empörte er sich nur über die Gemeinheit. War verletzt, statt selbst zu verletzen.

Eckermann ging auf ihn los und versuchte jetzt, das Geld aus ihm herauszuprügeln. Doch da war Eckermann an der falschen Adresse. Frederico war nicht, wie alle dachten, in Lateinamerika groß geworden, hatte auch keineswegs Jahre seines Lebens in Rio verbracht. Das alles war nur behauptet worden, um ihn vor Entführungen zu schützen. Er war in der Nähe von Luzern aufs Gymnasium gegangen. Während seiner Internatszeit, darauf hatte sein Vater bestanden, hatte er eine Nahkampfausbildung machen müssen, wie sein Vater es nannte. Er durfte selbst wählen: Boxen, Judo oder Karate. Er hatte sich für Judo entschieden.

Er war nicht bis zum Schwarzen Gürtel gekommen, was seinem Vater gefallen hätte, sondern nur bis zum Blauen, aber immerhin, es reichte aus, um mit Eckermann fertig zu werden.

Er warf ihn kurzerhand in den Teich vor dem Schloss. Nein, er ertränkte ihn nicht. Er ging zurück ins Hotel, um seine Sachen zu packen. Er ließ sich aufs Bett fallen und weinte. Es war, als sei sein ganzes Leben sinnlos geworden.

Dann sprang er auf, um das Fenster zu öffnen. Er brauchte Luft. Von seinem Zimmer aus konnte er direkt aufs Rathaus sehen und auf die Glocken am Marstall. In diesem altherrschaftlichen Kornboden waren jetzt die Bibliothek und das Museum untergebracht, das er in den letzten Tagen so oft besucht hatte.

Draußen eroberten gerade die Jugendlichen die Innenstadt. Das Gewühle und Geschreie tat ihm gut. Und dann ertönte das Glockenspiel. »Der Mond ist aufgegangen«, das *Abendlied* von Matthias Claudius, erklang.

In seinem Kopf waren sofort die Worte da. Er sang es in Gedanken:

... So sind wohl manche Sachen,

Die wir getrost belachen,
Weil unsre Augen sie nicht sehn ...

Diese Zeilen hatten ihn immer schon sehr bewegt. Nicht wegen ihres christlichen Hintergrunds, sondern weil er wusste, wie viel er selber verbarg. Vor sich und vor der ganzen Welt.

Im Internat hatte er im Chor mitgesungen. Dort gehörte das *Abendlied* zum selbstverständlichen Repertoire. Dass es jetzt erklang, war für ihn wie ein Zeichen, fast so bedeutsam wie das ›Schwarze Quadrat‹.

Er suchte in seiner Tasche nach dem Besteck und dem Stoff, den er gerne *Engelsstaub* nannte, weil das schöner klang als das hässliche Wort *Heroin*.

Nein, er war nicht süchtig. Er konnte jederzeit damit aufhören. Zumindest glaubte er das von sich. Aber es gab Momente, da wusste er, dass er längst an der Nadel hing, wie so viele andere Süchtige, mit denen seine Familie Geld verdiente.

Die Eltern hatten es ihm eingeschärft. Wenn jemand wusste, wie gefährlich Heroin war, dann sie. Sein Vater nannte es *die Schweinedroge*. Niemals durfte einer aus der Familie das Zeug nehmen. Sie verkauften es, aber sie konsumierten es nicht.

»So wie jemand, der Sprengstoff produziert, sich auch nicht selber in die Luft jagt«, hatte sein Vater erklärt. »Nur Idioten nehmen das.«

Er konnte ihnen unmöglich sagen, dass er zu einem dieser Idioten geworden war. Für ihn war es kein Problem, an den Stoff zu kommen, und er jagte sich nicht irgendeinen verschnittenen Dreck in die Adern. Sein Heroin hatte einen beängstigenden Reinheitsgrad.

Im Grunde war er schon nach dem zweiten Schuss süchtig gewesen. Vielleicht noch nicht körperlich, wohl aber psychisch. Immer wenn er vor irgendwelchen Abbruchstellen stand, wenn etwas total schieflief, wenn er sich schämte und nicht weiterwusste, Mühe hatte, für sich selbst oder das, was er getan hatte, einzustehen, dann wurde der Wunsch danach übermächtig.

In Winsen an der Luhe, auf dem Parkplatz in der Plankenstraße, hatte er sich in seinem BMW X7 die Dosis in den Arm gejagt.

Dort war er gefunden worden, und sie hatten ihn zunächst ins Krankenhaus gebracht. Etwas hatte die Polizeibeamten aber stutzig gemacht: Die Junkies, die sie kannten, fuhren nicht solche Luxuskarossen.

Er war nicht unter seinem Namen Frederico Müller-Gonzáles gereist, sondern hatte einen seiner Alias-Namen gewählt. In seinem Ausweis und in den Wagenpapieren stand Ernesto Herhaus.

Man hatte alles für einen Selbstmordversuch gehalten und ihn in eine geschlossene Abteilung gebracht, wo die Menschen sehr freundlich mit ihm umgingen. Erst als die Polizei bei einer genaueren Kontrolle seinen Koffer öffnete, vier weitere Ausweise fand und darunter auch den mit dem Namen Frederico Müller-Gonzáles, holten sie ihn aus der Psychiatrie heraus und brachten ihn mit einem schwer bewachten Gefangenentransport nach Lingen. Dort saß er nun ein.

Er weigerte sich, mit irgendjemandem zu sprechen. Sie brachten sogar einen Anwalt zu ihm, aber er sprach kein Wort, auch nicht mit dem.

Seine Leute durften nie erfahren, was geschehen war. Niemals. Schmach und Schande waren einfach zu groß.

Wahrscheinlich, dachte Frederico, wäre es meinem Vater lieber, wenn ich tot wäre.

Er hatte seine Fingernägel so weit abgekaut, dass er Blut schmeckte. Was soll aus mir nur werden, dachte er, was? Ja, wäre ich ehrenhaft verhaftet worden, bei einem großen Deal oder durch Verrat, dann würden sie mich hier sofort rausholen. Mit Rechtsanwälten oder mit einer schwerbewaffneten Gang. In Bogotá hatten sie eine eigene Spezialtruppe, gut ausgebildet für Gefangenenbefreiung. Die holten jeden raus, überall. Für die war dieses Gefängnis in Lingen höchstens ein Witz. Die brauchten keine Nachschlüssel, knackten keine Sicherheitscodes. Die sprengten Mauern, kamen mit gepanzerten Fahrzeugen, benutzten Schnellfeuerwaffen und setzten Hubschrauber ein.

Es war praktisch ein Hobby seiner Mutter. Sie bestand auf einem militärischen Arm, der jederzeit in der Lage war einzugreifen. Ein Dutzend ehemaliger Soldaten. So konnte sie jedem loyalen Mitarbeiter versprechen: »Was auch immer geschieht, halte dich. Sag nicht aus. Warte ab. Wir kommen.« Und sie hatte noch immer Wort gehalten.

Wenn sie erfahren, wo ich bin, dachte er, werden einige von den netten Justizvollzugsbeamten hier sterben. Nein, das wollte er nicht. Sie waren freundlich zu ihm, höflich im Umgang. Er machte ihnen keine Schwierigkeiten, aber er sprach mit niemandem. Schon gar nicht mit einer Psychologin oder einem Anwalt.

Er war schweißgebadet. In diesem Zustand, so zusammengekauert, schwitzend, doch mit eiskalten Händen und Fingern, hatte er kein Zeitgefühl mehr. Wie lange war er schon hier?

Die Polizei war nun im Besitz seines Handys, und sie waren mit Sicherheit in der Lage, seinen PIN-Code zu knacken und das Handy auszulesen. Wie oft hatte die Mutter es ihm eingebläut: »Diese Teufelsgeräte sind schlimmer als ein Spitzel im eigenen Haus.« Sie hatte sich gegen die Stirn getippt: »Man hat alles hier oben. Nur hier. Speichere nie eine Nummer, nie eine Nachricht. Und man benutzt so ein Ding so selten wie möglich. Nur ein paar Tage, dann tauscht man es aus.«

In ihrer Welt der Drogenkartelle gehörte das alles dazu, so wie Banker Krawatten trugen. Es war eine Selbstverständlichkeit. Aber für ihn, zunächst im Internat in Luzern und dann, während er Kunstgeschichte studierte und sich in Studentenkreisen bewegte, waren solche Verhaltensweisen so weit weg. So unangemessen.

Es ging ihm ohnehin schlecht, aber wenn er daran dachte, dass die Polizei sein Handy auslas, wurde ihm richtig übel. Er hatte sogar die nächsten Termine in seinem Kalender gespeichert. Dazu YouTube-Videos über abstrakte Malerei, seine Lieblingsbands und Talkshow-Auftritte diverser Künstler. Er sah gerne Talkshows. Er hatte das Gefühl, dass die Menschen dort – im Gegensatz zu ihm – frei reden konnten. Nicht verschwiegen, was sie taten, sondern ihre Produkte anpriesen. Eine ganze Zeit lang hatte er sogar versucht, über das Talkshowgucken menschliches Verhalten zu erlernen.

Den ersten Termin, bei dem der große Deal vorbereitet werden sollte, hatte er mit einer Prise Koks in der Nase von der Brüsseler Straße in Köln nach Wangerooge verlegt.

Ja, so viel hatte er schon kapiert: Als neuer Boss konnte er sich nicht sagen lassen, wann und wo ein Treffen stattfand. Damit begann es bereits. Er musste von Anfang an Regie führen. Klarstellen, dass hier nach seinen Regeln gespielt wurde. Er musste bestimmen, wann, wo und wie. Dazu gehörte es auch, die anderen zu verblüffen. Er hatte das Café-Restaurant Pudding auf Wangerooge vorgeschlagen. Nein, nicht vorgeschlagen. Er hatte es ganz klar bestimmt.

Karl-Heinz Kleebowski, auch Kleebo genannt, obwohl er diesen Namen hasste, war sein Gewährsmann. Mit Fredericos Vorschlag war Kleebo sofort einverstanden. Er hatte Wangerooge schon als Kind mit seiner Mutter besucht und freute sich darauf, die Insel noch einmal wiederzusehen. Seine Mutter – leider mittlerweile schwerst dement – war immer noch die wichtigste Frau in seinem Leben, und gern besuchte er Orte, die er mit ihr gemeinsam kennengelernt hatte.

Frederico liebte symbolträchtige Plätze mit Blick aufs Meer wie den Pudding. Er erforschte sie geradezu, so, wie er Museen in aller Welt auf der Suche nach Sinn im eigenen Leben erkundete. Wangerooge war in kriegerischen Zeiten als Vorposten zum Schutz des Marinehafens Wilhelmshaven ausgebaut worden. Was jetzt ein Café mit Meerblick war, in dem wunderbare Torten angeboten wurden, hatte einst als Bunker ganz anderen Zwecken gedient.

Wenn er dort saß und aufs Meer sah, spürte er, dass es eine Hoffnung gab. Dass Dinge sich anders entwickeln konnten. Dass etwas, das für einen bestimmten Zweck gebaut worden war, später für einen ganz anderen genutzt werden konnte.

Er hatte sich eine Landkarte mit solchen Orten erstellt. Das Utkiek in Norddeich gehörte dazu. Das Café war auf einem ehemaligen Bunker errichtet. Darüber gab es sogar zwei Ferienwohnungen mit Meerblick.

Wenn aus Bunkern Cafés wurden, war das dann nicht ein Zeichen, dass sich die Welt zum Besseren wandeln konnte? Für ihn waren diese Cafés vergleichbar mit Kasimir Malewitschs Bild. Manche sahen nur ein schwarzes Viereck, so wie manche bloß ein Café, aber er erkannte den symbolischen Wert, die Bedeutung des Ganzen für die Welt. Er sah darin einen Entwicklungsschritt, und dazu brauchte er nicht einmal eine Prise Koks.

Sie werden dort auf Kleebo warten, dachte er und war zornig auf sich selbst. Es war ein unverzeihlicher Fehler, den Termin in seinen Handykalender einzutragen.

Karl-Heinz Kleebowski wurde auf drei Kontinenten gesucht. Nicht wegen der eigentlichen Geschäfte. Die liefen reibungslos. Nein, Kleebo hatte seine geliebte, aber leider demente Mutter in einer Altersresidenz in der Nähe von Venedig untergebracht. An jedem Geburtstag erschien der Sohn, um mit der Mutter Gondel zu fahren, und manchmal erinnerte sie sich daran, dass ihr früh verstorbener Mann in jungen Jahren ein Gondoliere gewesen war. Es war die beste von allen Seniorenresidenzen, darauf hatte Kleebo sich verlassen. Für seine Mutter war ihm nichts zu teuer.

Doch bei seinem letzten Besuch, sie war gerade vierundachtzig geworden, entdeckte er blaue Flecken in ihrem Gesicht, an ihren Armen und an ihrer Hüfte. Er fragte sie, wie das passiert sei, doch sie konnte sich nicht erinnern.

Kleebo beschuldigte die Pfleger, seine Mutter geschlagen zu haben. Zwei richtete er an Ort und Stelle hin. Er, der Profi, hatte in seiner Aufregung nicht einmal auf die Kameras geachtet, die ihn bei der Tat filmten.

Später stellte sich heraus, dass seine Mutter aus dem Bett gefallen war, so zumindest stand es in den Zeitungen.

Bei der anschließenden Verfolgungsjagd quer durch Italien und Frankreich gelang es Kleebo, mit neuen Papieren und einer Gesichtsoperation einen neuen Anfang zu machen. Er nannte sich jetzt Alexander von Bergen. Das machte Eindruck und gefiel ihm. Aber er musste sich eingestehen, dass ihm Kleebowski eigentlich doch besser gefallen hatte. In seinen Kreisen wurde er immer noch respektvoll Kleebo genannt. Oder, leicht spöttisch, in Anspielung auf seinen neuen Namen »der Adlige«.

Da Kleebo für die Organisation wichtig war, hatten sie vor zwei Jahren einen Autounfall organisiert. Der Wagen brannte völlig aus, und sie streuten geschickt Hinweise, dass Kleebo der Fahrer des Unfallwagens gewesen sei. Sie hatten dem Toten sinnloserweise die Zähne ausgeschlagen, bevor der Wagen abgefackelt wurde, denn anhand des Zahnstatus, so wussten sie, konnte jemand leicht identifiziert werden. Die führenden Mitglieder ihrer Organisation gingen allerdings gar nicht zu irgendwelchen normalen Zahnärzten, die über die Kassen abrechneten, Akten anlegten oder, noch schlimmer, die Patientendaten speicherten. Sie hatten praktisch ihr eigenes Gesundheitswesen. In Europa gab es einundzwanzig Zahnärzte, die ihr Vertrauen genossen, vier davon in Deutschland.

Einer wie Fredericos Vater ließ sich nicht irgendwo den Blinddarm herausnehmen oder eine Magenspiegelung machen. Sie hatten ihr eigenes kleines Krankenhaus beziehungsweise Ärzte, die von ihnen abhängig waren. Sogar eine Gynäkologie gehörte dazu.

Frederico versuchte, sich zusammenzureißen. Wenn er in diesem Zustand war, half es ihm manchmal, zu duschen. Erst heiß, dann kalt. Noch besser war natürlich ein Saunagang. Er befürchtete, dass das Wellness-Center hier im Gefängnis nicht ganz so gut ausgestattet war, wie er es gewohnt war.

Er ließ sich kaltes Wasser über die Handgelenke laufen und wusch sich das Gesicht mit klarem Wasser. Er sah in den Spiegel. Er hatte tiefe, dunkle Ränder unter den Augen, und er hätte sich am liebsten den Schnurrbart abrasiert. Er gab ihm etwas sehr Männliches und einen südländischen Einschlag, aber jetzt gefiel ihm der Schnurrbart überhaupt nicht mehr.

Er wollte sich verändern. Vielleicht sollte er sich lange Haare wachsen lassen. Oben hatte er bereits Geheimratsecken, wie sein Vater in jungen Jahren. Wahrscheinlich würde er genau wie der bald eine Glatze haben.

Was einem die Eltern alles aufbürden, dachte er. Man erbt nicht nur ihre Firma und ihre Grundstücke, sondern mit den Genen auch etwas von ihrem Aussehen.

Er hatte so viel gelesen und so viel studiert, doch verstand er nicht mehr vom Leben als Vögel von einer Fensterscheibe. Vögel, die, erst wenn ihr Genick brach, spürten, wie hart und undurchlässig Glas war.

Er malte so einen Vogel als Schattenriss an die Wand. Er ließ ihn fliegend mit der Realität zusammenstoßen und sah ihm dann beim Sterben zu.

Er wünschte sich die Zähigkeit seiner Mutter. Was würde sie in dieser Situation tun?

Musste er Kleebo warnen?

Aber wie sollte er das aus dem Gefängnis heraus tun?

Gab es hier Gewährsleute?

Noch befand er sich auf der Krankenstation.

Wenn die Bullen nicht völlig verblödet sind, werden sie versuchen, Kleebo im Café Pudding auf Wangerooge einzukassieren. Ein Mobiles Einsatzkommando wird auf ihn warten, und ich hoffe für die Jungs, dass sie kugelsichere Westen tragen. Kleebo ist nicht der Typ, der sich einfach so verhaften lässt.

Die Leitende Kriminaldirektorin Liane Brennecke drängte zum Aufbruch.

Rupert wurde es mulmig zumute. Gleich würde er ganz auf sich allein gestellt sein, und er hatte keine Ahnung, was zu tun war. Erst jetzt wurde ihm bewusst, dass er eigentlich ein Teamplayer war, eingebunden in diese kleine, aber verschworene ostfriesische Gemeinschaft. Hier war er vielleicht das schwarze Schaf, aber trotzdem anerkannt, einer von ihnen.

Er stellte sich nah zu Weller und raunte ihm zu: »Sag mal, Alter, kannst du nicht mitkommen?«

»Wie stellst du dir das denn vor?«

»Na ja, Gangster in dieser Qualität – ich meine, in dieser Größenordnung –, die haben doch bestimmt immer einen Diener bei sich oder so.«

»Diener? Ich soll deinen Diener geben?«

»Na ja, oder Chauffeur.«

»Chauffeur. Auf Wangerooge?«

»Meinetwegen Bodyguard.«

Das gefiel Weller schon besser, und auch er fühlte sich nicht gut dabei, Rupert allein zu lassen. Doch Klatt fuhr scharf dazwischen. Er war aufgestanden, und Ann Kathrin stellte fest, dass er O-Beine hatte. Vielleicht, weil sie mehrfach auf seine Schuhe geguckt hatte, war ihm jetzt bewusst geworden, dass sie ein wenig Schuhcreme nötig hatten. Er rieb die Spitze seines rechten Schuhs gegen das linke Hosenbein, um sie zu säubern. Jetzt war auch das Hosenbein schmutzig.

Er zog sich die Hose hoch bis zum Bauchnabel und stellte klar: »Jeder zusätzliche Beamte würde die Aktion gefährden. Wir müssen aufpassen, dass sie keinen Verdacht schöpfen«, sagte er zu Ann Kathrin Klaasen. Sie mochte diese Art von ihm nicht. Er sprach nicht gern mit den Leuten direkt, sondern redete nur die seiner Meinung nach wichtigsten Menschen an: die Vorgesetzten.

Sie guckte weg, so dass Klatt gezwungen war, sich direkt an Weller zu wenden: »Jemand könnte Sie erkennen. Und dann?«

Rupert ging geradezu ein Licht auf: »Mich können sie da auch erkennen. Herrje, im Pudding auf Wangerooge, da sitzt zum Beispiel Ubbo Heide gerne. Unser ehemaliger Chef«, fügte er erklärend für Klatt hinzu, doch Ann Kathrin schüttelte den Kopf. »Nee, Rupert, dem wirst du dort kaum begegnen. Früher war das mal einer seiner Lieblingsorte, aber jetzt sitzt er doch lieber im *Friesenjung* und schaut aufs Meer, falls er nicht in der *Teestube* bei Ingolf ist. Ubbo kommt im Rollstuhl die Treppen zum Café Pudding nicht hoch.«

Rupert gab ihr recht. »Und was soll ich im Café Pudding machen?«, fragte er.

Liane antwortete mit einer klaren Anweisung: »Sie sollen abwarten und später genau Bericht erstatten. Dieser Termin steht für heute in Fredericos Kalender. *Wangerooge, Café Pudding, 18 Uhr. Kleebo.* Am besten setzen Sie sich an einen Platz, von dem aus Sie das Restaurant gut überblicken können, und lesen ein Buch.«

Weller grinste verschmitzt und flüsterte in Ruperts Richtung: »Aber halt es richtig rum.«

»Wir haben«, beruhigte Liane ihn, »entsprechende Lektüre mitgebracht, die zu Frederico Müller-Gonzáles passt. Einen Bildband über eine Ausstellung von Gerhard Richter ...«

Rupert hörte nur *Richter* und glaubte an juristische Fachliteratur. Er wollte schon fragen, wie man daraus einen Bildband machen könne. Als er dann die großen, abstrakten Bilder sah, rang er sich zu einem »So was interessiert den?« durch.

»Ja. Mich auch«, sagte Ann Kathrin. »Weller und ich haben schon zwei Richter-Ausstellungen besucht. In Münster und in Köln. Dort war es eine Charity-Geschichte für Wohnungslose.«

Weller nickte. »Ja. Kunst hilft, oder so ähnlich hieß es.«

Rupert grinste und zwinkerte Weller zu: »Du hast es auch nicht nur leicht, was?«

Klatt wollte einen Hubschrauber einsetzen, weil er Angst hatte, sonst könne man sich verspäten, doch Ann Kathrin schlug vor, lieber einen Inselflieger zu nehmen, das sei unauffälliger.

Liane Brennecke rechnete ihr vor: »Von hier bis Harlesiel sind es gut fünfzig Kilometer. Wir fahren eine knappe Stunde bis dorthin. Bis wir dann das Flugzeug haben – so viel Zeit haben wir gar nicht mehr.«

»Wir können von Norddeich fliegen«, schlug Ann Kathrin vor, »da sind wir in vier bis fünf Minuten. Unser Frederico kommt also pünktlich.« Sie schlug ihm mutmachend auf die Schultern. »Außerdem glaube ich, selbst wenn unser Frederico ein bisschen zu spät kommt, wird ihm keiner einen Strick daraus drehen. Immerhin ist er doch der Boss, oder?«

Die Kriminaldirektorin befestigte an Ruperts champagnerfarbenem Revers einen Knopf. »Wir hören natürlich mit und zeichnen das Gespräch auf.«

Im Café Pudding war Rupert das noch egal, aber er beschloss, auf keinen Fall zu vergessen, die Jacke an der Garderobe abzugeben, wenn er als neuer Chef die erste Stripteasebar inspizieren würde.

Liane reichte ihm ein Feuerzeug: »Damit können Sie Fotos machen und kleine Filme drehen. Es ist internetfähig und geeignet, Sprachaufnahmen aller Art ...«

»Ich komme mir vor wie James Bond bei Q. Ich hätte auch gerne so 'n Auto auf dem Festland stehen.«

Weller gab Rupert noch einen Tipp mit auf den Weg: »Ich würde dir übrigens empfehlen, im Pudding die Scholle Finkenwerder Art zu probieren. Die letzte, die ich da hatte, war ganz hervorragend. Und falls ihr länger auf Wangerooge bleibt, im Compass gibt es eine Fischsuppe, da fliegt dir das Blech weg.«

Ann Kathrin ging sofort dazwischen: »Der Compass ist tabu. Dort verkehrt Ubbo Heide. Wir wollen ihn nicht mit reinziehen. Er soll auf Wangerooge in Ruhe seinen Lebensabend genießen können.«

Rupert fühlte sich in dem champagnerfarbenen Anzug gleich wie ein anderer Mensch. Er hatte keinerlei Ahnung von Stoffen, doch das hier fühlte sich edel an. Dass es eine Mode eigens für Männer gab, war ohnehin mehr oder weniger an ihm vorbeigegangen, er war da noch auf dem Stand der achtziger Jahre, und nach dem Ende des Minirocks waren alle Designer zu seinen Feinden geworden.

Liane Brennecke stand mit Klatt vor ihm und betrachtete ihn, als sei sein Outfit der entscheidende Teil der Abiturprüfung. Klatt verlangte: »So, jetzt hätte ich gerne Ihren Polizeiausweis und sämtliche Papiere. Alles, was darauf hinweist, dass Sie zu dieser Truppe gehören, könnte Sie umbringen.«

Das leuchtete Rupert sofort ein, und er entfernte die entsprechenden Karten aus seinem Portemonnaie. Noch während er damit beschäftigt war, griff Klatt zu und nahm das ganze Portemonnaie an sich.

Rupert staunte ihn an.

»Fotos Ihrer Frau, ja? Eine Kontokarte der Sparkasse Aurich-Norden.« Er reichte Rupert eine neue, edle Brieftasche. Darin befanden sich, das registrierte Rupert sofort, einige brandneue Hundert-Euro-Scheine. Vielleicht ein Dutzend.

»Sind die echt?«, fragte Rupert. Klatt reagierte nicht, doch Liane nickte.

Außerdem fünf goldene Kreditkarten, unter anderem von Diners Club und American Express. Auf eine Karte wies Liane besonders hin: »Zugang zum V.I.P- beziehungsweise Senator-Bereich in sämtlichen Flughäfen.«

Klatt verlangte: »So, und dann Ihre Dienstwaffe.«

Rupert verzog den Mund: »Das soll wohl ein Scherz sein! Ich soll in die Höhle des Löwen, mich mit den schlimmsten Jungs treffen, ohne meine Kumpels und ohne meinen Ballermann?«

Klatt guckte Ann Kathrin an, mitleidig darüber, dass sie mit solchen Trotteln ständig zusammenarbeiten musste. In Richtung Rupert erklärte er: »Sie sollten nicht die typische Dienstwaffe der niedersächsischen Polizei tragen.«

Das leuchtete Rupert ein. Er fand sowieso, dass die Heckler & Koch eine Fehlkonstruktion war. Seine Dienstwaffe hatte immer wieder mal Ladehemmungen und einen erheblichen Rechtsdrall, zumindest wenn er seine schlechten Schießergebnisse erklären musste.

Klatt öffnete mit großer Geste eine Schatulle. Sie war innen mit glänzendem Samt ausgeschlagen. Darin befand sich ein Revolver, Smith & Wesson .357 Magnum. Sieben Schuss in der Trommel.

Rupert grinste: »Das nenne ich eine Wumme! Aber gibt's die nicht auch mit langem Lauf?«

»Ja, Cowboy. Aber die mit dem kurzen kannst du in deinem zweifellos geschmackvollen Jackett verstecken. Die mit dem langen nicht. Die große wiegt fast anderthalb Kilo. Die da die Hälfte. Und in der großen hast du nur sechs Schuss. Die hier hat sieben.«

Liane Brennecke reichte Rupert ein kurzes Messer mit Beingurt und deutete an, wo am Unterschenkel er es tragen sollte. »Für Notfälle«, erklärte sie.

Er stellte den rechten Fuß demonstrativ auf einen Stuhl, zog den Stoff des Hosenbeins hoch und legte den Gürtel mit den Worten an: »So etwas hat Dr. Bernhard Sommerfeldt auch gern benutzt.« Mit diesen Worten strahlte er Liane und Klatt an. Er erwähnte immer mal wieder gern, dass er zu der Truppe gehörte, die den berühmten Serienkiller gefasst hatte. Mit mehr Ruhm konnte man sich nicht bekleckern, dagegen waren diese Pöstchenjäger hier alles nur Sesselpupser und Karrieristen. Er aber gehörte zu den Besten, den Jägern, die sich in freier Wildbahn behauptet hatten, und darauf war er stolz.

»Weshalb«, fragte Rupert und fügte sich langsam spielerisch in seine Rolle, »werde ich eigentlich gesucht? Nur, dass ich der Sohn meines Papis bin, reicht ja wohl nicht aus.«

Klatt und Liane verständigten sich kurz mit Blicken, wer es ihm sagen sollte. Da sie sich nicht einig wurden, versuchten sie es beide gleichzeitig: »Mord und schwere Körperverletzung«, sagte Liane Brennecke. Klatt, fast röchelnd: »Eine Sache unter Gangstern.« Klatt schwieg, und Liane fuhr fort: »Es war in Groningen, vor dem Hotel de Ville in der Oude Boteringestraat.«

Rupert stieß einen anerkennenden Pfiff aus. »Auf offener Straße?«

Klatt hustete und schlug sich auf die Brust. Er bekam einen hochroten Kopf. Sein Atem klang wie ein Röcheln: »Wir gehen davon aus, dass Frederico entführt werden sollte. Jedenfalls hat er einen Mann mit einer Smith&Wesson in die Brust geschossen. Der eine ist tot. Der andere hat überlebt. Bauchschuss.«

Klatt fügte röchelnd hinzu: »Allerdings hat ihm das nicht viel geholfen. Im Krankenhaus haben sie ihm dann den Rest gegeben.«

»Medizinischer Fehler?«, hakte Rupert nach.

»Nee«, erklärte Klatt und hielt sich den Zeigefinger an den Kopf. »Neun Millimeter Blei. Das war er aber garantiert nicht selber, dafür haben die ihre Leute. Seitdem ist er von der Bildfläche verschwunden. Also, bis wir ihn in Winsen an der Luhe geschnappt haben.«

Weller versuchte, die Situation zusammenzufassen, als hätte er Angst, Rupert hätte das alles nicht verstanden. »Das heißt, Alter, die wollen dir ans Leder. Du rennst mitten rein in einen Gangsterkrieg.«

Klatt fuhr Weller an: »Hat Sie irgendeiner um Ihre Meinung gefragt? Was machen Sie hier überhaupt noch? Wollten Sie nicht zu seiner Frau und seiner Schwiegermutter, bevor die beiden hier auftauchen, um ihn abzuholen?«

Weller ballte die rechte Faust und grummelte etwas Unverständliches. Ann Kathrin ahnte, dass Weller zu gern Klatt eins auf die Nase gegeben hätte. Sie berührte Weller am Oberarm und schob ihn zur Tür.

»Es wird Zeit«, drängte Liane.

Das Wort *Gangsterkrieg* waberte durch Ruperts Gehirn, dass ihm fast schwindlig davon wurde. Er stellte sich vor, dass er das Messer, das er jetzt im Beingurt unter der Anzughose trug, eines Tages ziehen müsste, um sich zu verteidigen. Er hoffte, dass die Bewegung für sein Iliosakralgelenk nicht zu viel wäre. Bücken war so gar nicht seine Sache. Schon das Ausräumen der Spülmaschine konnte ihm höllische Schmerzen bereiten, so dass er ohne zwei Fingerbreit Whiskey gar keinen Schlaf fand.

Rupert ging in der Mitte der Zedeliusstraße auf das Café Pudding zu. Er trug den Bildband in einer blauen Stofftasche mit der Aufschrift: *Keine Haie, keine Autos – Langeoog.*

Er kam auf Wangerooge damit nicht ganz so gut an. Einige Leute grinsten, aber auf solche Feinheiten konnte bei seiner Verwandlung zum Gangster keine Rücksicht genommen werden. Immerhin hatte er keine Plastiktüte dabei, sondern eine Baumwolltasche. Und Werbung für eine ostfriesische Insel wurde auch darauf gemacht, wenn auch in diesem Fall für die falsche.

Zum ersten Mal im Leben kam ihm dieses Traditionscafé vor wie Draculas Schloss, zumal sich dahinter von Osten eine dunkle Wolke heranschob, die bald schon das runde Café umrahmte wie schwarze Locken ein Gesicht.

Plötzlich empfand Rupert alles als bedrohlich. Er sah sich noch mal um zur Insel-Apotheke. Dort hatte er sich mal Nasenspray gekauft, weil er bei einem Wochenendtrip mit Beate so sehr geschnarcht hatte, dass sie ihn aus dem Hotelzimmer werfen wollte. Er hatte die Damen in der Apotheke als sehr freundlich und äußerst hilfreich empfunden. Am liebsten hätte er sich mit einer direkt verabredet, doch da er mit seiner Ehefrau da war, ging das natürlich nicht.

Jetzt hatte die Apotheke im Rücken etwas geradezu Beängstigendes für ihn. Wie eine düstere Vorahnung, dass er bald schon Verbandszeug brauchen würde, blutstillende Mittel und Schmerztabletten.

Er kam am Hotel Hanken vorbei. Hier hatte er mit Beate gewohnt. Sie hatte den guten Fisch und das vegetarische Menü gelobt, aber ein gutes Steak für ihn war auch drin gewesen. Ach, waren das noch Zeiten, als unterbezahlter Hauptkommissar …

Er spürte den Sitz der Smith&Wesson genau. Der Revolver war zu schwer, um ihn in der Jackentasche zu tragen. Jeder hätte sofort gesehen, wo die Waffe sitzt, und die Anzugtasche wäre sofort ausgebeult gewesen. Er trug links ein Holster. Der Riemen saß an der Schulter ein bisschen zu eng. Der Schnurrbart kratzte. Er durfte die Anzugjacke nicht ausziehen, dann wäre die Smith&Wesson sichtbar geworden. Dabei hätte er sich am liebsten die edlen Klamotten vom Leib gerissen, heiß und kalt geduscht, seine normale Straßenkleidung angezogen, sich eine Currywurst mit Pommes und doppelt Mayo reingeschraubt, dazu ein, zwei Döschen Bier und dann den ganzen Mist am liebsten vergessen. Doch jetzt steckte er mittendrin und musste es zu Ende bringen.

Auf dem Kunstwerk unten vor dem Café Pudding spielten kleine Kinder. Diese Skulpturen entsprachen genau Ruperts Kunstgeschmack. Damit konnte er etwas anfangen. Spielende Seehunde, das gehörte genau hierhin.

Drum herum saßen junge Muttis und sahen ihren Kindern beim Spielen zu. Sie hatten schöne Beine und trugen kurze Röcke und veredelten dieses Kunstwerk.

Rupert hätte sich gerne zu ihnen gesetzt. Stattdessen musste er die Treppen hoch, was gar nicht gut war für seine Knie.

Um Punkt 18 Uhr 21 betrat Rupert als Frederico Müller-Gonzáles Draculas Schloss. Er war einundzwanzig Minuten zu spät, aber er fand, dass das einem Gangsterboss wie ihm zustand.

Es gab nicht mehr viele freie Plätze, aber er bekam den letzten Tisch mit Meerblick. Durch die riesigen Fensterscheiben war das Panorama gigantisch. Die schwarze Wolke war zu einem bedrohlichen Gesicht geworden, das von außen durch die deckenhohen Glasscheiben ins Restaurant guckte.

Er holte den Bildband über die Ausstellung von Gerhard Richter aus seiner Langeoog-Tasche und legte ihn vor sich auf den Tisch.

Es roch gut. Er bestellte sich zunächst einen Kaffee und sah sich im Raum um. War dieser Kleebo schon da? Beobachtete er ihn bereits?

Rupert wusste, dass er jetzt keinen Fehler machen durfte. Er war ab jetzt Frederico Müller-Gonzáles. Weller hatte ihm die Scholle Finkenwerder Art empfohlen. Rupert fragte aber den Kellner, ob es vielleicht eine gute Currywurst gäbe. Der Kellner strahlte ihn an, doch noch bevor er antworten konnte, stellte Rupert klar: »War nur ein Scherz.« Er hüstelte. »Ich bin nämlich Vegetarier, müssen Sie wissen.«

Rupert fragte sich, ob Vegetarier Fisch essen durften. Außerdem, wurde so eine Scholle Finkenwerder Art nicht mit Speck gemacht?

Schon bei der Bestellung brach Rupert der Schweiß aus.

Am Tisch gegenüber aß eine Rothaarige, die genau in Ruperts Beuteschema passte, einen großen Salat. Das Zeug musste frisch und knackig sein, Rupert hörte es bis zu seinem Platz, wie sie die Salatblätter und Zwiebelringe genüsslich zerkrachte. Aber er war für Salat nicht gerade der richtige Typ. Er hatte Angst, dann nicht mehr richtig sprechen zu können, sondern stattdessen wie eine Ziege zu meckern.

Reiß dich zusammen, verdammt, dachte er. Dies ist ein Café und ein Restaurant. Ein Stück Kuchen ist immer unverdächtig. Du könntest ein Stück Kuchen essen ...

Doch reichte das gegen den Hunger aus?

Vielleicht, dachte Rupert, werde ich mit diesem Kleebo danach das Wangerooger Nachtleben austesten und ein paar Drinks nehmen.

Nun war diese Familieninsel nicht gerade für ein donnerndes Nachtleben und einen Rotlichtbezirk bekannt. Hatte Frederico sie deshalb ausgewählt, weil er hier, auf dieser Familieninsel, durchkam, ohne nächtelang an Theken herumhängen zu müssen? Suchte er bewusst das Harmlose? Eine Stripteasebar gab es hier nicht. Angeblich existierte eine Inselhure, deren Adresse von Stammgästen unterm Tisch weitergereicht wurde. Aber wenn das stimmte, dann war es so geheim, dass Rupert die Adresse nicht kannte und auch die Jungs von der Sitte keine Ahnung hatten.

Rupert spielte mit dem Feuerzeug und versuchte, unauffällig Aufnahmen von den Menschen im Raum zu machen. Er wusste nicht, ob es ihm gelang, und auch nicht, ob die Fotos gesendet wurden. Sie hatten ihm das Feuerzeug gegeben, aber die Zeit, ihm die Funktionsweise richtig zu erklären, hatte sich niemand genommen.

Hier saß er nun in seinem champagnerfarbenen Anzug und blätterte im Kunstband Gerhard Richter. Er versuchte, in den Bildern etwas zu sehen, etwas zu entdecken. Versteckte sich darin etwas, das er nicht erkannte? Er konnte nicht viel damit anfangen.

Nein, in seinem Haus hätte er so ein Bild nicht aufgehängt. Da waren ihm die Seehunde draußen als Kunstwerke viel lieber. Für so einen hätte er sogar in seinem Vorgarten Platz gemacht. Obwohl, wer will schon dauernd fremde Kinder im Vorgarten haben, die auf einem Seehund herumkrabbeln und dabei laut kreischen?

Hinter Rupert ließ sich jemand beraten und wollte wissen, ob ein bestimmtes Essen glutenfrei sei. Rupert hatte keine Ahnung, was genau damit gemeint war. War das so etwas Ähnliches wie vegetarisch? Konnte man sich das als Vegetarier auch problemlos bestellen?

Eigentlich, dachte er, müsste ich in diesem Job zunehmen, um auf das Gewicht von Frederico zu kommen. Stattdessen werde ich wohl abnehmen.

Für seinen champagnerfarbenen Anzug war es wohl besser, wenn er keine Currywurst aß. Er hatte fast all seine Jacketts mit roter Soße beschlabbert, und Beate klagte darüber, dass das so schlecht rausging.

Der Kellner fragte ihn höflich, aber doch ein wenig ungeduldig, ob er sich entschieden habe, und Rupert hörte sich selbst einen Milchreis mit Zimt und Zucker bestellen und fragte sich, ob er das gerade wirklich getan hatte.

Er trank seinen Kaffee schwarz wie immer und nahm, statt in seinem Bildband zu blättern, Blickkontakt zu der Salat essenden Rothaarigen auf.

Rost auf dem Dachboden bedeutet meist Feuchtigkeit im Keller, dachte Rupert.

Sie trug ein gelbes T-Shirt mit einem erfreulich tiefen Ausschnitt, der Rupert trocken schlucken ließ. Sie schien nicht abgeneigt. Entweder hatte sie was im Auge, oder sie zwinkerte ihm zu.

Vielleicht, überlegte Rupert, macht so ein heller Anzug ja mehr Eindruck auf Frauen, als ich dachte.

Die neue Uhr an seinem Handgelenk war teurer als sein Auto, das noch immer hinter der Polizeiinspektion parkte und eigentlich schon vor sechs Wochen zum TÜV gemusst hätte.

Rupert setzte sich so hin, dass die Uhr gut sichtbar war, und stellte sich vor, wie es wäre, der rothaarigen Salatesserin seine Handynummer rüberzuschieben. Frauen standen doch angeblich auf Bad Boys, und so einer war er jetzt. Ein Gangsterboss. Er konnte schon spüren, dass seine Anziehungskraft auf Frauen wuchs.

Er strich sich über den Schnauzbart und zwirbelte ihn an den Enden. Sie leckte sich lasziv über die Oberlippe. War das ihr Versuch, einen Speiserest, der an ihrer Lippe kleben geblieben war, abzuputzen, oder war das schon ein Versprechen auf einen erotischen Abend?

Jetzt tupfte sie sich mit der Serviette die Lippen ab. Rupert wurde ganz wibbelig auf seinem Stuhl.

Der Milchreis kam, und irgendwie fand Rupert das unfassbar störend. So richtige Bad Boys, so Frauenaufreißer, die ganz harten Jungs, die aßen doch keinen Milchreis mit Zimt und Zucker, sondern ein Steak, und zwar blutig.

Der Kellner kam Rupert merkwürdig ungeschickt vor. Er ging, als hätte er Angst, über seine eigenen Füße zu stolpern, und jonglierte das Tablett so vorsichtig, als befürchtete er, gleich alles fallen zu lassen. Wahrscheinlich, dachte Rupert, hat er gestern Nacht einen gesoffen.

Der Wind zerfetzte die dunkle Wolke, und die rothaarige Schönheit betrachtete die vorbeifahrenden Schiffe, als wisse sie genau, wer auf ihnen Dienst tat und welche Fracht sie transportierten. Sie hatte etwas Wissendes an sich, fand Rupert.

Er hob seinen Bildband an und tat, als würde er die Gemälde betrachten. In Wirklichkeit schielte er zu ihr rüber und wollte nur, dass sie glaubte, er sei ein Kunstkenner. Er vermutete, dass sie Abitur hatte. Er konnte sie sich auch gut als Studentin vorstellen. Wahrscheinlich spielte sie in ihrer Freizeit Klavier oder Blockflöte.

Sie tippte jetzt auf ihrem Handy herum. Mit schnellen Fingern gab sie ein paar Worte ein. Wahrscheinlich, freute Rupert sich, sagt sie ihrem Typen ab, weil sie heute Abend etwas Besseres vorhat.

Er hatte noch nicht vom Milchreis probiert, da legte sich von hinten eine Hand auf seine Schulter. »Geiler Anzug. Immer noch derselbe Schneider?«

Rupert drehte sich um und sah in Kleebowskis Augen. Ein

Schauer durchlief Rupert, denn er hatte genügend Erfahrung mit Soziopathen, um zu wissen, dass er einen vor sich hatte. Dieser Mann war skrupellos und bereit, für einen kleinen Vorteil zu töten. Das wusste Rupert sofort.

Normalerweise nahm er solche Leute fest, erfreute sich am Klicken der silbernen Acht um ihre Handgelenke und war später dabei, wenn Ann Kathrin sie verhörte. Aber jetzt war da dieser merkwürdig kumpelhafte Ton.

Kleebo ging um den Tisch herum, setzte sich Rupert gegenüber, schlug die Beine übereinander, zeigte auf den Milchreis und fragte: »Hast du's am Magen, oder was?«

Rupert konnte noch gar nichts sagen. Er schüttelte den Kopf.

Ohne um Erlaubnis zu fragen, zog Kleebo den Teller zu sich ran und probierte. Erst nahm er etwas vom Rand, dann aus der Mitte, wo besonders viel Zimt lag. »Ich mag Zimt. Du auch? Als Kind bin ich klauen gegangen für diesen Geschmack. Zimtschnecken. Zimtstangen. Zimtbonbons ... Weißt du, dass sie auf dieser gottverdammten Insel in der Insel-Bäckerei Kruse Zimtzicken backen?« Er lachte. »Ja, Alter, das heißt wirklich so.« Er führte seine Fingerspitzen zum Mund und küsste sie. »Wahnsinn, sag ich dir! Als ich ein kleiner Junge war, hat meine Mutter mit mir hier Urlaub gemacht. Ich war gerade schon da und habe es probiert. Sie haben die Dinger immer noch ...«

Er rieb sich freudig die Hände und winkte den Kellner herbei: »Bringen Sie uns bitte noch ein bisschen Zimt für den Milchreis.«

Er wandte sich wieder an Rupert: »Ist 'ne geile Idee, sich hier zu treffen, Frederico. Oder wie nennst du dich im Moment?«

Er wartete gar keine Antwort ab, sondern fuhr fort: »Ich meine, jeder rechnet doch damit, dass wir uns in Hamburg sehen, auf der Reeperbahn oder in einem anderen Kiez. Aber dieses verträumte Nest hier ... Respekt, Alter, darauf muss man erst mal kommen.

Ich hab dir ein paar gute Vorschläge zu unterbreiten. Muss ja nicht hier sein, aber ich denke, bei einem Spaziergang am Meer können wir ...« Er schnalzte mit der Zunge. Der Kellner brachte ein Schälchen mit Zimt.

Kleebo bestellte außerdem: »Eine große Flasche Mineralwasser ohne viel Geblubber und für mich ... haben Sie irischen Whiskey? Writers Tears?«

Immerhin, dachte Rupert, von Whiskey versteht er was. Und zu gern hätte Rupert gesagt: *Für mich bitte auch einen.*

Rupert war noch recht nervös. Hatte er sich im Gespräch mit Liane Brennecke und Dirk Klatt darauf geeinigt, dass er wegen einer Magenverstimmung überhaupt keinen Alkohol trank, um nicht in die Weinfalle zu geraten? Durfte er jetzt keinen Whiskey nehmen, weil er dann auch Kenntnisse über Wein haben müsste?

Vorsichtshalber schluckte Rupert seinen Wunsch runter und sagte weiterhin nichts. Überhaupt staunte er, wie gut er durch die ersten Minuten gekommen war, indem er einfach den Mund hielt und sein Gegenüber reden ließ.

Die dunkle Wolke hatte sich verzogen. Der Himmel war jetzt blau, und lediglich ein paar Schäfchenwolken huschten am Horizont entlang. Ein hochbeladenes Containerschiff tuckerte von Osten nach Westen. Es kam Rupert merkwürdig instabil vor, so als sei das Schiff überladen und könne jeden Moment vom Wind umgeweht werden.

Rupert wollte einen unverfänglichen Satz darüber verlieren, doch plötzlich war es, als würde ein Ruck durch das Restaurant gehen. Eine Stimme aus einem Megaphon ertönte: »Bitte bewahren Sie Ruhe. Dies ist eine polizeiliche Maßnahme. Bitte bleiben Sie ruhig auf Ihren Plätzen.«

Die Rothaarige saß nicht mehr. Sie stand und richtete eine Heckler&Koch auf Rupert. Sie hielt die Waffe mit ausgestreckten

Armen in beiden Händen, so, wie sie es beim Schießunterricht gelernt hatte.

Hinter ihrem Rücken sah Rupert durch die große Scheibe den blauen Himmel, und zwei Möwen flogen davon, als hätten sie genug gesehen.

Langsam drehte Rupert sich um und hob seine Hände. Am Tisch hinter ihnen hielt ein junger Polizeibeamter, der aussah, als hätte er seine Abiturprüfung noch vor sich, seine Waffe auf Kleebo gerichtet.

Einer der zwei Kellner war offensichtlich auch nicht echt, es sei denn, die trugen normalerweise Handschellen bei sich und eine Heckler & Koch.

Was mache ich jetzt, dachte Rupert.

Das alles war so nicht geplant.

Sollte er sich festnehmen lassen? Einen Fluchtversuch riskieren? Sollte er ihnen sagen, dass er Polizeibeamter war?

Was, verdammt nochmal, lief hier gerade schief? Wusste mal wieder die linke Hand nicht, was die rechte tat, oder hatte Klatt seine eigenen Leute nicht im Griff? War das hier schon das Ende der ganzen Aktion? Wollten sie nur Kleebo fangen?

Dazu, dachte Rupert, hätten sie mich doch gar nicht gebraucht.

Die Rothaarige rief: »Ich will Ihre Hände sehen! Legen Sie die Hände auf den Tisch! Ich will Ihre Hände sehen!«

Rupert tat wie ihm befohlen. Schon war sie bei ihm, hielt mit der Rechten die Pistole auf ihn gerichtet und zauberte mit der Linken Handschellen hervor.

Rupert konnte es sich nicht verkneifen. Er sagte: »Das wäre nicht nötig gewesen, Süße, ich wäre auch so mitgekommen.«

»Ja«, konterte sie, »das glaube ich gerne. Aber ich fühle mich sicherer, wenn du diesen silbernen Schmuck hier trägst.«

Vielleicht hatte Rupert sie zu sehr abgelenkt. Später würde man ihm eine Menge Vorwürfe deswegen machen, und in einigen Berichten sah es gar nicht gut für ihn aus.

Aber im hinteren Bereich des Restaurants, wo es zu den Herrentoiletten ging, kreischte eine Dame, brach zusammen und warf dabei einen ganzen Tisch um. Sie zuckte auf dem Boden, als hätte sie einen epileptischen Anfall. Die Ablenkung reichte aus. Kleebo attackierte die Rothaarige von hinten. Er hielt ihr eine Klinge an den Hals, nahm ihr die Heckler & Koch ab, steckte sie sich selbst hinten in den Hosenbund und rief: »Waffen auf den Boden, ihr Amateure! Oder die Kleine blutet blitzschnell aus!«

Die Dame, die hinten zusammengebrochen war, raffte sich jetzt wieder auf. Aus ihrer Handtasche zog sie eine halbautomatische Desert Eagle. Diese äußerst präzise israelische Waffe machte Eindruck auf Rupert.

Kleebo war also nicht alleine gekommen. Er hatte eine Leibwächterin, gut fünfundzwanzig Jahre älter als er selbst. Oder steckte in diesem Rentnerinnen-Outfit eine Nahkämpferin um die dreißig?

Die Rothaarige in Kleebos Gewalt flehte: »Bitte, ich habe zwei kleine Kinder, die sind noch nicht mal in der Schule … Marie und Nina. Mein Mann ist bei einem Motorradunfall ums Leben gekommen. Sie haben nur mich!«

Kleebo küsste ihren Hals und raunte: »Das interessiert mich einen Scheiß, Süße. Tu, was ich sage, oder sie werden Vollwaisen.«

Rupert sah am Hals der jungen Polizistin Blut. Kleebo schnitt mit dem Messer bereits ihre Haut ein.

Rupert saß noch. Er war keine anderthalb Meter von den beiden entfernt. Er hätte Kleebo die Beine weghauen können. Er war auch in der Lage, ihm einen Tiefschlag in den Magen zu verpassen, die Hand mit dem Messer zu greifen, ja, er hatte die gute Chance, ihn zu entwaffnen, und als Polizist hätte er jetzt nichts lieber getan. Aber was bedeutete das? Handelte er damit gut und richtig? War es genau das, was ein Polizist in dieser Situation tun musste, oder verriet er damit die gesamte Aktion? Musste er zusehen, wie diese junge Frau in die Hände eines brutalen Menschen geriet, der bereit war, sie zu töten? Oder war es jetzt seine Pflicht einzugreifen?

Frederico würde das eine tun, dachte Rupert, und ich das andere. Wer, verdammt, bin ich jetzt? Er oder ich?

Er konnte niemanden um Rat fragen. Er sah den flehenden Blick der jungen Frau.

»Ich heiße Iris«, rief sie, »ich habe zwei Kinder, Marie und Nina!«

Wie ein Mantra wiederholte sie es immer wieder. Hatte man ihr das auf der Polizeischule beigebracht? Gab es Täter, die sich von der Tat abbringen ließen, wenn sie wussten, wie ihr Opfer hieß und dass ihr Opfer Kinder hatte?

Kleebos Leibwächterin verlor ihre silbergraue Perücke, als sie den Ausgang für Kleebo sicherte und mit ihrer Desert Eagle zweimal in die Decke feuerte, um klarzumachen, dass mit ihr nicht zu spaßen war.

»Komm«, rief Kleebo Rupert zu, »wir verlassen diese Party. Wangerooge war wohl doch nicht so 'ne gute Idee.«

Schon war Kleebo mit seiner Geisel an der Kuchentheke und bewegte sich in Richtung Ausgang. Hinter der Theke standen zwei Frauen, die ihre Arme hochreckten, obwohl das niemand von ihnen verlangt hatte. Kleebo zwinkerte ihnen zu: »Euer Milchreis ist im Grunde spitze. Aber ein bisschen mehr Zimt, Leute, klar?«

Beide Frauen nickten eifrig.

»Komm schon«, forderte Kleebo Rupert auf, »oder wartest du hier noch auf den Hauptgang?«

Sie flohen die Treppe runter in Richtung Obere Strandpromenade. Beim Bistro am Strand, das laut Ann Kathrin Klaasen einer der drei Orte war, wo es das beste Eis auf der Welt gab. In dieser Frage waren Weller und Ann Kathrin sich völlig einig. Man musste allerdings wissen, dass, wenn die beiden von *Welt* sprachen, sie vermutlich damit die Ostfriesischen Inseln meinten.

Jedenfalls stand dort vor dem Ausgabefenster eine Schlange von fünfzehn bis zwanzig Personen, die geduldig auf eine Eiswaffel warteten.

Kleebo ging sehr grob mit seiner Geisel um. Er verrenkte Iris' Arm und hatte sie inzwischen mit ihren eigenen Handschellen gefesselt. An ihrem Hals lief das Blut in Strömen herunter und verfärbte ihr gelbes T-Shirt.

Rupert lief vier, fünf Meter hinter Kleebo her. Der hielt seine Geisel vor sich wie einen Schutzschild, während seine Leibwächterin, die jetzt keine grauen Haare mit Dutt mehr hatte, sondern einen schwarzen, kurz geschnittenen Rattenkopf mit blauen Strähnchen über den Ohren, den Weg vor ihnen absicherte.

Die Menschen liefen kreischend auseinander. Vor dem *Friesenjung* saßen viele Leute. Sie ließen ihre Burger und ihre Pommes stehen, verzichteten auf ihre frisch gezapften Biere und flohen über die Düne auf die Untere Strandpromenade. Sie suchten Schutz bei den Strandkörben.

Nur die Möwen hatten keinerlei Respekt vor den Waffen. Für sie wurde das hier zum Freudenfest. Wann ließen schon mal dreißig, vierzig Leute gleichzeitig ihre voll beladenen Teller im Stich?

Es musste irgendein Informationssystem der Möwen geben. Sie waren plötzlich in einer ungekannten Vielzahl da, stürzten sich auf die Tische und kämpften gegeneinander um Pommes, Burger und Pizzastücke. Ketchup flog durch die Gegend, dass man nicht mehr unterscheiden konnte, ob es sich hier um Blutspritzer handelte oder um die Ergebnisse der Möwenkämpfe. Einige schissen vor Aufregung.

Von links griffen Dohlen an. Sie suchten zunächst die Reste unter den Tischen, gaben sich mit dem zufrieden, was die Möwen im Streit verloren, doch dann begann der Kampf jeder gegen jeden. Dabei fielen auch einige Weißbiergläser um.

Oben auf den Balkonen im Appartementhaus *Anna Düne* standen einige Hobbyfotografen, die nicht wussten, was sie zuerst knipsen sollten – die fliehenden Kriminellen mit den Schusswaffen oder die Schlacht der Möwen und Dohlen. Die ersten Bilder wurden schon Sekunden später bei Instagram und auf Facebook hochgeladen.

Einige hielten die Verfolgungsjagd auf der Oberen Strandpromenade für eine Art Krimispektakel, einen inszenierten Spaß für Touristen, und fanden deswegen den Kampf der Raubvögel ums Fastfood spannender. Im ersten Kommentar stand, Hitchcocks *Die Vögel* sei dagegen nichts gewesen, wobei der Kommentator in der Eile Hitchcock falsch schrieb.

»Und wohin jetzt?«, rief Rupert von hinten. »Wir kommen doch nicht von der Insel runter!«

Die Polizistin namens Iris stolperte und riss Kleebo fast mit sich um. Dabei verletzte er sie mit seinem Messer an der Schulter.

Rupert kämpfte immer noch mit sich. Er hätte mühelos seine Smith & Wesson ziehen und Kleebo niederschießen können. Aber es war auch weniger dramatisch möglich. Immerhin befand er sich hinter Kleebo. Er hätte ihn entwaffnen und somit die Kollegin retten können.

Wie eine Aufforderung rollte ein Halbliterkrug vor Ruperts Füße, den eine Möwe mit ihren Flügeln vom Tisch gestoßen hatte. Rupert stellte sich schon die Schlagzeile in der *Ostfriesen-Zeitung* vor: *Kriminalkommissar schlägt Schwerkriminellen mit Bierseidel nieder und rettet damit einer Kollegin das Leben.*

War das hier seine Möglichkeit, zum Helden zu werden, oder

hatte er mit einem Anschiss zu rechnen? Die Welt war so verflucht kompliziert geworden, Gut und Böse so schwer auseinanderzuhalten.

Später, stellte Rupert sich vor, würden Richter und Gutachter Tage damit verbringen, diese Situation zu analysieren, um ihm dann zu sagen, wie er sich besser, richtiger hätte verhalten sollen. Aber jetzt, in der konkreten Lage, half ihm natürlich niemand mit seiner schlauen Meinung weiter.

Maskierte Polizeikräfte mit Sturmhauben und die Kollegen, die den Zugriff im Pudding versucht hatten, versammelten sich jetzt auf der Oberen Strandpromenade und folgten ihnen mit gebührendem Abstand. Ja, dachte Rupert grimmig, haltet euch nur fein raus, ihr Arschlöcher. Er wusste eins: Wenn die schöne, junge Polizistin mit den zwei Kindern dies nicht überleben würde, dann hätte er schlechte Karten für den Rest seines Lebens. Wie sollte er damit klarkommen? Wie irgendwem erklären, warum er nicht eingegriffen hatte?

Rupert hob den Bierkrug hoch. Er lief hin, um zuzuschlagen. In dem Moment fiel ein Schuss.

Augenblicklich flatterten die Vögel hoch, aber niemand zielte auf sie. Keine Möwe fiel tot vom gedeckten Tisch.

Kleebos Leibwächterin drehte sich und sackte zusammen. Diesmal war es echt. Auch ihr Zucken.

Die junge Polizistin nutzte die Verwirrung und rammte ihren rechten Ellbogen in Kleebos Magengrube. Das Messer fiel auf den Boden. Sie trat es weg. Es landete vor Ruperts Füßen. Hinter dem Schild *Happy Hour – Jeder Cocktail € 4,90* stand ein Polizeibeamter mit Bierbauch und automatischer Waffe. Sekunden später riss jemand Rupert die Arme auf den Rücken und prophezeite ihm: »So, das Spiel ist aus.«

Ruperts kläglicher Versuch, sich aus dem Armhebel zu befreien, endete damit, dass er bäuchlings auf dem Boden der Strandpromenade landete. Bei der kurzen Rangelei riss das champagnerfarbene Jackett ein. Das Mikro rollte unter einen Blumenkasten.

Während die junge Polizistin noch an der Strandpromenade verarztet wurde und die ersten Touristen zu ihren geplünderten und zerbrochenen Tellern zurückkamen, klickte um Kleebos Handgelenke die silberne Acht.

Rupert schüttelte sich. Er hatte noch sehr viel Adrenalin im Blut. Zu viel. Er fuhr die Kollegen an: »Was soll der Scheiß? Macht mich wieder los! Ich bin einer von euch!«

Der mit dem Bierbauch tätschelte Ruperts Wange: »Ja, Kleiner, und ich bin der Sünnerklaas. So nennt man doch hier den Nikolaus, oder?«

In seiner Ferienwohnung im Appartementhotel *Anna Düne* saß der ehemalige Kripochef Ubbo Heide in seinem Sessel und sah aufs Meer. Hier, wenn sein Blick bis zum Horizont schweifen konnte, verlor der Rollstuhl seine Macht über ihn.

Als unter ihm auf der Oberen Strandpromenade der Lärm losging, filmte er mit seinem Handy, was er sah. Das war sein ganz neues Hobby. Nachdem seine Tochter Insa ihm gezeigt hatte, wie das ging, und täglich ein kleines Filmchen als Nachricht an ihren Vater schickte: *Guck mal, Daddy, ich mach gerade dies ... Das ist mein neues Zimmer ... Ich koche mir gerade etwas Gutes ...*

Er schickte ihr meist Aufnahmen vom Meer. Vom Wellengang, von den Möwen, und manchmal sprachen er und seine Frau Carola ein paar Sätze für Insa. Dabei waren sie jedes Mal aufs Neue so nervös, als würden sie für einen Hollywood-Blockbuster gecastet.

Ubbo hatte in seinem Roman gelesen, als der Lärm unten losging. Er kannte die gefräßigen Möwen nun wahrlich, aber so etwas hatte er noch nie gesehen. Von der Polizeiaktion unten hatte er eigentlich gar nichts mitgekriegt, bis dann der Schuss fiel. Auf dem Film waren aber nicht nur Möwen und Dohlen zu sehen, die eine Fressorgie feierten, sondern auch diese merkwürdige Verfolgungsjagd.

Er schickte den Film sofort an Ann Kathrin Klaasen und Martin Büscher. Er schrieb darunter: *Schöne Grüße von meinem verträumten kleinen Altersruhesitz.*

Im Grunde war dieser Fehlschlag genau das, was Klatt brauchte, um endlich seiner lang angestauten Wut Luft machen zu können. Es lief schon seit einiger Zeit nicht mehr wirklich rund für ihn. Plötzlich spielten in seinem Leben ganz neue Worte eine Rolle: *Beziehungspause. Selbstverwirklichung. Sinnkrise. Achtsamkeitsmeditation. Klimaschonend. Coming-out.*

Natürlich büßte eine Beziehung im Laufe der Jahre an Leidenschaft ein. Man war doch keine zwanzig mehr. Früher hatten sie einmal die Woche Sex gehabt. Immer nach dem *Tatort*. Inzwischen war *Tatort* öfter und meist auch spannender.

Das mit seiner Frau hätte er vielleicht noch weggesteckt. Solche Ehekrisen kamen eben. Aber dann war seine Tochter mit diesem linksradikalen Freund nach Hause gekommen, der jetzt drohte sein Schwiegersohn zu werden. Dessen Verhältnis zur Polizei als kritisch zu bezeichnen war in Klatts Augen eine unzulässige Verharmlosung. Wenn dieser Typ über Polizeieinsätze redete, waren die Polizisten die Bösen und die anderen die Guten.

Er versuchte, diesen Schnösel zu ignorieren in der Hoffnung, dass sie sich bald in einen anderen verlieben würde. Was ihn aber fuchsteufelswild machte, war, wie toll seine Frau den jungen Kerl fand. Irgendwie trieb der einen Keil in die Familie.

Er hatte schon sämtliche Dienstwege ausgenutzt, um etwas über ihn zu erfahren. Aber es gab keine Akte. Er war für die Polizei ein unbeschriebenes Blatt. Leider.

Das machte ihn für Klatt besonders verdächtig. Nur die ganz Cleveren schafften es, als scheinbar gesetzestreue Bürger durchzukommen. Er kannte sich mit Psychopathen aus, und das war garantiert einer. Bei normaler Intelligenz wurden solche Leute schon vor dem achtzehnten Lebensjahr auffällig, und noch vor ihrem dreißigsten Geburtstag standen sie mehrfach vor Gericht. Die weniger Intelligenten, und das waren die meisten, hatten sich so wenig im Griff, dass sie schon beim achtzehnten Geburtstag ein langes Strafregister aufwiesen, das leider, weil sie Jugendliche waren, nicht vernünftig gespeichert werden durfte.

Aber es gab auch ein paar hochintelligente Exemplare. Gebildet oder, besser gesagt, gerissen. Die lebten unter uns als unbescholtene Bürger. Meist machten sie skrupellose Karrieren, fuhren Firmen vor die Wand und machten sich dabei die Taschen voll. Gingen in die Politik und boten sich dem Meistbietenden an. Die Speerspitzen unserer Gesellschaft, die *Happy Few*, gehörten für ihn dazu. Sie waren in seiner Vorstellung schlank, gut aussehend, alterten nicht und verdienten ein Schweinegeld, während sie von Urlaubsparadies zu Urlaubsparadies jetteten oder im Fitnessstudio neue Geräte ausprobierten. Sie zerstörten alles, was sie anfassten, gern auch mal die Familie eines Kriminaldirektors.

Und das war ja längst nicht alles. Klatt hatte das Gefühl, in seiner Dienststelle warteten alle nur darauf, dass er endlich an einem Herzinfarkt krepierte, weil es für seinen Posten schon eine Menge neuer Bewerber gab.

Im Grunde, dachte er, hassen mich alle. Seitdem er das wusste, war er in die Breite gegangen. Wenn die Kleidung zwickte und der Gürtel kniff, spürte er sich wenigstens selbst.

Innerlich hatte er längst aufgegeben, sagte zu allem Ja und Amen und hielt einfach nur noch durch.

In diesem Moment begriff er, was seine Frau Martha mit *Coming-out* meinte. Es war der Punkt, wo man es einfach nicht mehr ertragen konnte, wo alles herausplatzte. Wenn man keine Rücksicht mehr darauf nahm, ob andere verletzt wurden, ob Porzellan zerschlagen wurde oder ob man sich lächerlich machte. Man pfiff auf seine berufliche Zukunft und stand endlich zu sich selbst.

Er klemmte beide Daumen hinter seinen Hosengürtel und brüllte los. Den ersten Erfolg verbuchte er sofort: Ann Kathrin, die solche Lautstärken in der Polizeiinspektion nicht gewohnt war, zuckte zusammen, ja machte einen kleinen Schritt rückwärts. Weller brauchte eine Sekunde, aber dann blähte er seinen Brustkorb auf und ging stattdessen einen Schritt nach vorn.

Ja, komm nur, dachte Klatt. Typen wie dich rauche ich zum Frühstück in der Pfeife. Wenn du jetzt hier vor deiner Frau den Helden spielen willst, dann falte ich dich gleich ganz gehörig zusammen.

Er dachte es. Er sagte es nicht. Zum Glück. Seine gebrüllten Sätze waren noch nicht im Raum verhallt. Sie hingen noch in der Luft wie die Schlusstöne eines übersteuerten Rockkonzerts, die man tagelang nicht loswurde.

»Das haben Sie vergeigt mit Ihrer Gurkentruppe. Wenn ich rauskriege, wer die Information weitergegeben hat, dann …« Er richtete seinen Zeigefinger auf Weller. Ihm fiel keine Strafe ein, die groß genug war.

Seine Drohung ließ Weller aber nicht einknicken. Stattdessen fragte er: »Brauchen Sie Medikamente?«

»Ich, Medikamente?«, ereiferte Klatt sich, griff sich aber unwillkürlich dabei ans Herz. »Wenn hier jemand etwas braucht, dann sind Sie das, und zwar einen Anwalt! Ich werde Sie alle zur Rechenschaft ziehen! Haben Sie in Ihrem überbordenden Geltungsbedürfnis die Presse informiert? Diesen Bloem oder wie die Pappnase heißt? Der ist doch hier Ihr Haus-und-Hof-Journalist.«

Ruhig erklärte Ann Kathrin: »Er ist ein Mann unseres Vertrauens, der uns vielfach bei der Lösung komplizierter Fälle unterstützt und geholfen hat. Übrigens gerne dann, wenn Ihre Behörde – Sie sind doch noch beim BKA? – nicht weiterkam.«

Klatts teigiges Gesicht war blass. Umso mehr fielen seine Augenränder auf.

»Ihre Aktion«, sagte Ann Kathrin sehr ruhig und leise, »läuft jetzt schon aus dem Ruder, Herr Klatt. Sie haben unseren Kollegen Rupert in große Gefahr gebracht. Er wird hier völlig unvorbereitet in eine Situation gestürzt, die ihn überfordert.«

»Das stimmt vermutlich«, gab Liane Brennecke zu, »aber er ist unsere einzige Chance. Wir können ihn nicht vorher lange schulen. Unser Zeitfenster schließt sich.«

Klatts Handy meldete sich. Es war ihm sofort wichtiger als die Personen, mit denen er sich im Raum befand. Er drehte ihnen den Rücken zu.

Weller und Ann Kathrin sahen sich vielsagend an. Weller machte eine Handbewegung vor seinem Gesicht, als ginge er davon aus, dass Klatt nicht ganz dicht sei und dringend therapeutische Hilfe bräuchte.

Ann Kathrin deutete ihrem Mann an, dass sie sich fragte, was jetzt aus Rupert werden solle.

»Ihre Zielfahnder«, schrie Klatt ins Handy und beendete das Gespräch mit den Worten: »Sie mich auch!« Er räusperte sich und griff sich an die Stirn, als suche er nach Worten. Da er vom Schreien heiser geworden war, sprach er jetzt, als sei er mit Ende fünfzig in den Stimmbruch gekommen: »Also, der Einsatz auf Wangerooge hatte wohl mit Frederico Müller-Gonzáles gar nichts zu tun, sondern Zielfahnder einer internationalen Gruppe«, er ballte die Faust, »von deren Existenz ich bisher nicht mal wusste, haben zugeschlagen, und *Ihr Rupert* ist nur so etwas wie Beifang.«

Weller griff liebevoll in Ann Kathrins Haare und kämmte mit seinen Fingern eine Strähne zurück, die wie ein Horn hochstand. »Ich finde«, sagte er zu Ann, »das hört sich noch nicht richtig wie eine Entschuldigung an, was meinst du, Liebste?«

Klatt presste die Lippen aufeinander, und es kam Weller so vor, als würde er seine Zähne knirschen hören.

»Sind Sie sicher«, fragte Ann Kathrin, »dass Sie nicht vielleicht doch ein paar Kreislauftropfen brauchen? Sie sollten dringend zum Arzt gehen. Ich glaube, dass ...«

Weller unterbrach sie: »Erst wollte er sich noch bei uns entschuldigen. Wenn ich mich recht entsinne, hat er uns Gurkentruppe genannt. Wobei«, fügte Weller abschätzend hinzu, »mehr Obst und Gemüse statt Fleisch ihm sicherlich guttäte. Du hast doch mal so eine Gurkendiät gemacht und dabei zwei Kilo verloren, oder Ann?«

Dass sie über ihn in der dritten Person redeten, ärgerte Klatt am meisten. »Ich muss mich nicht entschuldigen. Es war ein naheliegender Verdacht.«

»Und dann«, lächelte Weller süffisant, »darf man Kollegen einfach so runterputzen? Fühlen Sie sich dann besonders gut? Gibt Ihnen das etwas?« Er wendete sich an Ann Kathrin: »Kannst du dir vorstellen, Ann, dass jemand, der ein fröhliches, ausgeglichenes Sexualleben hat, so ohne Sinn und Verstand auf Leute losgeht?«

»Was wollen Sie damit sagen?«, fauchte Klatt.

»Nichts« sagte Weller. »Ich habe meine Frau etwas gefragt. Ich warte noch auf eine Entschuldigung von Ihnen. Vorher rede ich gar nicht mit Ihnen.«

»Und ich«, sagte Ann Kathrin streng, »will wissen, was jetzt mit Rupert wird. Ist die Sache damit erledigt?«

Klatt schüttelte den Kopf. »Nein, natürlich nicht. Niemand weiß doch, dass er nicht der richtige Frederico ist. Sie werden ihn in U-Haft bringen und verhören.«

»Verhören?«, hakte Weller nach.

Klatt nickte. »Ja. Was denn sonst?«, fügte Klatt hinzu, »das ist ein Härtetest für ihn. Bin gespannt, ob er ihn besteht.«

Sie saßen unten im *Anna-Düne*-Sauna-und-Wellness-Bereich. Rupert hockte auf einer Liege im Ruheraum. Sie hatten ihm das Jackett abgenommen und das goldene Feuerzeug ebenfalls.

Fünf SEK-Beamte mit automatischen Waffen sicherten den Saunabereich. Sie warteten auf den Abtransport der Gefangenen. In ihren Gesichtern konnte Rupert deutlich den Triumph lesen. Ja, so fühlten sich Sieger.

Sie hatten diesen Bereich der Anlage ausgesucht, weil er besonders leicht zu überwachen war und von den restlichen Touristen abgeschirmt werden konnte. Sie hatten nur einen schwerhörigen Rentner übersehen, der in der Biosauna saß und sich jetzt nicht raustraute, weil er die Bewaffneten fürchtete.

Gerade war Rupert sich noch toll vorgekommen, oder zumindest wichtig, doch jetzt spielte er plötzlich die zweite Geige. Die Kollegen, die ihn hopsgenommen hatten, interessierten sich nicht wirklich für ihn. Lediglich die Rothaarige namens Iris, die er in seiner Vorstellung gerettet hatte, schenkte ihm noch Beachtung. Sie trug ihre verarzteten Schnittwunden am Hals wie Orden.

Iris reichte ihm den Bildband. Rupert wusste zunächst gar nicht, was sie wollte, nahm das schwere Buch aber schließlich.

»Ist das«, fragte Iris und spielte mit ihrem Pflaster am Hals, »Show, oder interessieren Sie sich wirklich für abstrakte Malerei?«

Rupert zwinkerte ihr vielsagend zu.

»Ich male nämlich auch«, gestand sie.

Iris bog den Rücken durch. Ihr nassgeschwitztes T-Shirt ließ Rupert die Umrisse ihres Sport-BHs erkennen.

»Ich würde mir gerne Ihre Brüste ansehen«, sagte Rupert.

Ihre Gesichtszüge entgleisten. »Was?«, fragte sie empört.

»Äh, äh, äh, ich meine, Ihre Bilder. Ihre Bilder. Ich würde mir gerne Ihre Bilder ansehen.«

Sie nahm Abstand, ging um ihn herum, betrachtete ihn kritisch und sagte dann: »So sieht also einer aus, der einer Mafia-Dynastie entstammt.«

Rupert schüttelte den Kopf: »Nein, nein, nein. Von wegen Mafia! Mit Mafia hat meine Familie eigentlich nichts zu tun. Wir sind Drogenhändler!«

Sie verzog die Lippen. »Ach so. Entschuldigung. Ich wollte Sie nicht beleidigen.«

»Was wirft man mir überhaupt vor? Ich saß da friedlich im Café Pudding und ...«

Sie lächelte ihn milde an. »Ja, und wie fast alle Touristen hier hatten Sie ein Beinmesser unter Ihrem schicken Anzug und eine .38er im Schulterholster. Außerdem muss ich Sie daran erinnern, dass Sie in Groningen einen Mann auf offener Straße erschossen haben und einen zweiten ...«

Sie sprach gar nicht weiter, weil Rupert sich sofort verteidigte: »Die haben mich angegriffen! Glauben Sie, ich bin bescheuert und erledige Killeraufträge in aller Öffentlichkeit?«

Sie zupfte an ihrer Kleidung herum. Rupert nahm das als Zeichen, dass sie sich für ihn attraktiver machen wollte, was eigentlich gar nicht nötig war, obwohl ihr das T-Shirt sicherlich noch besser gestanden hätte, wenn es neben ihr über der Stuhllehne gehangen hätte.

»Niemand hat damit gerechnet«, sagte sie, »dass wir Sie auf dieser verträumten kleinen Insel hier einkassieren können. Wir waren eigentlich hinter Kleebowski her.«

»Ach, Sie meinen Alexander von Bergen? Heißt der Kleebowski?«

»Vor mir müssen Sie keine Show abziehen«, flötete sie. »Das ist hier kein Verhör.«

»Nein, natürlich nicht«, stimmte Rupert zu. »Wir unterhalten uns nur nett. Haben Sie heute Abend schon was vor?«

»Ja, hab ich. Wir bringen Sie und Ihren Freund in eine ausbruchssichere Zelle und übergeben Sie dann der Justiz.«

»Tolle Aussichten«, gestand Rupert und kam sich sehr cool dabei vor, als er auf die Biosauna zeigte und sagte: »Die Saunen sind doch eingeschaltet. Sollen wir nicht einen Durchgang machen, bevor wir uns wieder unters Volk mischen? Ich meine, Sie haben mir doch schon mein Abendessen versaut, da könnten wir doch wenigstens …«

»Graben Sie mich gerade echt an?«, fragte sie empört. »Versprechen Sie sich davon irgendeinen Vorteil?«

Ein SEKler, der an der Tür Wache hielt, hatte wohl mitgehört. Er reckte den Kopf rein und fragte: »Soll ich ihm das Maul stopfen?«

Er trug immer noch eine Sturmhaube. Nur seine Lippen und seine Augen konnte Rupert sehen. Er hatte tiefbraune Augen. Rupert nahm an, dass er bei einigen Frauen damit sehr romantische Gefühle auslöste.

Die Polizistin schüttelte den Kopf und richtete ihren Zeigefinger auf Rupert: »Diesmal kommen Sie nicht so leicht davon, Frederico. Es gibt in Deutschland ein funktionierendes Rechtssystem. Sie werden sich für die Dinge, die Sie getan haben, verantworten müssen. Da hilft Ihnen das Geld Ihrer Familie einen Dreck. Wir sind keine Bananenrepublik. Hier kann man nicht einfach so die Justiz bestechen und wieder freigelassen werden.«

Rupert reagierte so, wie Gangsterbosse seiner Meinung nach auf so etwas zu reagieren hatten: Er gab den Frederico, wie er ihn sich vorstellte: »Nein? Echt? Kann man das in Deutschland nicht? Ja, wie soll man denn sonst als Gauner freikommen? Wissen Sie, wir sind das eigentliche Schmieröl dieser Gesellschaft. Ja, ja, gucken Sie nicht so blöd. Wir tun auch was. Bei uns verdienen Leute ordentliches Geld, die würden bei Ihnen doch nur im Arbeitsamt Schlange stehen. Wir betreiben florierende Geschäftsunternehmen, ja, wir zahlen sogar Steuern! Und wenn wir die Politiker nicht so großzügig alimentieren würden, dann müssten Sie für Ihre Abgeordneten und Minister noch ganz andere Gehälter hinlegen. Glauben Sie, dass die mit den paar Euro auskommen, die sie aus den offiziellen Kassen kriegen?«

Rupert lachte demonstrativ und schlug sich auf den Bauch, als hätte er gerade einen tollen Witz gerissen.

Der SEKler erschien ein zweites Mal. »Der Hubschrauber ist da.« An Rupert gewandt, drohte er: »Wenn du irgendwelche Tricks versuchst, solltest du eins vorher wissen: Ich bin nicht so zimperlich wie meine Kollegen.«

»Ja, ihr seid die ganz harte Truppe. Das ist mir klar. Polizisten, die sich beim Einsatz vermummen, machen unheimlichen Eindruck auf mich. Sie sind halt furchtlos.«

»Lass dich nicht provozieren, Kevin«, mahnte Iris.

»Ach, Kevin heißt du. Nett, dich kennenzulernen, Kevin. Ich heiße Frederico Müller-Gonzáles. Du kannst aber gerne Frederico zu mir sagen. Wenn du mal richtig Geld verdienen willst, Kevin, und du lieber mit einer Krawatte als mit so einer Sturmhaube herumlaufen möchtest, dann melde dich ruhig. Wir suchen ständig gute Leute.«

Kevin sagte nichts mehr. Er presste die Lippen aufeinander.

Sie gingen gemeinsam die Treppe hoch. Vier SEKler begleiteten Rupert. Sie hielten noch einmal an, weil Touristen aus dem *Friesenjung* kamen und an der *Anna-Düne*-Rezeption vorbei zur Toilette gingen.

Die Einsatzkräfte wollten jede Begegnung der Gangster mit Touristen vermeiden. Während sie dastanden und warteten, sagte Iris: »Eins interessiert mich noch, Herr Müller-Gonzáles: Warum haben Sie nicht versucht, sich den Weg freizuschießen, wie in Groningen? Wussten Sie, dass wir mit massiven Kräften auf der Insel waren?«

Rupert grinste überlegen. »Sie meinen, ob Sie einen Maulwurf bei sich haben, der mich informiert hat? Nein. Ich hatte einfach heute nur meinen friedlichen Tag und wollte in Ruhe meinen Milchreis essen.«

»So«, rief Kevin im Befehlston, »freie Bahn! Wir können!«

Rupert spürte es genau. Er stand am Eingang eines Labyrinths, und er fürchtete sich, es zu betreten. Er hatte Angst, sich darin zu verlaufen und den Ausgang niemals wiederzufinden. Gleichzeitig musste er es irgendwie tun, und er schaffte es nicht, über seine Angst zu reden. Er tat, als hätte er einen untrüglichen Kompass bei sich, aber leider besaß er so etwas überhaupt nicht.

Als die Truppe das *Anna-Düne*-Gebäude verlassen hatte, kam ein Rentner mit schrumpeliger Haut und zittrigen Knien aus der Biosauna. Er ging zum Waschbecken, hielt die Lippen unter den Wasserstrahl und trank.

Das, dachte er, glaubt mir niemand. Und seine Kinder und Enkelkinder hatten behauptet, auf Wangerooge sei nichts los. Wenn die wüssten …

Weller versuchte, sich an den Namen von Ruperts Schwiegermutter zu erinnern. Er wusste noch, dass sie ihm einmal das Du angeboten hatte. Sie war mit Kuchen in der Polizeiinspektion erschienen. So wollte sie die Feier zu Ehren ihres Schwiegersohns aufwerten, damit es nicht immer nur Kekse gab.

Rupert hatte wohl zu Hause geprahlt, er habe einen Russenmafia-Ring zerschlagen, was eigentlich schon daran scheiterte, dass es in Norden, Aurich und Wittmund keinen Russenmafia-Ring gab. Außerdem war Rupert seit Tagen nicht zum Dienst erschienen, weil er angeblich mit Angina im Bett lag.

Das mit dem Bett stimmte. Aber sie hieß nicht Angina, sondern Josefina und hatte die Angewohnheit, ihm Knutschflecken zu machen und mit ihren Fingernägeln Verletzungen zuzufügen, die nach wilder Liebesnacht aussahen, weshalb Rupert sich nicht nach Hause traute und den Kampf gegen die Mafia vorgeschoben hatte.

Aber Josefina wurde von Mal zu Mal wilder, und Rupert sah bald nicht mehr nach einer Liebesnacht aus, sondern eher, als habe er einen Spießrutenlauf überlebt.

Weller hatte damals für seinen Kumpel gelogen, die Sache mit der Russenmafia unter dem Deckmäntelchen der Verschwiegenheit der Schwiegermutter gegenüber bestätigt und sie dann nach Hause zurückgefahren. Er hatte um Verständnis für Rupert gebeten. Seine Mission sei noch nicht beendet. Und er bat sie zu schweigen, um die Polizeiaktion nicht zu gefährden.

Seitdem duzten sie sich.

Sie hatte einen Namen, der irgendwie gar nicht zu ihr passte. Der Name klang nobel, so als sei sie aus feinem Hause, und das wäre sie ganz sicher auch gern gewesen. Aber sie entstammte keinem alten ostfriesischen Häuptlingsgeschlecht. Auch wenn sie gerne eine Abdena, Cirksena, Beninga, Knyphausen, Manninga oder Innhausen gewesen wäre, so hieß sie doch Brockmann.

Immerhin hatte es in Marienhafe eine Häuptlingsfamilie namens Brook gegeben. Ruperts Schwiegermutter hatte sogar versucht, ihren Namen von Brockmann in Brook ändern zu lassen, war aber an der Bürokratie gescheitert.

In gewisser Weise war sie wie ihr ungeliebter Schwiegersohn. Sie fanden beide ihr Leben auf fast beleidigende Weise belanglos, glaubten, dass ihnen mehr und Besseres zustünde, und scheiterten doch ständig an der sie umgebenden Realität.

Rupert, so fand Weller, war so sehr von sich eingenommen, ja von sich selbst begeistert, dass er seine Niederlagen oftmals kaum zur Kenntnis nahm. Auch seine Schwiegermutter wirkte auf Weller, als würde sie sich am liebsten selbst küssen, weil sonst kaum ein anderer Mensch gut genug dafür war.

Das Haus im Norden von Norden war nicht weit entfernt vom Distelkamp, wo Weller und Ann Kathrin wohnten. Hier, im Neubaugebiet, wuchsen die Hecken noch nicht so hoch wie im Getreideviertel. Die Vorgärten waren gerade erst neu angelegt worden, die größten Bäume kaum mannshoch. Einige Flächen waren noch gar nicht bepflanzt, ein paar Häuser sogar noch im Rohbau.

Hier war eine Siedlung für junge Familien gebaut worden. Kinder auf Dreirädern fuhren herum. Stolze, aber besorgte Väter liefen nach Feierabend hinter ihnen her, vergaßen ihr Bier am Wegrand und sahen in jedem Autofahrer einen potenziellen Kindermörder, sobald ihr eigener Wagen in der Garage stand.

Weller klingelte. Er rückte seine Jacke zurecht.

Wie hieß sie nun? Hildegard? Oder Therese? Oder – ja, genau, Edeltraut oder Edelgard oder so ähnlich.

Neben der Eingangstür lagen noch zwei Haufen Kies und Sand.

Sie ließen ihn ganz schön lange warten, fand er. Er hatte sich eine schlüssige Geschichte ausgedacht und ging sie im Geiste noch einmal durch. Er fand sie glaubhaft.

Ruperts Ehefrau Beate war in Wellers Augen eine hochattraktive Frau mit einem Hang zur Spiritualität, ja Esoterik. Dabei wirkte sie aber bodenständig. Im Gegensatz zu ihrem Mann las sie gern und viel. Sie war schlank und ernährte sich meist vegetarisch. Sie kochte sogar gern vegan. Allerdings war sie auch in diesen Fragen ein Freigeist, was Weller gefiel.

Sie sah die Dinge nicht zu verkniffen. Sie war Vegetarierin – es sei denn, es gab zu Weihnachten bei ihrer Mutter Gans. Auch für einen Sauerbraten warf sie ihre Prinzipien gern kurzfristig über Bord.

Sie ertrug es, dass Rupert zu ihrer veganen Spargelsuppe eine Knackwurst aß, und hatte auch mit der sicher nicht ganz veganen Buttercremetorte ihrer Mutter kein Problem, obwohl ein Stück gefühlt mehr Kalorien hatte, als Beate normalerweise in zwei Tagen zu sich nahm.

Sie war eine auf angenehme Weise entspannte Frau. Das musste sie wohl auch sein, um überhaupt mit Rupert leben zu können. Weller fragte sich sowieso, wie sie es mit dem Typen aushielt.

Weller rechnete mit Verständnis ihrerseits, aber mit Stress vonseiten der Schwiegermutter. Genauso kam es.

Beate öffnete in einem weißen Leinenkleid. Sie trug die langen Haare offen. Ihre Brille leuchtete in allen Regenbogenfarben und gab ihr eine fröhliche Ausstrahlung. Sie hatte etwas Elfenhaftes an sich. Es war schwer, ihr Alter zu schätzen. Sie wäre für Anfang dreißig durchgegangen, konnte aber auch locker zehn, ja fünfzehn Jahre älter sein.

Sie war barfuß. Auf Zehenspitzen versuchte sie, über Wellers Schulter zu gucken, als könne Rupert sich hinter seinem Rücken versteckt haben.

Sie führte Weller ins Wohnzimmer. Ihre Mutter saß brütend vor der Buttercremetorte mit der Zahl 45 darauf. Sie guckte sauertöpfisch auf die Wanduhr. Es roch nach Tee.

Sie hatte, wie an jedem Geburtstag in den letzten Jahren zwei dicke Fotoalben mitgebracht, die Ruperts Mutter mit dickem Bauch zeigten und dann ein fröhliches Baby in einer roten Plastikwanne. Besonders gut gefiel ihr das Bild von dem glücklich grinsenden Rupert mit nacktem Hintern auf einem Paradekissen in einem weißen Schleiflackschlafzimmer.

Sie hatte alle Bilder sorgfältig mit weißen Fotoecken eingeklebt. Es ging bis zur Hochzeit von Rupert und Beate, natürlich in Weiß. Sie wollte nun eigentlich, wie in den letzten Jahren, die Alben mit Rupert und Beate ansehen, aber ihr Schwiegersohn, als hätte er es geahnt, drückte sich mal wieder.

Weller sagte brav: »Moin«, lobte Edeltrauts jugendliches Aussehen und staunte ein bisschen zu herausgestellt darüber, dass Beate ihre Tochter sei. Man hätte die zwei für Schwestern halten können, zuckerte er.

»Leider«, sagte Weller kleinlaut, »müsst ihr zwei heute auf die Hauptperson dieser kleinen Feier verzichten. Unser Rupert muss leider …«

Edeltraut ließ ihn gar nicht weiterreden. »Das ist ein Scherz, Frank, stimmt's? Du bist ein Spaßvogel … Er wartet draußen mit Geschenken!«

»Geschenken?«, staunte Weller.

»Ja«, lachte Edeltraut. »Der Sohn meiner Freundin wurde neulich fünfzig, und da hat er seiner Mutter einen riesigen Strauß Rosen geschenkt. Fünfzig langstielige Rosen!«

»Aber«, gab Weller zu bedenken, »du bist doch gar nicht seine Mutter, sondern …«

Edeltraut lachte höhnisch, als sei das völlig belanglos. »Seine Mutter und ich, wir waren Freundinnen. Ich habe ihm nach ihrem Tod geholfen, die Wohnung auszuräumen. Da sah es aus! Das glaubst du nicht, Frank … All diese schönen Erinnerungsfotos habe ich aus alten Schuhkartons gerettet. Rupert hätte sie sonst verbrannt. Er …«

Sie stoppte und schenkte sich selbst Tee ein. Sie nahm zwei dicke Stücke Kandis mit einer filigran gearbeiteten silbernen Kluntjezange. Sie ließ nicht unerwähnt, dass sie die einst von ihren Eltern zur Aussteuer bekommen und später dann ihrer Tochter bei der Hochzeit weitervererbt habe.

Weller hörte die Zuckersteine knisternd zerkrachen, als der heiße Tee sie traf. Ganz nach ostfriesischer Sitte träufelte Edeltraut die Sahne gegen den Uhrzeigersinn in die kleine Tasse. Sie rührte nicht um, sondern sah den Wolken im Tee zu, wie sie sich ausbreiteten.

Beate fragte: »Darf ich dir auch ein Tässchen anbieten, Frank?«

Er nickte, obwohl er am liebsten schnell wieder gegangen wäre, aber dies hier war eine heikle Mission. Er durfte nicht unhöflich sein und keinen Verdacht erregen. In nächster Zeit musste er Kontakt zur Familie halten und Rupert völlig abschirmen.

Er nahm also ein Tässchen Tee und protestierte auch nicht gegen Kluntje und Sahne, obwohl er den Tee eigentlich lieber pur trank. Schwarz, wie guten Kaffee, den er ohnehin lieber mochte. Aber einen Ostfriesentee abzulehnen war hier in dieser Situation praktisch unmöglich. Da hätte er gleich furzen und sich am Hintern kratzen können.

Nein, ein paar gesellschaftliche Regeln sollte man einfach anerkennen. Solche Handlungen, ja Rituale schafften etwas Verbindendes.

Edeltraut hielt die Tasse so, dass ihr kleiner Finger steif abstand und praktisch auf Weller zeigte. Sie nahm drei Schlucke. Nach jedem stöhnte sie genussvoll, hielt kurz inne und nahm dann den nächsten. Sie stellte die leere Tasse beim Stövchen ab, auf dem die dickbauchige Kanne stand. Es war gutes Geschirr. Ostfriesische

Rose. Sie trank Bünting-Tee, wahrscheinlich, weil Rupert Thiele-Tee bevorzugte. Deswegen hatte Beate immer beide Sorten Tee im Haus. Bünting für ihre Mutter und Thiele für Rupert.

Beate goss für sich und Weller ein, während sie immer wieder zu dem Fenster blickte, von wo aus sie die Einfahrt und den Carport sehen konnte. Sie hoffte immer noch auf einen Scherz und bemühte sich zu lächeln.

Edeltraut philosophierte genießerisch: »Der erste Schluck leicht herb, ja fast bitter. Im Grunde der reine, unverfälschte Teegeschmack. Weil die schwere Sahne langsam tiefer sinkt, die dann beim zweiten Schluck ölig sanft Gaumen und Zunge umschmeichelt, bis der letzte Schluck den süßen Genuss des Kandis verströmt.«

Sie nickte auffordernd Beate zu, die ihr daraufhin erneut eingoss. Weller trank und ahnte schon, dass er nicht um ein Stück von dieser mächtigen Buttercremetorte herumkommen würde. Zwei Minuten auf der Zunge, zwei Monate auf der Hüfte, dachte er. Um so ein Stück abzutrainieren, musste er stundenlang am Deich Rad fahren, und zwar gegen den Wind. Aber er entschloss sich, es tapfer zu essen.

»Also«, sagte er geheimnisvoll und nahm einen kleinen Schluck, »es ist so geheim, dass ich es auch hier am Tisch eigentlich nicht erzählen darf ... geschweige denn draußen ... Niemand darf erfahren, was unser Rupert gerade macht.«

Beate guckte sofort besorgt. Ihre Mutter eher kritisch, ja miesepetrig.

Weller flüsterte: »Er schützt eine Person, die in großer Gefahr ist. Aber für uns ... ach, das darf ich auch nicht sagen ... Fangen wir mal so an: Sagt euch beiden das Wort *Zeugenschutzprogramm* etwas?«

Die Frauen nickten.

»Eine wichtige Zeugin muss in Sicherheit gebracht werden. Ihr Leben ist bedroht.«

»Ja, aber doch nicht ausgerechnet an seinem Geburtstag!«, kritisierte Edeltraut.

»Ja«, scherzte Weller, »Krankheiten, Rechnungen und Verbrechen kommen selten zum günstigen Zeitpunkt.«

Beate hatte sofort Verständnis, doch ihre Mutter hakte unerbittlich nach: »Habt ihr dafür keine Spezialisten?«

»Rupert«, behauptete Weller, »ist ein erfahrener Personenschützer. Es gibt für diesen Auftrag praktisch keinen besseren Mann. Er gilt als absolut zuverlässig. Unbestechlich. Angstfrei. Dafür handelt er immer umsichtig. Er ist ein analytischer Kopf, außerdem im Nahkampf hervorragend ausgebildet. Im Ernstfall kann er auch hart fighten.«

»Falls er keine Rückenschmerzen hat«, maulte Edeltraut. Sie glaubte Weller kein Wort. Aber Beate gefiel es, wie Weller über ihren Mann redete.

Ihre Mutter verlangte: »Na gut. Wenn ihr keinen Besseren habt, dann meinetwegen. Obwohl sich sein Können ja wohl kaum in seinem mickrigen Gehalt widerspiegelt.« Sie machte eine großzügige Geste quer über den Tisch. »Dann soll er sie halt mitbringen. Es reicht für alle. Für die Torte ist es ja fast schon ein bisschen spät, aber nach Sonnenuntergang gibt es noch ein Chili con Carne.« Mit erhobenem Zeigefinger fuhr sie fort: »Ganz ohne Fleisch.«

»Chili con Carne ohne Fleisch«, grinste Weller. »Rupert wäre bestimmt begeistert. Aber er kann die Zeugin leider nicht hierhin bringen. Wir haben sie in einer anonymisierten Wohnung untergebracht. Sie werden dort von uns versorgt. Sie dürfen beide nicht vor die Tür. Sie müssen sich richtig einigeln.«

Etwas an Wellers Worten machte Edeltraut richtig sauer. »Guter Versuch, Frank! Ich kenne euch doch! Ihr haltet alle zusammen –

Männer!!!«, spottete sie und sagte dann fast mitleidig zu ihrer Tochter: »Das ist alles nur Bluff. Ausgerechnet an seinem Geburtstag ... Das glaubst du doch hoffentlich nicht, Kindchen!«

»Wie? Was? Wie meinst du das, Mutter?«

Edeltraut holte tief Luft, bevor sie loslegte: »Die machen sich einen Männerabend mit allem, was für diese Tiere dazugehört! Das mit der anonymen Wohnung stimmt garantiert, aber statt einer Zeugin sind da ein paar leichte Mädchen. Stripteasetänzerinnen und so. Die saufen und huren rum, das ist es doch!«

»So etwas«, behauptete Weller, »würde Rupert nie tun.«

Beate gab ihm recht, aber ein kleiner Zweifel regte sich schon in ihr.

Edeltraut griff zu ihrem Handy: »Ich werde ihn sofort anrufen und ihm meine Meinung geigen ...«

Weller stoppte sie: »Nein, das geht leider nicht. Sein Handy ist abgestellt. Er könnte sonst geortet werden. Wir haben es mit wirklich gefährlichen Schwerkriminellen zu tun. Das darf man nicht auf die leichte Schulter nehmen.«

Beate versuchte, ihre Mutter zu beruhigen. Weller trank Tee und schnitt in seiner Nervosität die Torte an. Er begann, Kalorienbomben in seinen Mund zu schaufeln.

»Bitte, bedien dich nur«, schlug Edeltraut vor.

Mit vollem Mund behauptete Weller: »Wir wissen nicht, wie lange die ganze Aktion dauern wird. Auch wir kennen nicht alle Einzelheiten. Nicht einmal ich weiß den genauen Aufenthaltsort. Der Kontakt zu deinem Mann, Beate, muss über mich laufen. Er darf sich nicht melden, und du kannst ihn auch nicht erreichen. Das geschieht zu seinem und zum Schutz der Zeugin.«

»Das wird ja immer schöner«, giftete die Schwiegermutter.

Weller stand auf. Das halbe Stück Buttercremetorte lag wie ein Trümmerhaufen auf seinem Teller.

Er hatte alles gesagt, und er fand, er hatte sich tapfer geschlagen. Er verabschiedete sich. Es gab schließlich noch eine Menge zu tun. Beate begleitete ihn zum Ausgang. Sie hatte noch etwas auf dem Herzen, das spürte Weller genau, und sie wollte es nicht in der Gegenwart ihrer Mutter äußern.

Sie ging mit ihm bis vor die Tür. Draußen trällerte eine Lerche. Ein Kiebitz antwortete. Rund um Ann Kathrins und Wellers Haus im Distelkamp war noch viel mehr los. Da war im Laufe der Zeit bei den Bahngleisen eine Art dauerndes Open-Air-Festival für Vogelstimmen entstanden.

Beate fasste Weller am Oberarm an, als müsse sie ihn spüren, während sie mit ihm sprach. »Ihre Hände«, so hatte Rupert mal zu Weller gesagt, »sind der reinste Lügendetektor.« Jetzt begriff Weller, was Rupert damit gemeint hatte, und er wurde vorsichtig. Weller wusste, dass er kein besonders guter Lügner war. Privat versuchte er, mit der Wahrheit rumzukommen. In seiner Beziehung zu Ann spielten Lügen keine große Rolle. Sie wollten beide ehrlich miteinander umgehen.

Beate fragte: »Wie alt ist diese Zeugin?«

Weller antwortete nicht sofort. Er guckte Beate nur an. Sie wand sich unter seinen Blicken, als würde ihr das luftige Leinenkleid zu eng.

»Ich meine, du verstehst mich doch bestimmt, Frank. Wenn er mit dieser Frau ein paar Tage in dieser Wohnung zusammen lebt ... Da kommt man sich doch näher, da ...«

Weller kapierte. »Es ist«, log Weller, »eine alte Dame. Vierundsiebzig, vielleicht fünfundsiebzig.« Er deutete Formen an: »Nicht ganz Ruperts Beuteschema.«

Er bereute den Satz sofort, denn irgendwie hatte er das Gefühl, damit Rupert belastet zu haben, obwohl er ihn eigentlich entlasten wollte.

»Ich wollte sagen«, stammelte Weller, »er würde doch nie ... Guck dich mal an, Beate. Du bist eine sooo tolle Frau, da wäre Rupert doch blöd, wenn er ...«

Beate winkte ab. »Ach komm, Frank ... Wir kennen ihn doch beide.«

Er konnte nicht länger warten. Er musste sie sich jetzt schnappen. Die Russen wurden schon ungeduldig, und die Araber wollten einen eigenen Spezialisten schicken. Die Russen hatten einfach vor, sie auszuknipsen. Die Clans waren scharf auf ihre Informationen, und die Düsseldorfer suchten schon lange nach dem Leck in den eigenen Reihen.

Er würde sie zum Sprechen bringen, da waren sich alle sicher. Er hatte seine Leidenschaft zum Beruf gemacht. Killer, gedungene Mörder, konnte man an jeder Ecke für kleines Geld kaufen. Er war ein Spezialist. Er brachte Leute zum Reden. Immer. Sie sagten ihm alles, was er wissen wollte, und oft noch viel mehr. Sie verrieten ihre besten Freunde in der Hoffnung, ihn zu besänftigen.

Er stand dazu. Er war ein Sadist. Keiner, der mit Plüschhandschellen seine Partnerin ans Bett fesselte und dann mit der siebenschwänzigen Katze auspeitschte, bis sie lustvoll stöhnend kam. Oh nein, er war keiner dieser verklemmten Spießer, die mit ein bisschen gespielter Dominanz Spaß ins öde Sexualleben bringen wollten. Er war ein richtiger Sadist. Er wollte wirkliche Schmerzen zufügen, wollte Menschen leiden sehen. Seelisch und körperlich. In seinen Händen empfand niemand Lust. Er war in seinen Heldenträumen der Sensenmann persönlich.

Diese Polizistin reizte ihn sehr. Wenn er vor der Polizeiinspektion stand und darauf wartete, dass sie sich endlich zeigte, dann lief in seiner Phantasie ein Film ab, der durch keine noch so lasche »freiwillige Selbstkontrolle der Filmwirtschaft« gelassen worden wäre. Seine Phantasien wären in jedem Pornokanal gesperrt worden. So etwas gab es höchstens – wenn auch stümperhaft gemacht – im Darknet. Es gab so viele Möglichkeiten, sie leiden zu lassen, dass er sich entscheiden musste. Sie würde nicht alles lange genug überleben. Für seine Auftraggeber war nur wichtig, dass sie auspackte und alles erzählte.

Nun, darin sah er das geringste Problem. Er musste sie nur zuerst kriegen.

Wenn sie nicht in der Polizeiinspektion mit ihren Kollegen am Besprechungstisch saß, dann klebte dieser Typ an ihr wie ein Schatten.

Einmal war er ihr zu ten Cate gefolgt. Wie um ihn zu verhöhnen, aß sie dort eine Ostfriesentorte mit Rumrosinen und trank dazu ein Glas Wasser.

Wasser statt Tee oder Kaffee. Sie blätterte dabei im *Ostfriesland Magazin* und ignorierte den Typ, der missmutig bei ihr hockte und die ganze Zeit mit seinem Handy rummachte.

Abends hätte er sie fast erwischt. Sie kehrte noch ins Mittelhaus ein, aber sie verließ es nach einer knappen Stunde mit einer Gruppe. Sie gehörten nicht zusammen, aber sie hatten bis zum Reichshof denselben Weg.

Er konnte es kaum noch erwarten, sie endlich schreien und wimmern zu hören …

Statt in einer seiner Stripteasebars verbrachte Rupert die erste Nacht als Frederico Müller-Gonzáles in einer Gefängniszelle. Sie war recht spartanisch eingerichtet. Alles sauber, hell, robust und abwaschbar. Wie um ihn zu verspotten, hatte sein Vorgänger in diesem Raum mit Buntstiften eine breithüftige Tänzerin in Höhe des Bettes an die Wand gemalt. Sie schwenkte ihren BH über ihrem Kopf und lachte mit einem beängstigenden Pferdegebiss.

Rupert musste immer wieder hinsehen. Ihre Zahnreihen schienen bei jedem Blick zu wachsen. Einmal, er war fast eingenickt, kam es ihm fast vor, als hätte er sie lachen hören, ja die gemalte, comichafte Figur an der Wand mit dem überproportionalen Becken und dem Riesengebiss bewegte sich sogar, klapperte mit den Zähnen, machte einen Kussmund und zwinkerte ihm zu.

Rupert rieb sich die Augen. Hab ich Halluzinationen?, dachte er. Haben die mir was in den Tee getan, oder sind das die üblichen Dinge, die mit uns geschehen, wenn wir alleine, ohne Ablenkung in einem geschlossenen Raum sind?

Seine Frau Beate nannte das Meditation. Sie konnte stundenlang einfach auf einem Kissen sitzen und atmen. »Dann«, so hatte sie behauptet, »tun sich innere Welten auf. Jeder hat in sich einen Raum der Ruhe und der Nichtangst.«

Ja, Beate konnte solche Sätze sagen und dabei ganz ernst bleiben. Sie hatte ihn oft zum Meditieren verleiten wollen. Er hielt es nicht lange aus, dann taten ihm die Knie weh oder der Rücken, und ihm fiel immer aller mögliche Mist ein, der noch dringend erledigt werden musste. Der TÜV-Termin fürs Auto. Die unbezahlte Rechnung. Der überteuerte Handyvertrag, den er seit Monaten kündigen wollte …

Beate spürte neben ihm sitzend meist, wenn er hibbelig wurde. Sie hielt ihm dann die übliche kleine Ansprache für meditationsungeübte gestresste Mitglieder der Mordkommission: »Konzentrier dich ganz auf deinen Atem und versuche, an nichts zu denken, mein Lieber. Sitz einfach nur entspannt da und atme ein und aus. Mehr ist nicht nötig. Wenn Sorgen und Probleme kommen, dann lass sie ziehen wie Wolken am Himmel. Halte sie nicht fest. Schau ihnen nur zu, wie sie weiterziehen. So wirst du einfach leer. Atme nur still ein und aus.«

Wenn er so krampfhaft versuchte, an nichts zu denken, dann wurden plötzlich Sachen wichtig, die er schon völlig vergessen hatte. Das mit der Meditation funktionierte bei ihm nicht richtig. Wenn er seine Probleme vergessen und den Alltagsstress hinter sich lassen wollte, dann half ihm Alkohol sofort. Manchmal reichte auch schon eine Currywurst mit Pommes oder ein Schaschlik. Dazu natürlich eine Dose Bier. Mit gutem Sex schaffte er es immer, aus schwierigen Gedanken auszusteigen, ja, da hatte irgendwelcher Alltagsmist überhaupt keine Chance.

Aber das alles war jetzt schwer zu erreichen. Er hatte nur dieses Bett, diesen Stuhl. Mineralwasser, eine Tasse Hagebuttentee und dieses Bild an der Wand.

Der Tee verstieß bei enger Auslegung gegen die UN-Menschenrechtscharta, aber in der allgemeinen Erklärung der Menschenrechte stand ja auch der Satz, den Rupert so gern bei Dienstbesprechungen zitierte: *Artikel 24: Jeder hat das Recht auf Erholung und Freizeit und insbesondere auf eine vernünftige Begrenzung seiner Arbeitszeit und regelmäßigen bezahlten Urlaub.*

In dem Sinne verstieß die gesamte Polizeiinspektion ständig gegen die Menschenrechte. Auch hier, jetzt hätte er am liebsten Feierabend gemacht und sich im Mittelhaus einen genehmigt. Aber er tröstete sich damit, dass solche Arbeitszeitregelungen nur etwas für Angestellte waren, nichts für Helden wie ihn.

Er betastete die Zeichnung an der Wand. Das war tatsächlich mit Buntstift gemalt worden. Mit angefeuchteten Fingerkuppen ließ sich alles verschmieren. Rupert konnte so ihre Lippen vergrößern, dass die Zähne zu weniger bedrohlichen Hauern wurden. Jetzt sah sie aus, als hätte sie sich Botox spritzen lassen.

Das Bild erinnerte ihn ein bisschen an seine Kollegin Marion Wolters, die er gerne *Bratarsch* nannte, weil er sie damit so herrlich gegen sich aufbringen konnte. Er mochte diese Wut in ihrem Gesicht, dieses böse Funkeln in ihren Augen, wenn sie ihn ansah.

Noch einmal, nur ganz kurz, versuchte Rupert es mit Meditation. Mit Beate machte das alles immer viel mehr Spaß. Nach so einer gemeinsamen Meditation war sie immer besonders weich, wuschig, ja leidenschaftlich.

Aber jetzt, hier, alleine, brachte es ihm im Grunde gar nichts. Im Gegenteil. Die Sorgen wurden immer größer. Die dunklen Wolken zogen nicht einfach weiter. Sie blieben direkt über ihm und regneten sich aus. Blitz und Donner umgaben ihn.

Da waren Schritte vor seiner Tür. Rupert setzte sich gerade hin. Er rechnete damit, dass jetzt irgendein eingeweihter Kollege kam, um ihm zu sagen, wie es weitergehen sollte. Immerhin befand er sich unschuldig in der Obhut der Justiz. Er brauchte neue Anweisungen und ein bisschen Unterstützung. Hier, in der einsamen Zelle, nutzte er niemandem. Er hoffte, dass zumindest die Überstunden später anerkannt werden würden.

Einen Moment lang erfüllte ihn kurz die Hoffnung, Liane Brennecke könne ihn besuchen. Die Schritte im Flur rechnete Rupert ganz klar einer Frau zu.

Roch es schon nach Erdbeeren, oder war das nur seine Wunschvorstellung?

Die Tür wurde fast zaghaft geöffnet. Es verschlug Rupert die Sprache. Er bekam nicht einmal ein *Moin* heraus, was vielleicht auch besser war, denn vermutlich gehörte *Moin* nicht zu Fredericos Begrüßungsfloskeln, zumindest nicht am Abend. Wer abends *Moin* sagte, outete sich doch sofort als Ostfriese.

Da stand sie, und er staunte. Die Justizvollzugsbeamtin Marleen sah aus, als sei das Bild auf der Wand lebendig geworden, und sie hatte tatsächlich ein Pferdegebiss. Ihr Hintern war so breit, dass Rupert sich unwillkürlich fragte, wie es aussehen würde, wenn sie auf dem schmalen Stuhl Platz nahm, der ihm in dieser Zelle zur Verfügung stand.

Er grinste.

Sie fixierte ihn. Ihr Blick hatte etwas Stechendes. Sie konnte Menschen mit ihren Augen niederkämpfen. Die meisten Gefangenen hatten vermutlich einen Heidenrespekt vor ihr. Rupert gehörte nicht dazu.

Sie sah das Bild an der Wand. Sie trat näher und guckte sich die verschmierten Lippen an.

»Waren Sie das?«, fragte sie scharf.

»Ich habe das nicht gemalt!«, verteidigte Rupert sich. »Ich habe nicht einmal Stifte.«

Sie betrachtete Rupert, als würde er in ihren Augen zum Insekt werden. »Gemalt? Sie haben es verschmiert! Sie Trottel! Haben Sie denn vor gar nichts Respekt? Wissen Sie, was Sie da getan haben?«

Rupert fragte sich, ob er hier gerade verladen wurde.

Sie fuchtelte mit ihrem Zeigefinger vor seiner Nase herum, und ihr Gebiss kam ihm bedrohlich nahe. »Das ist von OKI!«

Sie sprach das Wort *OKI* aus, als müsse Rupert vor Respekt und Scham auf die Knie fallen und um Verzeihung bitten.

»OKI?«, fragte Rupert.

»Ja, OKI.«

»Hört sich an wie eine neue Zigarettensorte oder ein billiges Waschmittel.« Rupert lachte und äffte eine Stimme im Werbefernsehen nach: »Nehmen Sie OKI mit gebremstem Schaum ...«

Marleen zischte: »OKI ist der Andy Warhol der Comiczeichner! Ein großer Künstler! Ein Jahrhundertgenie!«

Sie stach mit dem Zeigefinger auf Ruperts Brust ein, während sie sprach.

»Und der malt hier an die Wand?« Rupert feixte. »›Narrenhände‹, sagte meine Mutter gern, ›beschmieren Tisch und Wände …‹«

Marleen verzog den Mund: »Ja, und in Ihrem Fall stimmt das zweifellos auch. Aber wenn ein Street-Art-Künstler wie Banksy oder Keith Haring so etwas malt, dann ist es Millionen wert …«

»Millionen?« Rupert krümmte sich vor Lachen. Doch plötzlich wurde ihm klar, das hier konnte auch ein Test sein. Was wäre, wenn es diese Typen Banksy oder Keith Haring gar nicht gab? Sollte hier gerade ausgetestet werden, ob er der echte Frederico Müller-Gonzáles war?

Den Namen Banksy hatte Rupert schon mal gehört. War das nicht der Spinner, der ein Bild von sich bei einer Auktion hatte schreddern lassen? Rupert hatte es in den Nachrichten gesehen. Damals hatte er viel Spaß dabei gehabt. Da ersteigert eine Frau ein Bild, auf dem ein Kind mit einem Luftballon spielt, für mehr als eine Million, und direkt nach dem Zuschlag vernichtet sich das Bild selbst, und sie hat es trotzdem bezahlt.

In Ruperts Augen war das Betrug oder Vandalismus. Auf jeden Fall mindestens Sachbeschädigung.

Hieß der Typ nicht Bansky oder Baksy oder so ähnlich?

In Rupert verfestigte sich das Gefühl, einen Test bestehen zu müssen. Er kramte zusammen, was er über Kunst wusste. Viel war es nicht. Im Café Pudding hatte er in diesem Bildband geblättert. Wie hieß dieser Klecker noch? Staatsanwalt oder, nein, nein … Richter! Genau, Richter, das war sein Name.

Und Ann Kathrin kannte einen bärtigen Künstler, der Holzschnitte machte und mit Wasserfarben malte. Aber wie hieß der noch? Kerzenständer?

Nein, Leuchter, Kerzenleuchter! Nein, Gölzenleuchter, ja, genau, das war sein Name.

Rupert kannte auch noch Bilder von Hösti. Er mochte die Zeichnungen des Cartoonisten. Seine sprechenden Möwen waren genau Ruperts Ding.

Weller brauchte immer dicke Bücher mit endlosen Dialogen. Rupert fand Sprechblasen auf bunten Bildern zeitgemäßer.

Sie hatten ihrem Chef, Martin Büscher, zum Geburtstag Höstis Bild mit den zwei sprechenden Möwen geschenkt. Die eine sagt: *Wollen wir Touristen vollkacken?* Und die andere antwortet: *Geile Idee!*

Büscher, obwohl gar nicht aus Ostfriesland, sondern aus Bremerhaven, hatte sich die Zeichnung ins Büro gehängt.

Rupert sah den Cartoon vor sich, und es tat ihm gut. Es vermittelte ihm ein Heimatgefühl. Wenn es eine Botschaft gab, die Höstis Zeichnungen entsprang, dann die: *Nehmt alles nicht so ernst, Leute!*

Rupert fühlte sich jetzt gewappnet. Er zeigte auf das Wandbild: »Es ist ganz schön«, räumte er ein, »aber es ist nicht gerade ein Richter, Hösti oder Gölzenleuchter.«

Seine Worte stimmten Marleen milde. »Das kann man doch gar nicht vergleichen. OKI hat mir ein paar Blätter vermacht. Dafür hatte er das Privileg, mich malen zu dürfen ... Ich habe den Antrag gestellt, diese Zelle zu lassen, wie sie ist, und nicht mehr neu zu belegen, aber die Bürokratie heutzutage ...« Sie winkte ab.

»Wo ist dieser OKI denn jetzt?«, fragte Rupert. »Frei?«

Sie schüttelte traurig den Kopf. »Er hat noch gut zehn Jahre abzusitzen. Es laufen mehrere Anträge, ihn vorzeitig aus der Haft zu entlassen. Er hat eine sehr gute Sozialprognose. Einige Kunstvereine setzen sich für ihn ein. Sammler und Maler ... Er ist sehr krank. Wurde gerade frisch operiert. Hoffentlich erlebt er das Ende seiner Haft überhaupt noch ... Für so sensible Menschen ist das hier nichts.«

Sie machte eine Geste, als könne sie die Wände damit zurückverwandeln und mit einem Zauberspruch in ihren alten Zustand versetzen. »Hier hing alles voll mit seinen Zeichnungen, und wenn er dann kein Papier mehr hatte, malte er eben auf den Wänden weiter.« Sie seufzte und guckte verträumt. Ein Schauer durchlief ihren Körper. Rupert konnte die Gänsehaut auf ihrem rechten Unterarm sehen.

Als würde sie wach werden, erinnerte sie sich daran, warum sie gekommen war. Sie stellte sich anders hin und wurde dienstlicher: »Ein Geistlicher ist hier. Wollen Sie ihn sprechen? Er ist nicht unser Seelsorger, der macht gerade Urlaub in Schweden. Aber die Vertretung ist bestimmt auch sehr nett. Ich kenne ihn selbst noch nicht.«

Rupert wurde hellhörig. Wenn sie ihn noch nicht kennt, also nicht der übliche Pfarrer kommt, könnte der ein Bote vom BKA sein. Hauptsache, dieser Klatt gab sich nicht als Seelsorger aus. Den hätte Rupert im Moment nicht gut ertragen.

Marleen registrierte Ruperts Zögern. »Wenn Leute neu zu uns kommen, ist das oft wie ein Schock für sie. Gerade waren sie noch in der freien Wildbahn und plötzlich hier ... Da kann ein Gespräch mit einem Seelsorger oder einem unserer Psychologen gerade am Anfang sehr hilfreich sein.«

Rupert willigte ein, weil er hoffte, einem Mittelsmann zu begegnen.

»Ich bleibe sowieso nicht lange«, prophezeite er, »spätestens der Haftrichter wird mich dann auf freien Fuß setzen.«

Sie guckte skeptisch und lächelte wissend, als sei das undenkbar.

»Also, was soll's, ich rede gerne mit eurem Seelenklempner.«

Sie verließ die Zelle. Rupert nutzte die Chance, um noch eine Frage loszuwerden: »Haben Sie diesem OKI Modell gestanden?«

Sie überlegte einen Moment zu lange, um noch die Wahrheit zu sagen, fand Rupert.

»Was glauben Sie denn?«, fragte sie zurück.

Rupert feuerte seinen Satz ab wie eine rechte Gerade: »Ich denke, das haben Sie – und zwar nackt.«

Für einen blitzartig kurzen Moment gab sie ihre wahre Identität preis. Sie war eine verehrte Sexgöttin, die nur so tat, als sei sie eine Justizvollzugsbeamtin. So, wie er in Wirklichkeit ein Superheld war, eingesperrt in den Zwängen eines Hauptkommissars.

»Davon, Kleiner, träumst du nachts«, raunte sie, rang ihn mit Blicken in die Knie und schloss die Tür siegreich hinter sich.

Rupert atmete schwer aus. Er hörte ihre Schritte im Flur. Sie entfernten sich.

Er hatte sich noch nicht ganz von dieser Begegnung erholt, da erschien der Seelsorger. Er trug Arbeitsschuhe mit Stahlkappenverstärkung, aber sie waren modisch aufgemacht. Auf den ersten Blick konnte man sie mit normalen Turnschuhen verwechseln, doch Rupert hatte gelernt, auf so etwas zu achten.

Welcher Priester, dachte er sich, trägt solche Schuhe?

Sein dunkles Jackett war ihm zu groß. Entweder hatte er, seit er das Teil erstanden hatte, fünfzehn Kilo abgenommen, oder er brauchte so einen weiten Blazer, weil es dann nicht so leicht auffiel, wenn er darin Dinge am Körper transportierte. Eine Waffe mit langem Schalldämpfer zum Beispiel, einen Baseballschläger oder ein paar dicke Packen Bargeld.

Der Typ war nicht echt, das wusste Rupert sofort.

Kaum hatte sich die Tür geschlossen, gab Rupert sich ihm gegenüber gastfreundlich: »Willkommen in meiner bescheidenen Hütte. Ich würde ja gerne ein paar Häppchen anbieten und einen Begrüßungscocktail, aber Sie wissen ja: Die Personalprobleme heutzutage ... Servicewüste Deutschland, sag ich da nur.«

Der Seelsorger setzte sich, schwer atmend, als sei er viele Treppen hochgestiegen, auf die Bettkante.

Rupert folgerte daraus, dass der Mann entweder starker Raucher oder Asthmatiker war. Unwahrscheinlich, dass er den ganzen Weg hierher gerannt war.

Außerdem nuschelte er, was Rupert von vielen BKA-Mitarbeitern kannte. Entweder übernahmen sie die Sprachgewohnheiten ihrer Klientel, oder sie schämten sich für ihre Worte und brachten deshalb nur so verschwurbelten Silbenmüll heraus. Da waren viele *sch* und *a* zu hören. Alles sehr nasal ausgesprochen.

»Sie kommen aus Baden-Württemberg?«, riet Rupert und fügte hinzu: »Wir können alles, außer Hochdeutsch.«

Der Mann rang nach Luft und antwortete kurzatmig. *K*, *P* oder *T* kamen in seiner Aussprache nicht wirklich vor. Sie wurden zu *B*, *D* und *G*. Aber Rupert glaubte die Frage herauszuhören, ob der Priester mit den Arbeitsschuhen etwas für ihn tun könnte.

Darauf hatte Rupert nur gewartet. »Ja«, freute er sich, »und ob! Ich könnte ein Bier vertragen. Kalt. Und vielleicht noch einen Whiskey. Irisch oder Schottisch. Am besten beides. Genau in der Reihenfolge.«

Der Mann setzte sich aufrecht hin und sah Rupert gerade in die Augen. »Alkohol«, sagte er, plötzlich in einem Schriftdeutsch, als hätte er vor, sich als Nachrichtensprecher zu bewerben, »ist aus gutem Grund in jeder Justizvollzugsanstalt verboten.«

Rupert sah sich den Typen noch einmal ganz genau an. Machte der Witze? Oder war der gar kein Verbindungsmann vom BKA, sondern tatsächlich ein echter Gefängnispfarrer, dem man nur schon so oft auf die Füße getreten hatte, dass er jetzt Schutzschuhe trug?

»Das alles war ganz anders geplant. Ich sollte jetzt nicht hier im Gefängnis sitzen, sondern …« Rupert sprach nicht weiter.

Der Geistliche lächelte süffisant: »Niemand plant, am Ende im Gefängnis zu landen. Deswegen helfen ja die Androhungen höherer Strafen nicht. Jeder hofft doch, nicht erwischt zu werden und straffrei auszugehen.«

Auf so eine Diskussion hatte Rupert nun wirklich keine Lust. »Was ist jetzt mit meinem Bier? Und ich will diesen Klatt sprechen ... oder besser noch, Liane.«

»Sind das Ihre Anwälte? Für so etwas bin ich nicht zuständig. Mein Arbeitsgebiet ist mehr die menschliche Seele ...«

»Für meine Seele wäre ein kühles Bier jetzt genau das Richtige. Am besten frisch gezapft. Aber eine Dose tut's zur Not auch ...«

»Alkohol«, dozierte der Pfarrer, »löst keine Probleme.«

Den Satz kannte Rupert von seiner scheinheiligen Schwiegermutter nur zu gut.

»Sie sind also ein echter Pfarrer?«, fragte Rupert resignierend. Seine Hoffnung auf ein Bier schwand. Aber dann hatte er eine Idee. »Euer Gott«, sagte er, »hat Wasser in Wein verwandelt. Wie kommt es, dass sein Bodenpersonal aus so verklemmten Spießern besteht?«

Der Mann Gottes wischte sich die Augen. »Sie wollen«, schlug er vor, »mit mir also über Gott reden?«

Rupert hob abwehrend die Hände: »Nein, nein. Ich wollte nur ein Bier! Sie wollen mit mir über Gott reden. Aber wenn ich so einen trockenen Hals habe, fällt mir das schwer.« Rupert machte mit der Zunge Geräusche, als hätte er mörderischen Durst.

»Hat der Alkohol Sie hierhin gebracht?«, fragte der Geistliche und sah auf die Kappen seiner Arbeitsschuhe.

»Nein«, sagte Rupert, »im Gegenteil. Ich war stocknüchtern. Das war nicht der Alkohol, sondern ...« Rupert bremste sich selbst. Er war nah dran, alles zu verraten.

Er schickte den Besucher weg. Der Typ wurde ihm lästig. »Kommen Sie wieder, wenn Sie Ihre Meinung über Bier geändert haben.«

Der Priester guckte verwundert.

»Denken Sie mal darüber nach«, rief Rupert. »Bier ist eine urchristliche Droge. Ich meine, hatten die in den Klöstern Haschischplantagen? Nein! Die haben Bier gebraut. Mönche haben für die Verbreitung von Bier gesorgt. Und für seine Reinheit. Das rechne ich ihnen übrigens hoch an. Das Reinheitsgebot ist fünfhundert Jahre alt und aus Bayern.« Rupert überlegte kurz. »Obwohl, ich glaube, dass die Ostfriesen schon vorher reines Bier hatten. Dafür werden die ostfriesischen Häuptlinge schon gesorgt haben. Gerste, Hopfen und Wasser. Sonst gehört da nichts rein. Ich hasse diese gepanschten Biere, die nach Erdbeere schmecken oder Mango.«

»Wollen Sie jetzt ernsthaft mit mir über Bier reden?«

Rupert zeigte zur Tür. »Ich will überhaupt nicht mit Ihnen reden. Es war ein Missverständnis. Ich dachte, Sie bringen mir eine Botschaft.«

Als sei endlich das richtige Stichwort gefallen, bestätigte der Seelsorger: »Ja, ich bringe Ihnen die Frohe Botschaft des Herrn.«

Weller saß mit wirren Haaren am Tisch. Er hatte keine drei Stunden Schlaf hinter sich. Das Kopfkissen war noch in seinem Gesicht abgemalt. Er hatte sich die Zähne noch nicht geputzt.

»Ich liebe Dienstbesprechungen morgens um sechs.«

Ann Kathrin schien das nichts auszumachen. Sie hatte ein Blatt Papier vor sich liegen und spielte mit ihrem Füller, als sei er ein Zauberstab, dem gleich die Lösung aller Probleme entspringen könnte. Sie malte jetzt Kringel und Sternchen aufs Papier. Vielleicht hatte sie einfach keine Lust, in die unausgeschlafenen Gesichter zu gucken.

Dirk Klatt saß brummig und mies gelaunt ihr direkt gegenüber und hatte einen mörderischen Mundgeruch.

Liane Brennecke kam herein und erfüllte den Raum gleich mit ihrem Erdbeerduft. Sie war bereits vollständig gestylt und geschminkt. Mit einem triumphierenden Blick auf Ann Kathrin dokumentierte sie hiermit, dass dieser Punkt an sie ging. Die Konkurrenz zwischen den beiden flammte erneut auf.

Ann Kathrin setzte sich anders hin.

Liane setzte sich, indem sie mehrfach mit dem Stuhl laut herumruckelte. Ein bisschen war das ihre Methode, alle wach zu machen und die Aufmerksamkeit auf sich zu lenken. Dann eröffnete sie die Sitzung, bevor Klatt diese Chance wahrnahm. »Dieser ganze unkoordinierte Fehlschlag, der nur wieder einmal zeigt, wie kompliziert es ist, wenn verschiedene Dienste nicht miteinander kooperieren, könnte sich noch als Glücksfall entpuppen.«

Weller kämmte sich mit den Fingern durch die Haare und hakte nach: »Zum Glücksfall?«

»Ja«, bestätigte Liane Brennecke, »wir haben Grund zu der Annahme, dass die Organisation bereits weiß, dass Frederico Müller-Gonzáles sich im Gefängnis befindet. Er schweigt zwar immer noch hartnäckig, aber es befinden sich Leute im Lingener Gefängnis, denen eine Nähe zur Familie Gonzáles nachgesagt wird.«

»Das könnte«, sagte Ann Kathrin, »unseren Rupert sehr gefährden. Wenn die wissen, dass der Richtige im Gefängnis ist, werden sie nicht lange zögern, um das faule Ei, das wir ihnen ins Nest gelegt haben ...« Ann Kathrin stoppte. Sie fand ihre eigene Wortwahl unangebracht.

Klatt übernahm: »Also konnte uns eigentlich gar nichts Besseres passieren, als dass Ihr Rupert genau dort inhaftiert wurde. Wir werden jetzt seine Befreiung organisieren. Er wird heute mit einem Transport zum Haftrichter gebracht werden ...« Klatt grinste.

Ann Kathrin fragte nach: »Wir werden ihn aus dem Gefangenentransport herausholen?«

»Sie erwarten doch nicht, dass ich über so eine geheime Aktion hier …«, wehrte Klatt ab.

»So viel zu den unkoordinierten Aktionen. Wir sind doch hier nicht bei den Anonymen Alkoholikern«, schimpfte Ann Kathrin. »Ich will genau Bescheid wissen. Rupert ist immer noch unser Mann. Und wenn er gefährdet wird, dann …«

»Wenn wir ihn jetzt rausholen«, triumphierte Klatt, »wird niemand mehr an seiner Identität zweifeln.« Klatt machte eine Handbewegung, als wolle er es an die Wand schreiben: »Der Sohn des Gangsterkönigs kommt nach Europa, wird in einer spektakulären Polizeiaktion verhaftet und bricht dann aus …«

»Ja«, schmunzelte Weller, »das könnte ein Trailer für einen Spielfilm werden.«

»Wie sah die spektakuläre Polizeiaktion eigentlich aus, mit der Frederico Müller-Gonzáles verhaftet wurde?«, fragte Ann Kathrin. »Warum finde ich darüber nichts in den Akten, geschweige denn in irgendeiner Zeitung?«

»Sie hatten noch Zeit, die Akten zu lesen?«, frage Liane Brennecke spitz.

»Ja, dafür verbringe ich weniger Zeit vor dem Schminkspiegel.«

»Und warum, verdammt nochmal«, gähnte Weller, »sitzen wir jetzt hier?« Er sah erst Klatt an, dann Liane Brennecke.

Klatt verzog den Mund und deutete an, dass seine Kollegin antworten würde. Lianes Worte kamen schneidend wie Schwerthiebe: »Ihr hochqualifizierter Mitarbeiter ist entweder zu dämlich, das Mikrophon und die Kamera einzuschalten, oder er hat beides auf Wangerooge verloren.«

Ann Kathrin ging sofort hoch: »Heißt das, wir haben keinen Kontakt mehr zu Rupert?«

Klatt fügte beschwichtigend hinzu: »Was soll schon passieren? Er befindet sich in der Justizvollzugsanstalt.«

Weller äffte Klatt nach: »Was soll schon passieren? Er befindet sich in der Justizvollzugsanstalt!«

»Sollen wir«, fragte Ann Kathrin, »uns jetzt noch schuldig fühlen, weil Ihre Überwachungssysteme nicht funktionieren?«

Liane wehrte ab: »Wir haben ihn verkabelt, aber ...«

»Überhaupt«, donnerte Klatt, »wer sagt uns, dass er nicht absichtlich alles ausgeschaltet hat? Für solche Alleingänge sind Sie doch hier in Ostfriesland bekannt.«

Weller ballte die rechte Faust. Er war kurz davor, sie auf den Tisch zu knallen. Er sprach, weil er versuchte, seine Wut zu unterdrücken, mit fast eunuchenhafter Stimme: »Na gut, das nehmen wir jetzt mal als Kompliment.«

Rupert hatte in seiner Zelle erstaunlich gut geschlafen. Er hatte von seiner Ehefrau Beate geträumt. Gut, von zwei anderen Frauen auch noch, aber er fand es trotzdem bemerkenswert, dass er nach so langer Ehe noch von ihr träumte. Es entsprach seiner Sehnsucht, den Knast zu verlassen und nach Hause zu kommen.

Er wollte jetzt schon sein altes Leben als Ehemann und Kommissar in der zweiten Reihe zurück. Dabei hatte das neue als Gangsterboss noch gar nicht richtig begonnen.

Die anderen Frauen in seinem Traum kannte er nicht alle mit Namen. Eine hieß Anja oder Anita oder so ähnlich, und von der Lederlady, mit der er im Netz chattete, wusste er nicht einmal, wie sie aussah. Er kannte nur ihre langen Beine mit den High Heels in dem engen Lederdress. Alle Fotos zeigten nur die Hälfte von ihr oder sie von hinten ... falls sie es überhaupt war. Die blonden

Haare auf dem schwarzen Leder sahen jedenfalls sehr verrucht aus.

Er hatte geträumt, er sei auf ein Fakeprofil hereingefallen und die schlanke Lederlady sei in Wirklichkeit ein fetter alter Mann und hätte keine langen blonden Haare, sondern eine Glatze.

Am Anfang hatte er das Gesichtslose an ihr sehr gemocht. Es ließ der Phantasie so viel freien Raum. Jetzt stellte er sich vor, vielleicht sogar von Kollegen hereingelegt worden zu sein. Was, wenn Marion Wolters aus der Einsatzzentrale dahintersteckte? Mit der hatte er schließlich immer noch eine Rechnung offen. Kursierten seine Antworten als Dieter Deckhengst bereits in Kollegenkreisen?

Vielleicht, dachte er, habe ich deswegen so intensiv von Beate geträumt. Bei seiner Ehefrau weiß man wenigstens, woran man ist.

Marleen brachte Rupert das Frühstück auf einem Tablett. Er staunte sie an.

»Gucken Sie nicht so«, lachte sie. »Glauben Sie ja nicht, dass wir hier jedem das Frühstück aufs Zimmer bringen. Das ist eine große Ausnahme. Irgendjemand hat wohl Angst um Sie und hält schützend seine Hand über Ihr Köpfchen.«

Sie machte eine Handbewegung, als würde sie ein kleines Kind streicheln, und stellte das Tablett auf dem Tisch ab. Sie ging nicht weg, sondern blieb stehen, als hätte sie noch etwas auf dem Herzen.

»Ich würde Sie gerne einladen, Marleen, aber«, Rupert machte eine Geste über das Tablett, als sei ein reichlich gedecktes Buffet bereits geplündert worden.

Sie blieb stehen. »Danke, ich habe schon gefrühstückt. Ich esse kein Weißmehl mehr. Ich mache mir morgens Gemüsesäfte.«

»Die tollsten Frauen«, sagte Rupert, »denken immer, sie müssten etwas für ihre Linie tun. Sie sind ein prachtvolles Weib. Bleiben Sie einfach, wie Sie sind. Seien Sie stolz darauf! Kasteien Sie sich nicht.«

»Ich kasteie mich nicht. Ich mag Gemüsesäfte.«

Rupert grinste. »Jaja, schon klar. Wer will morgens schon ein Croissant ...«

Er probierte von dem Kaffee und nahm zufrieden einen zweiten Schluck.

»Sie haben also Angst, dass mir jemand bei der Essensausgabe ein Messer in den Rücken sticht?«, fragte Rupert.

Marleen schüttelte ihre Locken: »Nein, nein, so ist es nicht. Wir geben hier keine scharfen Messer aus.«

Rupert atmete erleichtert auf.

Sie zeigte ihm ihr Gebiss. »Sie müssen keine Angst haben, dass man Ihnen ein Messer in den Rücken rammt. Eher wird man Ihnen einen Löffel ins Auge stoßen. Durch bis ins Gehirn.« Sie machte es mit dem Zeigefinger ihrer linken Hand vor, den sie durch einen Ring schob, den sie mit Daumen und Zeigefinger der rechten Hand formte. Eine Geste, die man durchaus missverstehen konnte, wie sie beide wussten.

Rupert zeigte auf ihre rechte Hand: »Das da soll mein Auge sein?«

Sie nickte.

»Und das da«, er deutete auf ihren Zeigefinger, »ein Plastiklöffel?«

»Ja«, bestätigte sie, »wir haben hier einige Spezialisten, die töten auf diese Weise mit einem Bleistift, einem Kugelschreiber ... oder sie nehmen einfach nur ihren Finger.«

Ertappt wischte sie ihre Hände an ihren Oberschenkeln ab, als hätte sie etwas Schmutziges angefasst und kein Tuch zur Verfügung.

»Sie sind wohl«, sagte Rupert, »immer noch traumatisiert von Doktor Sommerfeldt, was? Der hat doch auch hier bei Ihnen eingesessen.«

Sie nickte. »Ja, er war ein sehr feiner Mensch mit guten Manieren. Das hat er mit einigen unserer Insassen gemeinsam. Hier sitzen nicht nur Leute, die ihren Hauptschulabschluss nicht bestanden haben, hier kommt auch der Herr Professor hin, der im Suff seine Ehefrau erschlagen hat. Sommerfeldt war ein bisschen wie OKI. Künstlerisch. Sensibel.«

Fast hätte Rupert stolz damit angegeben, bei Sommerfeldts Verhaftung mitgewirkt zu haben. Eine bessere Geschichte, um sich gut in Szene zu setzen, gab es für einen Kommissar praktisch nicht, als bei der Ergreifung des berühmtesten Serienkillers dabei gewesen zu sein. Doch er zügelte sich im letzten Moment, denn hier war er nicht Hauptkommissar, sondern Frederico Müller-Gonzáles, der Erbe eines kriminellen Imperiums.

Sie verabschiedete sich und ging.

Rupert sah sich den Teller mit den zwei Käsescheiben und dem Toastbrot an. Er schob den Teller ein Stückchen zur Seite, dann erst sah er, dass ein Zettel darunterlag. Er fischte ihn hervor:

Halte durch! Wir holen dich noch heute raus!

Er wusste nicht so schnell, wohin mit dem Zettel. Als Kriminalkommissar hätte er ihn zu den Akten genommen. Als Krimineller wohl eher aufgegessen, damit er nicht in falsche Hände geraten konnte.

Ruperts Herz schlug schneller. Jetzt bekam er Hunger. Nein, nicht auf den Zettel, auf das Toastbrot und den Käse. Und der Kaffee schmeckte noch besser.

Frederico Müller-Gonzáles hatte eine Scheißangst vor dem Zahnarzt. Wie bei vielen Junkies wirkten normale Betäubungsspritzen, wie ein Zahnarzt sie verabreichte, bei ihm nicht mehr. Sein Körper hatte sich zu sehr an Giftstoffe gewöhnt. Aber jetzt hatte er keine andere Wahl. Er musste zum Zahnarzt. Der Schmerz war größer als die Entzugsprobleme.

Links hatte er noch ein relativ normales Gesicht, doch rechts war seine Backe fußballmäßig angeschwollen. Kauen konnte er überhaupt nicht mehr, er war nicht einmal in der Lage, den schmerzenden Zahn mit der Zunge zu berühren.

Er wurde isoliert von den anderen Gefangenen gehalten und bekam auch die normalen Justizvollzugsbeamten nicht zu sehen. In seinem Nebel war ihm diese Sonderbehandlung aber noch nicht wirklich bewusst geworden.

Ständig kam jemand und wollte eine Aussage von ihm, aber er ließ sich weder auf Polizei- oder Justizbeamte ein noch auf Rechtsanwälte, die sie ihm zu gern aufschwatzen wollten.

Er antwortete, wenn überhaupt, dann mit »Hm«, »Ja« oder »Nein«. Meist reagierte er nur mit einem Schulterzucken oder mit einem versteinerten Pokergesicht.

In seinen Kreisen wurden Justizvollzugsbeamte gern Wärter oder Schließer genannt. Das waren die netten Ausdrücke. Andere sprachen auch von Bullenknechten oder schlicht von Schweinen.

Kein Ausdruck traf auf die junge Frau zu, die ihn in seiner Zelle betreute.

Sie nannte sich Jane und so, wie sie den Namen aussprach, hatte man das Gefühl, man müsse diesen Namen schon mal gehört haben.

Kaum vorstellbar, dass alle, die hier arbeiteten, morgens so fröhlich zum Dienst erschienen wie sie. Auch solche Miniröcke gehörten vermutlich nicht zur normalen Ausstattung. Sie schäkerte mit ihm herum, flirtete geradezu mit ihm. Je mehr sie versuchte, sich zu seiner Freundin oder zu einem begehrenswerten Objekt hochzustilisieren, umso verschlossener wurde er, denn er ahnte, dass sie auf ihn angesetzt worden war.

Sie hatte seine Wange gesehen und sogar versucht, sein geschwollenes Gesicht zu berühren. Er war ihr ausgewichen. Obwohl sie so jung war, benutzte sie ein schweres Parfüm, das ihn an seine Mutter erinnerte.

Sie ließ keinen Widerspruch zu, sondern organisierte sofort einen Zahnarzttermin für ihn. Da er nicht sprach, erzählte sie von einer schwierigen Zahnoperation. Sie musste wohl vor ein paar Monaten Probleme mit einem Weisheitszahn gehabt haben, falls das alles nicht nur erfunden war, um Gesprächsstoff zu haben.

Als Notfallpatient bekam er in der Zahnstation der JVA sofort einen Termin. Er musste auf sie so ängstlich gewirkt haben, wie er in Wirklichkeit war, denn im Wartezimmer ergriff sie seine Hand, als der Patient hereinkam, der eigentlich für diesen Termin vorgesehen war.

Frederico erkannte ihn sofort. Das musste OKI sein, der berühmte OKI, dessen unkonventionelle Bilder zwischen Comic, Pop-Art und kubistischer Verknappung an den frühen Andy Warhol erinnerten.

Frederico hatte eine OKI-Ausstellung in Köln besucht und zwei Bilder gekauft. Sie würden bald das Zehn-, ja Zwanzigfache wert sein, dessen war er sich bewusst. Aber es spielte für ihn keine ernstzunehmende Rolle. Er hatte die Bilder gekauft, weil ihn die frische Kraft darin ansprach, die Lust, Kunst zu machen, einfach nur um der Sache selbst willen.

Er kämpfte mit sich, ob er OKI ansprechen sollte. Eigentlich hatte er ja vor, total den Mund zu halten, was im Wartezimmer einer Zahnarztpraxis eine besonders originelle Idee war, wie er fand.

Doch dann sprach OKI ihn an: »Mensch, Kumpel, siehst du fertig aus! Ja, du kannst gerne vor mir rein.« OKI lachte. »Wer lässt beim Zahnarzt nicht gerne einen vor? Wenn der Sensenmann kommt, wird es wohl genauso sein. Angesichts von Tod und Schmerz werden wir doch alle höflich und sagen: Nach Ihnen.«

Frederico antwortete nicht, sah OKI nur an und dachte: »Ja, genauso ist er. Eine Künstlerseele durch und durch. Unzerstörbar und fröhlich, selbst hier im Knast. Den kann man nur treffen, wenn man ihm Papier und Pinsel wegnimmt. Das ist seine Droge. Der braucht den Scheiß nicht, den ich mir einpfeife. Wenn du wüsstest, wie sehr ich dich beneide, OKI … War das der Grund, warum ich deine Bilder gekauft habe? Um etwas von dir mitzunehmen?

»Darf ich dich malen?«, wollte OKI wissen. »Ich könnte dich als Fußball malen, den einer ins Tor schießen will, hahaha.«

Die Tür zur Zahnarztpraxis öffnete sich. Er hätte alles gegeben für eine erlösende Spritze mit echtem Stoff, nicht das Zeug, das die AOK-Dealer hier legal anboten. Oder wenn er wenigstens ein Pfeifchen bekommen hätte … Auch das hätte ihm genutzt. Aber nicht mal das war drin.

Kalter Schweiß stand auf seiner Stirn. Er merkte nicht, dass Speichel aus seinem Mund tropfte, denn er hatte nur noch wenig Gefühl in der Unterlippe.

Jane versuchte, ihn zu beruhigen: »Die zahnärztliche Versorgung ist hier sehr gut. Wir haben eine modern eingerichtete Praxis. Röntgengeräte … Keine Angst, das ist hier nicht irgend so ein Schlachthaus im Gefängnis.«

»Wo hast du die denn her?«, fragte OKI. »Hast du die selber mitgebracht, oder laufen solche Engel hier frei herum?« Er zwinkerte

Jane zu. »Dich würde ich auch gerne malen. Du kannst mich in meiner Zelle besuchen. Ein Bild für dich, ein Bild für mich, ist das ein Deal?«

Sie antwortete nicht, sondern schob Frederico vor sich her ins Behandlungszimmer.

Rupert fragte sich, was das zu bedeuten hatte: *Halte durch! Wir holen dich noch heute raus!*

Wer holt mich raus, dachte er. Die Richtigen oder die Falschen?

Hatte er eine Nachricht vom BKA erhalten oder von Fredericos Leuten? Das Ganze wuchs ihm über den Kopf. Seine Abenteuerlust war befriedigt. Er konnte schlecht Marleen fragen, wer den Zettel unter den Frühstücksteller geschoben hatte. Wusste sie überhaupt, dass sie die Überbringerin der Botschaft war?

Sie kam wieder und holte ihn zum Hofrundgang ab. »Ein bisschen frische Luft tut Ihnen bestimmt gut.«

Rupert hatte zwar keine Lust, im Hof der JVA spazieren zu gehen, entschied sich aber dafür, mitzuspielen. Man wusste ja nie, worauf das alles hinauslief, und er war auch neugierig.

»Darf ich jetzt doch zu den anderen?«, fragte er.

Sie lächelte: »Nicht ganz. Wir müssen schon darauf achten, dass keine rivalisierenden Gruppen aufeinanderstoßen. Niemand hier möchte einen Bandenkrieg provozieren.«

Rupert schluckte. Sie begleitete ihn mit forschen Schritten.

Der Hof sah recht einladend aus, mit Baumbestand und kleinen, vermutlich von Gefangenen angelegten Grünflächen. Rupert musste an seinen Vorgarten denken und an die Harke, die Beate ihm zum Geburtstag geschenkt hatte, anstelle des Laubbläsers. Das hier sah alles viel ordentlicher aus als bei ihm zu Hause.

Er sprach natürlich nicht darüber. Er wollte sich ja nicht verraten. Ein Rupert musste vielleicht sonntagmorgens unter der strengen Aufsicht seiner Gattin Gartenarbeit erledigen, statt einen Frühschoppen zu machen, ein Frederico hatte dafür sicherlich Personal.

Karl-Heinz Kleebowski kam, begleitet von zwei sportlich durchtrainierten jungen Männern, durch eine andere Tür ebenfalls auf den Hof. Die beiden an seiner Seite gehörten zum Personal der Justizvollzugsanstalt. Da fühlte Rupert sich durch Marleens Anwesenheit geradezu beschenkt. Gleichzeitig registrierte er, dass Kleebo als der gefährlichere Mann eingeschätzt wurde. Irgendwie wurmte Rupert das.

Kleebo stellte seine Bewacher vor: »Meine Bodyguards. Wollen wir tauschen? Ich nehme deine Gespielin und du diese beiden Kleiderschränke hier?«, scherzte er.

Kleebowski drehte sich zweimal im Kreis, breitete die Arme aus, als könne er so den ganzen Hof in Besitz nehmen, und lachte: »Wo sind sie denn, die russischen und arabischen Clans? Haben sie sich alle in ihre Zellen zurückgezogen? Sitzen sie heulend bei ihren Therapeutinnen, bloß weil wir gekommen sind?«

Die beiden für Kleebowski zuständigen Männer deuteten an, er solle jetzt weitergehen, auf ein Tor zu.

»Was denn? Ist der Hofgang schon beendet?«, fragte Rupert.

»Nein«, lachte Kleebo, »nebenan ist der Frauenknast. Ich hatte darum gebeten, dorthin verlegt zu werden. Ich hoffe, das ist auch in deinem Sinne.«

Kleebo lachte schallend laut. Offensichtlich nahm er das alles hier nicht zu ernst.

Sie kamen auf einen anderen, kleineren, lange nicht so gärtnerisch gepflegten Hof. Hier schienen die Mauern höher zu sein, der Stacheldraht dichter, und ein paar Meter über ihren Köpfen war Maschendraht. Darauf spazierten ein paar Tauben.

Rupert guckte hoch. »Was soll das? Die kacken uns doch gleich auf den Kopf.«

Marleen erklärte es ihm ruhig: »Wir haben hier ja nicht nur ganz normale Kriminelle einsitzen, sondern auch einige aus dem organisierten Verbrechen.«

Kleebo freute sich: »Sie meint Leute wie uns, Alter.«

»Da besteht immer die Gefahr, dass man von außen versucht, sie rauszuholen.«

»Oh, hör nur«, grinste Kleebo, »sie hat bestimmt Abitur gemacht. Das sieht man ihr gar nicht an. Oder glaubst du, man lernt so was heute schon in der Förderschule?«

Die geradezu buddhistische Gelassenheit, mit der Marleen und ihre beiden Kollegen Kleebowskis Unverschämtheiten ertrugen, beeindruckte Rupert durchaus. Davon können wir noch etwas lernen, dachte er. Wenn er im Dienst von einem Besoffenen *Scheißbulle* genannt wurde, konnte er schon mal ausflippen.

»Und die Gitter über uns«, fragte Rupert, »sollen verhindern, dass wir einfach so über die Mauer springen? Ihr traut uns ja viel zu.«

»Nein«, antwortete Marleen, »aber wir hatten schon mal Leute, die haben versucht, Leitern rüberzuwerfen, und bei den richtig schweren Jungs muss man sogar mit einem Befreiungsversuch per Hubschrauber rechnen.«

»Kenn ich«, freute Rupert sich, »die Posträuber haben doch damals in England …«

Eine Taube schiss direkt über Rupert. Er sprang zur Seite und kreischte.

»Führ dich nicht auf wie so 'n kleines Mädchen«, lachte Kleebo.

Plötzlich war der Hubschrauberlärm da. Sie hörten die Rotorblätter, bevor sie die Maschine sahen. Die Bewacher guckten sich an. Handelte es sich um einen Krankentransport? Wurde gerade ihr größter Albtraum Wirklichkeit?

Der erste hatte schon sein Funkgerät am Ohr und drückte auf einem Alarmknopf herum, während Marleen und der andere Beamte nach oben starrten. Immerhin hatten sie das Gitter.

Der Hubschrauber stand jetzt praktisch nur wenige Meter über dem Hof.

Also doch, dachte Rupert. Sie kommen uns holen. Aber so wird das nichts, Jungs.

Kleebo breitete die Arme nach oben aus, als sei über ihm kein Hubschrauber, sondern eine Engelserscheinung. Er rief fröhlich gegen den Lärm an: »Na endlich! Wurde aber auch Zeit! Ich hoffe, ihr habt einen guten Espresso mit!«

Er schien nicht im Geringsten daran zu zweifeln, dass dieser Befreiungsversuch funktionieren würde.

Aus dem Hubschrauber wurden Stahlseile herabgelassen, an deren Enden Drillingshaken hingen, die Rupert an Schiffsanker erinnerten.

Hier wusste jemand genau Bescheid. Die Haken passten exakt durch die Abstände zwischen den Gittern. Sie waren schwer genug, um durchzufallen, und als der Hubschrauber sich dann ein Stückchen höher schraubte, flog das Gitter weg, als sei es nicht mehr als die Verpackung einer Pralinenschachtel gewesen.

Der Hubschrauber senkte sich tiefer. Einen Moment fürchtete Rupert, die Blätter könnten gegen die Mauern schlagen oder sich dort im Stacheldraht verfangen. Seilleitern wurden heruntergeworfen, und jemand, der eine schwarze Sturmmaske trug, richtete von oben eine Waffe, eine Kalaschnikow, wie Rupert glaubte, auf die Beamten.

Sie waren alle drei klug genug, jetzt keinen Ärger zu machen. Marleen hob als Erste ihre Arme. Von ihrem Gebiss war jetzt nichts mehr zu sehen, sie presste die Lippen fest aufeinander.

Kleebowski war als Erster bei einer Leiter und kletterte hoch.

Dabei rief er etwas wie: »Yippieyeah, Yippieyeah!« Rupert konnte es nicht genau verstehen, der Lärm des Hubschraubers übertraf jeden Laubbläser, den Rupert kannte.

Rupert hatte schon Schwierigkeiten, zu Hause eine Leiter hochzuklettern, um die Blätter aus der Dachrinne zu fischen. Seine Schwiegermutter hatte ihn deswegen auch schon *Memme* genannt. »Deine Dienstwaffe beeindruckt mich wenig«, hatte sie gemeckert. »Soll Beate das etwa machen? Das ist Männerarbeit!«

Ja, sie unterschied klar zwischen Männer- und Frauenarbeit. Frauenarbeit war zum Beispiel für sie, einen Kuchen zu backen. Wobei, immer wenn etwas wie Frauenarbeit in ihrem Sinne von ihr oder Beate erledigt worden war, machte sie Rupert den Vorwurf, dass Männer so etwas ja nicht könnten, während, wenn etwas Männerarbeit war, verlangte sie keineswegs von sich oder Beate, das ebenfalls tun zu können. Irgendwie war er in der Diskussion mit ihr am Ende immer der Gelackmeierte.

Das hier aber war vermutlich nicht mal in ihren Augen einfache Männerarbeit, sondern geradezu ein Artistenstück.

Kleebowski baumelte an seiner Leiter, jetzt schon zwei, drei Meter über dem Boden. Das Ganze wackelte so sehr, dass er Mühe hatte, höher zu steigen.

Scheiß drauf, dachte Rupert, ich bin ja jetzt nicht Rupert, sondern Frederico, und der kriegt so was garantiert hin.

Er sprang also hoch, ergriff die ersten Holzsprossen der Strickleiter und versuchte, sich hochzuziehen. Rasch stellte Rupert fest, dass er in den Armen gar nicht genug Kraft hatte, um seinen ganzen Körper hochzuhieven. Er brauchte dazu auch die Beine. Er strampelte mit den Füßen herum, um eine der Sprossen zu erreichen. Irgendwie rutschte er immer wieder ab. Als er endlich mit dem rechten Fuß Halt gefunden hatte, konnte er sich ein Stückchen höher schieben. Vier, fünf Sprossen hatte er schon geschafft.

Die Jungs oben im Hubschrauber wurden nervös und hoben ab. Rupert sah das Gefängnis jetzt schon weit unter sich, hing aber immer noch an den unteren Sprossen der Strickleiter fest.

Von oben wurde ihm zugewunken. Von Kleebo sah er nur noch die Beine. Den zog man gerade in den Hubschrauber, der war schon mal gerettet.

Rupert fragte sich, warum er nicht auf seine Mutter gehört und etwas Anständiges gelernt hatte. Sie war damals dagegen gewesen, dass er sich bei der Kriminalpolizei beworben hatte. Lehrer sollte er werden, das sei der richtige Job. Und er konnte sich im Moment auch nichts Schöneres vorstellen, als an einem Mädchengymnasium Sport zu unterrichten. Jedenfalls war es besser, als hier herumzuklettern.

Er rutschte mit dem Fuß ab, konnte sich nicht halten, sauste ein Stück nach unten. Sein linkes Bein ragte auf der einen Seite durch ein Gitter der Leiter, das rechte auf der anderen. Die Holzsprosse quetschte seine Weichteile ein.

Er jaulte wie ein Seehundbaby, das bei Sturm seine Mutter verloren hatte. »Scheiße, Scheiße, Scheiße«, schrie er, »so eine gottverdammte Scheiße!«

Von oben reichte ihm jemand die Hand, aber zwischen Ruperts Hand und der seines maskierten Retters waren es noch gut anderthalb unüberbrückbare Meter.

Der Schmerz gab ihm Kraft. Alles in ihm bäumte sich gegen diese unwürdige Situation auf, und gleichzeitig wusste er, dass er sie überleben wollte. Um jeden Preis. Er würde später Dinge zu erzählen haben, die kein anderer Mann zu berichten wusste. Wie würde er dastehen vor seinen Kollegen, vor all den tollen Mädels, die er noch kennenlernen wollte. Ja, selbst seine Schwiegermutter musste anerkennen, was für eine Leistung er hier vollbrachte. Beate würde ihn sowieso lieben, Hauptsache, er überlebte das hier.

Während er darum rang, nicht abzustürzen, wurde ihm klar, dass Beate ihn nicht verlassen würde, nicht einmal, wenn er im Rollstuhl landete. Ja, sie würde ihn pflegen, würde ihn schieben, ihn trösten. Aber noch war es nicht so weit.

Rupert biss auf die Zähne und schaffte es, sich zwei weitere Sprossen hochzuziehen. Dann endlich wurde er von Händen gepackt. Auch Kleebo fasste mit an. Rupert war halb ohnmächtig, als man ihn in den Hubschrauber zog.

Er lag auf dem Boden, wälzte sich und hoffte, dass diese Aktion ihn nicht entmannt hatte.

Gegen die Schmerzen bekam Rupert noch in der Luft ein paar Tropfen Novalgin. Sein Retter stellte sich als Marcellus vor, stieß sich gegen die Brust und schwor: »Ich bin dein Erster Offizier, wann immer du mich brauchst, Boss!«

Angeblich hatten ihm die Novalgin-Tropfen sogar nach einem Messerstich in die Seite geholfen. Er zeigte stolz die vernarbte Wunde vor: »Ich war auf der Flucht. Das Zeug wirkt Wunder, und es benebelt nicht die Birne.«

»Wie viel nimmt man denn davon?«, fragte Rupert zähneknirschend.

»Fünfzig oder hundert Tropfen«, schlug Marcellus vor, guckte aber, als käme ihm die Frage dämlich vor. Man nahm natürlich so viel, bis nichts mehr weh tat. Um Tropfen auf einen Teelöffel abzuzählen, war so ein Hubschrauber aber leider nicht der richtige Ort.

Außerdem musste Rupert unter Beweis stellen, dass er ein harter Kerl war. Er beschloss, ein, zwei Schlucke aus der Flasche zu nehmen. Er hatte aber Probleme mit der Kindersicherung. Das Geruckele im Hubschrauber war auch nicht gerade hilfreich. Schließlich nahm Marcellus ihm das Fläschchen aus der Hand und drehte es auf.

Rupert nuckelte daran, und es ging ihm schon besser, als die ersten Tropfen seine Zunge berührten.

Er redete sich selbst Mut zu: *Du schaffst das, Alter. Du schaffst das. Der will dein Erster Offizier sein. Es heißt, es gibt noch viele weitere. Ist er mein Erster Offizier, oder will er es nur gerne werden?*

Die Oberarme von Marcellus hatten etwa den Umfang von Ruperts Oberschenkeln. Auf der rechten Wange trug er ein Tattoo. Eine kleine Spinne.

Zwischen Pewsum und Norden, nur wenige Kilometer Luftlinie von der Leybucht entfernt, lag ein einsamer Gulfhof, *Meevenburg*, genannt. Hier in dem riesigen, parkähnlichen Gelände landete der Hubschrauber zwischen Kastanien, Eichen und Eschen.

Rupert kannte die *Meevenburg*. Seine Frau Beate hatte ihn mal mit zu der legendären ostfriesischen Walpurgisnacht genommen. Dort hatte es eine spektakuläre Feuershow gegeben. Rupert hatte sich schon nach Fluchtwegen umgeguckt, während seine Frau Beate noch von dem Geschehen auf der Bühne fasziniert war.

Es wurde *Ostfriesenbräu* ausgeschenkt. Rupert mochte dieses dunkle Landbier. Er hatte den Geschmack auf der Zunge, als ihm klarwurde, dass sie auf dem Gelände der *Meevenburg* heruntergekommen waren.

Er erinnerte sich an die Bauchtänze und die irische Folkmusik. Was waren das noch Zeiten, dachte Rupert. Ich hatte einen mies bezahlten Job bei der Kriminalpolizei, eine ständig nörgelnde Schwiegermutter, aber eine Ehefrau, mit der ich es aushalten konnte, und ein, zwei Bettgeschichten ab und zu waren immer drin. Beate guckte da nicht so genau hin. Und jetzt bin ich Gangsterboss, habe Offiziere, und alle möglichen Leute wollen mir ans Leder.

»Ist hier«, fragte er, »unser Hauptquartier?«

Marcellus lachte. Er hatte links einen strahlenden Goldzahn.

So etwas machte heutzutage doch kein Mensch mehr ... Rupert wusste, dass Zahnprothesen aus Porzellan waren. Er hatte selber gerade eine neue Brücke bekommen. Wurde es jetzt wieder modern, sich richtige Goldzähne machen zu lassen, um zu zeigen, dass man sich auch bei dem steigenden Goldpreis solchen Wohlstand leisten konnte? Wirkte heutzutage ein Goldzahn auf Frauen so wie früher eine Harley-Davidson?

Ja, so merkwürdige Gedanken trieben Rupert um, und er hörte kaum zu, als Marcellus ihm erklärte: »Nein, der Gulfhof wird wieder bewirtschaftet. Aber früher soll sich hier mal Störtebeker mit seinen Piraten versteckt haben. Du liebst doch solche Traditionen, oder?«

Rupert nickte.

Kleebo wollte wissen, ob es jetzt hier etwas Anständiges zu essen gab.

»Nicht nur das«, grinste Marcellus. »Aber ihr könnt hier nicht bleiben. Wir bringen euch in eine sichere Wohnung.«

»Sichere Wohnung? Was heißt das? Noch einsamer als hier?«

»Nein, genau in so einsamen Ecken werden sie nach euch suchen. Wir bringen euch nach Köln. Die Anonymität einer Großstadt ist jetzt genau richtig«, dozierte Marcellus, wurde dann unsicher, sah Rupert an und erhoffte sich von ihm Zustimmung.

»Klar«, sagte er. »Köln. Wieso nicht?«

Rupert kannte ein paar herrschaftliche Häuser in Marienburg, aber Marcellus fuhr fort: »Wir haben da ein paar sichere Wohnungen in Nippes, ganz nah am Park. Wohnen sonst nur Familien mit Kindern und so. Alles ganz easy. Kein Ärger, keine Polizei.«

Rupert wusste jetzt eins ganz genau: Das hier waren keine Polizisten, die irgendeine Show abzogen. Das hier waren richtige Gangster. Und er war ihr Boss.

Als Rupert ausstieg und sich tastend in den Schritt griff, um festzustellen, ob wieder alles in Ordnung war, eroberten sich bereits die ersten Tiere, die vor dem Lärm geflohen waren, das Terrain zurück.

Nicht weit entfernt auf einer Wiese, nahe den Häusern, warteten mehrere Fahrzeuge. Zwei Geländewagen, ein BMW und ein Bus mit getönten Scheiben. Alle Fahrzeuge neu und blank gewienert, als kämen sie frisch aus der Autowaschanlage, dabei standen sie hier am Rande der Bäume auf einer Wiese.

Marcellus zeigte dorthin. »Eine Stretch-Limousine wäre zu auffällig gewesen, Boss, da haben wir gedacht, so ein Bus …«

Rupert war sofort einverstanden, doch Marcellus zog ihn zur Seite. Er wollte ihn allein sprechen. »Hör zu, Alter, wollt ihr nicht erst mal gucken, was wir zu bieten haben?«, frohlockte Marcellus vielversprechend.

Von der Neugier getrieben, folgte Rupert dem Wink von Marcellus.

Der Bus war kein dunkles Versteck, sondern im Gegenteil innen luxuriös ausgestattet wie das Séparée einer plüschigen Bar. Alles in Samt und Seide. Die Luft roch schwer nach Patschuli, war aber angenehm kühl. Auf einem Silbertablett war ein kleines Buffet aufgebaut.

Drei Frauen, die aussahen, als hätten sie nicht vor, bei Heidi Klum über den Laufsteg zu gehen, flatterten ein wenig zu kreischend heran.

In der Mitte des Busses erkannte Rupert eine Stange. In den Bussen, die er als Schüler benutzt hatte, gab es auch so etwas, um sich daran festzuhalten. Dies war aber eher eine silberne Tanzstange.

»Ich dachte«, kommentierte Marcellus von hinten, »wir wollten euch doch gebührend empfangen.«

So ungefähr hatte Rupert sich das Leben vorgestellt. Er war nur zu bereit, den Ärger der letzten Stunden zu vergessen und sich sofort auf das neue Leben einzulassen, doch Kleebo war da ganz anderer Meinung: »Was soll der Scheiß?«, brüllte er ungehalten. »Das nennst du höchste Sicherheitsstufe? Wer weiß denn jetzt schon alles, dass wir hier sind?«

Rupert konnte sich noch gar nicht zwischen dem aufgebauten Buffet und den Mädels entscheiden, da schob Kleebo ihn schon wieder nach draußen.

»Mach uns 'n kleinen Teller fertig und bring uns den raus. Wir sitzen da hinten«, er deutete einen Platz unter einer alten Eiche mit weit ausladenden Ästen an.

Rupert ließ alles geschehen und setzte sich mit Kleebo zwischen die Wurzeln des Baumes. Marcellus brachte zerknirscht ein paar Lachsschnittchen und Sushi aus dem Bus. Er hatte auch ein paar Flaschen Bier mitgebracht. Rupert wollte schon erfreut zugreifen, aber Kleebowski sagte bestimmt: »Mineralwasser.«

»Du isst doch Fisch?«, fragte Marcellus unsicher.

»Er ist Vegetarier!«, fauchte Kleebowski.

»Schon gut«, sagte Rupert. »Kein Stress jetzt.«

Kleebowski maulte herum, dass er nicht irgend so ein japanisches Sushi essen wolle, sondern lieber ostfriesisches Sushi: einen Matjes oder einen Brathering. Rupert war ausnahmsweise ganz seiner Meinung.

Aber immerhin, der Lachs schmeckte gut. Rupert aß mit Heißhunger und konnte den Blick nicht von der offenen Bustür wenden, um die sich die drei Damen verlockend gruppiert hatten.

»Also, hör zu.« Kleebowski machte ein verschwörerisches Gesicht. »Wir müssen aufpassen. Man kann keinem trauen. Nicht, dass wir hier in die nächste Falle tappen. Irgendwer hat uns verpfiffen, sonst hätten die nicht auf Wangerooge auf uns gewartet. Wenn du es nicht warst und ich nicht, dann muss es jemand anders gewesen sein. Den hätte ich gerne, und dann reiß ich ihm die

Eier ab, bevor ich ihm zwischen die Augen schieße.« Er deutete auf die Frauen: »Die sind gefährlich. Man weiß nie, in wen die gerade verknallt sind und was die so alles ausplaudern. Die sind noch in dem Alter, in dem sie die große Liebe suchen. Vorsicht, sag ich nur. Vorsicht. Es hat sich herumgesprochen, dass du dieses Bild suchst.«

»Was für ein Bild?«, fragte Rupert.

Kleebowski sah nach oben. »Na, dieses schwarze Viereck von diesem ...« Kleebowski wedelte mit der Hand, als könne er sich den Namen zufächeln. Dann fiel er ihm tatsächlich ein. »Malewitsch. Sie sagen, dass du bereit bist, ein paar Millionen für das Ding hinzublättern. Ich wollte dich warnen. Die möchten dir gerne eine Fälschung andrehen. Mach nicht mit irgendwelchen Leuten Geschäfte. Dieser Eckermann versucht überall, gefälschte Kunst zu verkaufen. Du hast es nicht nötig, dich mit solchen Dilettanten abzugeben. Ich habe bereits einen Plan ausgearbeitet. Wir klauen das Original. Und damit nicht die Bullen der Welt hinter uns her sind, tauschen wir es dann im Museum gegen eine Kopie aus. Na, was hältst du davon? Die Rossis haben Spezialisten dafür.«

Kleebowski winkte Marcellus heran, der nicht weit von ihnen beleidigt herumstand, weil er sich von Kleebowski abgekanzelt fühlte. Er hätte ihn am liebsten einfach umgelegt, doch er wusste, dass er jetzt gute Miene zum bösen Spiel machen musste. Er versuchte zu lächeln, doch seine Blicke waren mörderisch.

Kleebowski erniedrigte ihn bewusst vor Frederico: »Gib mir dein Scheißhandy. Dalli! Ich muss was im Internet suchen. Tipp den Code ein, damit ich reinkomme.«

Marcellus tat sofort, was von ihm verlangt war, und brachte sein Handy mit spitzen Fingern und weit ausgestrecktem Arm. Mit einer Kopfbewegung schickte Kleebowski Marcellus wieder weg und zeigte Rupert dann auf dem Display ein Museum. »Das hier ist die Eremitage in St. Petersburg. Da hängt das Original. Und das holen wir für dich raus. Es ist schon eine Menge arrangiert worden. Ich brauche natürlich ein bisschen Kleingeld. Bakschisch für ein paar nützliche Idioten. Wir haben einen Gewährsmann im Museum. Und die Fälschung sieht, wenn du mich fragst, aus, wie das Original.«

Nun zeigte er Rupert das berühmte Gemälde auf dem Display. Der glaubte zunächst, hier sei etwas Falsches geöffnet worden. Er nahm einen Schluck Mineralwasser.

»Das Ganze«, versprach Kleebowski, »lässt sich für sieben, acht Millionen durchziehen. Vielleicht hängen noch ein paar Provisionen dran, aber dann ist das Ding deins, und es merkt noch nicht mal jemand, dass es irgendwo fehlt. Die Leute werden davorstehen, es fotografieren und bewundern, während du im Besitz von diesem schwarzen Viereck bist.«

Rupert fragte sich, ob das ein Test war. Würde er gleich auffliegen? Oder konnte es wirklich möglich sein, dass Frederico Müller-Gonzáles für ein schwarzes Viereck auf Leinwand nicht nur bereit war, ein Verbrechen zu begehen, sondern auch noch mehr Geld auf den Tisch zu legen, als die meisten Menschen im Laufe ihres Lebens verdienten.

»Okay«, sagte Rupert. »Genauso machen wir das. Gut gemacht, Kleebo.«

Rupert griff sich in die Tasche und lachte: »Ich würde ja gerne in bar zahlen und auch noch ein Trinkgeld drauflegen, aber ich bin im Moment etwas knapp bei Kasse. Akzeptierst du auch eine Kreditkarte?«

Kleebowski lachte: »Ach, Frederico, wenn unser Deal unter Dach und Fach ist, sind das Peanuts. Das hier«, grinste er und deutete auf den Handybildschirm, »mache ich nur so zum Spaß für dich.« Er warf einen wütenden Blick in Richtung Marcellus. »Ich bin dein

Erster Offizier, Frederico. Ich genieße das Vertrauen deines Vaters. Bloß wegen dieser dummen Geschichte in Venedig kann ich nicht mehr mit meinem Namen offiziell auftreten. Das ist ja klar. Wir brauchen Strohmänner, herrje, aber das sind wir doch alle gewohnt. Einer, der in unserer Branche noch seinen Geburtsnamen trägt, vor dem kann ich sowieso keinen Respekt haben.«

»Du bist jetzt«, sagte Rupert, und es klang ein bisschen zu auswendig gelernt, fand er, »Alexander von Bergen.«

»Wir müssen eine Bank gründen, hat dein Vater gesagt, oder eine übernehmen. Aber für solch feingeistiges Zeug bist du zuständig. Ich meine, wie übernimmt man denn eine Bank?«

Er reckte die Arme in Richtung Baumkrone. Die Blätter rauschten. Ein erfrischender Nordwestwind kam auf.

»Wir können doch schlecht da reingehen, den ganzen Vorstand umlegen und uns auf die Stühle setzen. So kannst du 'n Puff übernehmen, eine Bar, vielleicht sogar eine Regierung. Aber wie läuft denn das bei einer Bank?«

»Das«, orakelte Rupert geheimnisvoll, »lass mal ganz meine Sorge sein.«

Marcellus kam mit einem Koffer, den er stolz öffnete. Darin mehrere Schusswaffen und Handys. »Sucht euch aus, was ihr braucht!«, sagte er.

Die Nachricht kam zunächst über Facebook und Instagram, dann über das Onlineportal der *Neuen Osnabrücker Zeitung* und zu guter Letzt über den offiziellen Dienstweg in die Polizeiinspektion.

Als von einer Gefangenenbefreiung die Rede war, ballte Dirk Klatt die rechte Faust und schlug in die Luft. Er hatte die Aussicht, Ostfriesland bald verlassen zu können. Er wollte wieder nach

Wiesbaden. Er hatte die Hoffnung auf einen Lehrstuhl nicht aufgegeben. Zu gern hätte er seine Erfahrung an junge Leute weitergegeben.

Dies Ding hier wollte er zu Ende führen und damit endgültig zur Legende werden. Den größten Rauschgiftdeal in der Geschichte der Bundesrepublik wollte er auffliegen lassen und die bedeutendsten Großdealer inhaftieren.

Im Grunde war dieser Frederico Müller-Gonzáles ihnen zugelaufen. Ein Glücksfall. Vielleicht gab es doch einen Gott, und der hatte ihm diesen Kronprinzen auf dem Silbertablett präsentiert. Glück, so glaubte Klatt, existierte nur für die, die im entscheidenden Moment die Sache in die Hand nahmen und das Blatt für sich zum Guten wendeten.

So eine Gelegenheit wie diese gab es nicht oft im Leben eines Kripomannes. Alles, was danach kommen könnte, wären kleine Fische. Er wollte nicht einfach in den Ruhestand gehen, nein, er wollte an die Hochschule für Polizei und Verwaltung in Wiesbaden. Er liebäugelte damit, ein Buch zu schreiben, wie es ihm gelungen war, einen Informanten in der bedeutendsten Verbrecherorganisation Europas zu installieren. Nicht unten bei den kleinen Dealern auf der Straße, sondern ganz oben.

Er sah sich, als die ersten Nachrichten von der Gefangenenbefreiung kamen, seinem Ziel sehr nahe.

»Bingo!«, rief er, »Bingo!«

Das mit dem Hubschrauber hielt er für ein Gerücht der unseriösen Medien.

»Typische Fake-News«, kommentierte er den Facebook-Eintrag einer jungen Frau, die den Hubschrauber über der JVA Lingen gefilmt hatte. Man konnte sogar jemanden hochklettern sehen, der große Schwierigkeiten hatte, sich an der Seilleiter festzuhalten. Das alles war sehr weit weg, mit wackliger Kamera gefilmt.

Klatt behauptete: »Da macht sich jemand einen Scherz mit uns.«

Liane Brennecke wurde nachdenklich und merkwürdig schweigsam.

Weller konnte sich durchaus vorstellen, dass da Rupert herumturnte. Die Bewegungen kamen ihm in ihrer Tollpatschigkeit bekannt vor. Rupert war nicht gerade ein Fan von großen Höhen. Der Deich mit seinen sieben Metern über dem Meeresspiegel reichte ihm völlig aus. Da ging es ihm wie vielen Ostfriesen. Hochhäuser oder ein Urlaub in den Alpen waren nicht gerade ihr Ding.

Ann Kathrin war immer noch dabei, Fotos von Rupert im Internet aufzutreiben, um sie zu löschen. Das Ganze war viel komplizierter, als es sich anhörte. Immerhin hatte sie inzwischen ein Programm, das Gesichter auf Bildern erkennen konnte, und sie war damit im Internet auf der Jagd.

Manchmal wusste sie wirklich nicht, was echt war und was falsch. Sie fand in den sozialen Medien immer wieder Fotos von Rupert mit irgendwelchen jungen Frauen. Meist hatten sie es selbst gepostet, und nicht immer war ganz klar, ob sich hier Rupert oder Frederico Müller-Gonzáles mit einer Schönen hatte ablichten lassen.

Beide benutzten immer wieder verschiedene Namen.

In einem Portal, das Ann Kathrin niemals privat besucht hätte, fand das Suchprogramm ein Bild von Rupert. Oder war es Frederico? Jedenfalls ohne Schnauzbart. Der hier sah Rupert zum Verwechseln ähnlich, nannte sich *Dieter Deckhengst* und korrespondierte mit einer *Lederlady*.

Als über die dienstlichen Kanäle der Gefängnisausbruch gemeldet wurde, hoffte Liane immer noch, dass alles in Ordnung sei, denn sie war ein sehr optimistischer Mensch.

Klatt deutete das so: »Vielleicht sind die vom Plan abgewichen. Die fragen uns ja nicht vorher und haben ihn jetzt tatsächlich mit dem Hubschrauber rausgeholt, statt auf offener Straße den Gefangenentransport zu stoppen. So ist die Aktion ja auch viel spektakulärer und gleichzeitig ungefährlicher. Vielleicht hatten sie Angst, einen Schusswechsel auf offener Straße zu riskieren. Unsere Leute haben hier gute Arbeit geleistet.«

»Aber«, wendete Weller ein, »warum melden dann unsere Leute einen Gefängnisausbruch?«

»Weil sie glauben, dass es einer ist«, erklärte Klatt, als würde er jetzt schon an der Hochschule für Polizei und Verwaltung unterrichten. »Es sind nur drei Leute in unseren Plan eingeweiht, und nicht mal ich kenne ihre richtigen Namen.«

»Na toll«, spottete Weller. »Später wird es mal wieder *Koordinierungsprobleme* genannt werden. Und wieso haben die diesen Kleebowski mit rausgeholt? War das etwa auch so geplant?«

»Nicht direkt«, gestand Klatt ein. »Aber im Grunde ein idealer Schachzug. So merkt niemand, dass alles gefakt ist. Und Kleebowski kann unseren Frederico in seine Organisation mitnehmen.«

Ann Kathrin sagte laut: »Mir stinkt das alles.«

Niemand wusste, ob sie damit meinte, was sie gerade im Internet über Rupert gefunden hatte oder die Gefangenenbefreiung. Sie hätte es vermutlich nicht mal selbst genau sagen können.

»Wohin bringen sie ihn jetzt?«, fragte Liane Brennecke.

Klatt gab sich verschwiegen: »Das ist geheim.«

»Wie sollen wir denn hier zusammenarbeiten, wenn irgendwie alles geheim ist?«, fragte Weller.

»Er weiß es selber nicht«, kommentierte Liane und fächelte sich mit einem Blatt Papier Luft zu.

Weller ging dieser Erdbeergeruch inzwischen auf den Keks. Jede Bewegung, die Liane machte, ließ das künstliche Erdbeeraroma nur noch schlimmer werden. Richtige Erdbeeren mochte Weller, aber das hier war einfach zu heftig.

Klatt erhielt einen Anruf, der ihn schwindlig werden ließ. Er hatte Mühe, sein Handy am Ohr zu halten. Die anderen gruppierten sich um ihn herum, um mitzuhören, nur Ann Kathrin blieb sitzen und klickte sich im Netz weiter durch Fotos.

Klatt hatte einen Polizisten am Telefon, den er als äußerst umsichtigen Mann kannte. Jahrelang war Phillip Kliem als Zielfahnder unterwegs gewesen.

Kliem beschwerte sich: »Wieso sagt mir keiner was, wenn die Sache schon gelaufen ist? Ich versäume hier heute meinen zwanzigsten Hochzeitstag. Meine Ehe steht sowieso schon auf dem Spiel. Ich halte mich bereit, um das Ganze durchzuziehen, und ihr erzählt mir nicht mal, dass sich eure Pläne geändert haben? Wie stehe ich denn vor meinem ganzen Team da?«

Klatt bekam kein Wort dazwischen. Er bemühte sich, mit »Ähs« und »Hms« und »Phillip, hör doch mal«, aber Phillip Kliem machte seiner Wut Luft: »Ständig muss man auf Abruf sein, immer ist irgendein Scheiß wichtiger! Meine erste Ehe ist schon daran zerbrochen! Meine Kinder wollen nichts mehr mit mir zu tun haben! Von vernünftigen Arbeitszeiten träumt unsereiner doch nicht mal mehr. Aber verdammt, wenn eine Aktion abgeblasen wird, warum informiert mich dann keiner? Traut ihr mir nicht mehr? War ich nur Plan B?«

»Soll das heißen«, stöhnte Klatt, »du und deine Leute, ihr wart das gar nicht?«

In das atemlose Schweigen aller hinein gellte Kliems Lachen: »Da hat uns einer verarscht, Dirk!«

Klatt drückte das Gespräch weg und legte das Handy vor sich auf den Tisch. Er schüttelte sich wie ein nasser Hund, und noch bevor er einen klaren Gedanken fassen konnte, fragte Ann Kathrin über den Bildschirm ihres Laptops hinweg: »Wer sagt uns eigentlich, dass die unseren Rupert rausgeholt haben und nicht den richtigen Frederico, zusammen mit diesem gottverdammten Kleebowski?«

»Das würde bedeuten«, kombinierte Liane, »unser Mann sitzt noch im Knast, und dieser Frederico kann in Ruhe sein Imperium neu organisieren.«

»Mir ist schlecht«, sagte Klatt. »Ich brauche ein Glas Wasser.«

Niemand reichte es ihm.

Liane fragte: »Wie können wir denn rausfinden, wer der richtige ist?«

»Ein DNA-Test«, schlug Klatt vor.

Weller grinste. »Dafür brauche ich keinen DNA-Test. Lasst mich einfach zwei Minuten mit ihm alleine.«

Wellers Handy spielte *Piraten ahoi!*. Er riss es ans Ohr. »Jo?«

Er hörte unverkennbar Ruperts Stimme. Weller hob den Arm. Alle anderen schwiegen. Es war sofort klar, dass hier eine wichtige Information einging.

Sowohl Dirk Klatt als auch Liane Brennecke waren beleidigt, weil es über Weller lief und nicht über sie.

»Alter«, sagte Rupert, »ich bin draußen, und ich hab auch schon was herausbekommen.«

Rupert hörte sich für Weller nicht nur bestens aufgeräumt, sondern auch gut gelaunt an.

»Also, hör zu. Unser Frederico ist drogensüchtig.«

Weller stritt das ab. »Oh nein, Rupert. In diesen Kreisen nimmt man selbst keine Drogen, da verwechselst du was. Wie kommst du denn darauf?«

»Ich hab ein Bild gesehen, das er für ein paar Millionen kaufen will. So ein schwarzes Viereck. Die wollen das sogar klauen, in Russland, glaub ich. Ist ja auch egal. Jedenfalls macht so was keiner, der nicht drogensüchtig ist. Solche Bilder male ich dir zehn an einem Abend, und dabei hau ich mir noch genüsslich einen hinter die Binde. Weller – der säuft nicht einfach, der nimmt harte Drogen! – Hör zu, Weller, die haben mir im Knast mein Geld abgenommen. Ich bin blank. Das geht nicht gut. Ich brauch ein Konto, auf dem genügend Kohle ist. Ein volles Konto, über das ich jederzeit verfügen kann. Goldene Kreditkarte oder am besten Platin, wenn es so was überhaupt gibt. Ihr müsst das schnell organisieren.«

»Wie sollen wir das denn machen?«, fragte Weller.

»Mir doch egal. Lasst euch was einfallen. Aber wir reden hier nicht über ein mickriges Kommissarsgehalt. Wir reden über richtiges Geld, verstehst du? Wer sechs, sieben Millionen für Müll ausgibt, den er sich an die Wand hängt, ist vielleicht nicht mehr ganz dicht im Kopf, der beweist aber auf jeden Fall, dass er flüssig ist. Ich ruf dich wieder an, Alter. Glück auf!«

Da Weller zu alldem nicht viel sagen konnte, aber froh war, dass es Rupert offensichtlich gutging, kommentierte er nur Ruperts letzte Worte: »Glück auf – das ist ein Bergmannsgruß von den Kumpels unter Tage aus dem Ruhrgebiet. Seine Mutter kam von dort. Und jetzt macht euch mal Gedanken, wie wir ihm die Kohle besorgen können.«

»Dass Frederico süchtig ist«, gab Liane zu, »könnte stimmen. Wir haben ihn in Winsen an der Luhe mit einer Überdosis im Arm ...«

Weiter kam sie nicht, weil Klatt sie anbrüllte: »Ja, verdammt nochmal, posaunt jetzt hier jeder alles aus?«

Weller lachte: »Ach, ich verstehe! Das war also die spektakuläre Aktion, die geheim gehalten werden muss, wie ihr den großen Gangsterboss hopsgenommen habt!« Weller machte es vor, ließ seinen Kopf nach hinten fallen, die Schultern runtersacken und die Zunge aus dem Mund hängen.

Ann Kathrins Frage klang wie eine Feststellung: »Ach so, er hat gar nicht versucht, sich den Weg freizuschießen? Er hat auf sich selbst geschossen ...«

»Es waren«, gab Klatt zu, »glückliche Umstände. Das Schicksal hat uns diese Karten in die Hand gespielt. Jetzt müssen wir das Beste daraus machen.«

»Der Drogenboss, der die ganze Welt mit seinem Gift überschwemmt,«, sagte Weller nachdenklich zu sich selbst, »hat einen drogensüchtigen Sohn, der sein Nachfolger werden soll. Leute, das hat Shakespeare'sche Größe.«

Klatt wusste nicht, was Weller damit sagen wollte, es war ihm auch egal.

»Unser Rupert«, sagte Ann Kathrin, »ist als vegetarischer Weintrinker und Kunstkenner schon eine komische Nummer. Aber den Junkie nimmt ihm keiner ab.«

»Du hast ein klischeehaftes Bild von Junkies«, sagte Weller. »Das sind nicht immer diese kaputten Typen, die am Bahnhof rumhängen und die wir ständig wegen beschaffungskrimineller Delikte einsacken. Heroin, das ist auch die Droge der Erfolgreichen. Heute vielleicht nicht mehr so sehr wie früher, heute ist es mehr Koks, aber denk nur mal an Janis Joplin, Jimi Hendrix, Keith Richards, Jörg Fauser …«

Da offensichtlich niemand Fauser kannte, fügte Weller kleinlaut hinzu: »Das war ein sehr begabter Schriftsteller. *Der Schneemann* hieß ein Roman von ihm.«

Auch das Buch hatte offensichtlich niemand gelesen. Weller holte weiter aus und erklärte die Sache für die weniger Belesenen: »Wurde seinerzeit mit Marius Müller-Westernhagen verfilmt.«

»Ja, sind wir hier im Proseminar Literatur und Film?«, fragte Liane.

Klatts Gesicht war aschfahl, seine Hände zitterten, als hätte er einen Tremor.

»Noch ist es möglich«, sagte Ann Kathrin, »die ganze Aktion zu beenden. Wenn Rupert Weller das nächste Mal kontaktet, dann können wir ihm sagen, dass er diesen Wahnsinn abbrechen soll ...«

Klatt drehte sich um. Er stand mit dem Rücken zur Wand und donnerte: »Das werden wir nicht tun, Frau Klaasen! Ich leite diese Aktion hier! Wir werden ihm das nötige Kleingeld zur Verfügung stellen, genau, wie er das gefordert hat. Jetzt sind wir in einer viel besseren Situation als vorher. Dadurch, dass die Organisation ihn selber rausgeholt hat, erkennen sie ihn doch als ihren Chef an. Herrje, merkt ihr denn nicht, wie gut unsere Karten sind? Wir haben jetzt alle Trümpfe in der Hand! Sie sind auf unseren Fake reingefallen! Sie haben uns wirklich geglaubt, dass wir ihren Boss einkassiert haben. Jetzt haben sie ihn in einem Husarenstück befreit! Besser geht's doch gar nicht. Jetzt schwimmen wir ganz oben.« Er deutete es mit Daumen und Zeigefinger an. »Wir sind so kurz davor, den ganzen Laden auffliegen zu lassen. Bald schon wird er informiert sein über sämtliche Geldströme, über alle Figuren, die dabei mitspielen. Wie sie aus schwarzem Geld weißes machen. Das alles wird uns in die Hände fallen und dann ...«, Klatt schlug mit der rechten Faust in seine feuchte linke Handfläche.

»Wenn das alles so klasse ist, Herr Klatt«, fragte Ann Kathrin, »warum sehen Sie dann aus wie einer, der weiß, dass er verloren hat ... wie einer, der jeden Moment zusammenbrechen kann?«

»Ich brauche nur«, sagte er, »ein Glas Wasser. Dann geht es mir besser.«

Weller gähnte: »Und ich 'n paar Stunden Schlaf.«

Die Wohnung in Köln Nippes in der Niehler Straße hatte einen barrierefreien Zugang. Ein sauberer Hausflur, in dem Fahrräder und zwei Kinderwagen parkten, führte zu einem geräumigen

Fahrstuhl. Neben einer Dame mit Rollator, die aussah, als hätte Janis Joplin den Alkohol überlebt und sich vor den Fans hierher zurückgezogen, fuhren sie ganz hoch in den obersten Stock.

Janis zwinkerte Marcellus zu. Die Spinne in seinem Gesicht gefiel ihr. Sie stieg in der zweiten Etage mit einem »Hi«, aus.

»Du könntest Weiber haben …«, grinste Rupert.

Kleebo sagte nichts. Er hatte die merkwürdige Angewohnheit, die Wangen nach innen zu saugen und darauf herumzukauen. Rupert nahm sich vor, ihm demnächst Kaugummi zu schenken.

Der Balkon war groß, mit unverbaubarem Blick in den Nordpark. Rupert genoss die Aussicht auf die Stadt und machte ein paar Kniebeugen. Er nahm sich vor, sich als Gangsterboss fit zu halten.

Kleebowski war stinkig. Ihm passte das alles nicht. »Welcher Idiot hat das hier ausgesucht?«, maulte er.

Marcellus breitete die Arme aus: »Hey?! Was hast du für Probleme, Alter? Weißt du, wie schwierig es ist, in Köln eine gute Wohnung zu bekommen? Hier im Viertel könnt ihr bestens untertauchen. Hier kommen die Bullen höchstens hin, wenn es mal einen Verkehrsunfall gibt, und glaub mir, die sind selten.« Er spottete: »Fahrradfahrerin schrammt Mittelklassewagen … Und dann guck mal die Aussicht! Mitten in Köln, aber im Grünen. Wo gibt's denn das noch? Mensch, datt iss hier em Parkveedel!«

Kleebo sprach, als sei er kurz davor, Marcellus an die Gurgel zu gehen: »Parkveedel?! Schöne Aussicht?! Ja klar … Und die Einbauküche ist auch spitzenmäßig aus dem Katalog für junge Familien … Bist du völlig plemplem? Wir sind doch hier nicht bei Schöner Wohnen!« Er klatschte sich mit rechts gegen die Stirn. Er schnaubte und versuchte, sachlich zu werden: »Was mir Sorgen macht, das sind die Fluchtwege. Das hier ist eine verdammte Mausefalle!«

Marcellus verteidigte sich: »Der Fahrstuhl führt direkt runter in die Tiefgarage, und von da aus …«

»Fahrstuhl?!«, fauchte Kleebo. »Du hast sie doch nicht mehr alle!!!«

Marcellus wirkte ungewollt belehrend: »Wir lassen euch drei Leute zum Schutz hier. Ein Auto am Eingang zum Viertel …« Marcellus zeigte hin: »Einer sitzt unten im Nordpark, und dann bewacht hier unten im Haus einer die Tiefgarage. Hier kommt niemand rein oder raus, ohne dass wir …«

»Drei Leute?«, fragte Kleebo scharf nach. Ihm war das offensichtlich viel zu wenig.

Marcellus nickte: »Ja, insgesamt sind es neun. Sie arbeiten in drei Schichten.«

Kleebo lachte spöttisch: »Oh, Schichtdienst! Hoffentlich muss keiner unbezahlte Überstunden machen, sonst kriegen wir noch Ärger mit der Gewerkschaft. Haben sie schon einen Betriebsrat gewählt? Ist der dann halbtags freigestellt?«

So, wie Kleebowski sich ereiferte, wurde Marcellus vorsichtig. Er brachte seine rechte Hand nah an die Stelle, wo sein Stilett darauf wartete, gezückt zu werden. Er rechnete mit einem Angriff. »Cool down, Kumpel. Beruhig dich. Du bist ja völlig speedy …«, gab Marcellus zu bedenken, doch Kleebo drehte nur noch mehr auf. »Seid ihr völlig bescheuert? Was sind das hier für Sitten? Sind wir ein gemeinnütziger Verein geworden, oder was? Meine Jungs bewachen mich rund um die Uhr, da gibt es keine Feiertage, keine Urlaubszeiten und keine tariflich festgelegten Pausen. Wir sind Gangster! Und nicht die Scheißwohlfahrt!«

Kleebo wandte sich von Marcellus ab. Dadurch, dass er ihm den Rücken zukehrte, demütigte er ihn noch mehr. Er traute ihm nicht einmal zu, ihn von hinten anzugreifen. Stattdessen stupste Kleebo Rupert an, der immer noch seinen Blick auf den Park und über die Dächer der Stadt genoss. Seitdem er einmal kurz im Gefängnis gewesen war, wusste der Küstenmensch Rupert Weite noch mehr zu schätzen.

»Wird Zeit«, behauptete Kleebo, »dass du hier aufräumst, Frederico. Diese Muschis haben einen Sauladen aus der Organisation gemacht. Kein Wunder, dass die Araber und die Russen über uns lachen. Inzwischen müssen wir schon froh sein, wenn uns die Bullen ernst nehmen.«

»Was schlägst du vor?«, fragte Rupert, ohne Kleebo anzusehen.

Hinter ihnen warf Marcellus eine Tablette ein. Das Zeug half ihm, sich groß und stark zu fühlen, machte ihn mutig und manchmal auch übermütig. Er mochte den Kick, wenn plötzlich alle Probleme klein wurden und er selbst immer größer. Aber leider vertrug sein Magen diese Substanz nicht. Er bekam Durchfall davon. Trotzdem entschied er jetzt, dringend eine ordentliche Dosis zu brauchen.

Kleebo und Rupert standen auf dem Balkon nebeneinander und bewunderten einen Schwarm grüner Papageien mit roten Schnäbeln. Sie machten echt Lärm. Ihr Gekreische hatte etwas Bedrohliches.

»Was ich vorschlage?«, fragte Kleebo gebauchpinselt und gab dann gleich sehr laut die Antwort, denn Marcellus sollte sie trotz der Papageien auch mitkriegen: »Ich würde an deiner Stelle ein paar Leute umlegen, Boss.«

»Ein paar Leute?«, fragte Rupert. »Wen denn?«

»Ist doch egal.«

»Eigene Leute?«, hakte Rupert ungläubig nach.

Kleebo nickte.

»Warum?«, fragte Rupert.

Kleebo guckte Rupert verständnislos an. »Um klarzustellen, dass ab jetzt ein anderer Wind weht. Dass du da bist und aufräumst.«

Marcellus wurde nach der Einnahme der Tablette noch schneller übel als sonst. Kleebo sah sich zu ihm um. Den Ersten hatte er schon mal beeindruckt. Das gefiel ihm.

Marcellus war blass. Dadurch trat seine tätowierte Spinne noch deutlicher hervor. Durch das unwillkürliche Zucken seiner Gesichtsmuskulatur schien es, als würde die Spinne lebendig werden und zu krabbeln beginnen.

Kleebowski fixierte Marcellus: »Wir werden hier keine Männer-WG gründen. Wir sind keine Studenten, und wir wollen auch nicht für Schwuchteln gehalten werden. Wir brauchen für den Anfang zwei Wohnungen nebeneinander. Und dann jeder eine Miet-Ehefrau. Aber nicht so Fünfzig-Euro-Huren, sondern welche, mit denen man sich sehen lassen kann! Unser Freund hier gründet eine Bank! Da brauchen wir repräsentative Frauen. Hast du das kapiert?«

Marcellus nickte geradezu unterwürfig. Mit hochgezogenen Schultern formulierte er dann aber doch leise einen Einwand: »In der Wohnung nebenan wohnen Leute. Eine Familie mit zwei Kindern.«

Kleebo verzog den Mund. »Siehst, du, Frederico, das meine ich. Statt Probleme zu lösen, heulen sie uns etwas vor und belästigen uns mit jedem Scheiß ...«

Rupert stand mit Pokerface da. Er fand es cool, keine Miene zu verziehen.

Kleebo pflaumte Marcellus an: »Dann sorg dafür, dass sie ausziehen, Mensch! Wie blöd bist du eigentlich?«

Marcellus zeigte seinen Goldzahn. »Okay, ich regle das.« Er ging zur Tür, froh, das hier überstanden zu haben.

Rupert hatte den Satz mit den Miet-Ehefrauen noch nicht ganz verdaut. Er freute sich einerseits darauf, hatte aber andererseits auch Angst davor. Außerdem befürchtete er, die Familie nebenan könne zu hart angefasst werden. »Im Grunde«, sagte er, »habe ich eigentlich gar nichts gegen eine Männer-WG.«

Marcellus stand schon im Türrahmen. Jetzt blieb er stehen und wartete auf weitere Befehle. Kleebo schickte ihn mit einer Handbewegung weg. »Das war nur ein Scherz, du Vollpfosten. Frederico hat einen Witz gemacht.«

Marcellus lachte gekünstelt und verschwand.

»Und jetzt?«, fragte Rupert.

»Jetzt genehmigen wir uns erst mal einen«, schlug Kleebo vor und öffnete den gut sortierten Kühlschrank.

»Für morgen Abend hatte ich eigentlich eine Pokerrunde für uns organisiert. Ich finde immer, bei einem Spielchen lassen sich die besten Geschäfte einstielen. Aber jetzt frag ich mich, ob das so eine gute Idee war. Wir wollen schließlich nicht zum Angriffsziel werden.«

»Wo«, fragte Rupert, »soll die Runde denn stattfinden?« Kleebos Nachdenklichkeit machte ihm Sorgen.

Kleebowski rieb sich das rechte Ohrläppchen. Eine Geste, die Rupert schon mehrfach bei ihm beobachtet hatte.

»Auf jeden Fall werden wir unser Spielchen an einen sicheren Ort verlegen«, orakelte er.

Frank Weller erhielt eine WhatsApp-Nachricht von Rupert:

Ich muss dich allein sprechen, ohne die Pfeifen vom BKA.

Weller verließ die Polizeiinspektion in Norden und machte einen kleinen Spaziergang über den Markt zur Ludgeri-Kirche. Als er auf der Höhe des Kiosks war, rief Rupert auch schon an. Weller zeichnete das Gespräch vorsichtshalber auf, sagte Rupert aber nichts davon. Er wollte ihn nicht verunsichern, und Rupert legte auch sofort los: »Mensch, Weller, das ist total irre! Ich soll eine Bank gründen!«

»Eine Bank?«

»Ja, so eine Art Sparkasse für Gangster, wo Drogengelder gewaschen und Immobilien verwaltet werden oder so ... Kannst du mir vielleicht sagen, wie das geht?«

»Nee, keine Ahnung, das hatten wir in der Schule nicht. Ich kann dir was über den Magen einer Kuh erzählen oder über englische Grammatik, aber ich weiß nicht, wie man eine Bank gründet.«

»Weller, lass mich jetzt nicht hängen. Man braucht da bestimmt jede Menge Scheißgenehmigungen. Kannst du mir das Zeug besorgen?«

Weller wäre fast vor ein Auto gelaufen. Ein Taxifahrer hupte wütend.

»Rupert, du kannst nicht einfach so eine Bank gründen. Davon hast du doch überhaupt keine Ahnung.«

»Ich hab mal«, wandte Rupert ein, »beim Siebzehnundvier die Bank gehalten und fast vierzig Euro gewonnen.«

Weller fuchtelte mit der Linken herum und drückte mit der Rechten das Handy gegen sein Ohr: »Das war beim Kartenspiel, Rupert!«

»Ja, sag ich doch. Das ist doch so ähnlich. Bankgeschäfte sind doch auch eine einzige Zockerei, oder?«

Weller konnte es nicht fassen. »Das ist nicht so ähnlich wie beim Siebzehnundvier, Rupert. Banken haben Filialen! Die leihen und verleihen Geld ...«

»Nein«, konterte Rupert, »ich glaube, in dem Fall zahlen die da nur ein. Die müssen sich nichts leihen. Die wissen gar nicht, wohin mit der ganzen Kohle. Die müssen sie höchstens vor dem Finanzamt verstecken, oder sie haben Probleme damit, zu erklären, woher sie das Geld haben. Aber sonst ist alles in Ordnung. Apropos Geld, was ist eigentlich mit dem Geld für mich? Ich bin blank.«

Weller sah sich um. Was er zu sagen hatte, ging niemanden etwas an. »Im Mercure-Hotel im Severinsviertel haben wir eine Suite für dich gemietet. Dort im Schreibtisch liegt ein Umschlag für dich. Die Suite ist auf den Namen Gonzáles gebucht. Wir haben sie für eine Woche im Voraus bezahlt. So halten wir Kontakt. Da liegt auch ein sicheres Handy für dich, und dort tauschen wir Informationen aus. Okay?«

Damit war Rupert einverstanden. Er wog ab, ob er Weller etwas von der Miet-Ehefrau erzählen sollte, aber den Punkt verschwieg er lieber. »Wie ist es bei Beate gelaufen?«, wollte Rupert wissen.

»Gut. Ich habe etwas von der schrecklichen Buttercremetorte gegessen und ihnen erzählt, dass du einen geheimen Auftrag erledigst.«

»Na, da bist du ja praktisch bei der Wahrheit geblieben …«

Weller hatte Mühe, Rupert zu verstehen. »Sag mal, was sind das für Geräusche? Bist du im Urwald?«

»Nein, im Nordpark. Das sind Papageien. Genauer gesagt, Halsbandsittiche.«

»Halsbandsittiche?«

»Ja, genau. Ich gehe im Park spazieren, so zwanzig Meter hinter mir geht ein Bodyguard. Der passt auf, dass mir keiner etwas tut. Er raucht allerdings ein bisschen viel und macht einen asthmatischen Eindruck. So zwanzig, fünfundzwanzig Kilo zu viel hat er auch, aber sonst ist er ganz prima.«

Weller erklärte Rupert, dass er die anderen von dem Gespräch unterrichten müsse. Jetzt war Rupert froh, die Miet-Ehefrau verschwiegen zu haben.

»Muss das wirklich sein?«, meckerte Rupert.

»Ja«, behauptete Weller, »muss sein. Vielleicht kriegen wir das mit der Bankgründung sogar gemeinsam hin. Ich glaube zwar kaum, dass es Youtube-Videos zu dem Thema gibt, aber ...«

»Ich trau denen allen nicht, Weller. Besonders dieser Klatt vom BKA ... Können wir das nicht alleine durchziehen?«

»Misstrauen ist wirklich angebracht. Geradezu eine Lebensversicherung, Rupert. Aber ohne die BKA-Leute kriegen wir das nicht gebacken. Und wenn ich denen ein Telefonat mit dir verschweige, flieg ich hier schneller raus, als du ein Bier geext hast.«

Rupert lachte. »Falls du 'nen neuen Job brauchst, Weller, fang bei mir an. Ich stelle Personal ein. Leibwächter. Geldeintreiber. Fahrer. Puffmütter. Stripperinnen. Drogendealer ...«

»Schön, dass dir noch zum Scherzen zumute ist, Rupert.«

»Das war kein Scherz, Weller. Ich brauche hier einen Freund, auf den ich mich verlassen kann ...«

»Du hast doch noch was auf dem Herzen, Rupert, das hör ich doch an deiner Stimme.«

»Ja.«

»Was denn?«

Die Papageien rauschten über Rupert hinweg. Ein paar Dohlen hatten sich in den Schwarm gemischt.

»Die erwarten, dass ich ein paar Leute umlege, um zu zeigen, wer hier der Boss ist.«

Weller blieb stumm.

Rupert fuhr fort: »Ich kann doch nicht einfach irgendwen ausknipsen ...«

Weller seufzte: »Natürlich nicht. Aber was erwartest du jetzt von mir? Dass ich dir 'ne Liste mache, wen wir besonders gerne loswerden wollen?«

»Ja, so 'ne Liste wäre schon hilfreich«, seufzte Rupert. »Man will ja nichts falsch machen.«

Ruperts Art, alles auf die leichte Schulter zu nehmen, machte Weller in diesem Fall echt sauer. Er protestierte.

Rupert lenkte ein: »Mensch, irgendwas muss ich tun. Das ist hier kein Streichelzoo!«

»Rupert«, sagte Weller, »du bist der ungeeignetste Mensch für diese Aktion, den ich mir vorstellen kann.«

»Warum?«, fragte Rupert erstaunt.

»Du sagst praktisch immer, was du denkst. Deswegen hassen dich so viele. Und deswegen bewundern dich mindestens genauso viele …«, gab Weller zu bedenken.

»Ja und?«

»Genau das, Rupert, könnte dich jetzt ins Grab bringen …«

Kleebowski hatte Marcellus losgeschickt, beim Türken etwas zu essen zu besorgen. Jetzt roch die ganze Wohnung nach Döner. Da Frederico Müller-Gonzáles Vegetarier war, hatte Rupert seine Dönertasche nicht angefasst, obwohl sie wirklich köstlich roch. So ein paar Sushi-Rollen nach einem Gefängnisausbruch gingen vielleicht klar. Aber Döner? So weit traute Rupert sich doch nicht aus der Rolle zu gehen.

Schmatzend verkündete Kleebo großzügig: »Ach ja, klar, verzeih, Kumpel. Du isst ja kein Fleisch. Aber keine Sorge, ich hau das schon weg. Wir wollen ja nichts verkommen lassen, hahaha. Willst du nicht wenigstens mal probieren?«

Rupert blieb tapfer und hörte sich selbst sagen: »Danke, ich esse keine toten Tiere. Letztendlich ist das doch Aas.«

Solche Sprüche kannte er von seiner Frau Beate. Sie hatte ihn oft damit genervt.

Er beschloss, ins Mercure zu fahren und seine Suite aufzusuchen. Er brauchte dringend Kleingeld und ein wenig Zeit für sich. Als alter Ostfriese hätte er am liebsten ein Fahrrad genommen, doch als er Kleebo fragte, ob es hier irgendwo einen Fahrradverleih gäbe, hielt der das für einen Scherz. Er wischte sich Tzatziki vom Kinn und schulmeisterte: »Du solltest eine Harley fahren, Frederico. Aber du kannst dich natürlich auch auf einem Damenfahrrad lächerlich machen, wenn du unbedingt willst, dass wir hier zum Gespött der Szene werden.«

Marcellus brachte sich ins Gespräch: »Ich kann natürlich sofort eine Harley besorgen. Aber ist das nicht zu auffällig? Wäre nicht wirklich ein Fahrrad besser? Also, da muss ich Frederico einfach recht geben. Es kann ja ein E-Bike sein, das passt doch gut in diese Wohngegend.«

Unwirsch fuhr Kleebowski Marcellus an: »Halt die Fresse. Hat dich jemand was gefragt? Und das nächste Mal, wenn du Döner kaufst, bringst du für den Chef irgend so 'n vegetarischen Scheiß mit, das haben die doch auch, oder?«

Marcellus sah auf seine Fußspitzen. Er hoffte, die nächsten Tage zu überleben. Er suchte einen Weg, sich für Frederico unverzichtbar zu machen.

Rupert stand auf. »Ich muss nachdenken und allein sein.«

Marcellus wollte mitgehen.

»Ich sagte, allein sein«, fauchte Rupert angriffslustig.

»Aber Boss, du kannst doch nicht ohne Bodyguards ...«

»Dann steck dir wenigstens eine Wumme ein«, schlug Kleebo vor.

Sofort öffnete Marcellus einen Wandschrank neben dem Eingang. Die weiße Schleiflacktür suggerierte, dass dahinter ein Staubsauger und ein Besen standen. In Wirklichkeit befanden sich im Regal zwei Pumpguns und ein Präzisionsgewehr mit Zielfernrohr, vier verschiedene Handfeuerwaffen und eine ganze Galerie Jagdmesser.

Rupert entschied sich für eine Desert Eagle und einen Hirschfänger. Das Messer befestigte er sich unterhalb des Knies, die Pistole steckte er sich hinterm Rücken in den Hosenbund. »So«, kommentierte er, »beult wenigstens das Jackett nicht aus.«

Kleebo zeigte ihm den erhobenen Daumen.

»Pfeif deine Kleiderschränke zurück«, befahl Rupert Marcellus. Der sah irritiert zu Kleebo und hoffte darauf, der könne diese Schwachsinnsaktion beenden.

»Boss, bitte«, flehte Marcellus, »das ist doch Wahnsinn! Sie sind hinter dir her! Sie haben ein Kopfgeld auf dich ausgesetzt!«

»Wer sagt uns denn«, fragte Rupert, »dass wir deinen Leibwächtern trauen können?«

Kleebowski schlug sofort in dieselbe Kerbe: »Ja, genau, wer sagt uns das?«

Marcellus schwitzte. »Sie sind mir treu ergeben. Sie würden sich für mich in Stücke reißen lassen, Frederico.«

Kleebowski spottete: »Klar. Aber nur im tariflich festgelegten Rahmen ihres Acht-Stunden-Tages und falls sie nicht gerade Urlaub haben.«

Rupert richtete den Zeigefinger seiner rechten Hand auf Kleebowski: »Überprüf sie, Kleebo. Jeden Einzelnen. Und bevor du keine Garantie für sie abgeben kannst, will ich niemanden in meiner Nähe sehen. Ist das klar?«

Kleebowski nickte.

Langsam, dachte Rupert, gewöhne ich mich an den Ton. Ich krieg das schon irgendwie hin.

Er schloss die Tür hinter sich und blieb ein paar Sekunden stehen, um in Ruhe durchzuatmen.

Ich bin, sagte er sich, Rupert, Hauptkommissar aus Norden, der einen Gangsterboss spielt. Das ist meine Undercover-Aufgabe. Leider trachten mir ein paar Leute nach dem Leben. Ich muss mich verhalten wie Frederico Müller-Gonzáles. Verzieh dich, Rupert! Lass mich eins werden mit dem, der ich sein soll.

Beate hatte mal eine Meditation mit ihm gemacht, da ging es darum, über Atmung eins zu werden mit sich selbst und sich mit sich auszusöhnen. Er hatte damals gar nicht kapiert, was sie von ihm wollte, und wäre fast im Sitzen eingeschlafen. Aber jetzt erinnerte er sich an einige Satzfetzen:

Bist du dein Körper oder hast du ihn?

Besitzt du ihn oder er dich?

Hinter der geschlossenen Tür hörte Rupert Marcellus laut schimpfen: »Das ist doch irre, Kleebo! Das kannst du doch nicht zulassen!«

»Willst du dem Boss etwa sagen, was er zu tun hat?«

»Ja, aber wenn ihm was passiert ...«

»Dann«, behauptete Kleebowski, »bist du tot, Marcellus.«

»Ja, aber ich kann doch nichts dafür, wenn er ...«

»Ich weiß das. Aber sein Vater nicht. Und glaub mir, mit dem ist nicht zu spaßen. Der schlitzt dir den Hals auf. Und mir wahrscheinlich auch.«

Rupert atmete aus. Ihm war ein bisschen schwindlig. Die Spitze der Desert Eagle berührte seine rechte Arschbacke. Aber auch das beruhigte ihn nicht.

Er ging ein paar Meter zu Fuß, durchquerte den Nordpark, und als er sicher war, dass keiner seiner Bodyguards ihm folgte, stieg er an der Amsterdamer Straße in die 16.

Er kam sich durchtrieben vor, listig. Wer rechnete schon damit, dass der große Gangsterkönig mit der Straßenbahn fuhr? Sie schien ihm sicherer als jede Luxuslimousine.

Eine Frau um die dreißig, mit hellbraunen Haaren und Augen wie Haselnüssen, tat so, als sei sie in ihr Handy vertieft. Sie schielte aber immer wieder zu ihm hin und drehte sich dann sogar so, dass sie ihn besser sehen konnte. Wenn sie sich mit ihrem Handy beschäftigte, wäre es sogar denkbar gewesen, dass sie ihn fotografierte.

Hab ich, fragte Rupert sich, so eine enorme Wirkung auf Frauen, oder ist die auf mich angesetzt worden?

Am Neumarkt stieg er um in die 3. Niemand folgte ihm. Auch nicht die scharfe Schnitte mit den langen braunen Haaren.

Dreimal wechselte er die Bahn, bis er direkt unterhalb des Hotels Mercure ausstieg. In der Eingangshalle wartete eine Gruppe japanischer Touristen auf ihren Reiseführer. An der Rezeption musste Rupert eine Weile Schlange stehen, was ihm lästig war, aber gleichzeitig sprach es auch dafür, dass er hier als ganz normaler Typ behandelt wurde, weder als Kriminalkommissar noch als Gangsterboss.

Als er endlich dran war und ihn der Blick der mehrsprachigen Rezeptionistin unverhofft traf, hätte er sich fast mit »Rupert« vorgestellt. Erst im letzten Moment fiel ihm wieder ein, dass hier ein Zimmer für ihn als Frederico Müller-Gonzáles gebucht worden war.

Es war in der fünften Etage, hatte eine gutgefüllte Zimmerbar, und auf dem Tisch vor dem Sofa stand ein Strauß Blumen. Sogar eine Schachtel Pralinen wartete auf ihn. Er fragte sich, ob das Hotel das für alle so machte oder ob es eine freundschaftliche Geste von Weller war.

In der Schreibtischschublade fand er einen Briefumschlag, darin dreitausend Euro. Mehr als Rupert im Monat verdiente, aber doch viel weniger, als Frederico Müller-Gonzáles erwartet hatte. Außerdem ein sicheres Handy, um seine Kollegen zu kontakten, und kleine Kameras und Abhörgeräte, die er tragen sollte, damit sie immer genau wussten, wo er war, und alles, was er sah, auch sehen konnten.

Doch dieser Gedanke gefiel Rupert überhaupt nicht mehr. Irgendwann, dachte er, wird das alles hier vorbei sein. Und entweder bin ich eine Leiche, oder ich kehre als Held zurück. Aber dann will ich nicht, dass jeder meiner Schritte dokumentiert worden ist.

Er stellte sich vor, wie sie zusammensaßen, am besten vor einer großen Leinwand, während einer Dienstbesprechung, und kommentierten, was er tat. Und natürlich würde jeder alles besser wissen. Das war wie beim Fußballspiel, wenn sie in der Kneipe saßen und noch der letzte Asthmatiker und Sportallergiker genau wusste, was der Linksaußenverteidiger falsch machte und dass der Mittelstürmer eine faule Socke war.

Nee, brauchte er nicht. Die einen würden ihn fragen, warum hast du es nicht so gemacht, die anderen, warum nicht so.

Er hatte nicht vor, es irgendwem recht zu machen. Er wollte hier heil durchkommen und dabei ein bisschen Spaß haben. Nur das zählte. Bewertungen war er schon in der Schule lange genug ausgesetzt gewesen. Er fühlte sich unfrei, wenn immer alle anderen wussten, was er gerade tat.

Er war bereit, Weller zu berichten und hinterher, falls nötig, sogar einen Bericht zu schreiben. Aber ansonsten brauchte er seine Freiheit. In Berichten konnte man auch mal eine Lücke lassen.

Er packte alles in eine Tüte für Damenbinden, die er sich von der Toilette holte, und entschied, den ganzen Müll gleich unten in einem Container in der Severinstraße zu entsorgen. Allein der Gedanke reichte schon aus, dass es ihm besserging.

Rupert blieb nicht lange in der Suite. Der große Bildschirm reizte ihn nicht. Was in seinem Leben gerade passierte, war viel spannender als alles, was dort hätte gezeigt werden können.

Ihn trieb jetzt etwas anderes an. Er hatte immer noch diesen Dönerduft in der Nase. Um weiter den Vegetarier spielen zu können, brauchte er dringend eine Currywurst. Er hätte sein Leben riskiert, um jetzt eine gute Wurst zu bekommen.

An der Ecke Severinstraße, Josephstraße, gegenüber der Apotheke, gab es eine Art Currywurst-Bar in Rot-Schwarz. Eine Riesentheke. Die Gäste saßen mit ihren Pommespickern auf Barhockern drum herum, während hinterm Tresen keine Cocktails gemischt, sondern Würstchen gebraten wurden. Vom Hotel aus waren es keine zwei Minuten Fußweg.

Rupert kam am Sahan-Supermarkt vorbei. Draußen lag alles voller Obst. Bananen, Riesentomaten, halbe Melonen. Vermutlich hätte Frederico Müller-Gonzáles sich daran gütlich getan, doch Rupert konnte all dem frischen Obst und Gemüse nichts abgewinnen. Er hatte den Geschmack der Currywurst praktisch schon auf der Zunge, bevor er den Imbiss erreichte.

Ein junger Mann kam ihm entgegen, der eine Bratwurst im Brötchen aß. Rupert sog den Geruch im Vorbeigehen tief ein.

Eine verwahrloste Frau saß in einem ziemlich desolaten Zustand am Straßenrand. Sie schien voller Drogen zu sein. Rupert hatte Mühe, nicht den Rettungswagen zu rufen, sondern sie einfach sitzen zu lassen. Er hoffte, dass jemand anders sich um sie kümmern würde. Dass ein Drogenboss sich um eines seiner Opfer kümmerte, schien ihm geradezu unsinnig zu sein.

Die Angst, durch so etwas aufzufliegen, war größer in ihm als die Sorge, sich einer unterlassenen Hilfeleistung schuldig zu machen. Als Polizist war das hier unverzeihlich. Als Undercover-Agent wahrscheinlich eine Notwendigkeit, ja, eine Lappalie.

Endlich im Imbiss angekommen, stellte er sich mit dem Rücken zur Straße, um von niemandem erkannt zu werden. Sie hatten sogar einen Abfalleimer für die Pommes-Schälchen. Da hinein warf Rupert die Abhörgeräte.

Noch bevor er seine extrascharfe Currywurst bekam, suchte er sich einen anderen Platz im Lokal. Er hatte lieber die Wand im Rücken und die Straße im Blick. Das kam ihm gesünder vor. Er wollte einem Gegner in die Augen sehen und dann, wenn es sein musste, schneller sein als der andere. Die Desert Eagle spürte er einsatzbereit in seinem Rücken.

Noch bevor das letzte Stückchen Wurst zwischen seinen Lippen verschwunden war, bestellte er sich noch einmal das Gleiche und dazu ein Bier.

Im Besprechungsraum war die Stimmung noch mieser als sonst. Daran änderte auch die Tortenplatte nichts, die Weller im Café ten Cate geholt hatte. Er selbst verspeiste schon die zweite Marzipantulpe und liebäugelte auch mit der Latte-macchiato-Torte. Die Ostfriesentorte mit den Rumrosinen wollte er für die auswärtigen Gäste lassen. Er wusste, dass die immer besonders darauf abfuhren.

Liane Brennecke hatte sich ein Stückchen Erdbeertorte genommen und die Sahne zunächst keusch beiseitegeschoben. Jetzt kämpfte sie mit sich, doch davon zu probieren.

Ann Kathrin hatte ein Stückchen Baumkuchen auf ihrem Teller.

Dirk Klatt aß nichts, um sich die schlechte Laune nicht verderben zu lassen. In seinen Augen waren sie alle an der Misere schuld. Sie boykottierten ihn geradezu. Sie ließen ihn auflaufen. Sie wollten ihn scheitern sehen, um dann seinen Job zu übernehmen. Das war hier ein Intrigantenhaufen. Niemand gönnte ihm den Lehrauftrag an der Hochschule für Polizei und Verwaltung. Dabei hatte er doch den jungen Polizisten so viel zu vermitteln und hätte seine Erfahrung nur zu gern an sie weitergegeben.

Er zerfetzte zwischen seinen Fingern ein Stückchen Papier in immer kleinere Bestandteile. Es war für alle sichtbar eine Ersatzhandlung. Am liebsten hätte er jemanden so richtig zur Schnecke gemacht.

Weller hatte ihnen die Aufnahmen nicht vorgespielt, sondern das Gespräch mit Rupert nur referiert. Auf diese Weise schien ihm der Verrat nicht ganz so groß zu sein.

Ann Kathrin fasste zusammen. Das hatte sie von ihrem alten Chef Ubbo Heide gelernt: Die Fakten bündeln und darüber Einigkeit erzielen.

»Also«, sagte sie, »was wissen wir? Unser Kollege Rupert wurde nicht von unseren Leuten aus dem Gefängnis befreit, sondern die Gonzáles-Truppe hat ihn rausgeholt. Er befindet sich im Zentrum der Organisation. Es gelingt ihm, Kontakt zu Weller zu halten, und das werte ich erst mal positiv.«

»Wir sollten jemanden zur Unterstützung in seiner Nähe unterbringen oder ihn da rausholen«, verlangte Weller.

Klatt spuckte etwas in seine Handflächen. Es sah für Weller aus wie Papier.

»Essen Sie das etwa?«, fragte Weller.

Klatt ließ die restlichen Fetzen auf den Tisch fallen. Er starrte Weller nur an, sagte nichts, aber es war, als würde man seine Zähne knirschen hören.

Ann Kathrin fuhr unbeirrt fort: »Rupert soll eine Bank gründen, weil die Organisation in großem Umfang Geld waschen will. Mit einer eigenen Bank ist das natürlich ideal.«

»Wenn Rupert eine eigene Bank hat«, grinste Weller, »eröffne ich da auch ein Konto. Der ist bestimmt großzügiger mit den Krediten als …«

»Das interessiert jetzt hier keinen«, schimpfte Klatt.

Liane Brennecke hatte die ganze Zeit geschwiegen. Sie sah

merkwürdig versunken aus. Sie grübelte über etwas nach, ließ aber niemanden daran teilhaben. Sie balancierte jetzt eine große Sahnewolke auf ihrer Gabel zu ihren Lippen. Sie öffnete ihren Mund weit und schloss die Augen. Die Geschmacksexplosion auf ihrer Zunge musste groß gewesen sein, denn sie riss die Augen sofort wieder auf und baggerte die restliche Sahne so schnell in sich hinein, als hätte sie Angst, jemand anders könne sie ihr wegnehmen. Sie liebäugelte jetzt mit der Ostfriesentorte.

Weller schob sie ein Stückchen näher zu ihr. »Die hat Jörg Tapper selbst gemacht. Er ist ein wahrer Künstler«, versprach Weller. Aber das wäre nicht nötig gewesen, Liane Brennecke war sowieso schon überzeugt.

Ann Kathrin räusperte sich und rang um Aufmerksamkeit. »Außerdem geht es um das Gemälde von Kasimir Malewitsch. Das ›Schwarze Quadrat‹. Sie wollen es stehlen oder ... Es wurde eine Fälschung angefertigt ...«

Klatt schlug mit der Faust auf den Tisch. Er brüllte. Speichelbläschen flogen dabei in Wellers Richtung. »Das interessiert mich alles einen Scheiß! Ein Gemälde! Sind wir denn hier im Kindergarten? Was ist mit der Lieferung? Es geht um eine gewaltige Menge Drogen! Sie wollen von Deutschland aus den europäischen Markt überschwemmen! Meinetwegen können die so viele Bilder klauen und Banken gründen, wie sie wollen! Ich will den Stoff!« Er hämmerte mit dem Zeigefinger auf der Tischplatte herum, als wollte er ein Loch hineinbohren.

Jetzt mischte Liane Brennecke sich ein: »Wir sollten ihm helfen, diese Bank zu gründen. Haben wir dafür Spezialisten? Das ist doch ein genialer Schachzug. Die Mafia glaubt, eine eigene Bank zu besitzen, und in Wirklichkeit ist es unsere.«

Klatts Gesichtszüge fuhren gegeneinander. Seine Unterlippe hing jetzt schlaff herab. Für einen Moment sah es aus, als stünde er kurz vor einem Schlaganfall. Aber dann erholte er sich wieder. Die Genialität der Idee wurde auch ihm schockartig bewusst.

»Besseres Beweismaterial können wir später dem Staatsanwalt nicht präsentieren. Am Ende nehmen wir die ganze Bank hops, haben Kontrolle über sämtliche Geldströme und …«

»Wieso«, fragte Ann Kathrin, »muss man dazu eigentlich erst eine Bank gründen? Bis jetzt haben die ihre Geschäfte doch auch über Banken abgewickelt. Haben wir da keinen Einfluss?«

»Dem steht wohl das Bankgeheimnis entgegen«, konterte Liane Brennecke scharf in Ann Kathrins Richtung und drehte die Ostfriesentorte vor sich. Sie konnte sich noch nicht entscheiden, ob sie zuerst die Spitze essen wollte oder das Schokoladenstück obendrauf.

»Und in unserem Fall gilt das dann nicht?«, wollte Ann Kathrin wissen.

»Nein«, lächelte Liane, »keine richtige Bank, kein Bankgeheimnis …«

Genüsslich ließ sie die Schokolade unterm Gaumen schmelzen. Sie hatte Sahne an den Lippen, als sie weitersprach.

Weller stieß einen Pfiff aus. »Hauptsache, am Ende liegt nicht unser Rupert im Grab.«

Klatt fühlte sich völlig an die Wand gedrängt. Er sah nur noch zwischen den Einzelnen hin und her, fühlte sich wie ein Beobachter, der nicht mehr wirklich mitspielt.

»Was hat das genau mit dem Bild auf sich?«, fragte Liane. »Da werden doch schon große Geldsummen bewegt werden. Das machen die doch nicht in bar.«

Weller zeigte Fotos vor. »Hier. Ich glaube, es geht um dieses Bild.«

Klatt wollte gerade einwenden, dass auf dem Foto ja nichts zu sehen sei, weil alles schwarz war, da erwähnte Weller glücklicherweise den Titel: ›Schwarzes Quadrat‹ auf weißem Grund.«

In das allgemeine Erstaunen hinein sagte Ann Kathrin: »Otto hat das Gegenstück dazu gemalt. Wir haben es mal in einer Ausstellung im Henri-Nannen-Museum in Emden gesehen.«

»Ja«, lachte Weller, »stimmt. Weißer Adler auf weißem Grund. Otto hat das Bild praktisch kopiert, nur nicht in Schwarz, sondern in Weiß.«

Klatt ballte die Faust und raunte in Lianes Richtung: »Ja, habe ich es hier denn nur mit Verrückten zu tun?«

»Otto ist nicht verrückt«, erklärte Weller ruhig. »Das ist ein ostfriesischer Komiker. Man sagt uns ja immer nach, wir hätten keinen Humor, aber das stimmt gar nicht. Wir haben ja nicht nur Otto, sondern auch noch Karl Dall und …«

Klatt wusste nicht, ob er lachen oder weinen sollte, doch er gestand: »Mir kommen die Tränen.«

Rupert hatte noch einen Bummel durch die Kölner Altstadt gemacht, zwei, drei Kölsch getrunken, immer mal wieder die Kneipe gewechselt und war dann am Rhein entlangflaniert. Für einen Moment fühlte er sich fröhlich. Frei. Jetzt konnte er endlich mal nach Hause kommen, wann er wollte. Weder eine Schwiegermutter noch eine eifersüchtige Ehefrau würde auf ihn warten.

Als er die Niehler Straße erreichte, war die Sonne bereits untergegangen. Aber in einer Stadt wie Köln wurde es nie so dunkel wie am Meer. Überall gab es Lichtquellen, Neonreklamen, und hinter den Fenstern flackerten die Großbildschirme.

Im Hauseingang stand ein knutschendes Pärchen. Rupert wollte sie nicht stören. Er war da ganz Gönner. Deshalb wählte er den Weg durch die Tiefgarage. Er hatte auch Lust, noch ein paar Runden mit dem Auto zu drehen. Ein bisschen über die Ringe zu fahren. Er fand, dass ihm das jetzt zustand. Dieses Kölsch machte ja nicht besoffen, das war praktisch Bier für den Kindergeburtstag, und dann auch noch aus diesen kleinen Gläsern …

Als Frederico Müller-Gonzáles wäre er sicherlich Auto gefahren, aber der Kripobeamte in ihm protestierte.

Die Tiefgarage lag wie ein dunkles Loch vor ihm, und er wunderte sich, dass die Beleuchtung nicht ansprang, als er sich an der Schranke vorbei zu den Autos bewegte.

Trotz der Dunkelheit hatte Rupert das Gefühl, beobachtet zu werden.

Heutzutage, dachte er, rechnet man immer damit, dass das Licht über Bewegungsmelder einfach anspringt. Kein Mensch sucht mehr den Lichtschalter. Ist das hier noch anders?

Irgendwo in der Nähe musste sich auch sein Bodyguard befinden, der diesen Eingang zum Gebäude zu bewachen hatte. Vielleicht, dachte Rupert, ist jetzt einer aus der neuen Schicht da, den kenne ich noch nicht. Aber sehen müsste ich ihn ja trotzdem …

Rupert blickte sich um. Langsam gewöhnten sich seine Augen an die Dunkelheit. Er sah jemanden auf dem Boden, direkt neben dem Fahrstuhl, den Kopf auf der Brust. Der Mann war nicht eingenickt. Er war tot.

Obwohl Rupert den Mann nicht kannte, ahnte er instinktiv, dass der mal sein Bodyguard gewesen war.

Rupert suchte sofort hinter einem Fahrzeug Deckung. Aus der Hocke spähte er durch den Raum. Wer meinen Leibwächter umbringt, folgerte er, der hat es auf mich abgesehen.

Der Lichtkegel einer Taschenlampe suchte nach ihm. Es war ein mörderisch helles, ein gleißendes Licht. Es sollte blenden, ja, verwirren.

Er griff nach seiner Desert Eagle. Vielleicht waren seine Hände zu verschwitzt, vielleicht der Sitz der Waffe ungewohnt, jedenfalls fiel sie hinter ihm auf den Boden.

Eine raue Stimme rechts neben ihm verlangte: »Mach dich gerade!«

Rupert erhob sich und reckte unaufgefordert die Arme zur Decke.

»Wenn das eine Entführung werden soll«, krächzte Rupert, »mein Vater würde eine Menge für mich zahlen.«

Rupert bemühte sich, nicht ins Licht zu gucken. Es tat weh in den Augen.

Er konnte weder die Größe seines Gegenübers einschätzen noch das Alter. Er vermutete, dass eine Waffe auf ihn gerichtet war, aber nicht mal das war erkennbar.

Die Stimme war merkwürdig metallisch: »Komm näher!«

Rupert machte einen Schritt nach vorne, dann blieb er stehen.

Wenn er mich hätte töten wollen, dachte er, hätte er es bereits getan. Es geht tatsächlich darum, mich zu entführen.

Das Licht bewegte sich nicht von der Stelle, sondern blendete ihn. Von hinten näherten sich Schritte. Sie knallten auf dem Boden. Es hörte sich für Rupert nach Springerstiefeln an.

»Ihr seid zu zweit, ich bin alleine – nun, das wird ein fairer Kampf, Jungs«, sagte Rupert, um sich selbst Mut zu machen.

Jemand griff nach seinem rechten Arm und bog ihn nach hinten. Rupert dachte nicht nach. Er handelte einfach. Es geschah instinktiv. Etwas in ihm war nicht bereit, sich aufzugeben.

Er sackte zusammen, als würde er ohnmächtig werden. Der Mann, der gerade noch seinen Arm auf den Rücken gebogen hatte, hielt ihn jetzt, um ihn am Fallen zu hindern.

Rupert stieß den Ellbogen des linken Arms nach hinten und traf den Gegner. Er hatte keine Ahnung, wo, aber der jaulte.

Rupert fuhr herum und landete zwei, drei Körpertreffer. Jetzt, da die Lampe seinen Rücken anstrahlte, konnte er zumindest Umrisse erkennen.

Der Mann, den er gerade zusammenschlug, hatte viel Zeit seines Lebens in Fitnessstudios verbracht und Bodybuilding gemacht. Möglicherweise schluckte er auch Anabolika. Er kam Rupert aufgebläht muskulös vor. Aber sein Kinn war trotzdem aus Glas, und genau das traf Rupert jetzt mit seinem Knie.

»Ich knall dich ab!«, schrie der mit der Lampe. »Hände hoch, oder ich knall dich ab!«

»Das ist eine blöde Idee, wenn man jemanden entführen will«, behauptete Rupert frech. »Was seid ihr nur für Amateure? Glaubst du etwa, mein Vater zahlt euch etwas, wenn ihr seinen Sohn umgelegt habt?«

Der mit dem Glaskinn richtete sich auf, taumelte und lief, vermutlich, weil er auch geblendet worden war, gegen einen parkenden VW-Bus.

Rupert hörte das metallische Klicken einer Waffe, die durchgeladen wurde. Der Gedanke schoss durch sein Gehirn: Das war ein Revolver. Der spannt den Hahn.

Rupert versuchte, sich mit einem Sprung in Deckung zu bringen. Hauptsache, raus aus dem Lichtkegel.

In dem Augenblick öffnete sich die Fahrstuhltür. Das Licht aus dem Fahrstuhl erhellte die Szene. Kleebowski erfasste die Situation augenblicklich, zog seine Waffe und feuerte.

Der Mann mit der Lampe taumelte. Der Lichtstrahl zeigte zunächst zu Boden, dann fiel die Taschenlampe hin und rollte in Ruperts Richtung.

Der Mann trug eine Spiderman-Maske und ein weißes T-Shirt mit chinesischen Schriftzeichen darauf. Das T-Shirt färbte sich rot.

Schwefelgeruch breitete sich aus.

Der Bodybuilder mit dem Glaskinn hob die Arme und bettelte: »Nicht schießen! Bitte, nicht sch...«

Damit konnte er Kleebowski nicht erweichen. Er traf ihn zwischen den Augen. Der Bodybuilder fiel nach hinten, krachte noch einmal gegen den VW-Bus und rutschte dann daran herunter.

Rupert war sicher, dass der Mann tot war, bevor sein Körper den Boden berührte.

Spiderman taumelte noch ein wenig, bevor er zusammenbrach.

»Du hast«, sagte Rupert merkwürdig sachlich, »Spiderman erledigt, Kleebo.«

Kleebowski antwortete nicht. Er bückte sich und sah dem am Fahrstuhl liegenden Leibwächter in die toten Augen. Er brauchte eine Weile, dann kommentierte er: »Scheiße. Sie wissen, wo wir sind. Jetzt geht die Party erst richtig los.«

Schon hatte Kleebowski sein Handy am Ohr und gab Befehle. »Ich brauche hier die Müllabfuhr. Drei blaue Säcke.«

Rupert fühlte keinen Triumph. Auch keine Erleichterung, sondern eine innere Leere. In ihm war etwas wie ein gähnendes Loch. So kannte er sich gar nicht.

»Was«, fragte er Kleebowski, »machen wir jetzt?« Er kam sich dabei vor wie ein kleiner Junge, der sich, durch eine Krisensituation überfordert, von seinem Vater leiten lässt.

»Wir werden«, erklärte Kleebo ruhig, »die Typen nach Düsseldorf bringen und da in der Stadt verteilen. Auf der Müllkippe oder am Rheinufer. Am besten jeweils mit 'ner Flasche Altbier in der Hand. Dann kommt keiner drauf, dass die in Köln umgelegt wurden. Den Bullen muss man immer irgendwelche Beweise mitliefern. Ein Zeug, das sie in ihre Akten schreiben können. Aber hier in der Szene wird sich sehr schnell rumsprechen, dass mit dir nicht zu spaßen ist.« Er stupste den toten Leibwächter mit der

Fußspitze an. »Dass du sowohl in den eigenen Reihen aufräumst als auch unter deinen Gegnern. Das wird deinen Ruhm mehren, Frederico.«

Er ging einen Schritt zu Rupert und klopfte ihm auf die Schultern.

»Ich«, verteidigte Rupert sich, »ich war das nicht.«

»Ach, nicht so bescheiden«, lachte Kleebo. »Jeder wird glauben, dass du es warst, und das ist ja auch gut so. Ich will den Ruhm nicht für mich.«

Rupert überlegte, ob Kleebowski ihm das Leben gerettet hatte und ob er sich dafür bedanken musste. Er tat es. »Du hast mir, glaube ich, gerade das Leben gerettet.«

»Schön, dass du es so siehst, Boss. Ich dachte schon, du wärst sauer.«

»Sauer?«

»Na ja, immerhin warst du durch die stümperhafte Auswahl der Wohnung und den miesen Sicherheitsdienst hier in Lebensgefahr. Junge, sag's nicht deiner Mutter, die ist in der Lage und lässt mich ausknipsen, weil mir dieses Missgeschick hier passiert ist.« Er pustete in den Lauf seiner Waffe.

»Und was machen wir jetzt?«, fragte Rupert. Er kam sich dämlich dabei vor.

Erneut klopfte Kleebowski ihm auf die Schultern. »Wir suchen uns erst mal ein anderes Quartier, und den Müllhaufen hier überlassen wir unseren Angestellten.«

Abgehetzt, weil er die Treppen runtergelaufen war, statt den Fahrstuhl zu nehmen, erschien, mit einer Pumpgun im Anschlag, Marcellus. An seinem Hals pochte eine dicke Ader. Er japste nach Luft.

Kleebowski steckte seine Waffe ein. Er schob sie demonstrativ vor dem Bauchnabel in den Gürtel. Er schoss seine bedrohlichen

Worte auf Marcellus mit der gleichen Energie ab, mit der er gerade gefeuert hatte: »Das wird ein Nachspiel haben, Kleiner. Bring den Müll nach Düsseldorf, wo er hingehört.«

»Ich ... wir ... ich konnte doch nicht wissen ...«

»Komm mir mit keinen Ausreden mehr, sonst kannst du dich gleich mit entsorgen, Versager!«

»Aber ich ...«

»Irgendeiner aus deiner Truppe hat uns verraten. Falls du es nicht selber warst. Finde ihn!«

»Aber ich weiß wirklich nicht, wer ...«

Kleebowski wurde plötzlich geradezu väterlich. Mit mildem Gesichtsausdruck und offenen Händen näherte er sich Marcellus, der offensichtlich trotz seiner Pumpgun Angst vor ihm hatte. Kleebowski legte einen Arm um Marcellus, streichelte ihm übers Haar, küsste ihn ins Gesicht, als hätte er vor, die Spinne aufzuessen, und flüsterte: »Wenn du nicht weißt, wer der Verräter ist, dann leg einfach alle um, die für dich arbeiten, und stell neue Leute ein. Oder willst du wirklich für uns zum Sicherheitsrisiko werden? Was sollen deine Männer denken? Dass du ein Schlappschwanz geworden bist? Ein Weichei, dem man auf der Nase rumtanzen kann?«

Kleebowski drückte mit seinem Zeigefinger gegen Marcellus' Nasenspitze.

Spidermans rechtes Bein zuckte noch. Rupert versuchte, nicht hinzugucken. Er hatte Angst, dass ihm jeden Moment schlecht werden würde.

Wie sieht das denn aus, dachte er, wenn der Gangsterboss jetzt kotzen muss?

Er riss sich zusammen, um noch einen starken Satz zu landen. Irgendwie brauchte er hier einen besseren Abgang.

»Wir gehen jetzt einen trinken«, behauptete er und zog Kleebowski von Marcellus weg. »Kann ich mich auf dich verlassen, Marcellus?«, fragte Rupert. »Erledigst du das hier fachmännisch?«

Marcellus nickte. »Klar, Boss.«

Normalerweise blieb Rupert an einem Tatort und sah sich alles ganz genau an. Zum ersten Mal im Leben verließ er ihn fast fluchtartig.

Marcellus hatte ihnen einen schwarzen Porsche Carrera 911 besorgt, den er viel unauffälliger fand als den roten Ferrari Coupé 488, der eigentlich für den jungen Boss vorgesehen gewesen war. Allerdings hatten irgendwelche Ignoranten oder Öko-Verrückte mit einem Schlüssel zwei lange Kratzer quer über die Fahrerseite geritzt, und hintendrauf hatte jemand mit blauem Nagellack *Umweltsau* geschrieben. Da hatte sich jemand wirklich Mühe gegeben und jeden Buchstaben fein ausgemalt.

Ein echter Boss, ein gestandenes Mannsbild ab Mitte fünfzig fuhr so etwas sowieso nicht mehr, sondern ließ sich in einem Bentley oder Rolls-Royce kutschieren. Die jungen Gangstertypen dagegen fuhren gerne selbst, tiefergelegte Schlitten mit hoher PS-Zahl, die richtig laut röhrten, wenn sie angelassen wurden. Sie wollten auch Frauen, die im Bett kreischten. Die gesetzteren Herren, das wusste Marcellus, waren da anders.

Er kannte Fredericos Vater, den Big Boss Harm Müller, aber er fürchtete die Mutter mehr. Sie galt als kalt, berechnend und intrigant. In ihrer Nähe begann er selbst im Hochsommer zu frieren. Marcellus wusste, dass er ohne ihren Schutz auf verlorenem Posten kämpfte. Sie hatte ihm aufgetragen: »Pass auf meinen Frederico auf!«

Kleebowski wollte ihn aus dem Geschäft drängen, das war ganz offensichtlich. Er hatte diesen unbändigen Willen, ganz nach oben zu kommen. Skrupellos waren sie alle. Kleebowski war loyal zu allen Untergebenen, aber er duldete keinen über oder neben sich.

Im Grunde, das wusste Marcellus, war Kleebowski oder *Der Adlige*, wie er auch genannt wurde, der geborene Anführer. Aber innerhalb der Dynastie konnte er nie höher aufsteigen als bis zur Blutlinie. Ganz oben konnte nur jemand aus der Familie stehen, und falls Kleebo keiner außerehelichen Affäre von Müller entsprungen war, konnte er es immer nur bis zu Fredericos rechter Hand bringen. Selbst wenn Müller sein Vater war und das anerkannte, galt er als unehelicher Sohn nicht so viel wie Frederico. Da war die Gonzáles-Familie altmodisch. Auf erzkonservative Art katholisch. Als sei die Zivilisation in den fünfziger Jahren steckengeblieben.

Die Mutter hatte ihm die Aufgabe übertragen, ihren Sohn zu schützen. Vor jedermann. Auch vor Kleebowski. Und nun hatte genau dieser Kleebowski ihrem Kleinen das Leben gerettet. In ihren Augen hatte Marcellus versagt, das wurde ihm schmerzhaft bewusst.

Sein Schutz war schlicht nicht effektiv genug gewesen. Diese zwei Gorillas hätten nie bis zu Frederico durchkommen dürfen. Es war unverzeihlich und legte in der Tat nahe, dass sie einen Verräter in ihren Reihen hatten.

Die große Raushole, die er so reibungslos organisiert hatte, galt jetzt schon nichts mehr. Dieser Fehler hier in der Tiefgarage machte aus ihm einen Risikofaktor, und er wusste nur zu gut, wie die Familie mit Leuten, die zum Risiko wurden, umging. Seine alten Heldentaten nutzten ihm da wenig.

Sein Magen rebellierte. Er griff sich an den Hals. Etwas Säuerliches drückte nach oben und wollte raus.

Was, dachte er, wenn Kleebo selbst der Verräter war? Hatte *Der*

Blaue die Schießerei in der Tiefgarage arrangiert, um sich bei Frederico als bester Freund zu bewerben?

Das alles lief auf ein Duell zwischen ihnen beiden hinaus. Marcellus gegen den *Adligen*. Und jetzt, nachdem er die Mutmachpille eingeworfen hatte, war ihm zwar übel, doch das Gefühl, gewinnen zu können, machte sich wohltuend in ihm breit. Die Chemie in seinem Körper schien gerade seine Chancen zu verbessern.

Er rieb sich die Hände. Zieh dich warm an, Kleebowski, dachte er. Wenn ich dir nachweisen kann, dass du die Schießerei arrangiert hast, gibt mir *La Mamma* persönlich den Auftrag, dich auszuknipsen. Es wäre mir ein Vergnügen.

Schon auf dem Weg zum Savoy wurde Kleebowski zur Plaudertasche. Über den Vorfall in der Tiefgarage verlor er kein Wort. »Wundere dich nicht, es sieht ein bisschen wie ein Edelpuff aus, ist aber keiner! Sondern mehr so ein Künstlerhotel, wie das Chelsea in Manhattan oder der Rebstock in Luzern. Hier gehen Stars und Sternchen ein und aus, aber auch Manager und Industriebosse steigen hier ab. Du glaubst nicht, wen ich hier schon alles getroffen habe. In Köln werden ja ständig Filme gedreht, und die wohnen fast immer dort ... Auch Popstars, Sänger, Rockbands, die im E-Werk auftreten oder in der Arena, pennen gerne dort.«

Sie fuhren vor dem Savoy vor. Sie ließen den Porsche Carrera direkt vor der Eingangstür stehen und gaben den Schlüssel an der Rezeption ab. Rupert registrierte, dass Kleebowski hier bekannt war. Er wurde mit *Herr von Bergen* begrüßt, und eine Vertrauensperson fuhr den Wagen für sie in die Garage.

Sie bekamen zwei nebeneinanderliegende Superior Suiten mit Verbindungstür.

Dieses Hotel in der Nähe des Hauptbahnhofs war ganz anders als das Mercure Hotel im Severinsviertel, in dem die Kripo Rupert eingemietet hatte. Hier war alles pompös. Bunte Erlebniswelten taten sich auf. Riesige Spiegel. Große Kunstwerke. Vasen, in denen man sich bequem verstecken konnte, neben ägyptischen und indischen Skulpturen. Überall indirekte Beleuchtung. Jeder Flur, jedes Zimmer geradezu ein eigener Kosmos. Wer hier reinkam, wollte hinter sich und dem schnöden Alltag einfach die Tür schließen.

Kleebowski bot Rupert an, mit ihm in den Wellnessbereich zu gehen. Er hatte vor, sich erst mal richtig durchmassieren zu lassen, und lockte Rupert: »Die haben das echt drauf hier. Das sind so ayurvedische Massagen, mit warmem Sesamöl. Da zerfließt du richtig, weißt du. Nicht so eine Scheißsportmassage für Rücken und Nacken, wo dir hinterher alles weh tut, nee, was die machen, ist besser als jeder Joint. Komm mit, Boss, gönn dir auch ein orientalisches Pflegezeremoniell im Rasulbad. Glaub mir, du fühlst dich danach wie ein neuer Mensch. Wir machen das volle Programm!«

Rupert erlag den Verlockungen nicht. Er war froh, Kleebowski eine Weile los zu sein. Er fühlte sich im Hotel auf eine merkwürdige Art beschützt, als sei er beim Betreten in einem Paralleluniversum verschwunden. Es gab die Welt draußen noch, aber sie hatte auf das Geschehen hier drin keinen ernsthaften Einfluss.

Rupert ging runter an die Bar, um sich einen Drink zu genehmigen, und hoffte, ein paar Stars zu treffen. Er sah sich die Whiskeysorten an. Die Galerie der edlen Flaschen hatte etwas Erhabenes an sich, fand er, aber er bestellte sich dann doch erst einmal ein Kölsch und ein paar Erdnüsse.

Die Frau, die da mehrfach abgebildet im Unterrock mit laszivem Blick in vielen verschiedenen Rottönen überlebensgroß an der Wand hing, das war doch die junge Romy Schneider. Rupert hatte den Film gesehen und dabei mit irgendeiner Susi oder Sabine geknutscht. Er war damals noch zur Schule gegangen, und er hatte sich vorgenommen, später mal ein ganz scharfer Typ zu werden, um die richtig tollen Frauen abzukriegen. Irgendwie war er bei diesem Abenteuer auf halbem Weg steckengeblieben, aber jetzt, so spürte er, war er kurz davor, sein Traumziel zu verwirklichen.

Unterhalb von Romy Schneiders Knie saßen in roten Sesseln ein paar Männer um einen runden Tisch herum und tranken bunte Drinks. Die Kellnerin servierte sie ihnen. Der Barmann winkte ihnen zu, als hätte er einen Zaubertrank für sie gemischt, der nicht nur gut schmeckte, sondern auch noch stark machte, schön, reich, potent, ja unsterblich.

Trotzdem ließ Rupert sich sein Kölsch schmecken. Schon hatte er das zweite Glas vor sich stehen.

Die Männer mit den bunten Drinks kannte er von irgendwoher, er wusste nur nicht so genau, ob aus dem Fernsehen oder aus der Verbrecherkartei. Waren das Schauspieler oder echte Ganoven?

Die Aktion im Parkhaus war ihm auf den Magen geschlagen. Das Kölsch tat gut. Man konnte hier auch kleine Snacks bestellen. Während er noch überlegte und kurz in seine Rolle als unterbezahlter Hauptkommissar verfiel, der die Preise verglich, tauchte neben ihm ein Mann auf, der ein Club-Sandwich orderte, ohne vorher in die Karte zu gucken. Rupert musterte ihn. Den kannte er tatsächlich aus dem Fernsehen.

»Sie sind doch ...«, sagte Rupert.

Der Mann lächelte ihn freundlich an. Er hatte einen Dreitagebart, kurzgeschorenes Kopfhaar, braune Augen und ein markantes Kinn.

»Na?«, fragte er gespannt und gab Rupert eine Chance, seinen Satz zu beenden. Er war es gewohnt, manchmal mit seinem Filmnamen angesprochen zu werden, dann wieder mit seinem richtigen. Er fand das amüsant.

»Meine Frau findet Sie unheimlich toll«, gestand Rupert. Sie sagt, Sie hätten so was von ... mir ...«

»Danke, das ist aber nett.«

»Sie sind doch der ...«, Rupert wollte gerade *George Clooney* sagen, weil den seine Frau auch gut fand, aber im letzten Moment wurde ihm klar, dass er damit falschlag.

Der Barkeeper reichte das Club-Sandwich mit den Worten rüber: »Bitte schön, Herr Metschurat. Darf ich ein Autogramm von Ihnen haben, für meine Frau?«

»Sehen Sie«, entfuhr es Rupert nicht ganz ohne Neid, »die Frauen stehen auf Sie.«

Metschurat legte ein Schwarzweißfoto von sich auf die Theke und signierte es mit einem schwarzen Filzstift.

Rupert lachte. »Barnaby Metschurat! Na bitte, ich sag's doch!«

Am liebsten hätte Rupert jetzt ein Selfie mit Barnaby gemacht und das an seine Frau geschickt. Damit würde er bestimmt eine Menge Eindruck schinden. Doch gleichzeitig würde sie erfahren, dass er in Köln in einer Hotelbar an der Theke stand. Vielleicht würde sie es an ihre Reiki-Lehrerin weiterposten, die diesen Metschurat auch verehrte. Mit Sicherheit an die Schwiegermutter.

Nein, das Risiko konnte er nicht eingehen. Immerhin war er undercover hier. Er sagte es sich selber auf, wie früher in der Schule die neuen Vokabeln kurz vor einer Prüfung: *Ich bin nicht Rupert aus Ostfriesland. Ich bin nicht mit Beate verheiratet. Ich heiße Frederico Müller-Gonzáles. Ich soll eine Bank gründen und einen Riesendrogendeal abwickeln. Dabei bin ich dumm wie Brot! Ich bin bereit, für ein Bild, das einfach nur schwarz ist, ein paar Millionen zu bezahlen. Trotzdem haben gerade zwei Gangster versucht, mich zu entführen, und die liegen jetzt tot in einer Tiefgarage, falls unsere Tatortreiniger den Müll noch nicht entsorgt haben. Also muss ich mir das mit dem Selfie wohl verkneifen.*

»Wenn Sie«, fragte Rupert, »einen Polizisten spielen, haben Sie da Berater oder so? Ich meine, wie hält man eine Pistole richtig, wie umgeht man die dämlichen Dienstvorschriften am besten ...«

Rupert bremste sich selbst und nickte dem Barkeeper zu. Er brauchte dringend ein drittes Kölsch. In diese kleinen Gläser passte einfach nicht viel rein.

Was bist du für ein Idiot, schimpfte Rupert mit sich selbst. *Du kannst dem doch jetzt nicht anbieten, ihn als Polizist zu beraten, wie man einen Polizisten richtig spielt. Wenn überhaupt, dann könntest du ihn fragen, wie man einen Gangsterboss am besten markiert.*

»Sicher«, lachte Barnaby, »haben wir Berater. Außerdem gibt es ja auch Drehbuchautoren, eine Romanvorlage, einen Regisseur. Ich bin ja kein Polizist, ich spiele ihn nur.«

Rupert schluckte. Aus der Nummer war er heile herausgekommen.

Ich muss vorsichtiger sein, dachte er. Verdammt, ich muss vorsichtiger sein.

»Haben Sie«, fragte Rupert, »irgendeine Traumrolle? Etwas, das Sie gerne mal machen würden?«

Barnaby überlegte. Er fuhr sich mit der Hand über die Haare und biss in sein Sandwich.

Hoffentlich, dachte Rupert, kommt der jetzt nicht mit irgendwelchen Shakespeare-Figuren, die ich sowieso nicht kenne, Hamlet oder so 'n Zeug. Deshalb machte er ein Angebot: »Zum Beispiel so einen jugendlichen Liebhaber. Casanova oder so. Sehnt sich nicht jeder Mann nach so einer Rolle?«

Barnaby hörte zu und kaute. Rupert nippte an seinem dritten Kölsch.

»Ich glaube«, sagte Barnaby, »ich hätte Lust, mal so einen richtigen Gangsterboss zu spielen. Nicht so einen kleinen Vorstadtganoven, nein, lieber so eine Figur aus den Mario-Puzo-Romanen.«

Der Name sagte Rupert nichts, aber er nickte trotzdem.

Barnaby erkannte, dass sein Gegenüber keine Ahnung hatte, wovon er redete, und präzisierte: »Die Francis-Ford-Coppola-Verfilmungen der Puzo-Romane meine ich. Der Pate. So eine Figur wie Vito Corleone, gespielt von Marlon Brando. Oder, lieber noch, Michael Corleone.«

Jetzt konnte Rupert einsteigen. Er zeigte auf Barnaby und freute sich: »Genau. Al Pacino. Er war großartig! Ich habe ihn geliebt. Ich habe mir die Filme oft angeguckt. Ich wusste gar nicht, dass es dazu Romanvorlagen gibt. Ich kann Sie mir gut vorstellen in einem großen Gangsterfilm. Der deutsche Al Pacino.«

Barnaby wehrte ab: »Das sind große Fußstapfen«, sagte er bescheiden, doch Rupert bestand darauf: »Nein, nein, Sie haben viel von dem Typen. Dieses Männliche ... dieses leicht unterschwellig Brutale ... Und dabei können Sie witzig sein. Wenn Sie das so mit den Augen machen, darauf stehen die Frauen bestimmt.«

Rupert wusste im Moment nicht so genau, ob er über sich selbst sprach oder darüber, wie er gerne gewesen wäre. Jedenfalls machte ihm die Unterhaltung mit Barnaby Metschurat immer mehr Freude.

Er winkte den Barkeeper heran und bestellte: »Ich will genau so was wie mein Freund Barnaby.« Rupert deutete mit einer Handbewegung kurz hinter sich. »Die Typen da, mit den bunten Frauengetränken, sind das Schauspieler? Müsste ich die kennen?«

»Nein, die kenne ich nicht«, gestand Barnaby.

»Ich meine nur«, sagte Rupert, »weil die immer hier rüberschielen, als seien wir die letzten scharfen Schnitten des Abends und sie wüssten noch nicht, wen sie von uns ansprechen sollen.«

Barnaby lachte.

»Na ja, Sie sind es wahrscheinlich gewohnt, angestarrt zu werden. Ich meine, so als bekannter Schauspieler.«

Rupert wurde allerdings das Gefühl nicht los, dass sie weniger Barnaby anblickten als ihn. War das schon das nächste Entführungskommando? Drang die Wirklichkeit doch in dieses Hotel ein? Oder drehte er nur durch?

Hier wurden sie vielleicht beobachtet, aber hier würden die Typen vermutlich nichts riskieren.

Barnaby wandte sich um und winkte einer Gruppe zu, die jetzt etwas unschlüssig die Bar betrat. »Das da«, lachte Barnaby, »sind meine Leute.«

Rupert erkannte die junge Frau sofort. Sie war von drei Männern umrahmt. Einen davon kannte Rupert ebenfalls aus dem Fernsehen. Den Großen. Die Frau war Julia Jentsch, ganz klar. Sie hatte eine gewisse Ähnlichkeit mit Ann Kathrin Klaasen, war allerdings viel schöner als die richtige Ann, mit der er leider zusammenarbeiten musste.

Barnaby wollte sich von Rupert verabschieden: »Wir haben einen Tisch oben im Dachrestaurant reserviert. Hier unten ist es mir ehrlich gesagt zu warm. Ich habe nur auf mein Team gewartet.«

Rupert schielte zu den vier Typen hin, die ihre bunten Drinks inzwischen fast ausgetrunken hatten. Eine leichte Aggression ging von ihnen aus. Wortlos, und doch war sie da.

»Darf ich mich euch vielleicht anschließen?«, fragte Rupert.

Barnaby hatte nichts dagegen. Er stellte die anderen vor: »Das sind Kollegen von mir, Julia Jentsch und Christian Erdmann.«

Die beiden nickten Rupert kurz zu.

»Mein Produzent Martin Lehwald und unser Producer Simon Grohe.«

Sie passten alle gemeinsam in den Fahrstuhl. Bevor die Tür sich schloss, registrierte Rupert sehr wohl, dass die vier Gestalten, die vor dem Knie von Romy Schneider gesessen hatten, sich von ihren Plätzen erhoben.

Jetzt wusste Rupert auch wieder, wie der Film hieß, aus dem die Bilder stammten, die hier von Romy Schneider an der Wand hingen. Er hieß *Nachtblende* und war Rupert vor allem deswegen in Erinnerung geblieben, weil er nie zuvor eine aufregendere Art gesehen hatte, wie schwarze Strümpfe getragen werden konnten. Seitdem liebte er Frauenbeine in schwarzen Nylons. Ja, im Grunde hatte Romy ihn angefixt.

Als Rupert die Dachterrasse betrat, war es sofort wieder da: das Gefühl von Freiheit, das ihm sonst meist der ostfriesische Wind gab. Dieser Augenblick, wenn die verschwitzte Haut vor Freude zu kribbeln beginnt, weil ein sanfter Wind sie streichelt wie der zärtliche Hauch einer Geliebten.

Rupert wollte dann einfach nur noch die Arme hochreißen, um es mal richtig unter den Achseln durchlüften zu lassen. Er musste einen Freudenschrei unterdrücken und hielt unwillkürlich sein Gesicht in den Wind.

Der Blick über die Dächer der Stadt gefiel ihm. Immer wenn man in die Weite gucken kann, dachte er, fühlt man sich frei. Auf einem Berggipfel, auf einem Hochhaus oder auf dem Deich. Wenn nichts mehr den Blick verstellt, dann geht es so einem wie mir erst richtig gut. Ob man auf die Nordsee guckt oder auf ein Häusermeer, war dann schon fast egal.

Julia Jentsch spürte seine Freude und fragte ihn, ob er auch den Wind so liebe. Dabei flatterten ihre Haare.

»Ja«, sagte Rupert, »ich glaube, ich gehöre eigentlich an die Küste.«

Trotzdem bemühte er sich, den Eingang im Blick zu behalten. Er rechnete damit, dass die vier Typen ebenfalls hochkamen. Er wollte auf der Hut sein. Es sollte heute nicht noch mehr Leichen geben.

Es roch nach gebratenem Fleisch und gutem Cognac. Hier oben gab es eine Theke, und auf dem Grill wurden einige Sachen frisch zubereitet.

Du bist Vegetarier, ermahnte Rupert sich. Du kannst hier nicht in aller Öffentlichkeit ein Filetsteak essen.

Rupert saß mit dem Filmteam am Tisch, sah ihnen beim Essen zu und trank noch ein paar Kölsch. Er hatte Glück. Der Produzent, Martin Lehwald, aß ebenfalls kein Fleisch und suchte sich eine vegane Speise aus. Rupert bestellte sich das Gleiche.

Es hatten sich mittlerweile einige Menschen hier oben versammelt, um die leuchtenden Nachtwolken zu sehen. Einige Leute zückten ihre Handys und fotografierten das Naturphänomen.

Christian Erdmann behauptete, es sei eine Ansammlung von Eiskristallen. Julia Jentsch fand das Ganze mystisch. Simon Grohe, der Producer, erzählte, das sei meist zur Sommersonnenwende zu beobachten. Martin Lehwald grinste in sich hinein. Er sah aus, als wisse er die Antwort, hätte aber nicht vor, sie zu verraten, um dem Ganzen nicht den Zauber zu nehmen.

Das, dachte Rupert, wäre eine günstige Gelegenheit, jemandem ein Messer in die Rippen zu stechen oder ihn mit einer Stahlschlinge zu erwürgen. Alle guckten zum Himmel, da merkte kaum einer, was hier unten auf der Erde geschah.

Die vier Typen aus der Bar tauchten nicht auf.

Ob sie unten auf mich warten? Vielleicht vor meinem Zimmer, fragte Rupert sich. Dieses Hotel hatte viele dunkle Ecken. Hinter jeder Vase, hinter jeder Skulptur konnte jemand stehen …

Ann Kathrin Klaasen saß mit Frank Weller auf der Deichkrone, nicht weit vom *Utkiek* entfernt. Weller hatte sich vor ihren Füßen ins Gras gelegt, hielt die Hände hinterm Kopf verschränkt und genoss einfach nur, was er sah. Die leuchtenden Nachtwolken malten den Himmel hellblau, weiß und rot in übereinanderliegenden Schichten, die langsam ineinander verliefen, wobei das Blau immer kräftiger wurde.

»Die Natur«, behauptete er, »ist doch der beste Maler der Welt. Dagegen schmiert jedes noch so faszinierende abstrakte Gemälde ab. Und das Irre ist: Diese Wolken verändern sich ständig.«

Weller konnte sich gar nicht sattsehen. Ann Kathrin schwieg. Sie schwelgte in einem fast spirituellen Gefühl, in Kontakt mit etwas Großem zu sein, mit einer bedeutsamen Macht, als wolle jemand da oben den Menschen etwas sagen, indem er leuchtende Bilder von einer geradezu monströsen Schönheit in den Himmel malte.

Weller schwieg jetzt auch. Er hätte gerne eine geraucht, tat es aber nicht. Er hatte ja nicht mal Tabak bei sich. In Ann Kathrins Augen waren Raucher Leute, die Selbstmord auf Raten begingen und dafür auch noch viele Steuern zahlten. Er wollte nicht, dass sie so von ihm dachte …

Die leuchtenden Nachtwolken waren jetzt genau über ihnen. Ihre Ausläufer zogen sich bis zum Horizont. In der Mitte waren sie glühend rot, in den Ausläufern bläulich weiß. Das Ganze waberte. Es lebte.

Man musste schon ein sehr rationaler Mensch sein, um das nicht für eine Botschaft der Götter zu halten, dachte Ann Kathrin.

Sie legte sich neben Weller. Sie hielten sich an den Händen und sahen einfach nur nach oben. Irgendwann – eine gefühlte Stunde später – begann Weller, leise neben ihr zu schnarchen. Sie hielt einfach weiter seine Hand und sah nach oben. Der Wind streichelte das Liebespaar.

Die Welt ist so schön, dachte sie. Jeder Tag, den wir auf ihr verbringen dürfen, ist wertvoll.

Weller schreckte hoch. Er blickte sich um, als hätte er keine Ahnung, wo er sich im Augenblick befand. Dann sagte er mit belegter Stimme: »Ich mache mir Sorgen um Rupert.«

»Hast du von ihm geträumt?«

Weller schüttelte den Kopf. »Ich träume nicht von Rupert. Aber ich mache mir Sorgen um ihn.«

»Ich auch …«

Inzwischen geriet er ernsthaft unter Druck. Die Clans trauten ihm nicht mehr. Kein Wunder, sie trauten sich ja nicht einmal untereinander.

Er war nirgendwo angestellt. Er arbeitete frei und auf eigene Rechnung. Allein das passte den Clans nicht. Wer selbständig war, galt rasch als illoyal.

Er bot sein Können immer dem Meistbietenden an. Wem denn sonst?

Diese Polizistin mit all ihrem Wissen war recht wertvoll.

Um sie zu töten, hätte man einen Externen für fünftausend Euro beschäftigen können. Aber irgendeinen Stümper aus Sizilien wollte niemand haben. Die Tschetschenen galten als preiswert, aber unberechenbar.

Er hatte immer beste Arbeit abgeliefert.

Der Düsseldorfer Chef war stinkig. Er hatte ihn angebrüllt: »Was ist aus dir für eine Muschi geworden? Du warst mal der beste Hitman der Branche, und jetzt willst du mir weismachen, dass du mit so einer Provinztussi nicht fertig wirst? Hast du eine Krise, oder was? Bist du religiös geworden? Wenn du mich verarschst, bist du schneller bei deinen vielen Opfern, als du gucken kannst …«

Er hatte versucht, ihn zu beruhigen. »Bitte Cheffe, es geht nicht einfach darum, sie auszuknipsen, das hätte ich doch längst erledigt. Aber wenn ich sie zum Reden bringen soll, dann ...«

»Ich will keine Ausreden mehr hören. Ich brauch Ergebnisse, und zwar schnell. Glaubst du, ich stehe nicht unter Druck? Es gibt hier eine Menge Leute, die deinen Auftrag gerne sofort für den halben Preis erledigen – ach, was sage ich, halber Preis? Für ein Viertel! Einige würden es aus reinem Respekt vor mir tun. Sie hat ganz schön viele Deals auffliegen lassen. Du schützt sie doch nicht etwa?«

Er hatte die unverhohlene Drohung klar herausgehört.

Irgendjemand musste die Polizistin decken. Irgendjemand hielt schützend seine Hand über sie. Vermutlich arbeitete sie für eine Organisation. Einige vermuteten, dass sie von den Rossis gekauft worden war. Jedenfalls war nie ein Deal der Rossis aufgeflogen, zumindest nie ein großer. Auch die Gonzáles-Truppe war verschont geblieben oder tat wenigstens aus Scham so, als sei sie nicht betroffen.

Der Düsseldorfer Boss hatte wutentbrannt aufgelegt.

Er musste handeln. Er konnte das nicht länger auf sich sitzenlassen. Man hielt ihn schon für einen Versager oder, schlimmer noch, für einen Verräter.

Inzwischen war ihm klar, dass die Namen, die sie ausspucken würde, sehr wertvoll waren. Vielleicht könnte er jeden einzeln verkaufen, oder – er schmunzelte bei dem Gedanken – wahrscheinlich würde er für Namen, die er nicht nannte, noch mehr bekommen.

Er stellte sich vor, ein Clanmitglied aus dem Ruhrpott anzurufen. »Hör mal, die kleine Polizistin hat gesungen. Was ist es dir wert, wenn niemand von dir und eurer Verbindung erfährt?«

Ja, sie würde ihn reich machen. Vielleicht war danach endgültig Schluss mit Auftragsmorden und Folterverhören. Er würde es dann nur noch zum Spaß tun. Das war sowieso viel spannender. Wenn sie gefesselt und geknebelt seinen Phantasien ausgesetzt waren und es gar nichts gab, was sie ihm verraten konnten …

Ja, er würde es nur noch als Hobby weiterbetreiben, wenn er richtig Kasse gemacht hätte … Er mochte Uniformen. Es mussten keine Polizistinnen sein. Eine schöne Feuerwehr- oder Militäruniform tat es auch. Er hatte einen alten Zahnarztstuhl erworben, samt Bohrern und dem ganzen Equipment. Sein Hobbyraum im Keller seines Wohnhauses sah wohl ganz anders aus als bei den meisten Menschen …

Im Grunde fühlte er sich auch nicht wie einer von ihnen. Und er hasste sie dafür, dass sie anders waren als er.

Dirk Klatt richtete sich darauf ein, länger in Ostfriesland bleiben zu müssen als geplant. Er musste seine Kleidung dringend waschen lassen. Er hatte sich einfach auf der Osterstraße und im Neuen Weg neu eingekleidet. Ein paar Schuhe, eine Jeans, zwei Oberhemden, preiswerte Unterwäsche und zwei Paar Socken.

Die neuen Sachen trug er jetzt auf der Haut. Es kratzte, und er wusste, dass dieses Jucken an den Füßen, an den Oberschenkeln und zwischen den Schulterblättern so bald nicht aufhören würde. Wenn er Kleidung trug, die vorher nicht gewaschen worden war, reagierte seine Haut jedes Mal so. Beim letzten Mal hatte er sogar Nesselfieber bekommen. Er hoffte, dass seine alten Sachen schon heute Nachmittag aus der Reinigung zurückkommen würden, dann konnte er sie gegen die neuen Kleidungsstücke austauschen.

Das alles war ihm furchtbar lästig. Er wollte es mit keinem Wort erwähnen. Es hatte Zeiten gegeben, da wäre seine Frau Martha von Wiesbaden zu seinem Einsatzort gekommen, um ihm frische Wäsche zu bringen. Sie hatte das zwei-, dreimal gemacht und seine gebrauchten Sachen wieder mitgenommen. Aber diese Zeiten waren wohl endgültig vorbei. Er musste jetzt sehen, wie er klarkam.

Sie hatten sich alle im großen Besprechungsraum versammelt. Es gab Tee, Kaffee und ein paar belegte Brötchen.

Klatt fand, Ann Kathrin Klaasen und Frank Weller sahen auf eine unverschämte Art gut aus. Entspannt. Sie hatten in ihren eigenen Betten geschlafen und vermutlich auch gut gefrühstückt. Garantiert trugen sie keine Wäsche, die kratzte.

Er hatte sich neue Budapester Schuhe gekauft, in Schwarz. Sie drückten noch, links an der Hacke und rechts am dicken Zeh. Er fand, Männer sollten klassische Herrenschuhmodelle tragen. Diese Unart, in Turnschuhen herumzulaufen, hatte er immer bespöttelt und hart kritisiert. Inzwischen fragte er sich, warum eigentlich. Er war der Einzige hier, der ordentliches Schuhwerk trug und der unter Blasen litt, während alle anderen bequem wie auf Wolken gingen. Jedes Mal, wenn seine alten Lederschuhe so weit waren, dass er sie an den Füßen gar nicht mehr spürte, sahen sie auch schon aus, als müsste er sich dringend ein paar neue kaufen. Schuhe waren entweder schön oder bequem. Beides, das gab's doch gar nicht.

Er hatte die halbe Nacht herumtelefoniert, ein paar Leute aus dem Bett geklingelt und nach Möglichkeiten gesucht, aber eine Bank zu gründen war viel komplizierter, als man sich das als Laie vorstellte. Das Vorhaben schien unmöglich, zumindest in der Kürze der Zeit.

Langsam entwickelte er in Liane Brenneckes Nähe eine Erdbeerallergie. Sie roch schon wieder so intensiv, aber diesmal war noch etwas dazugekommen. Er konnte es geradezu schmecken.

Es war sahnig, und da war noch ein Hauch von Vanille und Zimt. Sie wurde immer mehr zu einem Stück Torte, fand er.

Martin Büscher hatte sich entschuldigen lassen, er musste nach Osnabrück zur Verabschiedung eines Polizeidirektors.

Liane hatte irgendeinen Trumpf in der Hand, das sah er ihr sofort an. Sie rückte nicht gleich damit heraus, und das machte ihn sauer.

Sie nahm sich ein Käsebrötchen von der Platte, betrachtete es von allen Seiten, legte es, ohne hineinzubeißen, auf einen Teller, stellte den Teller vor sich hin, verschob zweimal seine Position, als müsse er in genau dem richtigen Winkel zu ihr stehen. Sie machte ständig an dem Teller und dem Brötchen herum, aber sie aß nicht. Testete sie so ihren eigenen starken Willen? War das ihre Art, zu fasten oder den anderen zu sagen: *Seht nur, wie diszipliniert ich bin? Ich könnte reinbeißen, aber ich tue es nicht.*

Statt Kaffee oder Tee nahm sie nur Leitungswasser, räusperte sich zweimal, und als sie genügend Aufmerksamkeit hatte, verkündete sie stolz: »Das mit der Bank ist kein Ding. Wir brauchen ja keine Filialen, sondern es handelt sich um eine reine Internetgeschichte.«

»Kein Ding?«, fragte Klatt ungläubig nach.

»Ich habe die für uns zuständigen Leute im Justiz- und im Wirtschaftsministerium gesprochen. Jeder sieht die Notwendigkeit unserer Aktion ein. Das hier genießt massive Unterstützung.« Sie lächelte und unterstrich ihre Worte mit einer Handbewegung: »Jeder möchte natürlich gerne einen Anteil daran haben, wenn der Staat endlich mal das organisierte Verbrechen in die Knie zwingt. Umgekehrt haben wir es ja oft genug erlebt. Damit hoffen einige Politiker, ihren Karrieren neuen Schub zu geben, egal, von welcher Partei. Wer es schafft, die Clans und Drogenbarone auszuschalten, und dabei gleichzeitig noch ein paar Millionen für den Fiskus lockermacht, der wird zum Helden. Gewöhnt euch daran, Kollegen, dass der Ruhm, den wir hier erarbeiten, jetzt schon verteilt wird.«

Genauso hatte Weller sich das vorgestellt. Er sah Ann Kathrin an. Die nickte ihm zu.

»Es geht nicht um Ruhm und Ehre«, sagte sie, »es geht zunächst mal darum, dass wir einen harten Schlag gegen das organisierte Verbrechen landen und dass wir unseren Kollegen Rupert wieder aus der Schusslinie holen, und zwar gesund …«

Liane Brennecke hatte wohl mehr Applaus für ihre Aussagen erwartet. Sie wirkte ein bisschen enttäuscht, fügte aber triumphierend hinzu: »Die Details werden vorbereitet. Es gibt wohl eine Bank-Neugründung, die schon in wenigen Wochen an den Markt gegangen wäre, es sind aber Investoren abgesprungen. Es hat irgendwelche Querelen gegeben. Jedenfalls könnten wir praktisch die Hülle übernehmen. Es müsste dann nur noch jemand unseren Rupert in die wichtigsten Begriffe des Bankenwesens einführen, damit …«

»Genauso gut«, sagte Weller, »könnten wir ihn zum Ballettunterricht schicken. Aber eine Primaballerina könnten die da auch nicht aus ihm machen, oder?«

Klatt versuchte, wieder auf sein Thema zurückzukommen. Er biss wütend in ein Brötchen und sprach mit vollem Mund: »In Gonzáles' Terminkalender stand nicht nur das Treffen auf Wangerooge, sondern …«

»Na, das ist ja auch ein rauschender Erfolg geworden«, kommentierte Ann Kathrin bissig.

Klatt ließ das nicht gelten: »Aber es gibt morgen Abend den Termin in Bremen: ›*Udo, Bremen*‹.«

»Na ja«, spottete Weller, »einen Udo in Bremen zu finden ist bestimmt viel einfacher als einen Kleebowski im Pudding auf Wangerooge.«

»Dahinter stehen Zahlen. RN 103//R4 P2. Das ist irgendein Code.«

»Ja, da ist Pudding Wangerooge schon einfacher«, warf Weller ein.

Klatt pochte auf den Tisch: »Wir müssen das ernst nehmen, meine Herren!«

»Und Damen«, fügte Liane Brennecke tadelnd hinzu.

»Das Treffen mit Kleebowski hat ja auch stattgefunden. Frederico versammelt die hochkarätigen Leute um sich. Wenn er in Bremen nicht auftaucht, könnte das Konsequenzen haben.«

»Wer soll denn dieser Udo sein?«, wollte Ann Kathrin wissen.

Klatt zuckte mit den Schultern. »Die haben doch alle Spitznamen. Da trägt doch keiner mehr seinen Familiennamen.«

Liane fuhr ihm über den Mund: »Wir verzeichnen deutliche Bewegungen in Richtung Europa. Gruppen aus Asien, aus dem arabischen Raum, aus China und Lateinamerika bündeln ihre Kräfte bei uns. Die entscheidende Schlacht um das alte Europa wird hier bei uns geschlagen.«

»In Ostfriesland?«, fragte Ann Kathrin.

»Nein, aber auf deutschem Boden«, präzisierte Klatt.

»Und unser Rupert ist mittendrin im Auge des Hurrikans«, sagte Weller fassungslos, als würde er es erst jetzt begreifen.

Während des Gesprächs checkten sowohl Klatt als auch Liane Brennecke immer wieder ihre Mobiltelefone. Die Nachricht, die Liane erhielt, brachte sie dazu, sich anders hinzusetzen. Sie schaute zu Klatt, aber bei ihm war offensichtlich noch nichts dergleichen angekommen. Es wurmte ihn außerordentlich, dass die mal wieder vor ihm eine Information hatte. Hier hielt einfach niemand mehr die Befehlskette ein.

Ann Kathrin fragte: »Nun? Darf man erfahren, was los ist? Oder sind wir hier nur als Zuschauer geladen?«

Liane Brennecke referierte es kalt: »In Düsseldorf gibt es drei Leichen. Drei Männer. Einer liegt mit durchgeschnittenem Hals am Rheinufer, zwei weitere wurden am Rand einer Müllhalde gefunden. Die beiden an der Müllhalde wurden erschossen. Alle drei Männer sind nackt.«

Weller kommentierte das sofort und zog seine Schlussfolgerung: »Man will also nicht, dass wir ihre Kleidung finden, keine Ausweise, nichts, was auf die Identität hindeutet. Man will es uns schwermachen, sie zu identifizieren, aber es wird natürlich über die Zähne trotzdem gelingen. Außerdem können wir die Fingerabdrücke abgleichen und DNA feststellen ...«

Und da Weller schon mal mit seinen Erklärungen so weit war, versuchte Klatt, noch mehr aus ihm herauszuholen: »Warum zwei an der Müllkippe und einer am Rheinufer?«

Weller wusste so schnell nicht weiter. Er blickte Ann Kathrin an, die ihm sofort half: »Hier wurde eine Hierarchie festgelegt. Das ist eine Botschaft. Die an der Müllkippe sind für den Täter Abfall. Dreck, der beseitigt werden musste.«

»Und der am Rhein?«, fragte Liane Brennecke, der Ann Kathrins schnelle Erklärungen gegen den Strich gingen. »Können Sie uns auch mitteilen, was uns der Täter damit sagen möchte, Frau Klaasen?«

»Der wurde nicht erschossen, sondern mit einem Messer umgebracht?«

»Durchschnittener Hals«, warf Weller ein, »war das nicht die Methode von Müller-Gonzáles, mit seinen Gegnern zu verfahren?«

»Ja«, gab Klatt zu, »hier wollte jemand ein Signal setzen.«

»Die ziehen die Morde hoch wie eine Flagge«, sagte Ann Kathrin mit fast erstickter Stimme. Sie räusperte sich und goss sich Kaffee ein. Für alle hing nur eine Frage im Raum, aber sie wagte es noch nicht, diese Frage zu formulieren.

Schließlich rang Klatt sich dazu durch, Weller direkt zu fragen: »Wann hatten Sie zum letzten Mal Kontakt zu Ihrem Kumpel Rupert?«

Weller krallte seine Finger in die Tischkante: »Sie glauben, einer von denen ist unser Rupert?«

Ann Kathrin stand auf.

»Ja, wollen Sie jetzt nach Düsseldorf?«, fragte Liane.

»Nein«, sagte Ann Kathrin, »ich möchte mit meiner Freundin Monika Tapper zum Wellness-Wochenende. Bisschen Sauna, Massage, und dann lassen wir uns die Fingernägel lackieren.«

Liane warf ihr einen wütenden Blick zu.

Auch Weller schien es übereilt, jetzt nach Düsseldorf zu fahren. »Ann, das sind drei, vier Stunden«, gab er zu bedenken. »Wir verlieren hin und zurück einen Tag. Ich wäre lieber in Ruperts Nähe als …«

Sie stand jetzt hinter Liane, in der Nähe der Tür. »Gibt es schon Fotos vom Tatort?«

Liane nickte. Ann Kathrin konnte auf deren Tablet die ersten Bilder der Leichen sehen. Die Gesichter waren nicht zu erkennen, wohl aber die Körper.

Weller saß noch auf der anderen Seite des Tisches. Er versuchte, in Ann Kathrins Gesicht abzulesen, was sie da sah. Sie schüttelte den Kopf. Weller atmete erleichtert auf.

»Das ist er nicht«, sagte sie. »Er lebt. Aber wieso haben die Leichen Bierflaschen in den Händen? Die hätten sie doch im Moment des Todes losgelassen.«

»So mancher würde sich angesichts des Todes gerne an eine Flasche klammern«, warf Klatt ein.

»Sieht fast aus wie eine Werbeaktion für Altbier«, sagte Ann Kathrin, und Weller kombinierte: »Dann wurden sie entweder in Köln umgebracht und in Düsseldorf entsorgt, oder jemand möchte die

Nachricht nach Düsseldorf schicken: *Bleibt, wo ihr seid. Raus aus unserem Terrain!*«

Ann Kathrin gab ihm recht: »Damit könntest du richtigliegen, Frank. Das alles ist eine Botschaft. Und dass unser Rupert da nicht liegt, ist Glück. Purer Zufall. Nenn es, wie du willst. Aber wir sollten ihn so schnell wie möglich zurückholen.«

Klatt schüttelte den Kopf: »Wir brechen die Aktion jetzt auf gar keinen Fall ab.«

Das Frühstück im Savoy war ganz nach Ruperts Geschmack. Man saß gemütlich in Sesseln, das Buffet war reichhaltig. Es gab auch Sekt, doch den rührte Rupert nicht an.

Er sah drei superschlanken Ladys zu, die immer wieder am Buffet vorbeistöckelten, als könnte man alleine vom Zuschauen satt werden. Sie nahmen etwas von dem Gemüse, das als Fingerfood in Gläsern herumstand. Mit dem Obst waren sie schon vorsichtiger, sie fischten sich nur einzelne Stückchen aus dem Obstsalat. Sie bereiteten sich Pfefferminztee mit frischer Pfefferminze und geschnittenen Ingwerwurzeln zu.

Rupert ließ sich eine dicke Waffel mit roter Grütze schmecken, schlürfte dazu einen Pott Caffè Crema, bestrich dann zwei Brötchen dick mit Butter und legte Käsescheiben darauf. Er hätte gern von dem Schinken genommen, hatte aber Angst aufzufliegen.

»Ein ordentliches Frühstück ist die Grundlage für den ganzen Tag«, sagte er laut zu sich selbst, so dass die Damen es hören konnten. Sie blickten mit einer Mischung aus Neid, Missgunst und geradezu moralischer Empörung zu ihm hinüber.

Er überlegte, ob er es ihnen persönlich sagen sollte. Es lag ihm auf der Zunge, aber er hatte Angst, damit nicht besonders gut anzukommen: *Wenn ihr weiterhin abnehmt, Mädels, werden zwar eure Oberschenkel dünner, aber dafür sehen eure Knie dicker aus.*

Eine stand ganz in seiner Nähe und blätterte verschiedene Zeitungen durch, als würde sie erwarten, darin ein Foto von sich selbst zu finden. Das war aber offensichtlich nicht so. Enttäuscht legte sie die Blätter zurück.

Entweder schlief Kleebowski noch, oder er machte schon Geschäfte. Rupert nutzte die Chance. Er tat, als wolle er joggen gehen, nahm in Wirklichkeit aber nur eine Straßenbahn, um ins Severinsviertel zu kommen. Am Neumarkt stieg er um.

Als er das Mercure betrat, wurde ihm klar, dass er jetzt ein zweites Mal frühstücken könnte, immerhin war es ja schon im Voraus bezahlt. Er wog ab, was dagegensprach, fuhr dann aber zunächst mit dem Fahrstuhl hoch in seine Suite. Von hier aus rief er Weller an.

Er wunderte sich, dass Weller nicht sofort ranging. Er war fest davon ausgegangen, dass sein Anruf sehnsüchtig erwartet würde.

Wellers Handy spielte jetzt zum dritten Mal »Piraten ahoi!«. Es gefiel Weller, dass dieser Song Klatt so sehr auf den Keks ging; deshalb genoss er es, noch einen Moment zu warten, bevor er ranging. Außerdem überlegte er, wie er mit Rupert ein vertrauliches Gespräch führen könnte, wenn die anderen mit im Raum waren.

Ann Kathrin stand immer noch hinter Liane Brennecke, die sich dadurch unwohl fühlte und die Schultern hochzog. Sie bekam etwas Geierhaftes.

»Das ist Rupert«, sagte Weller, als hätte das nicht ohnehin jeder hier gewusst.

Weller meldete sich ruhig: »Moin.«

Rupert hatte in den letzten Stunden echt viel erlebt, und er wollte das alles unbedingt loswerden. Er schaffte es gar nicht, das Ganze zu sortieren. Er legte sofort los: »Sie wollten mich entführen! Ihr müsst rausfinden, wer das war!«

»Ja, wollen Sie das Gespräch nicht auf laut stellen?«, fragte Liane fassungslos, und Klatt machte eine Handbewegung, die wie ein Befehl wirken sollte. Allerdings machte er damit wenig Eindruck auf Weller. Der guckte stattdessen auf Ann Kathrin, um herauszufinden, was die von der Sache hielt. Als sie ihm zunickte, schaltete Weller den Lautsprecher ein. Sehr zu Klatts Missfallen warnte er Rupert sofort: »Wir sitzen hier gemeinsam am runden Tisch. Ann, Frau Brennecke und der Kollege Klatt vom BKA. Wir können dich alle hören.«

Sofort änderte sich Ruperts Stimme. Er drehte auf: »Okay, dann hört mal zu, ihr Pfeifen! Ich halte hier den Kopf hin, und das ist kein Zuckerschlecken. Die haben mich im Savoy untergebracht, weil die Wohnung in der Niehler Straße zu unsicher wurde.«

Ann Kathrin flüsterte in Lianes Richtung, weil die so fragend guckte: »Das ist ein Hotel in Köln, in der Nähe des Hauptbahnhofs.«

»Glaubt ja nicht, dass ich eure Scheißkameras trage und den ganzen Abhörmist! Wenn die das bei mir finden oder orten, legen die mich sofort um. Ich mache das hier auf meine Tour oder überhaupt nicht. Ist das klar?«

Klatt sprach lauter als nötig, damit Rupert ihn auch hören konnte: »Wir haben Ihnen alles in die Suite gebracht. Ein vollständiges Set, um ...«

Rupert unterbrach ihn barsch: »Ja, ich bin doch nicht bescheuert! Ich hab das Zeug gesehen, aber ich werde es nicht benutzen.«

»Er hat Angst, dass wir ihn überwachen«, warf Liane ein und machte dazu eine Handbewegung, als sei ihr so ein Verhalten von anderen verdeckten Ermittlern bekannt. So manch einer, der ins Drogen- oder Rotlichtmilieu eingeschleust worden war, spielte sein eigenes Spiel und wollte nicht, dass seine Kollegen alles erfuhren, was er so trieb. Oft ging es einfach um Frauengeschichten, von denen die Partnerin nichts erfahren sollte. Manchmal schafften auch Leute Geld beiseite oder lebten einen Teil ihrer Persönlichkeit aus, für den sie sich im Grunde schämten.

Liane Brennecke glaubte, aus Ruperts Stimme herauszuhören, dass das Ganze längst begonnen hatte ihm Spaß zu machen. Auch wenn er sich bemühte, ihnen das Gegenteil vorzuspielen.

»Gestern habe ich Barnaby Metschurat getroffen und auch seinen Filmproduzenten. Die ganze Bande. Julia Jentsch war auch dabei, das ist eine ganz Nette. Ich habe in meinem Briefumschlag dreitausend Euro gefunden. Leute, was soll ich mit so ein paar Mäusen machen? Ich bewege mich hier in einer ganz anderen Szene! Wollt ihr mich verarschen? Ich brauch richtig Kohle! Die wollen einen Pokertisch aufmachen, da wird richtig gezockt. Da kann ich nicht mit Kleingeld kommen. Ich spiele nicht mit meiner Schwiegermutter Canasta! Und was ist mit der Bank? Wie lange braucht ihr denn noch? Das kann doch nicht so schwer sein, eine Bank zu gründen!«

Klatt griff sich an den Kopf.

»Die hätten mich beinahe umgelegt! Sie haben meinen Leibwächter erstochen und …«

Rupert sprach nicht weiter. Weller fragte: »Hast du die beiden anderen erschossen?«

»Nein, Kleebowski. Er hat mir das Leben gerettet. Das ist ein ganz feiner Kerl. Der einzige Freund, den ich hier habe.«

»Er ist nicht dein Freund, Rupert. Er ist der Freund von Frederico.«

»Er beginnt«, erklärte Liane besorgt in die Runde, »sich mit

Frederico zu identifizieren. Wir kennen das, wenn Persönlichkeiten nicht gefestigt genug sind, dann werden Undercover-Leute manchmal zu denen, die sie eigentlich nur darstellen sollen. Sie geraten in eine Identitätskrise und ...«

Ann Kathrin legte von hinten eine Hand auf Lianes Schulter und drückte fest zu. »Schweigen Sie«, zischte Ann Kathrin.

»Was hat die gesagt?«, fragte Rupert. »Ich hab sie nicht richtig verstanden. Womit habe ich mich infiziert?«

»Das ist so ein Grippevirus«, behauptete Weller. »Haben hier in Ostfriesland alle. Gibt's das bei euch in Köln auch?« Um Rupert wieder in die Spur zu bringen, versprach Weller: »Das mit der Bank läuft. Da musst du dir gar keine Sorgen machen. Du wirst eine hübsche kleine Internetbank bekommen.«

»Klasse«, lachte Rupert, »dann geb ich dir Kredit, Alter. Vielleicht können wir uns dann auf einer der Ostfriesischen Inseln 'ne schöne Ferienwohnung kaufen, mit Blick aufs Meer, so wie Ubbo Heide auf Wangerooge. Mensch, das wär was ...«

Klatt griff sich an den Kopf. »Er ist sich nicht bewusst, wie ernst die Lage ist. Der hält das alles für ein Spiel! Was würde ich dafür geben, wenn wir einen unserer gut ausgebildeten Spezialisten dort etablieren könnten ...«

»Ich muss zurück«, behauptete Rupert.

Weller war fast froh, das Gespräch endlich beenden zu können. Aber Liane Brennecke mischte sich ein. Sie kletterte fast über den Tisch und entriss Weller das Handy. Sie hielt es sich nicht ans Ohr, sondern mit ausgestrecktem Arm von sich weg, als hätte sie Angst, sich mit irgendeiner Krankheit anzustecken. Sie sprach laut, betonte jede Silbe, als sei sie in einem Sprachkurs für Ausländer: »Sie haben eine Verabredung, Herr Müller-Gonzáles. Wir wissen nicht genau, wo. Wir haben nur die Informationen: Udo, Bremen, RN 103//R4 P2. Sagt Ihnen das etwas?«

»Nee«, gestand Rupert. »Sind wir hier beim Sudoku, oder was? Soll ich jetzt nach Bremen fahren, durch die Straßen rennen und alle fragen, sind Sie vielleicht Udo?«

»Sie halten sich im Moment im Milieu auf«, erläuterte Liane. »Die Wahrscheinlichkeit ist hoch, dass Sie dort einen Hinweis erhalten werden, wer Udo ist und wo genau Sie ihn in Bremen treffen sollen. Möglicherweise weiß sogar Ihr Freund Kleebowski darüber Bescheid.«

So spitz, wie sie das Wort *Freund* aussprach, klang es nach dem Gegenteil für Rupert.

Weller wollte sein Handy zurückhaben und sagte: »Ich schick ihm die genauen Angaben noch mal als SMS, das kann er sich doch sowieso nicht merken.«

»Klar, sind zu viele Zahlen für einen Banker«, stellte Klatt resigniert fest.

Rupert hatte nicht vor, sich länger mit den anderen zu unterhalten. Er fragte noch seinen Freund Weller: »Alter, wie geht's meiner Frau? Riecht sie Lunte?«

»Keine Sorge«, versprach Weller, »ich kümmere mich um sie.«

»Bitte nimm das ernst«, forderte Rupert. »Sie ist so ein Sensibelchen. Die macht sich immer Sorgen, hat ständig ein schlechtes Gewissen und fühlt sich für jeden Scheiß verantwortlich. Bestimmt macht sie sich Sorgen um mich. Sag ihr, dass es mir gutgeht.« Rupert fügte schnell hinzu: »Aber nicht zu gut! Wir verstehen uns, Weller …«

Rupert drückte das Gespräch weg. Er saß in seiner Suite und atmete schwer. Er war ziemlich weit gegangen. Erst als er die Worte ausgesprochen hatte, war ihm selbst klargeworden, welche Sorgen er sich um Beate machte.

Weller sah sich am runden Tisch im Kreis um. Er blickte jedem einmal ins Gesicht. Zuletzt Klatt. Wellers Augen wurden zu

Schlitzen. »Wo«, fragte er, »waren eigentlich unsere Leute, als man versucht hat, Rupert zu entführen? Ist niemand von uns in seiner Nähe? Haben wir ihn etwa ganz alleine gelassen?«

Klatt zog die Schultern hoch. »Ganz so, wie Sie es darstellen, Herr Weller, ist es nicht. Er ist nicht unser einziger Undercover-Mann. Allerdings ist er der einzige in so einer Spitzenposition.«

Liane Brennecke legte ihr Tablet auf den Tisch. Der Mann mit dem durchschnittenen Hals war gut sichtbar darauf zu sehen. Sie zog sein Gesicht groß.

»Einer von den Leuten, die wir in seiner Nähe hatten, ist bereits tot. Das da ist Herbert Rauch. Er hat in Gonzáles' Nachtclubs und Diskotheken eine Weile für Ordnung gesorgt und sich bis in die Leibwächtertruppe hochgearbeitet.«

»Und das«, sagte Ann Kathrin und zeigte auf seinen durchschnittenen Hals, »ist das Ergebnis?«

»Er hat eine Frau und zwei Kinder«, sagte Liane und wirkte nicht mehr so kalt wie am Anfang, sondern tatsächlich betroffen.

Klatt dagegen korrigierte sie hart: »Sie leben in Scheidung. Die Frau hat längst einen anderen. Einen, der dreimal so viel verdient, wie wir ihrem Mann bieten konnten.«

In der Runde herrschte betretenes Schweigen. Leise fügte Klatt hinzu: »Und wahrscheinlich ist er auch noch öfter zu Hause.«

Ann Kathrin merkte, dass Klatt ein bisschen auch über sich selbst sprach, und zum ersten Mal fand sie ihn gar nicht mehr so unsympathisch, sondern sah in ihm einen Mann, der an seinem Leben litt.

Er ist so oft beschissen worden, dachte sie, bis er selbst beschissen geworden ist.

»Lasst mich zu ihm«, bat Weller. »Ich wäre jetzt gerne in seiner Nähe.«

Ann Kathrin nickte. »Ich auch.«

»Sie würden ihm mehr schaden als nutzen und sich selbst gefährden«, stellte Klatt klar, und damit hatte er vermutlich sogar recht.

In der S-Bahn fühlte Rupert sich sicher. Um ihn herum waren nur junge Leute. Laut und fröhlich feierten sie, dass ein Lehrer sich den Oberschenkelhals gebrochen hatte und deswegen bei ihnen der Unterricht ausfiel. Sie grölten immer wieder eine Zeile aus dem Song *An Tagen wie diesen* von den *Toten Hosen*. Rupert mochte das Lied nicht besonders, und als ein fünfzehn- oder sechzehnjähriges, gutezogenes Mädchen ihm ihren Sitzplatz anbot, war sein Tag gelaufen. Schlimmer konnte es ja wohl für ihn nicht mehr kommen.

Auf ihrem T-Shirt stand quer über ihre Brust geschrieben: *Die sind echt.* Eigentlich mochte Rupert junge Mädchen, doch die hier fand er richtig doof.

Eine andere quietschte: »Meine Mutter wäre stolz auf dich, Felizitas-Chantal! Die sagt mir immer, ich soll alten Leuten meinen Sitzplatz anbieten. Aber die Rentner haben doch Zeit, die müssen ja nicht ausgerechnet dann fahren, wenn wir mal schulfrei haben ...«

Ihre Worte wurden beklatscht und bejubelt.

Mit sonorer Stimme sagte Rupert: »Ich bin kein Rentner. Ich bin der Fahrkartenkontrolleur. Könnte ich mal eure Fahrscheine sehen?«

Die fröhlichen Gesichter waren plötzlich schockgefroren.

»Nee, echt jetzt?«, fragte die, deren Brüste oder Zähne echt waren, das ging aus dem T-Shirt-Spruch nicht ganz hervor.

»Ja«, bestätigte Rupert, »das Leben ist kein Streichelzoo.«

»Können Sie nicht mal eine Ausnahme machen?«, fragte sie und sah Rupert lieb an. »Immerhin ist heute unser Glückstag, den wollen Sie uns doch nicht verderben ...«

»Ich weiß«, sagte Rupert, »euer Lehrer hat sich den Oberschenkelhals gebrochen. Das muss natürlich gebührend gefeiert werden.«

Um ihn herum herrschte jetzt betretenes Schweigen. Zähneknirschend gestand ein Junge aus der Gruppe, der fast einen Kopf größer war als Rupert: »Das ist das dritte Mal bei mir in diesem Jahr, mein Alter bringt mich um.«

Die Bahn hielt.

»Wenn ihr bei drei alle raus seid, drücke ich ein Auge zu«, versprach Rupert. Sofort stürmten alle zum Ausgang. Sie stolperten auf den Bahnsteig. Rupert hatte jetzt praktisch den S-Bahn-Wagen für sich. Er stand vor der offenen Tür, breitete die Arme aus und lachte: »Reingelegt! Der war gut, was? Ich bin gar kein Fahrkartenkontrolleur!«

»Sach ich doch«, rief die, die ihm den Platz angeboten hatte, »das ist ein Rentner!«

Rupert hob sein Handy hoch und machte ein Foto von ihnen, wie sie so belämmert vor der Bahn standen. Er amüsierte sich köstlich.

Als die Bahn wieder anfuhr, wurden viele Stinkefinger in seine Richtung hochgereckt.

»Eins zu null für mich«, sagte er zu sich selbst.

Die Luft in der Polizeiinspektion Norden war zum Schneiden dick. Ann Kathrin wollte gern mit Weller alleine reden. Sie schlug vor, die Mittagspause im Café ten Cate zu verbringen, außerhalb der

Polizeiinspektion. Schon als sie den Marktplatz überquerten, schien die Welt eine andere zu sein.

Wer da wohnt, wo andere Urlaub machen, genießt das Privileg, oftmals viel gute Laune um sich herum zu haben. Menschen, die sich amüsieren und ihre Freizeit genießen wollen. Das kann mitunter auch schwierig sein, wenn man selber mit heftigen Problemen zu kämpfen hat, musste Ann Kathrin jetzt feststellen.

Vor ten Cate war kein Stuhl mehr frei. Monika Tapper und eine Servicekraft bedienten draußen. Monika brachte gerade ein Kännchen Ostfriesentee und drei Petits Fours an einen Tisch, als sie Ann Kathrin sah. Sie stellte das Tablett ab und lief trotz der vielen Arbeit auf Ann Kathrin zu. Die beiden umarmten sich. Man hätte sie für Schwestern halten können.

»Die sehen aber gut aus«, sagte Ann Kathrin und zeigte auf die weißen Köstlichkeiten.

Jörg Tapper kam rausgelaufen. Auch er wollte die beiden begrüßen und ergänzte gleich: »Mit Marzipanfüllung.« Er führte seine Fingerspitzen zum Mund und küsste sie.

Frank Weller schmatzte, als hätte er schon in die kleinen Kuchenstückchen hineingebissen. Jörg schaffte es immer, Vorfreude in Weller zu wecken.

»Draußen habe ich leider keinen Platz mehr«, sagte Monika, »aber kommt doch mit rein.«

Es gab noch einen freien Tisch. Das war der, so wusste Ann Kathrin, an dem Dr. Sommerfeldt so gern gesessen hatte. Manchmal hatte er hier Stunden bei einem spannenden Roman und köstlichem Baumkuchen verbracht. Niemand sprach den Namen aus, doch sie dachten alle vier an ihn.

Jörg dirigierte zwei Angestellte mit kurzen Blicken. Es war klar, dass Chef und Chefin sich ein paar Minuten zu ihren Freunden setzen wollten.

»Ich probiere gerade eine neue Torte aus«, sagte Jörg stolz, »mit Baumkuchenstückchen in der Sahne. Wollt ihr mal probieren?«

Ann Kathrin hatte eigentlich gerade eine Diät begonnen, aber jetzt dachte sie, pfeif drauf.

»Wir können uns ja ein Stück teilen«, schlug sie vor, und Weller ergänzte: »Oder besser noch, zwei Stücke, die können wir uns ja auch teilen.«

Monika Trapper grinste. Das war genau ihr Humor.

Sie versprachen sich, mal wieder einen Abend miteinander zu verbringen, sobald der neue Fall es zuließe.

»Darfst du darüber sprechen?«, fragte Monika.

Ann Kathrin schüttelte den Kopf, und Jörg sagte es den Freunden direkt ins Gesicht: »Ihr seht besorgt aus. Alle beide. Und ziemlich fertig.«

Ann Kathrins Nachbarin Bettina Göschl stellte gerade ihr Fahrrad vor dem Café ab und kam rein. Sie wollte eigentlich nur ein Roggen-Dinkel-Brot kaufen, aber jetzt setzte sie sich noch auf eine Tasse Kaffee zu den vieren.

Ein Kind erkannte die Sängerin, kam an den Tisch und bat um ein Autogramm.

»Was haltet ihr von einer gemeinsamen Radtour nach Greetsiel?«, schlug Bettina vor. »Haben wir ewig nicht gemacht.«

Damit löste sie geradezu Begeisterung aus.

Das Kind bekam sein Autogramm und kehrte triumphierend zur Mama zurück.

»Können wir kurz hinten in euer Büro?«, fragte Ann Kathrin Jörg Tapper. »Wir müssen etwas besprechen.«

Jörg stand sofort auf und führte die zwei nach hinten. Monika blieb mit Bettina sitzen. Sie planten die Tour nach Greetsiel.

Jörg brachte Ann Kathrin und Weller sogar noch Kaffee und Gebäck ins Büro und ließ sie dann alleine. Er kannte das. Manchmal, wenn ihnen in der Polizeiinspektion zu viele Ohren zu nah waren, baten sie ihn um einen ruhigen Raum. Hier, wo Baupläne für Torten entstanden, konnten sie in Ruhe über einen Fall nachdenken.

»Mir macht etwas große Sorge«, sagte Ann Kathrin. »Je mehr ich im Internet nach Fotos von Rupert forsche, umso tiefer dringe ich auch in sein Privatleben ein. Im Grunde sind das Dinge, die uns nichts angehen ...«

Sie schluckte schwer daran, das sah Weller. Er nahm ihre Hand. »Ann, es geschieht zu seinem Besten. Du tust das, um ihn zu schützen.«

»Ja, aber das ist nicht gerade mein Traumjob, Frank. Der treibt sich in Foren herum, das will ich gar nicht wissen ...«

Weller wagte es kaum, auszusprechen, woran er dachte: »Der hat doch hoffentlich nichts mit irgendwelchen Minderjährigen zu tun?«

Ann Kathrin schüttelte den Kopf. »Nein, das nun wirklich nicht. Die meisten sind zwar gut zehn, fünfzehn Jahre jünger als er, also erwachsene Frauen.«

Weller atmete erleichtert auf.

»Was mir besondere Sorgen macht, ist eine gewisse *Lederlady*. Der hat er ziemlich viel über sich erzählt. Er gibt mit seinem Polizeijob ganz schön an auf diesen Seiten. Das ist nicht in Ordnung, Frank.«

»Soll ich mal mit ihm sprechen?«, fragte er.

»Ja, aber nicht jetzt. Lass uns erst dieses Ding hier gemeinsam durchziehen. Aber danach müssen wir schon ein ernstes Wörtchen mit ihm reden.«

Die beiden gingen noch durchs Café, um sich zu verabschieden. Bettina Göschl begleitete sie ein Stückchen über den Markt, hin zur Polizeiinspektion, und sagte wie nebenbei: »Vielleicht ist das ja alles Quatsch. Ich will nicht hysterisch wirken, aber ich habe bei uns in der Siedlung schon zweimal beim Spazierengehen einen großen schwarzen SUV gesehen. Zweimal in der Nähe von Ruperts Haus und einmal auch im Distelkamp. Dunkel getönte Scheiben, Kölner Kennzeichen. Haltet mich bitte nicht für verrückt, aber ich meine, einmal hätte der Wagen plötzlich ein anderes Kennzeichen gehabt. Erst ein Kölner, dann ein Düsseldorfer ...«

»Vielleicht sind es zwei verschiedene Fahrzeuge«, schlug Weller vor.

»Du meinst, da beobachtet uns jemand?«, fragte Ann Kathrin.

»Keine Ahnung. Es kam mir nur komisch vor. Es steigt keiner aus, der Wagen ist einfach da, fährt ein bisschen in der Siedlung herum ... Kommt euch das nicht merkwürdig vor?«

»Gut«, sagte Weller, »dass du die Augen offen hältst.«

Vor der Polizeiinspektion standen Ruperts Frau Beate und seine Schwiegermutter. Beate hatte eine Sporttasche dabei und bat Weller, sie Rupert zu übergeben, darin frische Wäsche und ein paar vegane Energiebällchen.

Die Schwiegermutter hatte den Rest Buttercremetorte mitgebracht. Es sei ja nicht nötig, sagte sie, »dass das alles verdirbt, und der Junge freut sich bestimmt, wenn er, wo immer er sich rumtreibt, etwas von zu Hause bekommt.«

Sie überreichten alles Weller mit der Bitte, es Rupert zu bringen.

»Dauert sein Einsatz denn noch lange?«, fragte Beate besorgt.

Weller verzog den Mund. »Wir wissen es selber nicht genau. Aber ich soll von Rupert grüßen. Er hat gesagt, sag meiner Beate, dass ich sie liebe, und meine Hochachtung an meine Schwiegermutter.«

Edeltraut Brockmann strahlte ebenso wie Beate.

Als sie die Tür zur Polizeiinspektion hinter sich geschlossen hatten, flüsterte Ann Kathrin in Wellers Ohr: »Liebster, du lügst so wunderbar, du könntest Kurse an der Volkshochschule geben: Wie mache ich Menschen mit einer Lüge glücklich, wenn es schon mit der Wahrheit nicht funktioniert?«

Im Besprechungsraum stellte Weller die Reste der Buttercremetorte auf den Tisch und bot sie großzügig an. »Eine edle Spende von Ruperts Schwiegermutter.«

Klatt griff sofort zu. Er baggerte zwei Stücke in sich hinein und trank dazu einen großen Pott Kaffee mit Milch und Zucker.

Liane Brennecke blieb bei Mineralwasser.

Frederico Müller-Gonzáles wurde inzwischen in der JVA Lingen nur noch *Der große Schweiger* genannt. Jane, die für ihn zuständig war, gehörte in Wirklichkeit zu Liane Brenneckes Team. Sie sollte sein Vertrauen gewinnen und ihn zu Aussagen motivieren. Für die anderen JVA-Beamten war Frederico Müller-Gonzáles in einer spektakulären Befreiungsaktion geflohen.

Jane tat sicherlich viel mehr, als ihr katholischer Verlobter akzeptiert hätte, doch sie hatte das frustrierende Gefühl, nicht wirklich an Frederico heranzukommen. Auch ihr gegenüber war Schweigen seine Lieblingsbeschäftigung. Doch OKI fand einen Zugang zu ihm. Er ließ sich tatsächlich von OKI malen. Er nahm dafür keine besondere Pose ein. Ließ sich nicht sagen: »Mach so und tu das …«

So weit ging es nicht. Er war längst nicht so entgegenkommend wie andere Modelle, aber er saß still und ließ sich malen. Er interessierte sich auch sehr für das Ergebnis.

Jane hatte gebeten, bei der Sitzung dabei sein zu dürfen, und mit ihnen Butterkekse gemampft und Kaffee aus Bechern getrunken.

Sie protestierten nicht gegen ihre Anwesenheit. Sie beachteten sie kaum.

Sie tat so, als ob sie sich für OKIs Malerei interessieren würde. Er erklärte sich sogar bereit, ihr Zeichenunterricht zu geben. Im Gegenzug verlangte er Freigang zur nächsten *documenta*. Sie diskutierten die Frage, während OKI Frederico malte.

Jane zögerte. Sie sagte, sie wisse nicht, ob so etwas genehmigt werden würde, fände die Idee aber gut und würde ihn auch gerne begleiten.

Plötzlich, ganz ruhig, als würde ein lang geführtes Gespräch nur fortgesetzt werden, brach Frederico sein Schweigen. Er sagte: »Zur RAF-Zeit, als die Terroristenjagd auf dem Höhepunkt war – ich glaube, es war die fünfte *documenta* –, da hat Joseph Beuys gesagt, er sei bereit, Ulrike Meinhof und Andreas Baader persönlich über die *documenta* zu führen.«

Frederico lächelte in die erstaunten Gesichter. OKI kannte die Geschichte, Jane nicht. Sie fragte: »Waren Sie dabei?«

»Anfang der Siebziger? Leider nein. Aber Tafeln mit der Aufschrift stecken in Filzpantoffeln mit Butter oder Fett drin. Das ist noch heute ein bedeutendes Dokument der Geschichte der *documenta*.«

Jane hatte ein großes Interesse daran, den Redefluss von Frederico nicht wieder versiegen zu lassen. Sie begriff, dass sie über die Kunst einen Zugang zu ihm finden konnte. Und zwar viel besser als über ihren Minirock.

»Hatte Beuys Sympathien für die Terroristen?«, fragte sie.

OKI und Frederico schüttelten gleichzeitig den Kopf. »Er glaubte nur«, sagte Frederico, »dass die Kunst den Menschen verändern könne.«

»Der Herr Professor wollte sie«, betonte OKI mit erhobenem Zeigefinger, aber nicht ohne Spott in der Stimme, »resozialisieren. Nicht nur Meinhof und Baader, sondern uns alle. Die ganze Gesellschaft.«

Frederico nahm einen Schluck Kaffee, und Jane konnte ihm ansehen, dass er wieder in sich versank. Zum großen Schweiger wurde.

OKI hatte Frederico zunächst gemalt, als würde er in die Luft springen. Jetzt zauberte er ausgebreitete Flügel auf seinen Rücken, die zerzaust aussahen, wie bei einem zur Hälfte gerupften Huhn. So wurde aus Frederico ein Engel, der zwar fliegen konnte, doch der Betrachter fürchtete, er könne jeden Moment abstürzen, weil er so viele Federn verloren hatte.

OKI wiegte den Kopf hin und her. Er hatte noch etwas auf Lager. Einen Schlusscoup. Er zog mit dickem Pinsel schwarze Striche von oben bis ganz unten an den Bildrand.

Marleen öffnete die Tür und vergaß, warum sie gekommen war. Sie zeigte auf das Bild. »Ein fliehender Engel. Er fliegt einfach aus dem Gefängnis heraus. Eine kleine Elfe oder ein Schmetterling.«

»Sitzen wir«, fragte OKI, »nicht alle in einem Gefängnis? Bauen wir uns nicht die meisten Gitterstäbe selber? Aus Ansprüchen, bigotten Moralvorstellungen und Angst vor unserem Versagen?«

Marleen hätte heulen können, als er das sagte. Sie hielt sich die rechte Hand vors Gesucht, aber nicht, um ihr Pferdegebiss zu verbergen, sondern, weil sie sich ihrer Rührung schämte.

»Die Kunst«, behauptete OKI und zeigte auf sein Bild, »sprengt die Ketten in uns. Die Kunst macht frei.«

Frederico schwieg, aber er lächelte dabei.

Er wollte und konnte nicht länger warten. Seine Auftraggeber wurden nervös. Er musste liefern. Heute würde er sie sich holen. So oder so.

Sie wohnte im Hotel Reichshof, Tür an Tür mit diesem Klatt vom BKA.

Er musste sie herauslocken, und er wusste auch schon, wie.

Sie sammelte Informationen und Informanten wie andere Autogrammkarten von Popstars oder Urlaubspostkarten.

Er stellte sie sich abends vor, wie sie alles, was sie zusammengetragen hatte, in ihr Album klebte. Der Gedanke belustigte ihn. Er neigte dazu, das Leben als Spiel zu sehen. Er spielte mit hohem Risiko. Dementsprechend hoch waren auch seine Gewinnaussichten, wenn alles glattging.

Nie im Leben hätte er so eine Existenz führen können wie diese BKA- oder LKA-Beamten. Jede Angestelltenmentalität war ihm zuwider. Das Wort *Achtstundentag* war für ihn so widersinnig wie *Holzeisenbahn*.

Er würde diese Liane Brennecke anrufen und auf den Parkplatz hinter die Piratenschule locken. Dort stand jetzt sein Transporter. Er würde ihr eine Information anbieten. Der Verlockung konnte sie ebenso wenig widerstehen wie ein Groupie Backstage-Karten.

Er würde ihr sagen: *Wenn Sie wissen wollen, wer der Singvogel in Ihrem Laden ist, dann kommen Sie runter zu mir. Ich warte bei der Sparkasse, unter dem Löwen.*

Natürlich würde er dort nicht warten, aber er hatte eine schmale Gasse gefunden, von wo aus er den Eingang zur Sparkasse beobachten konnte. Er würde sie dann erneut anrufen und zum Restaurant Spieker bitten, das von den meisten noch Alter Speicher genannt wurde. Von dort wäre es nicht mehr weit zu seinem schalldichten Transporter. Er war zweimal vorbeigegangen. Es roch nach Grillfleisch und Pfifferlingen. Er bekam Hunger, aber er wollte erst das hier erledigen.

Er hatte Glück. Musste sie gar nicht mit einer Finte einwickeln. Es wurde alles viel einfacher.

Die leitende Kriminaldirektorin Liane Brennecke fühlte sich völlig erschöpft, zerschlagen, aber sie war trotzdem einfach noch nicht müde. Sie schlüpfte in Freizeitkleidung, einen engen, aber bequemen Hosenanzug, und verließ ihr Zimmer im Romantik-Hotel Reichshof gegen 22 Uhr noch einmal.

Sie wäre gern über den Neuen Weg geschlendert wie das Pärchen, das sie vor der Buchhandlung Lesezeichen überholte, aber sie hatte stattdessen einen Schritt drauf wie Menschen, die Angst haben, ihr Ziel nicht pünktlich zu erreichen.

Sie drehte sich um und sah den beiden nach. Aber sie bemerkte den Mann, der ihr folgte, nicht. Er war ein Profi, verschmolz beinahe mit der Landschaft. Als Kind hatte er Märchen geliebt, in denen sich Zauberer unsichtbar machen konnten. Ganz so gut war er nicht, aber doch ein Meister der Tarnung.

Das Pärchen hielt sich an den Händen, und die Frau lachte laut. Beide wirkten ein bisschen angetrunken, auf eine fröhliche Art besoffen.

Vermutlich trugen die beiden wesentlich dazu bei, dass Liane Brennecke sich entschloss, noch einen Drink zu nehmen. Scheiß auf die schlanke Linie.

Es gab neben dem Hotel eine Bar. Wolbergs. Durch die große Fensterscheibe konnte sie den Barkeeper Drinks mischen sehen. Sie spürte plötzlich so eine irre Sehnsucht nach Leben in sich. Keine Fitness. Kein Büro. Keine Strategiesitzung. Keine Konkurrenzkämpfe und bestimmt keine Besprechung mit Klatt.

Je mehr sie über andere wusste, umso weniger spürte sie sich selbst. Irgendwo auf dem Weg zur Kriminaldirektorin war sie sich selbst verlorengegangen.

Sie betrat die Bar nicht einfach, sie tauchte darin ein. Es war wie ein Ort auf einem fernen Planeten oder in einer anderen Dimension. Dieses allgemeine Geraune, die Gespräche an der Theke und an den Tischen, schuf eine Geräuschkulisse, die sie daran erinnerte, wie es war, als sie zum ersten Mal den Urwald betreten hatte. Diese Wand aus Geräuschen. Vögel. Affen. Und dieses unheimliche Rauschen und Wispern, als sei der Wald hungrig.

Sie sah sich nach einem guten Platz um, wo sie einen Drink nehmen konnte. Sie wollte sich nirgendwo dazusetzen, obwohl zwei Männer gleich einen freien Sessel an ihrem Tisch anboten und sie erwartungsvoll ansahen. Einer machte eine einladende Geste.

Als sie demonstrativ wegsah, griff er in die Erdnussschale und schaufelte sich aus Verlegenheit eine Handvoll Nüsse in den Mund.

An der Theke, neben einer Frau in einem engen Lederoutfit, waren noch zwei Barhocker frei.

Liane lächelte wissend in sich hinein. Wenn Frauen zu scharf aussahen, zu herausgestellt sexuell attraktiv, bekamen einige Männer Angst und hielten lieber Abstand. Sie guckten so eine Frau gerne an, aßen sie mit Blicken fast auf, hätten es aber nicht gewagt, sie anzusprechen.

»Darf ich?«, fragte Liane.

Die blonde Lederfrau nickte freundlich. Liane setzte sich und bestellte sich einen *Sex on the beach*. Der Barkeeper begann sofort, Wodka, Pfirsichlikör und Orangensaft zu mischen.

Die Lederfrau scherzte: »Hier heißt das nicht *Sex on the beach*.«

»Sondern?«, frage Liane.

»Geschlechtsverkehr am Wattenmeer.«

»Der war gut.« Liane prustete los. Noch bevor sie den ersten Schluck getrunken hatte, fühlte sie sich schon frei, fröhlich und ausgelassen. Mit dem Lachen fiel so viel von ihr ab. Dieser ganze Alltagsstress. Die beruflichen Masken.

Plötzlich erschien ihr alles wie ein Schmierentheater. Ein heimliches, amateurhaftes Possenspiel. Im Grunde, dachte sie, brauchte sie gar keinen Wodka oder Tequila mehr.

Der Barkeeper stellte das hellgelb und rot schillernde Getränk vor ihr ab. Eiswürfel klimperten gegeneinander. Sie saugte am Strohhalm und fragte: »Wie heißt denn der Drink ohne Alkohol? Gibt es doch bestimmt auch, oder?«

Der Barkeeper lächelte: »Klar.«

»*Safer Sex on the beach*«, schlug die Lederlady vor und brachte Liane damit ein zweites Mal zum Lachen.

Er sah ihnen von draußen zu. Er fand beide Frauen hoch attraktiv.

Hoffentlich, dachte er, reißt sie da drinnen nicht einen Kerl auf, den sie mitnimmt. Oder ist sie vielleicht gar eine heimliche Lesbe?

Heute würde er sie kassieren, egal wie. Eine zweite Person wäre eben ein Kollateralschaden. Er könnte auch beide mitnehmen. Platz genug hatte er im Auto und genügend Handschellen ebenfalls.

Mit dieser Lederfrau könnte er vielleicht sogar ein bisschen Spaß haben. Er stellte sich vor, ihr das Leder vom Körper zu pellen, so, wie er Tiere gehäutet hatte. Er benutzte dazu am liebsten sein Jagdmesser. Eine Bowieklinge. Das Messer hatte einen scharfen Haken im Rücken der Klinge. Damit ließen sich Felle leichter abziehen.

Sie damit zu entkleiden würde ihn für die ganze frustrierende Warterei entschädigen. Aber er wollte sich nicht übermäßig belasten. Leichen mussten schließlich irgendwann auch beseitigt werden.

Er hatte in Norddeich am Strand beim Haus des Gastes einen Touristen gesehen, der auf seinem schwarzen Kapuzenpulli den Spruch stehen hatte: *Leg dich nie mit einem Ostfriesen an, wir kennen Orte, da findet dich keiner.*

Ja, wenn es nur so einfach wäre ... Sprüche klopfen war das eine. Die Wirklichkeit etwas anderes.

Die beiden Frauen hatten Spaß miteinander. Leider konnte er nicht hören, was sie sich erzählten. Er fand es zu riskant reinzugehen. Wenn zwei Frauen verschwanden, von denen eine Polizistin war, würde ein ganzes Team von Wichtigtuern anreisen und Fragen stellen. Jeder, der jetzt noch fröhlich in dieser Bar an seinem Drink nuckelte, würde bald schon über den weiteren Verlauf des Abends befragt werden.

Nein, hier draußen war es sicherer für ihn.

Sie hatten sich neue Cocktails bestellt und für zwischendurch, während der Barmann mixte, Prosecco.

Sie stießen an. Sie waren beim Beruferaten angekommen. Liane wollte es lustig machen: »Also gut. Rate ich mal ... Für eine Motorradbraut sind deine Sachen einfach zu geleckt. Die würden auf einer Maschine mehr leiden. Du trägst sie sozusagen indoor.«

Die Lederlady nickte beeindruckt.

Liane fuhr fort: »Es macht dir Spaß, ein bisschen wie eine Professionelle zu wirken, du bist aber keine.«

Die Lederlady schmunzelte. »Sehe ich so aus wie eine vom Escort-Service?«

»Nein, aber du spielst mit dem Image Edelnutte, bist aber keine, sonst würdest du hier nicht deine Zeit vergeuden. Außerdem hat dein Outfit – so, wie du es trägst – etwas von Verkleidung an sich. Ich tippe also darauf, dass das nur dein Freizeitdress ist und du in Wirklichkeit Steuerberaterin bist oder irgendwas mit Buchhaltung zu tun hast.«

»Fast richtig.«

»Und jetzt bist du dran.«

»Okay. Du bist durchtrainiert. Solche Drinks meidest du eigentlich, weil dir gesunde Ernährung wichtig ist. Du könntest Fitnesstrainerin sein, bist es aber nicht. Du hast es im Beruf viel mit Männern zu tun. Privat aber nicht. Deine letzte feste Bindung – falls du je eine hattest – liegt schon ein paar Jahre zurück.«

»Woraus folgerst du das denn?«

»Du bewegst dich wie eine, die mit jedem Schritt sagt: *Ich gehöre zu niemandem, und ich bin auch nicht auf der Suche.* Du strahlst dieses *Ich bin mir selbst genug* aus.«

Liane setzte sich auf dem Barhocker anders hin. Sie strich sich über die Oberschenkel.

Er ging auf dem Neuen Weg auf und ab. Er sah sich die Schaufenster an, als würden ihn die Immobilienpreise interessieren. Nach gefühlten zwei Stunden kamen die beiden Frauen gemeinsam aus der Bar. In Wirklichkeit waren kaum vierzig Minuten vergangen.

Sie hatten, schon ein bisschen beduselt durch zu wenig Essen und zu viel Alkohol, beschlossen, gemeinsam ein bisschen durch die Stadt zu bummeln. Nein, sie wollten nirgendwo mehr einkehren. Sie wollten atmen, den Wind spüren und sich bewegen.

Sie gingen in Richtung Norder Hafen auf das Norder Tor zu, das von vielen Einheimischen auch Norder Eigentor genannt wurde, weil das Einkaufszentrum Kaufkraft aus der Innenstadt abzog und zu ihrer Verödung beitrug.

Die zwei Windmühlen ragten malerisch in den Nachthimmel. Über die sechs Meter große Doornkaatflasche amüsierten die beiden Frauen sich. Beide waren in der Welt ganz schön herumgekommen, doch nirgendwo hatten sie eine Schnapsflasche als

Wahrzeichen gesehen. Das Kunstwerk war so ostfriesisch wie Tee mit Kluntje und Sahne. Die beiden beschlossen, Selfies davor zu machen.

Sie sahen sich nach einem Taxi um. Sie hatten Lust, noch zum Deich zu fahren und dort die Nachtluft zu genießen.

Er erkannte seine Chance. Als der dunkle VW-Transporter neben ihnen hielt, dachten sie sich nichts dabei. Der Fahrer machte einen netten, etwas hilflosen Eindruck. Er lispelte recht charmant und stotterte fast vor Aufregung: »Ich habe«, behauptete er, »eine Katze auf der Straße gefunden. Ich wäre fast drübergefahren. Wissen Sie, wo hier ein Tierarzt ist oder so?«

»Tierarzt«, staunte die Lederlady, »um diese Zeit?«

Liane war sofort gerührt. Sie hatte Hunde und Katzen lieber als Menschen und reagierte ungefähr so, wie er erwartet hatte.

Er kannte ihre Facebook-Seite. Dort gab es jede Menge Hunde- und Katzenfotos. Sie war Mitglied in einem Katzenhilfe-Verein und in einer Tierschutzorganisation.

»Es gibt«, sagte sie, »eine Katzenauffangstation in Großheide. Vielleicht können die ...«

»Großheide? Wo ist das denn? Ich habe das Tier hinten im Auto«, klagte er und spielte den Überforderten.

»Darf ich mal nach ihr sehen?«, fragte Liane.

Die Lederlady hielt das für keine gute Idee. Sie wollte sich den angebrochenen Abend doch nicht durch zu viel Hilfsbereitschaft verderben lassen.

»Du bist keine Tierärztin. Du willst doch jetzt nicht etwa wirklich ...«

Ihr Einwand verhallte ungehört. Liane hatte schon diesen Tunnelblick, den sie nur bekam, wenn es darum ging, gequälten Tieren zu helfen. Schon als Kind hatte sie ehrenamtlich im Tierheim geholfen.

»Sie sieht übel aus«, sagte er und stachelte Liane damit nur noch mehr an. Schon öffnete er die Tür des Transporters, und Liane stieg hinten ein. Er folgte ihr.

Einen Moment sah sie irritiert die gepolsterten Wände, aber die Katze war ihr wichtiger. Sie vermutete sie hinten zwischen Kisten. Hatte sie sich dort verkrochen?

Genervt stand die Lederlady bei der Fahrertür und guckte auf ihr Handy.

Er überwältigte Liane ganz einfach. Es war für ihn erstaunlich unkompliziert. Er betäubte sie mit einem chloroformgetränkten Tuch. Sie sackte praktisch schon beim ersten Atemzug zusammen. Sie griff nicht einmal zu ihrer Waffe. Trug sie gar keine bei sich?

Die Lederlady verlor die Geduld. Er tastete die bewusstlose Liane ab, als sie im Türrahmen erschien. Sie reagierte viel mehr wie eine Polizistin als ihre neue Freundin. Sie erfasste die Gefahr mit einem Blick. Liane in Embryohaltung am Boden. Der schallgedämpfte Innenraum. Der veränderte Gesichtsausdruck des »Tierfreunds«.

Sie spürte zwei Impulse in sich, die sich vollkommen widersprachen. Sie wollte fliehen und gleichzeitig eingreifen.

Er nahm ihr die Entscheidung ab. Er machte eine Bewegung in ihre Richtung, wollte sie in den Wagen zerren und ihr das Tuch auf die Nase drücken. In der rechten Hand hielt er das stinkende Tuch, mit der linken griff er nach ihr. Seine Deckung hatte folglich Lücken.

Sie schlug ihm ins Gesicht. Ihrem Fausthieb fehlte jedoch die Entschlusskraft. Sie legte zu wenig Körpergewicht hinein. Die Kraft kam nur aus dem Arm. Aber trotzdem reichte der Schmerz aus, um ihn zu verwirren. Er verlor das Tuch. Es fiel zwischen Lianes Beine.

Vielleicht hätte die Lederfrau da noch wegrennen können. Es

war nicht weit bis zum Busbahnhof, wo sich Jugendliche langweilten und von Heldentaten träumten, für die sie nur zu bereit waren. Aber mangels Gelegenheit aßen sie lieber im Bahnhofs-Burger King-Double-Cheeseburger mit Pommes.

Statt schreiend wegzulaufen, versuchte die Lederlady, einen zweiten Treffer zu landen, diesmal auf seiner Nase. Das ging schief. Er nutzte den Schwung ihrer Bewegung für sich aus, griff die heransausende Faust und zog so die Frau in den Innenraum.

Er glaubte schon, sie unter Kontrolle zu haben, da traf ihr Knie seine empfindlichsten Teile. Er stolperte rückwärts über die am Boden liegende Liane und krachte gegen die weiche Innenwand.

Jetzt floh sie, allerdings in die falsche Richtung. Als sie die menschenleere Straße in der Innenstadt vor sich sah, war es schon zu spät, umzukehren.

Er schnitt ihr den Weg Richtung Busbahnhof ab. Sie befand sich jetzt ihrer Schätzung nach keine hundert Meter von ihrem Hotel entfernt. Oder von *Wolbergs*. Aber sie war dahinter.

Sie rannte auf ein altes Fabrikgebäude zu. Da war eine Unterführung. Sie hörte seine Schritte hinter sich näher kommen und versuchte, sich zu orientieren. Da war das Straßenschild *Doornkaatlohne*. Ein paar Raben oder Krähen flatterten auf. Die schwarzen Vögel kamen ihr vor wie Todesboten. Die Geier Ostfrieslands.

Sie verfluchte jede Zigarette, die sie jemals im Leben geraucht hatte. Ihr Atem rasselte. Ihr Herz schlug heftig wie nie. Sie bekam Seitenstiche, und ihr wurde schwindlig. Sie konnte das Tempo nicht mehr lange durchhalten.

Sie wusste, dass sie verloren hatte. Sie blieb stehen und kreischte.

Tatsächlich war das Letzte, was sie sah, eine Dohle, deren schwarze Federn im Licht der Laterne bläulich glänzten.

Dann packte er sie von hinten. Das Messer war so scharf, dass sie kaum spürte, wie es in sie eindrang. Vielleicht war sie auch nur so voller Adrenalin oder wollte es einfach nicht wahrhaben. Bevor der pochende Schmerz kam, wurde es einfach nur warm in ihrem Rücken.

Er stach ein zweites Mal zu.

Das Spiel sollte nicht weit vom Savoy in einer Privatwohnung im fünften Stock mit Blick auf den Hauptbahnhof stattfinden. Als Rupert mit Kleebo reinkam, sah er gerade noch die S11 in Richtung Düsseldorf abfahren.

Ein Leibwächter musterte die beiden freundlich und nickte ihnen zu. Rupert erkannte sofort, wo er seine Waffe sitzen hatte. Er war breit, mit kurzgeschorenem Schädel und Stiernacken. Sein Bizeps bildete sich deutlich unter dem Anzug von der Stange ab. Er war eine Spur zu hellblau, um seriös zu wirken.

Alle hier kannten sich offensichtlich gut. Rupert hätte fast den Fehler gemacht, sich vorzustellen. Es waren vier Männer und zwei mondän wirkende Frauen im Raum.

Eine Asiatin, die Rupert auf mindestens siebzig schätzte, war spindeldürr, faltig und hatte knallrote Lippen. Sie rauchte mit einer langen Zigarettenspitze, die sie mit den Zähnen hielt und die beim Sprechen rauf- und runterwippte.

Dann noch ein dralles Vollweib. Sie trug ihre Rundungen stolz. Sie wusste, wie man das Leben genoss, und die Konsequenzen waren ihr egal. Sie hatte wallendes Haar, eine Löwenmähne. Möglicherweise eine Perücke.

Sie trug ein langes, sehr farbenfrohes Kleid mit einem tiefen Ausschnitt. Ihr Blick hatte etwas Wissendes an sich. Rupert schätzte sie auf Ende fünfzig, Anfang sechzig.

Gegenüber den beiden Frauen wirkten die Männer in ihren Maßanzügen geradezu langweilig. Bieder, ja, spießig.

Der mit der bayrischen Trachtenjacke fiel als Einziger aus dem Rahmen. Die Knöpfe aus Hirschhorn trug er wie Orden. Er hatte ein fröhlich rundes Gesicht, schütteres Haar und eine Rotweintrinker-Nase. Er gab Rupert die Hand und klopfte ihm dabei freundschaftlich gegen die Schultern.

Mehrfach betonte er: »Der Frederico ... der Frederico!«

Völlig unerwartet hatte er einen sehr festen Händedruck. Rupert hielt ihm stand. Es war wie ein Kräftemessen.

Er deutete mit den Augen an, dass er Frederico allein sprechen wollte. Rupert ging darauf ein. Noch wusste er den Namen seines Gegenübers nicht. Da sich niemand hier mit Namen ansprach, jeder und jede ihn aber fröhlich Frederico nannte, war es schwer für ihn herauszubekommen, wie die anderen Mitspieler der Pokerrunde hießen.

Vielleicht, dachte Rupert, ist ja dieser Udo dabei, den ich in Bremen treffen soll. Bremen könnte ja auch ein Deckname für Köln sein.

Der Bayer zog Rupert in ein Nebenzimmer. Dort stand eine Sporttasche auf dem Tisch. Er öffnete sie. Sie war voller bunter Geldscheine. Schweizer Franken, so viel konnte Rupert erkennen, ohne näher ranzugehen.

»Zweihundertfünfzigtausend«, erklärte der Bayer. »Es ist alles wie besprochen gelaufen.«

Wieder klopfte er gegen Ruperts Oberarm und feixte: »Der Frederico ... der Frederico!«

Rupert kapierte, dass das Geld für ihn war, er wusste nur noch nicht, wofür.

»Ich wusste«, sagte Rupert, »dass ich mich auf dich verlassen kann.«

Der Bayer freute sich und bestätigte: »Immer! Immer. Und gut, dass du jetzt aufräumst. Es geht drunter und drüber. Deine Botschaft ist in Düsseldorf angekommen.« Er grinste: »Wir können auch anders …«

Rupert richtete den Zeigefinger auf den Bayern: »Ich bau auf dich.«

Der nickte. »Auf gute Geschäfte.«

Sie verließen den Raum. Die Tasche blieb auf dem Tisch stehen.

Im Türrahmen sagte der Bayer so laut, dass alle es hören mussten: »Gut, dass jetzt ein anderer Wind weht.«

Es gab Rotwein aus einer edlen Karaffe. Das Vollweib mit dem wallenden Haar reichte Rupert ein Glas und blickte ihn erwartungsvoll an. Er roch mit Genießermiene und hoffte, dass das Zeug nicht zu sauer war.

Er dachte an seine Mutter, die aus dem Ruhrgebiet stammte. Eine ihrer Lebensweisheiten lautete: *Das Beste am Wein is dat Pilzken danach.*

Er stand im Mittelpunkt des Interesses. Sie hatten den Wein für ihn besorgt. Normalerweise, so vermutete Rupert, wurde bei illegalen Pokerrunden kein Wein verkostet, sondern man kippte ein paar Bierchen oder trank, wie in guten amerikanischen Filmen, Whiskey.

»Na?«, hauchte sie, und Rupert stellte fest, dass ihre Lippen die gleiche Farbe hatten wie der Wein.

Rupert nippte und ließ den Wein langsam über die Zunge rollen. Als er damit gurgelte, übertrieb er ein bisschen, doch alle fanden es lustig oder taten wenigstens so.

Er schluckte und sagte nach einer kurzen Pause: »Interessant. Sehr interessant.«

»Ich kenne doch deine Vorliebe für Bordeaux«, freute sie sich. »Wir haben eine Zwölferkiste auftreiben können. Ich dachte mir,

Charlotte, dachte ich mir, wir sollten ihn doch angemessen begrüßen. Immerhin ist er der Kronprinz, der hier zum König gekürt werden wird.«

Aha, bemerkte Rupert, sie heißt also Charlotte. Er nahm noch einen Schluck, und der Bayer mit dem Schweizer Geld sagte: »Zwanzigtausend für zwölf Flaschen. Wir sollten Weinberge kaufen statt Mohnplantagen.«

Rupert lächelte und erhob das Glas: »Meine Rede! Meine Rede!« Wieder lachten alle.

Rupert fragte sich, ob die wirklich verrückt genug waren, um zwanzigtausend Euro für zwölf Flaschen Wein auszugeben. Dafür hätte er wahrscheinlich für den Rest seines Lebens im Mittelhaus Bier trinken können.

Die Chinesin füllte ihre Zigarettenspitze mit einer neuen filterlosen Gauloise. Sie fingerte sie aus einem goldenen Zigarettenetui mit integriertem Feuerzeug.

Rupert hätte sämtliche Hypotheken, die noch auf seinem Einfamilienhaus in Norden lasteten, verwettet, dass es aus echtem Gold war und außer einem Feuerzeug auch noch eine Waffe enthielt. Einen vergifteten Stachel zum Beispiel.

Diese Frau war gefährlich, das ahnte er. Jemand hatte sie mal schwer gekränkt, und dafür ließ sie gerne andere büßen. Sie hatte etwas von einer Domina und zugleich Gnadenloses an sich. Im Gegensatz zu Charlotte wirkte sie berechnend.

»Früher«, sagte sie mit einer Stimme, aus der Verachtung für das Heute tropfte, »früher wurden die Gauloises mit Maispapier gerollt. Schwarzer Tabak. Rau. Echt. Heute machen sie dieses gesunde Zeug wie für den Kindergeburtstag. Alles soll light sein und nikotin- und kalorienarm. Alles soll ungefährlich werden. Arm werden wir alle dabei! Arm an Erfahrungen.«

Sie zündete ihre Zigarette an, sog tief den Qualm ein und

machte dann etwas, das Rupert noch nie gesehen hatte: Sie stieß zwei weiße Qualmkringel aus und blies dann den Rest hindurch. Rupert staunte.

Sie führte weitere Kunststückchen vor, tat aber so, als würde jeder Mensch so rauchen und das Ganze sei völlig normal.

Sie ließ jetzt den Qualm aus ihrem offenen Mund steigen und sog ihn durch die Nase wieder ein.

Damit, dachte Rupert, könnte sie im Zirkus auftreten.

Niemand sonst rauchte. Sie nahmen am Pokertisch Platz. Charlotte mischte geschickt. Die Chinesin hob ab. Auch dies tat sie mit einer Verachtung, als sei diese Handlung ihrer nicht würdig.

Charlotte gab. Jeder erhielt zunächst zwei Karten. Die Kunstraucherin eröffnete mit fünfhundert Euro.

Rupert spürte ein Kribbeln. Hier ging es um richtiges Geld.

Er hatte, so glaubte er, Anfängerglück. Er verdoppelte und kassierte mit einem Vierling ab. Das Glück blieb ihm mehrere Runden lang hold.

Der Bayer stieg jedes Mal aus. Kleebowski beschwerte sich über das Scheißblatt, das er erhielt.

Der Jüngste in der Runde saß Rupert genau gegenüber. In seiner breiten Krawatte steckte eine Krawattennadel, die wie ein Joint geformt war. Ein Edelstein bildete die Glutspitze.

Er kaute auf einem Zahnstocher herum, was Rupert nervös machte. Er konnte die Schmatzgeräusche nicht gut ertragen.

Der Pott war ziemlich groß. Alle waren ausgestiegen. Nur er und Rupert blieben noch im Rennen.

Rupert hatte ein *Full House*. Nicht gerade eine Gewinngarantie, aber auszusteigen, fand Rupert, war einem Frederico nicht angemessen. Es hätte etwas von Feigheit, ja Drückebergertum an sich. Eigenschaften, die Rupert im Dienst nicht fremd waren, aber zu einem Frederico in seinen Augen überhaupt nicht passten.

Der Typ mit der Krawattennadel und den goldenen Handschellen am Revers erhöhte, um Rupert zum Aufgeben zu bewegen, doch Rupert ging mit und verlangte: »Sehen.«

Siegessicher zeigte der Spieler seinen *Flush* vor. Fünfmal Kreuz.

Lächelnd deckte Rupert sein *Full House* auf und kassierte alles.

Die Chinesin erhielt einen Anruf und ging mit ihrem Handy auf den Balkon. Von draußen drang Verkehrslärm rein.

Rupert hatte Mühe, das ganze Geld in seinen Anzugtaschen zu verstauen. Er brauchte so ein Vegas-Winner-Jacket, mit vielen geheimen Taschen. Davon hatte er mal gehört, aber nie irgendwo eines gesehen.

Jetzt ging es um Geschäfte. Kleebo wollte wissen, »wie unsere Sache steht«.

Charlotte verzog schmunzelnd die roten Lippen: »Bestens.« Sie wandte sich an Frederico: »Alle, aber wirklich alle erwarten, dass die Lieferung per Containerschiff aus Übersee kommt. Das haben wir bestens eingefädelt. Die Clans, die Russen, die Itaker, alle kontrollieren panisch die Küste. Auch die Bullen sind ganz aufgeregt. Wir haben also freie Bahn.«

»Das Zeug kommt also gar nicht mit dem Schiff?«, fragte Rupert und erntete Heiterkeit.

»Ich mag deinen Humor«, lachte der Bayer.

Rupert verstand nicht ganz, versuchte aber zu lächeln.

Charlotte machte eine Andeutung: »Wenn die Clanchefs und Mafiabosse erfahren, dass es eigentlich ihr Stoff ist, bricht ein Vernichtungskrieg aus, den wir nicht gewinnen können. Egal, ob die Rossi-Familie an unserer Seite ist oder nicht.«

»Der Markt«, grinste Kleebo, »ist nahezu ausgetrocknet. Die Preise steigen ins Unermessliche.«

»Wir werden alle«, orakelte Charlotte, »märchenhaft reich werden.«

Der, der von Rupert gerade mit einem *Full House* abgezockt worden war, versprach: »Für mich war es das dann. Es muss im Leben ja auch noch etwas anderes geben. Ich werde Pferde züchten. Rennpferde.« Er schwärmte: »Mein eigener Rennstall!«

»Mein Vater«, gestand Rupert, »hat mich zwar geschickt, um das Europageschäft zu übernehmen, aber ...«

Charlotte lachte: »Er hat dich nicht eingeweiht?«

Mit einer knappen Geste schickte Charlotte alle Männer raus. Nur Kleebo und Frederico blieben.

Die Chinesin kam jetzt vom Balkon zurück und zündete sich eine neue Zigarette an. Sie blieb ganz selbstverständlich im Raum, so als würde niemand es wagen, sie wegzuschicken.

Charlotte erklärte: »Wir haben den Stoff, der den anderen beschlagnahmt wurde. Wir haben jeden Deal hochgehen lassen, von dem wir erfahren haben. Ein dichtes System von Spitzeln hat uns«, sie deutete auf die Chinesin, »Mai-Li, die Honigsüße, aufgebaut.«

»Nenn mich nicht so«, zischte Mai-Li. Hart fuhr sie fort: »Die anderen liegen am Boden. Sie haben nicht mal mehr genug Stoff, um ihre Junkie-Huren zu versorgen, während wir bei der Polizei einen Stein im Brett haben.«

»Weil von uns die Tipps gekommen sind«, rief Rupert und vergewisserte sich, dass sein Schnurrbart noch dran war.

Charlotte grinste breit.

Rupert leerte vor Aufregung ein Glas Château Lafite so schnell, wie er sonst ein Kölsch kippte, nur war der Wein nicht ganz so süffig.

Rupert hustete. Die Geldscheine knisterten in seinen Taschen. Er drückte sie mit beiden Händen gleichzeitig platt, weil sie so weit offen standen.

»Aber wenn die Bullen den Stoff haben, nutzt uns das ja zunächst nur mäßig. Okay, die Preise steigen, aber ...«, sagte Kleebo.

Charlotte übernahm: »Wir haben den größten Coup unserer

Geschichte gelandet. Beschlagnahmte Mengen werden ja immer vernichtet ...«

Rupert nickte.

»Eine Schande«, klagte Kleebo. »Eine Schande.«

»Das alles geschah immer unter staatlicher Aufsicht und unter wissenschaftlicher Kontrolle ...«, fuhr Charlotte fort.

Rupert kratzte sich. Seine Hose kniff plötzlich.

»Nun, die privatisieren doch heutzutage alles. Die Bahn.« Sie deutete zum Fenster auf den Bahnhof. »Krankenhäuser. Wissenschaft und Forschung. Labors ...«

Rupert hatte schon oft den Satz gehört, dass einem etwas wie Schuppen von den Augen fällt. Jetzt wusste er, was damit gemeint war. Augenblicklich sah er klar.

»Und wir haben so ein Labor, in dem der beschlagnahmte Stoff vernichtet wird ... gekauft?«, riet er.

Charlotte bestätigte fröhlich: »Große Mengen zu verbrennen ist gar nicht so einfach. Du kannst schlecht einen Stadtteil mit einer Heroinwolke überziehen. Wir haben ein Verfahren entwickelt, das wissenschaftlich anerkannt und für uns patentiert wurde, wie man den besten Stoff weltweit ohne CO_2-Belastung geruchlos entfernt. Wir sind nicht nur Marktführer. Nein, wir haben das Monopol!«

Rupert wurde schwindlig, und das lag nicht nur am Château Lafite.

»Wer alles weiß davon?«, fragte er.

Charlotte deutete auf Mai-Li. Die stieß Rauchkringel aus: »Du, und nun auch dein Freund Kleebowski. Deine Mutter hat alles eingefädelt. Natürlich darf niemand erfahren, wie wir an den Stoff der anderen gekommen sind und dass es überhaupt geschah. Daher die Legende der großen Lieferung, die wir angeblich bekommen.«

Rupert folgerte: »Und während alle die Häfen überwachen, holen wir den Stoff aus dem Versteck und vertreiben ihn im ganzen Land?«

Mai-Li stocherte mit der Zigarettenspitze in den Qualmringen herum. »Wir beliefern damit sogar einige Clans. Sie kaufen bei uns das Zeug wieder, das wir ihnen abgenommen haben, und zwar zum doppelten Preis. Ist das nicht genial?«

Kleebo lachte. »Das Girlscamp! Ich glaub es nicht! Deine Mutter hat ja immer auf Frauen als Führungspersonal gesetzt. Da fühlte man sich als Mann manchmal ganz schön benachteiligt.«

Charlotte kniff ihm in die rechte Wange: »Oh, heul doch, Süßer!«

»Wenn wir auf solchen Mengen Stoff sitzen, wer bewacht die dann?«, fragte Rupert.

»Unsere Sicherheit ist«, zischte Mai-Li, »dass kaum jemand Bescheid weiß. Wir haben ein Labor in Zürich und eins in Oldenburg. Die Polizei bringt uns den Stoff in bewachten Transportern.«

»Und statt es zu verbrennen, horten wir es im Keller?«, lachte Kleebo. »Ihr seid wirklich genial!«

»Ich habe«, sagte Mai-Li, »selbstverständlich genau Buch geführt. Wir mussten zwei Leute liquidieren, die sich selbst bedienen wollten oder kurz davor waren, zu Verrätern zu werden. Ich kann dir also, lieber Frederico, stolz die größte Menge Shore übergeben, die es in Europa je in einer Hand gegeben hat. Es freut mich besonders, dass du uns nun führst.«

Rupert strahlte und strich über seinen Schnauzer.

»Immerhin«, fuhr sie fort, »bist du schon auf meinen Knien geritten. Ich habe dich in den Schlaf gesungen und dir – darf ich das sagen – die Windeln gewechselt. Damals, als ich noch im Haus deiner Eltern für deinen Schutz zuständig war.«

Rupert schluckte schwer. Der Gedanke, dass diese Frau ihm den Hintern sauber gemacht hatte, behagte ihm nicht. Zum Glück war er nicht Frederico.

»Wir haben«, sagte Charlotte triumphierend, »alles vorbereitet, damit du den Thron besteigen kannst, Frederico.«

»D... d... danke«, stotterte Rupert. »Ich weiß das zu schätzen.«

Sie nahm ihn in den Arm. »Und morgen«, sagte sie, »fahren wir zusammen zu Udo.«

Rupert nickte ein bisschen eingeschüchtert. Er wusste nicht, ob das ein Grund war, sich zu freuen, oder, Angst zu haben. Jedenfalls folgerte er, dass keiner der anwesenden Männer Udo gewesen war.

Ann Kathrin Klaasen und Weller trafen ihren Informanten nicht weit von der Königsallee entfernt im *Stage 47*, wo sie auch übernachteten. Die Zimmer waren nach Künstlern benannt, die mal dort geschlafen hatten.

Ann Kathrin mochte großzügige Räume. Diese individuellen Zimmer. Das Ganze gab ihr das Gefühl, nicht einfach nur ein anonymes Transportgut zu sein, sondern auch auf Reisen ihre Persönlichkeit behalten zu können, statt sich in einer Masse aufzulösen.

Die Spesen für Dienstreisen gaben das nicht her, doch sie lebte nach der Devise: Man kann sein Geld behalten, statt es auszugeben, nur, was hat man dann davon außer Geld?

Weller bereitete mit der Kaffeemaschine einen Kaffee für sie zu. Er kämpfte mit dem Wassertank, der irgendwie klemmte. Weller überlegte schon, auf Tee umzusteigen, da klopfte ihr Informant.

Er war dünner geworden, als Weller ihn in Erinnerung hatte, sah aber nicht gesünder aus als bei ihrem letzten Treffen vor knapp zehn Jahren. Er hieß Konstantin Justus Gerber. Er stand auf der Gehaltsliste der Drogenfahndung. Er hatte ihnen einige Tipps gegeben und kannte praktisch jeden im organisierten Verbrechen.

Er war vom korrupten Polizisten, der sich von Gangstern hatte bestechen lassen, zum korrupten Gangster geworden, der sich von der Polizei bestechen ließ. Irgendwann, das war für Weller ganz klar, würde Justie, wie sie ihn nannten, eines unnatürlichen Todes sterben. Leute, die auf beiden Seiten kassierten, kamen sich immer eine Weile wie unantastbare Gewinner vor. Sie starben aber nur selten im Schlafanzug in einem Seniorenheim, sondern meist in einer dunklen Straße, in einer Unterführung oder im Hausflur, mit Blut auf dem Hemd und Metall in der Brust.

Justie hatte etwas Hektisches an sich. Allein durch seine Anwesenheit im Zimmer wurde es für Weller ungemütlich. Noch bis vor einer Minute hatte er sich wohl gefühlt, doch jetzt brachte Justie diese Unruhe mit sich. Vielleicht weil seine Augen alles so nervös abcheckten wie in Erwartung einer Katastrophe.

»Was ist mit Ihnen los?«, fragte Ann Kathrin. »Sind Sie auf Droge?«

Er verzog den Mund. Er hatte schlechte Zähne, und er roch nach Angstschweiß. »Ihr habt ja keine Ahnung, was los ist. Frederico Müller-Gonzáles ist jetzt auch mit im Geschäft. Er hat dafür gesorgt, dass es jeder erfährt, und erst mal drei Leute umgelegt und sie zu uns nach Düsseldorf bringen lassen. Das ist eine Kampfansage. Aber er wird es nicht überleben. Sein Tod ist beschlossene Sache. Die Frage ist nicht, ob er sterben wird, sondern wann und wer die Ehre haben wird, ihn auszuknipsen. Jede Organisation will schneller sein als die andere. Besonders die Araber wollen seinen ganzen Laden übernehmen. Auf seinen Kopf ist von dessen Clanchef eine Million ausgesetzt worden, und dazu gibt es noch die Hand seiner jüngsten Tochter.«

Auf seiner Unterlippe bildeten sich beim Reden Speichelbläschen. Ungeduldig wischte er sie mit dem Ärmel ab.

Ann Kathrins Angst um Rupert wurde durch Gerbers Worte

nicht gerade gemildert. Sie suchte nur noch nach einer Möglichkeit, ihn schnell heil aus der Sache abzuziehen.

»Erzähl uns mal etwas, das wir noch nicht wissen«, verlangte Weller. Er duzte Leute wie diesen Konstantin Justus Gerber gern. Ann Kathrin lehnte solche Vertraulichkeiten ab.

Justus Gerber wischte sich noch einmal über den Mund: »In letzter Zeit ist praktisch jeder Deal aufgeflogen. Eine Torte namens Strawberry, so wird sie genannt, hat ein sehr effektives Spitzelsystem aufgebaut. Ihre Leute sind wie die Beulenpest. Die Bosse wollen sie in die Hand bekommen. Sie kennt alle Namen. Sie ist der Schlüssel. Sie ist noch verhasster als Frederico.«

»Strawberry?«, fragte Weller.

»Ja«, antwortete Gerber, »das ist Englisch und heißt Erdbeere.«

Weller deutete eine Ohrfeige für ihn an. Gerber duckte sich vorsichtshalber. Weller führte den Schlag aber nicht aus.

»Wir wissen, was das heißt, du Idiot«, schimpfte Weller. »Wir brauchen ihren echten Namen.«

Gerber zuckte mit den Schultern. »Keine Ahnung. Aber ich weiß, dass ein Greiferteam unterwegs ist. Im Gegensatz zu Frederico Müller-Gonzáles will man sie lebend. Sie wollen aus ihr einen Singvogel machen, um dann die vielen kleinen Informanten, Agenten und Verräter vor ihren Augen zu grillen.«

Ann Kathrin sah ihren Mann Frank Weller nur an. Er kapierte gleich.

Es fiel Ann Kathrin schwer, die Anwesenheit dieses Konstantin Justus Gerber länger zu ertragen. Sie wollte ihn nur noch loswerden, wie eine lästige Sommergrippe.

Als Rupert mit einer Tasche voller Geld in seine Suite im Savoy zurückkehrte, wartete seine Miet-Ehefrau schon auf ihn. Sie lag auf dem Bett und las. Sie hatte sich aus dicken Kissen ein bequemes Lager auf der linken Seite gemacht, so dass neben ihr genug Platz für *ihren Mann* war.

Auf dem Nachttischchen neben ihr duftete Jasmintee. Um sie herum verteilt lagen zusammengeknüllte Papiertaschentücher.

Rupert wusste aus Erfahrung, dass lesende Frauen schwierig waren. Also nichts gegen Illustrierte oder Modezeitschriften, aber die da las ein Buch! Wenn es wenigstens ein Sexratgeber gewesen wäre, das hätte er ja noch akzeptiert. Aber diese Frau las in einem kleinen, aber dicken Lyrikband. Schon die Farbe nervte ihn, so zwischen Rosa und Pink.

Er konnte den Titel lesen: *Herz Band – 366 Gedichte über Liebe und Verlust*, von Günther Butkus

Rupert war schon kurz davor, sich von seiner Miet-Ehefrau scheiden zu lassen, bevor er überhaupt ihren Namen wusste. Er hatte sie sich auch irgendwie jünger vorgestellt. Vielleicht so Anfang zwanzig. Aber die da, mit dem Gedichtband in der Hand, sah eher aus wie Ende dreißig.

Sie lachte: »Was guckst du denn so?«

Sie klopfte neben sich aufs Bett, als wäre er ein Hündchen, das jetzt freudig zu Frauchen hüpfen und mit dem Schwanz wedeln sollte.

Er stellte erst mal seine Geldtasche ab und zog die Jacke aus, in der auch noch viele Scheine, die er gewonnen hatte, darauf warteten, ausgegeben zu werden. Eigentlich hatte er wirklich gute Laune und jetzt, beim zweiten Blick, sah sie auch schon viel interessanter aus. Gut, sie las Gedichte …

Scheiß drauf, dachte Rupert, wenn sie sonst in Ordnung ist, soll es mir recht sein.

Weller wäre vermutlich von ihr begeistert gewesen, und sie hätten sich stundenlang über Poesie unterhalten. Aber er war nicht Weller. Er war ein richtiger Kerl, und er hatte gerade beim Poker den Pott seines Lebens gewonnen.

Rupert brauchte nach dem Wein endlich etwas Süffigeres. Er machte sich erst mal ein Bier auf und trank aus der Flasche. Das tat gut. Es gluckerte so richtig durch den Hals.

»Machst du das zum ersten Mal?«, fragte Rupert.

Sie lachte. »Nee. So habe ich mir mein Studium finanziert.«

Rupert war beeindruckt. »Studium!?«

»Ja. Erst Psychologie, aber da wurde zu viel Statistik gemacht. Ich habe mich mehr für das Seelenleben der Menschen interessiert. Dann bin ich auf Literaturwissenschaften umgestiegen und Komparatistik.« Sie legte das Buch neben sich. »Aber eigentlich wollte ich lieber selber schreiben.«

Rupert atmete durch.

»Wer«, fragte sie, »kann heute schon von Gedichten leben?«

»Also ich nicht«, antwortete Rupert schnell.

Sie lächelte. »Erzähl mir von dir.«

Rupert nahm aus Verlegenheit noch einen Schluck und druckste herum. Die zerknüllten Papiertaschentücher gaben ihm zu denken, und wenn er sie genau betrachtete, sah sie auch ein bisschen verheult aus. Oder hatte sie die Grippe?

Sie zog ein Tuch aus der Spenderbox, die zwischen ihren Kissen lag, und putzte sich die Nase.

»Du machst das doch freiwillig, oder?«, wollte Rupert wissen und erkundigte sich gleich anschließend, ein bisschen verlegen: »Wie heißt du überhaupt?«

»Du kannst mich Chantal nennen.« Sie schnäuzte sich noch einmal heftig und warf das Taschentuch neben sich aufs Bett.

Fast hätte er gesagt: *Und du mich Rupert*, aber im letzten Moment kriegte er die Kurve: »Meine Freunde sagen Frederico zu mir.«

»Okay, Frederico«, lächelte sie und behauptete dann: »Ja, ich mache das freiwillig. Ich mag den Job.«

Er guckte kritisch.

»Na, Mensch, überleg doch mal«, argumentierte sie, »fünf Freier am Abend in irgendeiner Absteige … Nee, das ist nicht mein Ding. Meinen letzten Quartals-Ehemann habe ich auf eine Weltreise begleitet … Na ja, nicht die ganze Welt, aber fast. Eine Luxuskreuzfahrt.«

»Quartals-Ehemann?«

»Ja, nicht ganz drei Monate. Die Zeit, die ich mit den Männern verbringe, ist praktisch immer Honeymoon. Bevor der Scheißehealltag beginnt, ist es ja auch immer schon wieder vorbei. Mein Hermann ist mit zwei anderen Paaren gefahren. Das war so halb geschäftlich, halb Urlaub. Na ja, wie es halt meistens ist. Da wollte er nicht unbeweibt sein. Das ist ganz schwierig, weißt du. Einerseits wollte er natürlich mit mir angeben, andererseits durfte ich mich nicht zu sehr in Konkurrenz mit den anderen Frauen setzen. Ich habe sogar mit ihnen an Rommé-Runden teilgenommen …«

Sie lachte. Rupert zeigte sich beeindruckt.

Wieder klopfte sie auf das Bett neben sich. »Nun komm, erzähl mir von dir. Wer bist du? Ich meine nicht, wen stellst du dar, sondern, wer bist du wirklich, ohne all diese Masken? Ich will dir eine gute Miet-Ehefrau sein. Also? Sag's mir. Wer bist du tief in dir drin? Gibt es Wünsche, Sehnsüchte, die ich dir erfüllen kann?«

Er zuckte mit den Schultern, als hätte er keine Ahnung, und machte sich schnell noch ein Kölsch auf. Sie nippte an ihrem Jasmintee.

»Lass uns lieber über dich reden«, schlug Rupert vor. »Ich bin einfach nur ein Gangsterboss, aber das weißt du ja bestimmt.«

Sie nickte und guckte, als wisse sie noch viel, viel mehr.

»Das Tolle an so einer Miet-Ehefrau wie mir ist doch, dass du wirklich alles sagen und alles machen kannst. Du weißt ja, dass du nicht den Rest deines Lebens mit mir verbringen musst. Mit mir kannst du auch neue Dinge ausprobieren, kannst auch mal ganz spießig sein, wenn du willst ...«

Rupert nahm all seinen Mut zusammen und ließ sich neben sie aufs Bett fallen. Dadurch hüpfte sie hoch, als sei die Matratze ein Trampolin.

Er legte einen Arm hinter dem Kopf. Mit der anderen Hand hielt er die Bierflasche fest.

»Hat eine Miet-Ehefrau nur Miet-Ehemänner oder auch noch einen richtigen? Ich meine, so einen in echt, zu Hause?«

Sie drehte sich zu Rupert und sah ihn an. Sie war größer als er, wog aber vermutlich weniger. »Ich war mal verheiratet. So richtig in echt.« Sie lachte bitter. »Hat aber auch nicht viel länger gehalten als meine arrangierten Ehen. Knapp ein halbes Jahr. Er ist schon zum zweiten Mal wieder neu verheiratet, der Idiot.« Ihre Stimme wurde brüchiger. »Gestern haben wir uns wiedergetroffen.«

»Und?«, fragte Rupert.

Sie biss sich auf die Lippe, nickte nur vielsagend und kämpfte mit den Tränen.

»Sex mit dem Ex«, stellte Rupert fest.

Wieder nickte sie und putzte sich die Nase. Rupert hatte das Gefühl, sie trösten zu müssen, wusste aber nicht, wie. Er machte einen Versuch: »Wenn eine Frau Sex mit ihrem Ex hat«, sagte er bedeutungsschwanger, »dann reitet sie doch eigentlich nur auf ihrer Vergangenheit rum, oder?«

Sie guckte Rupert ins Gesicht und hielt einen Moment die Luft an. Dann platzte sie los. Sie lachte so herrlich laut und ausgelassen, dass Rupert selbst auch ganz fröhlich wurde.

»Das ist ja jetzt praktisch«, sagte Rupert, »unsere Hochzeitsnacht.«

»Ja«, gluckste sie. »Ich liebe Männer, die mich zum Lachen bringen können. Und du hast wohl recht, es ist unsere Hochzeitsnacht. Und morgen früh werde ich alles sein, was mein Ehemann braucht. Ich werde dich ins Theater oder ins Museum begleiten, beim Essen deine Geschäftsfreunde unterhalten und dich als tollen Hecht dastehen lassen. Ich werde dolmetschen und dich natürlich beschützen.«

»Beschützen?«

»Ja klar. Ich habe eine sehr gute Ausbildung. Man wird nicht einfach so Miet-Ehefrau, das ist ein richtiger Beruf. Ich habe den blauen Gürtel im Judo, bin dann aber zum Kickboxen übergegangen.«

Rupert hoffte, dass das ein Scherz war, war sich aber nicht ganz sicher. Er lächelte und kam sich plötzlich merkwürdig verklemmt vor. Er fragte sich, ob er für eine richtig schöne Hochzeitsnacht nicht vielleicht schon zu müde und zu besoffen war. Fast ein bisschen ängstlich fragte er: »Und wie sieht es mit den ehelichen Pflichten aus?«

»Nichts muss, alles kann«, lachte sie.

Rupert trank die Flasche leer und unterdrückte einen Rülpser.

Zum Glück gab es einen großen Bildschirm im Zimmer. Rupert suchte die Fernbedienung. Er hatte Angst, seine Miet-Ehefrau könnte ihm sonst Gedichte vorlesen. Er war unsicher, ob er einen Porno gucken wollte oder ob er die Börsenkurse suchte.

Ja, auch solche Ehemänner hatte sie gehabt. Deren Potenz entwickelte sich mit steigenden oder fallenden Kursen.

Als auf dem Sportkanal eine Frau in Unterwäsche forderte: *Ruf mich an* und Rupert rasch umschaltete, ahnte sie, dass er längst nicht so ein Draufgänger war, wie er vorgab.

»Im ZDF läuft noch ein Liebesfilm«, erwähnte sie fast beiläufig.

»Klasse«, freute Rupert sich demonstrativ. »Gucken wir den.«

Sie wendete ein: »Ich glaube aber, der ist traurig. So eine Schnulze, richtig zum Heulen.«

»Ich steh auf traurige Liebesfilme. Es gibt nichts Schöneres als Schnulzen«, behauptete Rupert.

Er verblüffte sie. Etwas an seiner unbeholfenen Art gefiel ihr.

Sie lagen angezogen nebeneinander und guckten sich den Liebesfilm an. Bevor Rupert herausfand, wer wen warum betrog, war er auch schon eingeschlafen. Er schnarchte leise. Es war mehr ein wohliges Brummen als ein Schnarchen.

Sie machte zwei Selfies und schickte sie an ihre Freundin.

Ich glaube, schrieb sie, *der ist ganz nett. Mit dem komme ich klar. Er ist ein bisschen wie ein kleiner Junge, der auf großer, starker Macker macht. Du glaubst es nicht – der gefährliche Gangsterboss steht auf Liebesschnulzen! Morgen gehe ich mit ihm zu Udo. Das Leben ist eine anarchistische Collage ...*

Sie schaltete den Fernseher aus und widmete sich wieder ihren Gedichten. Dieser Band von Günther Butkus hatte etwas, das sie sehr anfasste. Irgendwann hatte sie beschlossen, jeden Tag ein Gedicht auswendig zu lernen, um immer in allen Lebenslagen einen poetischen Trost parat zu haben. Das Problem war nur, sie vergaß die Gedichte immer wieder. Mehr als maximal fünf konnte sie nie auswendig. Wenn sie ein sechstes lernte, weil es ihr so gut gefiel, vergaß sie ein anderes dafür. Deshalb trug sie seit einiger Zeit immer einen Gedichtband in ihrer Handtasche bei sich. Sie brauchte Gedichte wie andere Menschen ihre Kopfschmerztabletten. Sie waren ihre literarische Hausapotheke. Das Gute war: Man bekam Gedichtbände ganz ohne Rezept in praktisch jeder Buchhandlung.

Noch bevor Ann Kathrin und Weller die in Düsseldorf abgelegten Leichen zu sehen bekamen, wurden sie nach Norden zurückgerufen. Weller hatte gerade den ersten Schluck Kaffee getrunken und wollte sein Rührei probieren, da spielte sein Handy *Piraten ahoi!*. Bei *Hisst die Flaggen* hatte er es in der Hand und bei *Setzt die Segel* am Ohr.

Ann Kathrin sah ihn tadelnd an. Schließlich waren sie nicht allein im Frühstücksraum. Sie hatte ihr Handy auf lautlos gestellt und sich zum Kaffee noch zwei Zeitungen geholt, die *Rheinische Post* und den Düsseldorfer *Express*. Sie hatte über aktuelle Fälle oft wichtige Hinweise aus Zeitungen oder von Journalisten erhalten. In Ostfriesland war Holger Bloem, der Chefredakteur des *Ostfriesland-Magazins*, ihr Ansprechpartner. Er kannte Ostfriesland wie die Jacke, die er trug. In Düsseldorf oder Köln musste sie sich neue Vertraute suchen. Lokaljournalisten waren für sie in vielen Fällen die besseren Kripoleute, denn die beobachteten die Persönlichkeiten einer Gegend über viele Jahre und konnten daher Geschehnisse oft sehr gut einordnen.

Der *Express* hatte die drei Morde auf Seite 1. Sie vermuteten, das Ganze sei der vorläufige Höhepunkt eines seit langem schwelenden Bandenkrieges.

Weller verdeckte mit einer Hand sein Handy und seine Lippen. Er hörte Marion Wolters von der Einsatzzentrale zu.

Als sie sein Gesicht sah, ahnte Ann Kathrin sofort, dass es kein langes, gemütliches Frühstück mehr geben würde. Sie löffelte Obstsalat in ihr Müsli und schob sich rasch zwei Löffel in den Mund. Sie hatte das Gefühl, heute Energie zu brauchen.

Weller flüsterte kaum hörbar. Ein Pärchen stritt laut am Nebentisch. Weller knipste das Gespräch weg und sagte zu Ann Kathrin: »Auf dem Doornkaat-Gelände wurde eine tote Frau gefunden. Wir müssen zurück.«

Er wischte auf dem Bildschirm seines Handys herum. Als er gefunden hatte, was er suchte, zeigte er es Ann: »Hier. Jugendliche Schulschwänzer haben die Leiche entdeckt und das Foto auf Instagram gepostet.«

»Wir haben es«, fragte Ann Kathrin, »über Instagram erfahren?«

Weller nickte zerknirscht. »Die neue Zeit ...«

Auf dem Bild lag die Tote halb bekleidet in einer Blutlache vor einer Wand voller Graffiti.

Ann Kathrin kannte das Gelände sehr gut. Sie war erst vor kurzem mit Weller dort spazieren gegangen. Er hatte gesagt: »Irgendwann wird das hier bestimmt alles abgerissen, und dann kommen schicke Ferienwohnungen hierhin. Vermutlich welche, die wir uns nicht leisten können.«

In der besten Zeit war Doornkaat der größte Arbeitgeber in Norden gewesen, mit ein paar hundert Arbeitsplätzen.

Sie hatte damals zu Weller gesagt: »Sieht aus wie ein Tatort für einen Fernsehfilm.«

»Ja«, hatte Weller geantwortet, »lädt geradezu dazu ein, dort eine Leiche kamerawirksam zu platzieren.«

Jetzt dachten beide an diese Situation und waren für eine kurze Zeit sprachlos. In Norden und Umgebung wurden ab und zu Kriminalromane, die in der Region spielten, verfilmt. Man hatte sich an den Anblick freundlicher Filmteams gewöhnt. Viele Ostfriesen spielten gerne als Komparsen mit. Einmal hatte Weller sich für eine Rolle als Polizist beworben, war aber nicht genommen worden, weil der Regisseur ihn in der Rolle für unglaubwürdig hielt. An dieser Niederlage knabberte Weller immer noch herum.

Vielleicht war es ja naheliegend, solche Dinge zu denken oder zu sagen, wenn man in einer Stadt lebte, in der viel gedreht wurde. Doch nun war es in Wirklichkeit passiert, und ihr flapsiges Gespräch von damals kam ihm plötzlich vor wie eine Prophezeiung, ja schlimmer noch, eine Beschwörung.

Ann Kathrin griff über den Tisch Wellers Hand. Wortlos war zwischen ihnen klar, dass sie niemals darüber reden würden. Dieses Gespräch auf dem Doornkaat-Gelände würde immer ihr Geheimnis bleiben.

Noch während sie sich festhielten, ging ein neuer Anruf auf Wellers Handy ein. Auf dem Display stand: *Klatt, BKA*.

Ann Kathrin nickte Weller zu. Er ging ran.

Klatt klang gereizt. In rüdem Befehlston blaffte er los: »Geben Sie mir Ihre Frau! Sie geht nicht ran!«

Weller reichte schulterzuckend das Handy weiter und nahm noch einen Schluck Kaffee. Er spürte, dass er Flüssigkeit brauchte für den Kreislauf, und ein Kopfschmerz zog sich von der Stirn bis zum Nacken.

Stress, diagnostizierte er bei sich selbst. Er hatte ein Autoritätsproblem. Wenn ihn jemand anbrüllte oder von oben herab behandelte und belehrte, wurde Weller entweder patzig, ja aggressiv, aus Angst, gleich vor seinem autoritären Vater einzuknicken. Er musste dann viel Kraft aufbringen, um nicht zum kleinen Jungen zu werden.

»Moin«, sagte Ann Kathrin. Sie konnte auf viele Arten *Moin* sagen. Heute klang es sehr abweisend, mehr nach *Lass mich in Ruhe, du Idiot* statt nach *Schön, dich zu hören*.

Auch Klatt hielt sich nicht lange mit Höflichkeiten auf: »In der Tasche der Toten wurde ein Foto von Rupert gefunden.«

»Interessant«, sagte Ann Kathrin.

»Wer«, schnauzte Klatt vorwurfsvoll, »hatte denn die Aufgabe, alle Bilder von ihm aus dem Internet verschwinden zu lassen?!«

»Ach«, konterte Ann Kathrin spitz, »hatte sie das ganze Internet in der Tasche?«

»Nein, verdammt, aber jedenfalls haben wir jetzt den Salat. Was sagen Sie dazu?«

»Dass wir Rupert sofort abziehen müssen. Man hat uns eine Botschaft geschickt. Eine Tote mit einem Bild von ihm. Dazu drei Leichen in Düsseldorf. Unsere Mission ist gescheitert. Wir müssen froh sein, wenn nicht noch mehr Menschen …«

Sie überlegte, ob sie über die Bedrohungslage von Liane Brennecke sprechen sollte, aber hier im Frühstücksraum hörten einfach zu viele Menschen zu. Selbst das streitende Pärchen war inzwischen ruhig geworden.

Weller und Ann Kathrin verstanden sich, wie so oft, wortlos. Sie sahen sich nur an und aßen ein paar Happen. Nur leider nicht mehr mit der Freude, die das gute Frühstück hier anderen Gästen bereitete. Für Genuss war keine Zeit mehr. Das hier war eine reine Energieaufnahme, um sich fit für den Tag zu machen.

Weller nahm keine Kopfschmerztablette. Er hielt schon eine in der Hand, aber dann verzichtete er doch, als hätte er Angst, der Wirkstoff könne seine Sinne abstumpfen. Und er musste doch im Moment sehr klug und wachsam sein. Er hatte das Gefühl, mitten in einer Katastrophe zu stecken, während der Rest der Welt eine Party feierte und über die Temperatur der Drinks meckerte.

Ann Kathrin stand auf. Sie steckte zwei Brötchen ein.

Sie verließen das Hotel. Ann Kathrin biss in das Roggenbrötchen. Weller vermutete hinter ihrer Entschlossenheit einen Plan.

Seine Miet-Ehefrau duschte, und Rupert kontrollierte ihre Handtasche. Sie führte einen Revolver mit sich. Acht Patronen in der Trommel. Kurzer Lauf.

Er kannte diese Waffe unter dem Namen *Arminius*. Dieser Revolver war bei Jägern nicht unbeliebt, um Tieren einen Fangschuss zu verpassen.

Ob sie wirklich auch als Personenschützerin engagiert war, fragte er sich. Nahm sie ihre Aufgabe so ernst? Als Gangster konnte er sie schlecht nach ihrem Waffenschein fragen.

Außerdem fand er in ihrer Tasche eine Packung Viagra. Er steckte das Päckchen schnell zurück, denn sie kam, in ein flauschiges Handtuch gewickelt, aus dem Bad. Ihre Haare glänzten nass. Sie lachte ihn an und ließ das Handtuch fallen. »Stehst du auf Sex am Morgen?«

»Vor dem Frühstück?«, entfuhr es Rupert, und er ärgerte sich sofort über seinen Satz.

»Es gibt«, erklärte sie in einem Ton, als würde sie eine wissenschaftliche Vorlesung für Studenten beginnen, »es gibt die Morgenhengste und die Nachtritter.«

Rupert fiel dazu so schnell nichts ein. Sie sah ihn an und erwartete, dass er sich selbst einer dieser Kategorien zuordnete.

Sie bückte sich und hob das Handtuch auf. In ihrer Bewegung lag schon ein wenig Resignation.

»Bis auf meinen Ex«, kommentierte sie, »der wollte praktisch immer. Aber leider nicht nur mit mir …«

Rupert räusperte sich. Er sprach mit kratziger Stimme. »Er ist fremdgegangen?«, empörte er sich. Er zeigte auf sie. Sie hielt sich jetzt schamhaft das Handtuch vor, allerdings war ihre Rückenansicht voll hinter ihr im großen Spiegel abgebildet.

»Wer so eine tolle Frau hat, guckt sich doch nicht nach anderen um«, behauptete Rupert.

Sie lächelte. »Charmeur.«

Sie ging an Rupert vorbei zum Schrank, in den sie gestern schon ihre Kleidung eingeräumt hatte. Die Innentür des großen Kleiderschranks hatte Ganzkörperspiegel. Sie zog sich ungeniert an.

Rupert wusste nicht, wo er hingucken sollte. Irgendwie konnte ja auch ein demonstratives Wegsehen beleidigend sein.

Sie hielt jetzt ein Kleid mit einem Tigermuster hoch. »Was meinst du?«, fragte sie. »Was soll ich heute Abend anziehen, wenn wir zu Udo gehen?«

Rupert warf sich aufs Bett und rief hoffnungsvoll: »Okay, Modenschau! Zeig mal, was du hast.«

Sie genossen es beide. Zumindest kam es ihm so vor. Geduldig probierte sie nacheinander vier Kleider an. Er gab sich unentschieden.

»Vielleicht«, schlug sie vor, »sollten wir vorher doch noch shoppen gehen.«

Rupert sagte todernst: »Ja. Und dein Nagellack sollte auch zur Farbe des Autos passen.«

Sie lachte. »Sagte ich schon, dass ich Männer mag, die mich zum Lachen bringen?«

Endlich hatte er sie in seiner Gewalt.

Das Haus in Dinslaken-Eppinghoven lag einsam, nicht weit von der Stelle, wo die Emscher in den Rhein mündete. Es gab hier viele Bäume in der Auenlandschaft. Nistplätze für Vögel lockten Ornithologen an. Eine Hobbyvogelkundlerin hatte er in seinem Keller fast zwei Wochen festgehalten. Länger hatte sie leider nicht überlebt.

Er hatte einige Dinge an ihr ausprobiert. Nein, sie war nicht verblutet. Er glaubte, dass es eine Art Herzinfarkt oder ein Kreislaufversagen gewesen war. Jedenfalls hatte sie eines Morgens, als er mit einem Becher Kaffee zu ihr runterkam, tot im Zahnarztstuhl gesessen.

Jetzt hatte er Liane dort fixiert. Sein Hobbyraum roch noch metallisch nach dem Blut der Vorgängerin, und die Desinfektionsmittel gaben dem Raum etwas Kaltes. Eigentlich hasste er den Geruch dieser Reinigungsausdünstungen. Aber irgendwie gehörte das Saubermachen einfach dazu. Sonst kamen irgendwann die Maden, und Maden mochte er nicht. Dann schon lieber dieser sterile Geruch wie in einem Operationssaal.

Er hatte noch einen zweiten Arztstuhl in seinem Hobbyraum. Er war aus einer gynäkologischen Praxis. Das Teil hatte bis jetzt einfach nur so rumgestanden. Aber sein Anblick machte den Frauen mehr Angst als Schneidbrenner, Operationsbesteck oder Zahnarztbohrer, deshalb beleuchtete er ihn sogar mit einer extra Lampe.

Er hatte die Erfahrung gemacht, dass – wenn man etwas erfahren wollte – psychischer Druck viel effektiver war als körperliche Schmerzen.

Auch Tiere waren nützlich. Ihre reine Anwesenheit machte den Menschen Angst. Er hatte für jeden etwas. Die einen reagierten panisch auf die Vogelspinne, die er eigentlich recht niedlich fand. Die Ratten in ihrem Käfig machten ihm zu viel Krach. Die Zwergklapperschlange mit ihrer Schwanzrassel dagegen wirkte oft wie tot.

Manchmal reichte es, wenn er ihnen die Instrumente zeigte. Den Rest erledigte ihre Phantasie. Meist plauderten sie alles aus, um zu verhindern, dass ihre Ängste Wirklichkeit wurden. Danach wurden sie als Informanten wertlos für ihn. Dann erst probierte er neue Techniken an ihnen aus. Bis dahin war es rein professionell. Danach wollte er seinen Spaß haben.

Natürlich würde auch diese Polizistin diesen Raum nicht lebend verlassen. Aber erst musste er all das aus ihr herausquetschen, was seine Auftraggeber wissen wollten.

Er hatte ein paar Flaschen Weißwein im Kühlschrank. Er trank gern Weißwein bei der Arbeit. Grauburgunder.

Er öffnete eine Flasche.

Liane war längst wach. Sie tat, als ob sie noch ohnmächtig wäre, aber er spürte genau, dass sie ihn beobachtete. Noch rechnete sie sich Chancen aus, irgendwie hier wieder herauszukommen und zu überleben. Er nannte das die Phase der Weigerung.

Einige gingen in der Leugnung ihrer Situation so weit, dass sie sich einredeten, nur einen Albtraum zu haben. Es dauerte immer, bis sie sich mit der Situation abfanden, ja sich ihrem Schicksal ergaben. Eine hatte mal einen ganz besonderen Ausweg gewählt. Sie war schlicht und einfach verrückt geworden, hatte behauptet, ihre Seele hätte den Körper bereits verlassen, deswegen könne er ihr nichts mehr tun. Sie hatte ihn sogar noch ausgelacht, als er schon damit begann, sie auszuweiden.

Er hoffte, diese Liane Brennecke würde vernünftiger sein. Er goss ihr den kalten Weißwein ins Gesicht. Sie riss die Augen auf und starrte ihn an.

»Sie sind eine intelligente Frau«, sagte er. »Sie wissen, warum Sie hier sind.«

Sie sagte nichts. Glotzte nur.

»Ich brauche die Namen Ihrer Informanten. Das ist auch schon alles.«

Sie presste ihre Lippen aufeinander und sah sich im Raum um. Sie suchte einen möglichen Ausweg, aber es gab keinen.

»Ach, gute Frau Brennecke, machen Sie es uns doch nicht so schwer.« Er goss sich neuen Wein ein und trank, dabei ging er vor ihr auf und ab.

Er sprach wie zu sich selbst. »Klar kann ich das volle Programm durchziehen, wenn Sie mich dazu zwingen.« Er hob eine Gartenschere hoch und zeigte damit auf ihre Finger. »Ich könnte Ihnen meine Frage zehnmal stellen ... Aber wollen Sie das wirklich? Es ist eine riesige Sauerei.«

Sie drückte sich fester in den Stuhl, und ihr Körper spannte sich unnatürlich, als ob sie Krämpfe bekommen würde. Er folgerte daraus, dass seine Worte sie nicht unbeeindruckt ließen. Er siezte sie ganz bewusst. Noch waren sie nicht so vertraut miteinander, dass er sie duzen wollte. Das war ihm zu plump. Eine Drohung wurde aus seiner Sicht noch viel unheimlicher, ja gruseliger, wenn sie höflich ausgesprochen wurde.

»Im Grunde, Frau Dr. Brennecke ... Sie haben doch einen Doktortitel oder nicht? Im Grunde sind wir beide doch gleich ...«

Diese Provokation war so groß, dass sie ihm tatsächlich antwortete.

»Oh nein«, protestierte sie. »Das sind wir nicht!«

Er trank das Glas leer. Der Wein war gut. Die kühle Säure gefiel ihm. Er packte französischen Weichkäse aus einer Tupperdose und biss davon ab. Der Käsegeruch war sofort dominant.

»Kulturlose Menschen behaupten ja, der Käse röche nach Schweißfüßen. Also, ich finde, das kann man gar nicht vergleichen. Schweißfüße ... wer isst schon gerne Schweißfüße ... Entschuldigen Sie, ich wollte nicht so abschweifen. Also, ich finde schon, dass wir beide gleich sind. Sie sind sozusagen meine weibliche Ausgabe.«

»Bin ich nicht, Sie Irrer. Machen Sie mich sofort los! Das ist Freiheitsberaubung! Sie werden für das, was Sie hier tun, zur Rechenschaft gezogen werden, und dann ...«

Er lachte höhnisch und verschüttete dabei Weißwein. Etwas klatschte auf sein rechtes Hosenbein.

»Sie sammeln Informationen, und zu dem Zweck haben Sie ein paar Leute, die Ihnen alles erzählen, was Sie wissen wollen. Sie nennen sie Informanten, oder haben Sie dafür einen anderen Begriff? Nennen Sie sie Verräter? Das glaube ich nicht. Das klingt so negativ.«

Er öffnete den Rattenkäfig und packte eine beim Schwanz. Sie fiepte böse.

»Ich mache nichts anderes als Sie, Frau Brennecke. Ich sammle Informationen. Dazu muss ich Menschen befragen. Sie haben nur andere Methoden, die Leute zum Sprechen zu bringen, als ich. Wie machen Sie es? Ich bewundere Ihre Arbeit, müssen Sie wissen. Ich würde gerne von Ihnen lernen ...«

»Machen Sie mich los. Wir können das hier vergessen. Noch ist nichts Schlimmes geschehen ... Ich bin bereit, das alles zu vergessen ...«

»Nichts Schlimmes geschehen? Ich habe Ihre Freundin umgebracht. Diese Schlampe in den Lederklamotten.« Er hob mahnend den Zeigefinger. »Also, zurück zur Ausgangsfrage. Wie bringen Sie die Menschen zum Reden?«

»Jedenfalls nicht, indem ich sie entführe und fessele ...«

Er ließ die Ratte am Schwanz hin und her schaukeln und verzog den Mund. Ihre Antwort konnte er nicht akzeptieren. »Sie nehmen Leute gefangen und führen sie in Handschellen ab. Sie kochen Informanten in Ihren Verhörzimmern weich. Ich habe Sie in meinen Hobbyraum gebracht ... Wo ist der Unterschied?«

Sie erkannte ihre Lage und wurde nun realistischer. Sie versuchte, eine Beziehung zu ihm aufzubauen, wie sie es gelernt hatte.

Er hielt die Ratte über ihren Körper, ja versuchte, mit dem Tier ihr Gesicht zu streicheln. Die Pfötchen berührten ihre Haare.

Liane verbog sich, so gut es ging, um einer Berührung mit der Ratte auszuweichen. »Der normale Weg, Informanten zu gewinnen und zu halten, ist der, ihnen ein Angebot zu machen. Ein gutes Angebot. Straffreiheit zum Beispiel ... oder Geld ...«

»Tja, das unterscheidet uns nun. Ich kann Ihnen weder Straffreiheit zusichern, noch werde ich Ihnen Geld in die Tasche stecken oder Ihnen einen guten Posten anbieten ... Statt Straffreiheit gibt es bei mir Schmerzfreiheit und körperliche Unversehrtheit ... Na, ist das ein Deal?«

Er setzte die Ratte auf ihrem Kopf ab. Sie spürte die Krallen auf ihrer Kopfhaut. Sie versuchte, nicht durchzudrehen, sondern ruhig zu bleiben. Sie hatte mal eine Punkerin verhaftet, die lebte mit Ratten zusammen, hatte ständig eine weiße an ihrem Körper, kuschelte mit ihr und trug sie auf ihrer Schulter herum. Der Gedanke an die Punkerin half ihr jetzt.

»Was wollen Sie denn überhaupt von mir wissen?«, fragte sie.

»Wer verrät die Drogendeals? Ich will alle Namen. Alle ...«

Rupert weigerte sich, seine Miet-Ehefrau Chantal zu nennen. Er wollte gerne eine Frau mit einem soliden, ostfriesischen Vornamen.

»Ich werde dich«, sagte er, »Frauke nennen.«

Sie war einverstanden.

Lange hielt er das mit dem Shoppen sowieso nicht durch. Er gab ihr von seinem gewonnenen Geld einen Stapel. Es mussten so fünf- oder sechstausend gewesen sein. So genau wusste er es nicht. Er hatte einfach in die Tasche gegriffen und einen Stapel Geldscheine herausgezogen. Damit ließ er sie alleine weitermachen.

Er zog sich ins Hotel Mercure zurück, um aus seiner Suite Weller zu kontakten. Es gab ja noch eine ganz andere Welt, diese ostfriesische, mit den Sesselpupsern in der Polizeiinspektion, die ihm plötzlich so merkwürdig kleinkariert vorkamen. Noch viel kleinkarierter als sonst.

Er ließ sich aufs Bett fallen und nahm sein sicheres Handy.

»Du glaubst es nicht, Alter«, legte Rupert sofort los, »ich hab eine Miet-Ehefrau! Und ich hab beim Pokern gewonnen, so dreißig-, vierzigtausend. Und einen Koffer voller Geld hab ich auch gekriegt. Zweihundertfünfzigtausend Schweizer Franken. Weißt du, wie viel Euro das sind?«

»Wofür ist das Geld?«, fragte Weller fast zähneknirschend.

»Keine Ahnung ... Drogenhandel ... Prostitution ... Waffenschmuggel oder so.«

Nach einer kurzen Pause sagte Weller: »Rupert, komm zurück! Das Ganze wird zu heiß. Sie werden dich umlegen. Sie haben uns in Norden eine deutliche Botschaft hinterlassen. Auf dem Doornkaat-Gelände liegt eine tote Frau. Sie hatte ein Foto von dir dabei.«

»Von mir oder von Frederico?«, fragte Rupert.

Weller atmete aus. »Keine Ahnung. Aber es ist ja auch egal, ob sie dich als Rupert killen oder als Frederico. Tot bist du dann auf jeden Fall.«

»Stimmt«, gab Rupert kleinlaut zu.

»Ich habe dir gerade ein Foto von ihr per WhatsApp geschickt. Kennst du sie?«

Rupert guckte sich das Bild an. Er hatte die Lederlady nie wirklich komplett gesehen, immer nur von hinten oder ihre Beine. Aber die Locken kannte er, und obwohl Ann Kathrin Klaasen die Frau mit der Intuition war und er über solche Bauchgefühle während einer Ermittlung nur lachen konnte, wusste er gleich: Das da war die Lederlady.

Er sagte: »Ich fürchte, ich habe mal ein bisschen im Internet mit ihr geflirtet.«

»Scheiße«, presste Weller hervor, »das habe ich auch befürchtet. Hast du mit ihr als Rupert oder als Frederico gechattet?«

»Als Dieter Deckhengst.«

»Ich glaub es nicht!«, stöhnte Weller.

Rupert schluckte. »Du, Alter, das wird bestimmt eine Menge Wirbel geben. Bitte halt mich da raus …«

»Raushalten?«, schimpfte Weller. »Wie soll ich dich denn da raushalten?«

»Die Presse darf das nicht erfahren, vor allen Dingen nicht dieser Bloem. Kannst du dir vorstellen, was meine Frau und meine Schwiegermutter mit mir machen, wenn die erfahren, dass ich …«

»Rupert!«, rief Weller, als müsse er ihn wecken, weil er bei einer Dienstbesprechung eingeschlafen war. »Rupert, du warst vermutlich der Grund für den Mord! Da geht es nicht mehr um Ehefrieden oder so. Die haben uns diese Frau vor die Tür gelegt, um uns zu drohen und um uns zu zeigen, dass sie Bescheid wissen … Es geht nicht mehr um deine Ehe, Rupert, es geht um dein Leben!«

»Weller«, ermahnte Rupert seinen Kollegen, »wir sind doch Freunde. Du musst dieses Foto verschwinden lassen! Die Nummer mit Dieter Deckhengst darf auf keinen Fall bekannt werden, sonst kann ich nicht mehr nach Ostfriesland zurück!«

Weller versuchte, ihn zu beruhigen: »Klar wirst du Stress kriegen. Aber Mensch, deine Frau ist doch deine Fremdgeherei längst gewohnt.«

»Beate ist nicht das Problem. Aber meine Schwiegermutter bringt mich um.«

»Und wie stellst du dir das vor? Wie soll ich dich da raushalten?«

Rupert hatte eine Idee: »Können wir das nicht dem Frederico in die Schuhe schieben? Ich meine, ob ich auf dem Foto bin oder er, das weiß doch außer uns beiden niemand. Er könnte doch Dieter Deckhengst gewesen sein.«

Da hatte Weller so seine Zweifel: »Du trägst auf dem Foto ein T-Shirt mit dem Aufdruck: *Eala Frya Fresena.*«

Rupert schwitzte. Er bekam einen trockenen Mund. Da war jemand auf dem Flur, und dann machte sich jemand an der Zimmertür zu schaffen.

»Mist!«, fluchte Rupert. »Ich fürchte, mir ist jemand gefolgt.«

Er warf das Handy aufs Bett und suchte selbst Deckung. Mit drei Schritten verschwand er im Bad und stellte sich, die Waffe in der Hand, neben die Tür. Doch dieser Platz war äußerst ungünstig. Wenn jemand die Badezimmertür öffnete, würde er ihn sofort im Spiegel sehen.

Rupert hörte Schritte im Zimmer. Also doch.

Angriff ist die beste Verteidigung, dachte er und entschied sich für einen Überraschungsangriff. Er sprang aus dem Badezimmer und brüllte: »Flossen hoch!«

Das Zimmermädchen war ein Mann und nannte sich Roomboy oder Servicekraft. Er riss die Arme zur Decke und war augenblicklich kalkweiß.

Rupert erkannte den Irrtum sofort. »Entschuldigen Sie«, stammelte er, »ich wollte Sie nicht erschrecken.« Er steckte die Waffe wie spielerisch weg. »Die ist gar nicht echt. Ich dachte, Sie sind mein Freund Marcellus. Das ist so ein Running Gag zwischen uns. Wir stellen uns immer Fallen, und es steht drei zu fünf für ihn.«

»Marcellus«, hauchte der junge Mann und wankte.

Rupert war so schnell kein anderer Name eingefallen. »Ja, Marcellus. Also nichts für ungut, ich wollte Sie nicht ...« Rupert hielt dem Roomboy einen Hunderteuroschein hin. »Das kann doch alles unter uns bleiben, oder?«

Zuerst verlor seine Unterlippe die Spannkraft, dann knickte der ganze junge Mann in den Knien ein und fiel zusammen. Wenn Rupert ihn nicht aufgefangen und ihm aufs Bett geholfen hätte, wäre er mit dem Kopf auf der Schreibtischplatte aufgeknallt. So lief aber alles glimpflich ab.

Als er den Roomboy auf dem Bett liegen sah, kamen ihm die hundert Euro doch etwas viel vor. Er steckte den Schein wieder ein. Fünfzig sollten doch reichen, dachte Rupert.

Er saß neben der schreckhaften Servicekraft auf der Bettkante. Wellers Stimme tönte aus dem Handy: »Rupert? Was ist? Melde dich, verdammt!«

Rupert nahm das Handy: »Alles easy. Ich verlass mich auf dich, Weller. Vergiss nicht, ich halte für euch Sesselpupser hier die Knochen hin.«

Der Roomboy richtete sich auf dem Bett auf. »Kann ich«, fragte er Rupert, »ein Glas Wasser haben? Bin ich ohnmächtig geworden?«

Rupert nickte. Er ging ins Bad und kam mit einem gefüllten Zahnputzbecher wieder. Es gab zwar eine Zimmerbar mit Mineralwasserflaschen, aber Rupert war plötzlich sparsam geworden. Vielleicht, weil er ahnte, was seine Miet-Ehefrau gerade ausgab.

»Richtige Männer«, belehrte er den Roomboy, »kippen zwar in so einer Situation Whiskey, aber bitte, ganz wie du willst – hier ist ein Glas Leitungswasser.« Er hielt ihm den Becher hin.

Immer noch leichenblass, aber um fünfzig Euro und eine Erfahrung reicher, verließ der Roomboy die Suite.

Er stellte ihr keine Fragen. Er überließ es ihr, ihm etwas anzubieten. Er zog aus dem Lederetui ein Rasiermesser und klappte es auf. Er ließ die Klinge mehrfach über einen Lederriemen gleiten. Der Griff war aus Rosenholz. Das Geräusch, als die Klinge über den Abziehriemen glitt, war vermutlich das Angsteinflößendste, was Liane je in ihrem Leben gehört hatte. Ihr Magen krampfte sich zusammen.

Er lächelte und fragte höflich: »Möchtest du, dass ich zuerst deinen Körper rasiere oder deinen Kopf? Was meinst du?«

Sie versuchte, ruhig zu atmen. Bevor er nicht von ihr bekommen hatte, was er wollte, würde er sie nicht töten. An diese Annahme klammerte sie sich.

Er ging um den Zahnarztstuhl herum, auf dem er sie fixiert hatte. Eine Ratte rannte verzweifelt in dem quietschenden Laufrad, als könnte sie so einen Ausgang erreichen.

Er zupfte an ihren Kopfhaaren und roch daran. »Strawberry«, sagte er. »Strawberry. Ich könnte dich durch den Häcksler jagen und deine Überreste auf den Erdbeerplantagen der Umgebung verteilen. So würdest du deine endgültige Bestimmung finden. Aber ich glaube, wir beginnen erst mal mit dem Kopf. Eine Glatze steht dir garantiert gut.«

Er baute den Spiegel so auf, dass sie sehen konnte, was er tat. Er setzte die Klinge neben ihrem rechten Ohr an und zog sie langsam hoch. Das schabende Geräusch war für sie noch schlimmer als die Klinge auf dem ledernen Abziehriemen. Sie wollte die Augen schließen, um es nicht mit ansehen zu müssen, aber sie schaffte es nicht. Sie musste einfach hingucken. Musste.

Klatt fegte um den Tisch wie ein Pitbull, der Haus und Hof gegen zwei Einbrecher verteidigen wollte und sich nicht entscheiden konnte, wen er zuerst beißen sollte. Er machte Kaugeräusche, die von feuchten Schmatzern unterbrochen wurden.

Ann Kathrin saß aufrecht auf der Stuhlkante und folgte aufmerksam Klatts Schritten. Weller tippte unbeeindruckt auf seinem Laptop herum und sammelte weitere Informationen.

Die Pressesprecherin der Kripo, Rieke Gersema, putzte ihre

Brille mit einem blauen Tuch und hauchte immer wieder auf die verschmierten Gläser. Die Brille war ihr ins Frühstücksmüsli gefallen, und der fettarme Joghurt mit Gojibeeren, Heidelbeeren und Chiasamen klebte wie Sau.

Martin Büscher, der Polizeichef, war aus Osnabrück zurück. Er fühlte sich in Klatts Anwesenheit entwertet, so als sei er nicht mehr Herr im eigenen Haus. Es ging aber nicht vorrangig um die weibliche Leiche auf dem Doornkaat-Gelände, sondern Klatt klagte: »Man kann über Frau Brennecke denken, was man will, und sie ist bestimmt keine ganz einfache Person, aber sie war immer überpünktlich …«

»Vielleicht ist sie gestern versackt oder hat einfach die Schnauze von uns voll«, orakelte Weller. Klatt funkelte ihn wütend an.

Ann Kathrin fragte sich, ob Weller gerade Ruperts Part in dieser Runde übernahm. So oder so ähnlich hätte er vermutlich Liane Brenneckes Fernbleiben kommentiert.

Klatt zog mit beiden Händen seine Hose höher: »Frau Brennecke war heute Morgen nicht beim Frühstück. Die Entwicklung in unserem Fall ist äußerst brisant – und sie ist nicht da?!«

»Haben Sie versucht, sie anzurufen?«, fragte Ann Kathrin.

»Natürlich!«, blaffte Klatt.

»Und?«, hakte Weller nach.

»Nichts und!«, schimpfte Klatt.

Büscher bemühte sich um Sachlichkeit: »Bei allem Verständnis für die Personalprobleme des BKA müssen wir uns nun wirklich um den Mordfall in Norden kümmern. Ich schlage vor, dass Kollegin Klaasen ein Team zusammenstellt, um …«

Rieke Gersema hob beide Arme. Das tat sie, wenn sie etwas Dringendes zu sagen hatte: »Ich brauche Material für die Presse. Es kommen viele Anfragen. Wir können jetzt nicht einfach die Schotten dichtmachen.«

»Das Foto und wer da drauf ist, sollten wir der Öffentlichkeit aber verschweigen«, schlug Weller vor.

»Warum?«, wollte Klatt wissen.

Weller sprach sanft, fast wie ein Pastor zur Weihnachtszeit. Damit machte er Klatt rasend. »Grundsätzlich verschweigen wir bei der öffentlichen Darstellung immer ein, zwei relevante Details des Falles. So können wir später bei Geständnissen Lügner und Angeber entlarven.« Weller dozierte weiter: »Bei fast jeder Tat, die großes öffentliches Interesse weckt, wie ein Mord, gibt es immer wieder ein paar Verrückte, die sich interessant machen wollen und ein falsches Geständnis abliefern.«

Klatts Augäpfel traten besorgniserregend hervor. Er regte sich auf: »Ja, glauben Sie, ich kenne die Regeln nicht?«

»Warum fragen Sie dann?«, provozierte Weller.

Ann Kathrin ahnte, dass Weller gerade versuchte, Rupert rauszuhalten, und betonte: »Aber dass Ruperts Mission mit diesem Mord zu Ende ist, darüber sind wir uns doch hoffentlich alle einig, oder?«

»Keineswegs!«, polterte Klatt. Er zeigte auf Weller und machte seinem Ärger Luft: »Was macht er überhaupt? Ich erwarte einen Lagebericht, und zwar jetzt!« Er pochte mit der Spitze seines Zeigefingers so heftig auf den Tisch, dass er sich weh tat.

Weller trumpfte auf und blieb besonders ruhig, weil er wusste, dass das den aufgeregten Klatt nervös machte. »Nun, Rupert hat wohl bei einem illegalen Pokerspiel ein hübsches Sümmchen gewonnen, und ein Boss aus Bayern hat ihm eine Geldtasche mit zweihundertfünfzigtausend Schweizer Franken übergeben. Ob das Geld echt ist, wissen wir noch nicht, aber Rupert ist sauer auf uns, weil wir die Bank noch nicht für ihn gegründet haben.«

Rieke Gersema grinste. Sie konnte sich Rupert lebhaft als Bankchef vorstellen.

»Haben Sie etwas?«, fragte Klatt.

Sie schüttelte nur stumm den Kopf.

»Er kann das Geld schlecht im Hotelzimmer in der Minibar verstecken«, fuhr Weller fort. »Jetzt ist er gerade mit seiner Miet-Ehefrau zum Shoppen, und heute Abend trifft er dann diesen ominösen Udo.«

Ann Kathrin platzte damit raus: »Also, da Frau Dr. Brennecke immer noch nicht da ist, mache ich mir auch Sorgen. Wir haben in Düsseldorf einen Informanten getroffen, der ganz klar von einer Gefährdungslage für Frau Brennecke und für Rupert gesprochen hat.«

»Glaubst du«, fragte Martin Büscher, »es liegt noch eine zweite Leiche auf dem Doornkaat-Gelände?«

»Unsere Einsatzkräfte durchsuchen, unterstützt von Feuerwehr und Wasserschutzpolizei, das gesamte Gelände, den Hafen und das Norder Tief. Soviel wir wissen, ist Liane Brennecke dort gern frühmorgens gejoggt.«

Klatt schabte sich über die Barthaare und schob die Zunge beim Sprechen vor wie Klaus Kinski: »Ja glauben Sie, sie ist …«

»Sie wurde«, sagte Weller mit Blick auf seinen Bildschirm, »gestern im *Wolbergs* mit einer Frau ganz in Leder an der Theke gesehen.«

Klatt ballte die rechte Faust und hielt sie sich vors Gesicht, als wisse er noch nicht, ob er in die Faust beißen oder sie sich selbst auf die Nase donnern sollte.

Büscher hielt sich unwillkürlich den Mund zu. »Dann müssen wir«, konstatierte Ann Kathrin, »mit dem Schlimmsten rechnen.«

Büscher sprach kleinlaut, so gar nicht im Befehlston, den Klatt hier einzuführen versuchte: »Wir brauchen die Hundestaffel aus Aurich. Wir müssen weiträumig die Stadt …«

Klatt wirkte echt getroffen. »Sie gehen davon aus, dass sie tot ist?«

Ann Kathrin schüttelte den Kopf. Die für ihre Intuition berühmte Kommissarin flüsterte: »Etwas sagt mir, dass sie noch lebt.«

»Etwas«, hakte Klatt ungläubig nach.

»Ja, etwas ...« Nach längerem Schweigen warf sie ihre Überlegung in die Runde: »Meine Freundin Bettina Göschl hat einen schwarzen SUV rumfahren sehen. Ihrer Meinung nach hatte er jedes Mal ein anderes Nummernschild ...«

»Liane Brennecke könnte entführt worden sein«, erläuterte Weller.

Klatt glotzte ungläubig in die Runde.

Sie fuhren gemeinsam nach Bremen, um Udo zu sehen. Rupert mit Mai-Li und Charlotte in einem weißen Mercedes, der normal aussah, aber Fenster aus Panzerglas hatte. Die Türen waren mit kugelsicheren Stahlplatten verstärkt, und selbst der Boden galt als sicher, falls sie über eine Sprengladung fahren sollten oder jemand eine Handgranate unter den Wagen rollen würde.

Innen war man geschützt. Charlotte nannte den Mercedes deswegen *meinen T 34*. Die jungen Leute wussten meist nicht, was damit gemeint war, und Charlotte erklärte es ihnen nur zu gern, dass es der meistgebaute Panzer der sowjetischen Armee war und für sie ein Symbol für den Sieg über den Hitler-Faschismus. Denn anders als einige Geschichtsbücher vermuten ließen, sei der Faschismus keineswegs vom Wetter, sprich vom Winter in Russland, besiegt worden, sondern von Soldaten, Widerstandskämpfern und Panzern. Sie fühlte sich als aufrechte Antifaschistin. Jede Art von Rassismus war ihr zutiefst zuwider.

Mai-Li gefiel der Wagen nicht, denn der Schutz hatte einen Preis. Das Fahrzeug war schwer und langsam.

Rupert hatte gehofft, seine Miet-Ehefrau könne neben ihm sitzen. Sie sah rattenscharf aus in dem neuen Outfit, doch Mai-Li bestand darauf, dass sie – weil sie eben keine richtige Ehefrau war – beim Personal mitfuhr. Sie saß mit Kleebo und zwei Leibwächtern im BMW, der vorwegrauschte.

Charlotte fasste Rupert immer wieder an, nannte ihn ständig »meinen Frederico« oder auch »mein kleiner Hoppeditz«. Ihre Berührungen waren die einer Tante, die dem Neffen Flusen vom Konfirmationsanzug pickt und ihm die Haare hinter die Ohren schiebt.

Der Wagen wurde von einem kahlköpfigen Fahrer gesteuert, der so groß wie breit war. Der hätte, dachte Rupert, locker im Film eine Rolle als psychopathischer Serienkiller bekommen, der sich nachts vom Fleisch seiner Opfer ernährt. Aber er war Mai-Lis treu ergebener Diener.

Charlotte flüsterte Rupert zu: »Er würde sich für sie in Stücke schneiden lassen, ohne sie zu verraten. Solche Leute brauchst du, mein kleiner Hoppeditz. Nicht diese karrieregeilen Proseccotrinker, mit denen du dich umgibst. Ein richtiger Leibwächter wie der«, sie klatschte ihm auf die Schultern, es hörte sich an, als hätte sie auf Metall geschlagen, »fängt die Kugeln, die dich treffen sollen, mit seinem Körper ab.«

Es machte ihr gar nichts aus, dass der Fahrer ihre Worte hörte. Im Gegenteil. Sie lachte: »Das würdest du doch tun, Dickie, oder?«

»Ohne zu zögern«, sagte er und grinste dabei, als würde er sich geradezu darauf freuen.

Er legte eine Udo-Lindenberg-CD ein. Charlotte wählte zielsicher ein Lied aus und sang fröhlich mit:

»*Und ich mach mein Ding,*
egal, was die anderen sagen.«

Charlotte forderte: »Mach doch *Johnny Controletti*!«

Noch bevor das Lied ertönte, sang Mai-Li schon:
»Und dann reicht er mir das Glas, das volle, und sagt ...«
An der Stelle setzte Charlotte fröhlich ein und grölte mit:
»Alles unter Kontrolle.«
»Nun mach schon!«
»Das ist nicht auf dieser CD. Warte, ich hab das aber auf dem Handy.«

Langsam kapierte Rupert, wohin die Reise ging. Udo war keineswegs irgendein Gangsterboss, den er treffen sollte, sondern es ging um Udo Lindenberg. Sie fuhren zu seinem Konzert nach Bremen.

Rupert hatte diese Musik immer gemocht. Bei Lindenberg-Songs war es ihm mehrfach gelungen, Frauen abzuschleppen. In seiner Erinnerung hatten diese Lieder etwas, das aus grauen Mäusen plötzlich Wildkatzen machte. Ja, diese Musik packte einen emotional und konnte enthemmen. Das gefiel Rupert.

Endlich hatte Mai-Li die richtige Scheibe gefunden. *Johnny Controletti* ertönte, und die beiden freuten sich, dass Rupert mitgrölen konnte:

»Er hat 'n Streifenanzug an
Und Gamaschen wie Al Capone.«

»Wir werden«, raunte Charlotte, »dort jemanden treffen, der ein großes Problem hat. Und ich hoffe, du kannst ihm bei der Lösung helfen.«

»Ein großes Problem?«, fragte Rupert und war sich ziemlich sicher, dass es darum ging, jemanden zu töten. Doch Charlotte zwinkerte ihm zu: »Ja, zwölf Millionen.«

»Schulden?«, fragte Rupert.

Sie lachte und stupste ihn an. »Scherzkeks! Nein, Schwarzgeld. Wir haben eine Menge Schwarzgeld gehortet. Wir hoffen auf dich, dass du weißes daraus machst. Wenn unsere Deals erst richtig laufen, wird es ein nicht versiegender Geldfluss werden. Ach, was sage ich, Fluss ... Ein Wasserfall, gegen den die Niagarafälle wie eine Miniausgabe wirken.«

Mai-Li mischte sich ein: »Die versuchen, das Bargeld abzuschaffen. Ist dir klar, was das für uns bedeutet? Sollen Drogendeals in Zukunft per Überweisung laufen? Das Bargeld ist die letzte Freiheit, die wir noch haben. Lange wird sie nicht mehr existieren.«

»Das machen die, um uns das Handwerk zu legen«, behauptete Rupert und ballte drohend die Faust.

»Nee«, kicherte Mai-Li, »das behaupten die bloß. In Wirklichkeit wollen sie die Bürger in den Griff kriegen. Keiner soll mehr schwarz arbeiten können. Wer den Geldfluss kontrolliert, hat alle im Griff.«

Charlotte zitierte Bertolt Brecht: »*Was ist ein Einbruch in eine Bank gegen die Gründung einer Bank?* Nur Idioten rauben eine Bank aus. Wir werden bald unser eigenes Zahlungssystem haben. Stimmt doch, Frederico, oder?«

Rupert nickte. »Klar. Ich arbeite dran. Dauert nicht mehr lange. Kann sich nur noch um Tage handeln.«

Im Dorint-Hotel bezog Rupert die Suite. Neben ihm wohnten Mai-Li und Charlotte. Beide konnten es kaum abwarten und wollten mit ihm in sein Zimmer, denn sie hatten ein Geschenk für ihn vorbereitet.

Auch seine Miet-Ehefrau Frauke wäre zu gern dabei gewesen, doch die beiden erlaubten es nicht. Sie wollten sofort klarmachen, wer hier das Sagen hatte. Frauke jedenfalls nicht.

Dickie kontrollierte das Zimmer, bevor sie hineingingen, und zog sämtliche Vorhänge zu. Offensichtlich wollten sie verhindern, dass jemand von außen hineinschießen konnte. In diesem Moment wurde Rupert wieder klar, wie gefährdet er wirklich war.

Nur mit Mai-Li und Charlotte in seiner Suite, nahm er den Champagner aus dem Kübel, ließ den Korken knallen und goss den beiden ein. Er selbst hätte lieber ein Bier gehabt, hielt aber vorsichtshalber den Mund.

Auf dem Bett lag ein Paket für ihn. Von der Größe her hätte es locker ein Bild beinhalten können. So fröhlich kichernd aufgeregt, wie die beiden Damen dastanden, glaubte Rupert, darin das schwarze Viereck zu finden, hinter dem Frederico ja so leidenschaftlich her war.

Er löste die große rosa Schleife und riss das Papier auseinander. Dann staunte er nicht schlecht: ein Streifenanzug und Gamaschen.

Die beiden sangen im Chor:
»*Er hat 'n Streifenanzug an*
Und Gamaschen wie Al Capone«
»Ihr meint, ich soll wirklich …«
»Ja, das sollst du. Es war doch immer dein Lieblingssong.«
»Stimmt«, gestand Rupert.

Marleen entschied sich, noch einmal nach Frederico zu sehen. Er hatte so etwas Verletzliches an sich. Für sie war er ein bisschen so wie auf OKIs Bild: ein Engel. Ein gefallener, ja, vielleicht gar ein böser Engel. Sonst wäre er ja wohl kaum hier gelandet. Aber sie gab die Hoffnung nicht auf. Irgendwann, das wusste sie tief in sich drin, würde sie jemandem bei der Resozialisierung helfen. Würde das Gute in ihm erkennen, es nähren, herauskitzeln und ihm schließlich zum Sieg verhelfen.

Der begnadete OKI hatte Abgründe in sich, ja Höllen. Frederico kam ihr mehr vor wie einer, der sich einfach verirrt hatte. Wie ein kleiner Junge.

Schon bevor sie seine Zellentür öffnete, wusste sie, dass etwas nicht stimmte. Sie hatte einen trockenen Mund und ein Grummeln im Magen. Jetzt brach ihr auch noch der Schweiß aus. Warnhinweise ihres Körpers.

Als sie das letzte Mal so heftig reagiert hatte, erwischte sie ihren Mann in flagranti mit ihrer besten Freundin. Schon im Flur hatte sie beide stöhnen hören. Mit jedem Schritt, den sie näher kam, wurden sie lauter.

Sie wusste, wie es sich anhörte, wenn er kam. Er machte immer ein dämliches Gesicht dabei. Ja, sie war damals gemein genug gewesen, auf diesen Moment zu waren. Sein Höhepunkt sollte gleichzeitig auch der Tiefpunkt ihrer Ehe werden. Sie hatte die Tür aufgerissen und sich das dämliche Gesicht angeguckt. Wobei sie heute nicht mehr hätte sagen können, wer blöder geguckt hatte: ihr Ex-Mann oder ihre Ex-Beste-Freundin. Und die hatte es tatsächlich geschafft, ihr noch zuzurufen: »Es ist anders, als du denkst.«

So etwas konnte ihr hier nicht passieren. Gegen das, was sie jetzt in der Zelle sah, mutete das damals an wie die reinste Lachnummer.

Von Fredericos Gesicht war nicht mehr viel übrig. Die ganze Zelle war voller Blut.

»So eine Scheiße! So eine Scheiße!«, schrie sie und stampfte mit dem Fuß auf wie ein zorniges kleines Mädchen.

Sie biss sich in den Handrücken. Der Schmerz tat gut.

Sie traute sich nicht, etwas anzufassen. Sie hatte keinen Zweifel daran, dass er tot war. Wer immer das hier getan hatte, hatte ganze Arbeit geleistet.

Es roch süßlich nach Blut. Ihre Knie wurden weich.

Ann Kathrin behauptete, in der Enge der Polizeiinspektion nicht richtig nachdenken zu können. Wörtlich hatte sie gesagt: »Die Wände blockieren Lösungen. Wenn wir so eingemauert dasitzen, müssen wir uns nicht wundern, wenn wir blockiert sind.«

Ihr Mann, Frank Weller, hatte ihr zugenickt, selbst Kripochef Büscher akzeptierte solchen Blödsinn, was Klatt unfassbar fand. Trotzdem fügte er sich und fuhr mit den anderen zum Deich. Es gab eine einsame Stelle bei den Salzwiesen, wo Wildgänse und andere Vögel nisteten. Dort ließen sie sich auf der dem Festland abgewandten Seite des Deiches im Gras nieder, sahen Schiffen nach oder guckten in die Wolken.

Ann Kathrin schloss manchmal die Augen und hielt einfach ihr Gesicht in den Wind. Martin Büscher saß daneben. Auch ihm war das Ganze im Grunde fremd, aber er hatte kapiert, dass die hier in Ostfriesland ihren eigenen *way of life* hatten. Es hatte mit den Gezeiten zu tun. Er verstand zwar nicht genau, wie, aber irgendwie hing es damit zusammen und mit dem Wind und dem Mond. Er hatte sich, aus Bremerhaven kommend, angepasst. Immerhin war er auch am Meer groß geworden, doch er fühlte sich viel mehr als Großstädter. Sand, das Sitzen im Gras, das alles passte ihm nicht wirklich in den Kram. Ihm war ein klimatisiertes Büro lieber, genau wie Klatt. Nur ging er, anders als der, auf seine Mitarbeiter ein, denn er wusste, dass nur zufriedene Mitarbeiter am Ende gute Ergebnisse bringen.

»Na«, fragte Klatt spöttisch in Anspielung auf einen Schlager von Zarah Leander, »hat der Wind Ihnen ein Lied erzählt, Frau Klaasen?«

Sie antwortete Klatt nicht, sondern sah Martin Büscher an: »Wir müssen Rupert zurückholen. Wir können nicht länger warten. Ich protestiere hiermit ganz offiziell gegen die Fortsetzung der Undercover-Mission.«

»Wenn Sie ihn nicht zurückholen«, drohte Weller in Richtung

Klatt, »tun wir es einfach. Und glauben Sie mir, der wird auf seine ostfriesischen Kumpels mehr hören als auf Sie.«

Klatt lachte höhnisch, konnte sich aber durchaus vorstellen, dass Weller recht hatte.

Klatt war fast erleichtert, als der Klingelton seines Handys ertönte. Die untergehende Sonne berührte jetzt am Horizont das Meer. Es sah aus, als würde jemand Blut ins Wasser gießen. Der Wind zerfetzte weiße Wolken zu schwarzen Schlieren, die jetzt durch das veränderte Licht wie lange Finger wirkten, die den Himmel abtasteten.

Weller und Ann Kathrin sahen sich das Schauspiel an.

Büscher suchte mit seinem Handy eine Information im Internet. Klatt telefonierte. Das heißt, er hörte mehr zu, als dass er sprach. Doch dann konnte er eine Frage nicht länger zurückhalten: »In einem abgeschlossenen Raum? Heißt das, Selbstmord?«

Büscher vergaß sofort, was er suchte, und starrte Klatt an.

Weller griff nach Ann Kathrins Arm und krallte sich rein.

Klatt drehte sich von ihnen weg, als hätte er ein Geheimnis vor ihnen. Er sprach leise, gegen den Wind. Weller bezweifelte, dass man ihn am anderen Ende überhaupt verstehen konnte. Wer sich oft am Deich aufhielt, wusste, dass man sich beim Telefonieren anders hinstellen musste. Allein aus Klatts Telefonhaltung konnte Weller erkennen, dass er es mit einem Stadt- beziehungsweise Büromenschen zu tun hatte.

Als Klatt sich ihnen wieder zuwandte, war sein Gesicht blass und wirkte teigig. Sein linkes Augenlid zuckte. Es fiel ihm nicht leicht, es zu sagen: »Er ist tot.«

Büscher griff sich an den Magen. »Wer? Rupert?«

Klatt sprach nicht. Er kaute auf etwas herum, fuhr dann immer wieder mit der Lippe über seine Schneidezähne.

»Rupert ist nicht der Typ, der Selbstmord begeht«, sagte Ann

Kathrin voller Überzeugung, und Weller gab ihr recht: »Stimmt. Der säuft sich einen oder klatscht ein paar Kerle weg, die ihm im Weg sind. Aber der bringt sich doch nicht um!«

»Wer redet denn von eurem gottverdammten Rupert?«, schimpfte Klatt. »Es geht um Frederico.«

»Frederico Müller-Gonzáles?«, hakte Weller nach.

Klatt legte einen Finger über den Mund: »Psst«, sagte aber: »Ja, brüllen Sie doch noch lauter!«

»Oh ja, Entschuldigung«, schimpfte Weller, »nicht, dass uns die Möwen noch hören.«

»Er wurde in seiner Zelle gefunden«, sagte Klatt. »Von einer Justizvollzugsangestellten. Er war übel zugerichtet. Können Sie sich überhaupt vorstellen, was das bedeutet?«

»Ja klar«, sagte Weller. »Dass es kein Selbstmord war.«

Klatt wandte sich ab. Er ballte die Fäuste und klopfte damit gegen seine Hüften. »Das hätte nicht passieren dürfen. Das hätte nicht passieren dürfen. Das ist einfach unfair, ist das, unfair!«

Ann Kathrin erhob sich. »Jedenfalls holen wir Rupert jetzt zurück.«

Ein paar Vögel näherten sich. Austernfischer. Sie hielten einen Abstand von acht bis zehn Metern und beobachteten die Polizisten. Wahrscheinlich spürten die Vögel die Aufbruchsstimmung und hofften, dass einer von ihnen etwas Essbares liegenließ.

»Wo immer Rupert ist«, sagte Ann Kathrin hart, »wir holen ihn noch heute Abend ab. Ich bringe ihn persönlich nach Hause zurück. Und ab dann kriegt er Polizeischutz. Rund um die Uhr. Bis das hier erledigt ist.«

Klatt brüllte sie an: »Einen Scheiß werden Sie zurückholen, einen Scheiß! Ist Ihnen nicht klar, was hier gerade passiert ist? Wir kommen jetzt aus der Sache nicht mehr raus! Wir haben uns gegen alle Regeln verhalten. Frederico Müller-Gonzáles ist im Gefängnis in einer geschlossenen Zelle ermordet worden! Selbst wenn wir das als Selbstmord verkaufen können, ändert es nichts an unserer Lage. Seine Eltern werden einen Krieg vom Zaun brechen, und diesmal ist es kein Krieg unter Gangstern, sondern einer gegen uns!« Er klopfte gegen seine Brust. »Keiner von uns ist mehr sicher. Die werden uns Sprengladungen unter die Autos legen. Ja, gucken Sie ruhig so, Frau Klaasen! Das sind nicht die Typen, die einem die Scheibe einwerfen und böse Briefe schreiben. Wenn wir für den Tod ihres Frederico verantwortlich sind, wenn er in unserer Obhut ermordet wurde, dann ist keiner von uns mehr sicher. Und überhaupt niemand, der eine Uniform trägt.«

Davor hatte Martin Büscher keine allzu große Angst. Noch nie hatte seines Wissens eine Gangsterbande einen Krieg gegen die Polizei gewonnen. Zumindest nicht in Europa. Ihm machte etwas anderes Sorgen. »Der Rechtsstaat wird völlig blamiert dastehen. Wir hätten ihn nicht einfach so festhalten dürfen, ohne Anwalt, ohne …«

Klatt machte eine schneidende Bewegung. Aus Ann Kathrins Sicht teilte er damit die Sonne in zwei Hälften. Dann beugte er sich so vor, als würde er versuchen, sie unter Wasser zu drücken. »Das ist mir scheißegal!«, schrie er.

»Wer wollte denn gerade, dass wir nicht so laut sind?«, fragte Weller leise. Klatt sah für ihn aus, als stünde er kurz vor einem Nervenzusammenbruch oder einem Schlaganfall.

»Es gibt nur einen Ausweg«, stellte Klatt fest und verdeckte jetzt mit seinem massigen Körper die Sonne vollständig.

»Hm.«

»Wir haben Frederico Müller-Gonzáles nie in unserer Gewalt gehabt. Irgendein Junkie, der weder gültige Papiere noch Angehörige hat, ist im Gefängnis gestorben. Er wird ein Begräbnis auf Staatskosten bekommen, und das war's.«

»Und dann?«, fragte Ann Kathrin entgeistert.

»Dann wird ihn unser Rupert ersetzen. Das macht er doch jetzt schon ganz glänzend.«

Klatt war begeistert von seiner eigenen Idee. Er reckte die Hände dankbar zum Himmel. Seine Bewegung schreckte die Austernfischer auf. Sie flogen in Richtung Watt davon.

Ann Kathrin führte Klatts Gedanken konsequent zu Ende. Das hatte sie bei Ubbo Heide gelernt: Nicht nur die nächsten zwei Züge planen, sondern weiter denken. Was passiert, wenn der Plan gelingt?

»Und wenn dann jemand Rupert auf offener Straße erschießt, werden wir bekanntgeben, dass Frederico Müller-Gonzáles von konkurrierenden Drogendealern umgebracht wurde, ja?«

Klatt nickte, erfreut, dass er sie mit seinen Argumenten erreicht hatte.

»Dann«, fuhr Ann Kathrin fort, »wird es keinen Krieg der Gangster gegen die Polizei geben, sondern die Banden werden sich untereinander liquidieren. Und wir schauen dabei zu, und ab und zu verhaften wir auch mal einen, damit wir gut dastehen.«

Klatt hörte wohl den kritischen Unterton heraus, nickte aber trotzdem. Er wollte nicht von ihr geliebt oder bewundert werden, es reichte ihm, wenn er sich mit seinen Argumenten durchsetzen konnte. Besonders druckempfindlich waren diese ostfriesischen Kollegen ja ohnehin nicht. Besser, man nahm sie mit, als dass man sie gegen sich hatte, dachte er. Woanders genügte vielleicht eine Dienstanweisung. Hier musste man überzeugen, und das fiel ihm manchmal schwer. Er hatte es innerhalb der Befehlsstrukturen geradezu verlernt.

»Und was machen wir mit seiner Frau und seiner Familie?«, fragte Ann Kathrin. »Dürfen die dann nicht zur Beerdigung kommen? Erzählen wir denen die Wahrheit?«

»Dass ihr Mann sich geopfert hat?«, warf Weller zynisch ein.

Klatt rang die Hände, als wollte er etwas Unsichtbares festhalten.

»Es ist vorbei«, stellte Ann Kathrin klar. »Beenden wir das Ganze und stellen wir uns der Öffentlichkeit mit unserem ganzen Versagen.«

»Das ist nicht Ihr Ernst?!«, sagte Klatt mit einer Stimme, der eine tiefe Resignation anzuhören war.

Rupert in seinem Streifenanzug mit den Gamaschen kam sich jetzt wirklich wie Johnny Controletti vor. Er machte ein paar Steppschritte und hoffte, heute Abend Udo vorgestellt zu werden.

Inzwischen wusste er auch, was der Code bedeutete: RN 103// R4 P2. Rang 103, Reihe 4, Platz 2.

»Solche Großveranstaltungen sind für Leibwächter ein Albtraum«, erklärte Dickie. »Du kriegst keine Waffe mit rein. Die Jungs am Eingang kontrollieren sehr genau. Hier wird Personenschutz zum reinen Bodyjob.«

Rupert versuchte, ihn zu beruhigen, und gab ganz den Coolen: »Wenn wir keine Waffen reinkriegen, dann schaffen die anderen das auch nicht.«

Dickie wischte sich über die Lippen. »Es sei denn, sie sind schon drin, zum Beispiel beim Aufbaupersonal. Und du weißt nicht, wen Udo so alles in seiner Truppe hat. Die Roadies sind lange vor der Show da und bauen alles auf. Und wenn wir alle in den Hotels liegen und pennen, dann bauen die ab und fahren zur nächsten Halle, weil am anderen Tag alles wieder stehen muss.«

»Du meinst«, fragte Rupert, »es könnte jemand da sein, der dann bum-bum«, er deutete zwei Schüsse mit dem Gewehr an.

»Nee, glaube ich nicht. Sie werden dich nicht einfach abknallen, sondern versuchen, dich zu entführen, um noch ein paar Informationen aus dir rauszuschneiden.«

»Zum Beispiel«, ergänzte Mai-Li, »wie wir an den Stoff gekommen sind und warum sie keinen mehr haben.«

»Wir haben gute Plätze«, freute sich Charlotte, »mit einem perfekten Blick auf die Bühne. Wir sind ganz nah dran. Wir wollten nicht unten im Gewühl stehen.«

»Ja«, lachte Mai-Li, »schade eigentlich. Früher stand ich lieber da unten, mit erhobenen Armen, hab gekreischt und geschrien und abgerockt, bis ich fast ohnmächtig wurde.«

»Aber in unserem Alter«, ergänzte Charlotte, »ist man froh, wenn man Sitzplätze hat.«

Chantal hatte sich noch nicht ganz daran gewöhnt, von Rupert »Frauke« genannt zu werden. Sie stand in einem aufregenden Kleid neben ihm. Etwas hatte sich zwischen ihnen verändert. Die Art, wie sie ihn ansah, ließ Rupert ein vielversprechendes Knistern hören.

Am Eingang waren die Kontrollen tatsächlich intensiver als an so mancher Grenze. Jeder musste seine Tasche öffnen. Rupert fühlte sich dadurch geschützt. Schwierig wurde es für ihn, als er mit all den Lindenberg-Fans und Doubles, die gut gelaunt in die Halle strömten, an den duftenden Currywurstständen vorbeimusste. Was hätte er jetzt für eine extrascharfe Currywurst gegeben … Am besten mit Pommes und Mayo, dazu ein, zwei kühle Bierchen.

Mein lieber Frederico Müller-Gonzáles, sagte er zu sich selbst, du weißt nicht, was du alles verpasst im Leben.

Zum Glück musste er hier keinen Wein trinken, sondern Bier galt irgendwie als abgemacht. Nur die Bodyguards tranken Mineralwasser. Selbst Kleebowski hielt sich an einem Wasser fest. Er sah nervös aus, wie ein Mann, der ahnte, dass eine Katastrophe bevorstand.

Sie hatten die Plätze klug gewählt. Jeweils auf einem Außenplatz hatten links Dickie und rechts Kleebowski Platz genommen, so dass jeder, der in die Reihe wollte, an einem der beiden vorbeimusste.

Rupert dämmerte es allmählich, wie diese Leute dachten. Das hier war von langer Hand geplant. Es gab, für Außenstehende unbemerkt, Sicherheitskonzepte.

Jetzt, da sie sich in der Öffentlichkeit befanden, gehörte seine Miet-Ehefrau natürlich an seine Seite. Sie saß links neben ihm und kuschelte sich die ganze Zeit an seinen Oberarm. Entweder gehörte es zu ihrem Job, den sie perfekt beherrschte, oder sie war tatsächlich verliebt in ihn, so wie sie ihn die ganze Zeit anhimmelte.

Rechts neben ihm saßen Charlotte und Mai-Li, beide gut gelaunt, ja, aufgekratzt. Mai-Li spottete darüber, dass man hier nicht rauchen durfte. Sie spielte mit ihrer Zigarettenspitze und meckerte darüber, was dies für ein Scheißland geworden sei, wenn bei Rockkonzerten nicht mal mehr geraucht werden dürfe. »Früher haben wir ...«, sie führte den Satz nicht zu Ende, das erschien ihr jetzt unangemessen.

Und hier, dachte Rupert, will mir jemand zwölf Millionen übergeben? Er fragte sich, wie viel das überhaupt war. Mehrere Koffer? Wer wollte denn an den Kontrollen vorbei Koffer mit zwölf Millionen hier reinschmuggeln? Gut, das waren keine Waffen, aber man musste doch Taschen aufmachen und zeigen, was drin ist. Irgendjemand wäre doch bei so viel Geld stutzig geworden ...

Er ahnte, das Charlotte und Mai-Li die Antwort wussten, doch er wollte sie nicht fragen. Am besten, dachte er, einfach immer so tun, als wäre alles ganz normal.

Er wollte aufstehen und sich noch Bier holen. Er fragte, wer sonst noch gerne etwas hätte. Dickie lachte, als hätte Rupert einen

Witz gemacht, und sorgte mit einer Kopfbewegung dafür, dass einer seiner Kleiderschränke loslief und sich für Frederico in die Schlange stellte.

»Und wenn ich mal zum Klo muss«, scherzte Rupert, »geht der dann auch für mich?«

Kleebo mischte sich vom anderen Ende der Reihe ein: »Die Mädchen gehen doch auch immer zusammen zum Klo. Ist dir das noch nicht aufgefallen? Neuerdings machen die Jungs das genauso.«

Dickie sprach es aus: »Mädels, das sind Sicherheitsmaßnahmen!«

Die Show war gigantisch. Monumental. Als Udo hereinschwebte, vergaß Rupert für kurze Zeit seine Probleme. Sowohl Frederico als auch Rupert waren völlig begeistert. Am liebsten hätte er noch einmal die Identität gewechselt und wäre zu Udo geworden. All diese wunderbaren Tänzerinnen, die ihn in ständig wechselnden Kostümen umschwärmten, machten Rupert neidisch.

Seine Miet-Ehefrau reagierte fast ein bisschen eifersüchtig: »Die gefallen dir wohl, was?«, fragte sie und stupste ihn an. Dann hauchte sie einen Kuss auf seinen Hals.

Um ein bisschen mehr Aufmerksamkeit von ihm zu bekommen, bedeckte sie schließlich sein Gesicht mit Küssen, ja, saß nicht mehr auf ihrem Platz, sondern kniete auf seinem und beknutschte ihn. Rupert wusste nicht, ob das zu ihrem Job gehörte.

Charlotte passte das überhaupt nicht. »Na, na, na, na«, sagte sie und schob Frauke von Ruperts Knien.

Bei *Johnny Controletti* flippten sie völlig aus. Rupert stand, tanzte mit, versuchte, Udos Bewegungen nachzumachen, was ihm nicht gelang. Verglichen mit Udo wirkte er teddybärenhaft, aber neben ihm standen Charlotte, Mai-Li und Frauke und tanzten wild. Sie sangen, bis ihnen der Hals weh tat:

*»Und dann reicht er mir das Glas, das volle,
Und sagt: Alles unter Kontrolle.«*

Vermutlich, dachte Rupert, ist Udo zwanzig Jahre älter als ich, aber er bewegt sich geschmeidiger und hat offensichtlich auch mehr Kondition. Er rennt über die Bühne, schwingt die Mädels, singt dabei – herrje, ich bin ja schon aus der Puste, wenn der Fahrstuhl kaputt ist und ich die Treppen hochmuss, grummelte er und nahm sich vor, öfter ins Fitness-Studio zu gehen oder wenigstens ab und zu mal einen Spaziergang am Deich zu machen.

Tatsächlich wurde er von Kleebo und einem Kleiderschrank zur Toilette begleitet. Das passte ihm überhaupt nicht, denn jetzt, während der Show, waren an den Currywurstbuden keine Schlangen. Er hätte sich schnell eine reinschrauben können, doch mit den Bodyguards an den Hacken musste er ganz Frederico bleiben. Wahrscheinlich gab es hier auch irgendetwas Vegetarisches. Gemüsebällchen oder so. Aber darauf hatte er nun wirklich keine Lust.

Auf der Toilette sah er sich im Spiegel. Er hatte Lippenstiftspuren im Gesicht, das gefiel ihm. So sahen begehrte Männer aus ...

Während der Show kam niemand und übergab ihm zwölf Millionen. Er hatte auch nicht ernsthaft damit gerechnet.

Als es nach dem großen Finale und zig »Zugabe! Zugabe«-Schreien nach draußen ging, wurde Rupert nicht nur von seinen Leibwächtern geschützt, sondern auch von Chantal, Charlotte und Mai-Li. Die drei keilten ihn geradezu zwischen sich ein, drückten und knufften ihn immer wieder und stellten ständig die gleiche Frage: »Na, war das nicht toll? War das nicht großartig?«

»Vielleicht«, orakelte Mai-Li hoffnungsvoll, »sehen wir Udo ja noch. Immerhin sind wir im selben Hotel.«

Sie saß noch immer gefesselt in diesem Zahnarztstuhl. Er befand sich nicht bei ihr im Raum, oder sie konnte ihn nicht sehen. Aber er hatte den großen Spiegel so hingestellt, dass sich die Neonröhre an der Wand darin doppelte. Es war ein Licht wie in einem Operationssaal. Die Neonröhre summte leise, und ab und zu war da ein Flackern, als gäbe es Schwankungen im Stromnetz.

Das Fiepen der hungrigen Ratten jagte ihr jedes Mal eine Gänsehaut über den Körper. Es begann an den Armen, lief von dort über den Rücken, und sie spürte es sogar an den Oberschenkeln bitzeln.

Sie wusste nicht, wie lange er sie schon hier gefangen hielt. Er hatte ihr rechts die Haare vom Kopf rasiert. Links war alles noch wie immer, allerdings waren die langen blonden Haare nun strähnig verschwitzt. Ungewaschen.

Wenn sie den Kopf zur Seite drehte und in den Spiegel schielte, konnte sie die Schnitte in der Kopfhaut sehen und das bis zu ihrem Hals heruntergelaufene Blut. Wenn sie den Kopf zur anderen Seite drehte, bekam das Ganze etwas von Normalität. Nur wenn sie geradeaus in den Spiegel sah, kam sie sich vor wie gespalten, als würden dort zwei Personen sitzen.

Warum, fragte sie sich, hat er das gemacht? Warum hat er mir nicht den ganzen Schädel rasiert? Will er noch eine weitere Drohkulisse aufbauen? Wenn du jetzt nicht redest, dann hast du gar keine Haare mehr ... Oder wollte er ihr zeigen, was sie bereit war zu verlieren, um ihre Geheimnisse zu wahren?

Sie wusste nicht, wie lange sie das hier noch aushalten würde. Ja, sie schämte sich dafür, doch sie hatte schon mehrfach mit dem Gedanken gespielt, alles zu verraten. Wer würde es ihr übelnehmen? In einer Foltersituation waren Menschen bereit, alles zu sagen, ja, ihre Eltern zu verraten.

Verlangte sie hier gerade Übermenschliches von sich?

Draußen hörte sie Vögel. Irgendwo, weit weg, links von ihr, hämmerte ein Specht. Mehrfach hatte sie Tauben gurren gehört und auch Entengeschnatter.

Sie hatte sich in die Hose gemacht. Zwischen ihren Beinen klebte es feucht und kalt.

Sie hörte seine Schritte auf der Treppe. Er war ein schwerer Mann. Die Holzstufen ächzten unter seinem Gewicht. Ein dicker Riegel wurde zur Seite geschoben. Die metallischen Geräusche taten ihr in den Zähnen weh.

Obwohl sie die Tür nicht im Spiegel sehen konnte, hatte sie eine klare Vorstellung von einer alten, massiven Holztür, gesichert mit schweren Schlössern, wie in einem Burgverlies.

Er atmete heftig. Was werde ich tun, wenn er einen Herzinfarkt bekommt, dachte sie. Werde ich dann hier unten gefesselt verrecken? Ist es mein Glück, wenn er stirbt, oder auch mein sicherer Tod?

Noch bevor er in ihr Gesichtsfeld trat, roch sie den Alkoholdunst. Es war dieser typische Schnapsgeruch. Musste er sich Mut antrinken, um sie weiter quälen zu können?

Er redete nicht. Er wirkte strubbelig, sein Gesicht links verknautscht, so als hätte er auf einer Seite geschlafen und darin war noch die Struktur des Kissens abgebildet.

Er zeigte ihr ein Messer. Die Form machte ihr schon Angst. Es hatte oben einen Haken. Mit einem solchen Messer hatte er ihre Bekanntschaft aus dem *Wolbergs* getötet. Wollte er ihr mit der Auswahl des Messers etwas zeigen? Sicherlich hatte er nicht vor, ihr damit den Rest des Kopfes kahl zu rasieren.

Er zog ihr die Söckchen aus und hielt die kalte Klinge gegen ihren linken Fuß. Fast zärtlich streichelte er damit die Fußsohle, fuhr zwischen den Zehen entlang, aber ohne sie zu verletzen, und rieb die Klinge an ihren Knöcheln. Er schob sie in ihr Hosenbein und begann, es aufzuschneiden.

Sie versuchte, mit ihrem Verstand die Angst niederzukämpfen. Das Zittern war ihr peinlich. Sie gönnte ihm diesen Triumph einfach nicht. Sie wollte doch so gerne stark sein, unerschrocken.

Früher hatte sie manchmal darüber nachgedacht, wie es wäre, als Polizistin im Dienst zu sterben. Sie hatte sich vorgestellt, von einer Kugel erwischt zu werden oder bei einer Verfolgungsjagd gegen einen Brückenpfeiler zu fahren. Ja, davon hatte sie sogar mehrfach geträumt.

Im Dienst hatte sie nichts davon erzählt. Keiner ihrer Kollegen wusste es. Sie hatte Angst, zum psychologischen Dienst geschickt zu werden. Auf keinen Fall sollte irgendeine Schwäche in ihren Personalakten vermerkt sein. Sie wollte als Analytikerin gelten, belastbar, hochintelligent, mit Durchsetzungsvermögen. Jetzt gerade hatte sie nichts mehr davon. Es fehlte nicht mehr viel, und sie würde einfach zu einem heulenden Stück Fleisch werden. Das Kind in ihr schrie schon nach der Mutter, lediglich die stolze Kriminaldirektorin wahrte noch einen Hauch von Form.

Sie fand das Geräusch grässlich, wenn die Klinge den Stoff zerschnitt. Ihr Verstand analysierte die Situation und diagnostizierte ihn. Er arbeitet mit Geräuschen. Der Abziehriemen fürs Rasiermesser. Jetzt der Stoff. Die Ratten sind eigentlich nur dazu da, Lärm zu machen. Er weiß, dass Töne viel tiefer in einen Menschen eindringen können als Worte. Töne sind wie Musik. Sie wecken Emotionen. Er ist ein Meister der gruseligen Töne.

Plötzlich war sie sich nicht mehr sicher, ob sie wirklich einen Specht gehört hatte und Tauben oder ob auch diese Geräuschkulisse zu seiner Inszenierung gehörte.

Er arbeitet gern mit Messern, nicht mit einer Peitsche oder einem Schlagstock. Was bedeutet das Messer für ihn? Ist es wie ein Phallussymbol? Wird er am Ende gar versuchen, damit in mich einzudringen?

In ihrer Vorstellung würde er das Messer in ihre Rippen stoßen, unterhalb ihrer Brust, und versuchen, sie aufzuknacken wie ein Hähnchen.

Sie wehrte sich gegen diesen Gedanken. Nein, sagte sie sich, das wird er nicht tun. Dann bist du ohnmächtig und kannst ihm nichts mehr erzählen.

Dass er ihre Kleidung zerschnitt, hatte nur einen Sinn: Er wollte ihr damit klarmachen, dass sie hier nie wieder herauskommen würde. Es ging nicht einfach darum, sie nackt auf diesem Stuhl zu haben. Das hätte er schneller haben können.

Jetzt saß sie nackt vor ihm. Die Kleiderfetzen hingen am Stuhl herunter.

»Die Ratten«, sagte er mit dunkler Stimme, »sind hungrig.«

Als hätten sie ihn genau verstanden, fiepten sie jetzt noch lauter und kratzten mit ihren Krallen an der Käfigwand entlang.

»Ich sollte etwas aus dir rausschneiden und es ihnen geben. Was glaubst du, wird ihnen am besten schmecken? Was soll ich zuerst nehmen?«

Er glitt mit der Messerspitze langsam über ihren Oberschenkel, hin zum Bauchnabel.

Udo Lindenberg tauchte zwar nicht an der Bar auf, dafür aber viele von den Tänzerinnen, und zwischen denen fühlte Rupert sich ausgesprochen wohl, egal, ob als Frederico oder als ostfriesischer Kripomann.

Der Barkeeper lachte Rupert an: »Sie haben das Gesicht voller Lippenstift.«

»Ja«, grinste Rupert, »wenn man in ist, ist man in.«

Frauke wich nicht von seiner Seite. War sie wirklich eifersüchtig? Selbst seine richtige Ehefrau Beate gestand ihm da eigentlich mehr Freiheiten zu. Beates Lieblingsspruch war: »Appetit machen lassen kannst du dir, wo du willst, aber gegessen wird zu Hause.«

Charlotte und Mai-Li saßen an einem kleinen Tisch in der Nähe der Tür. Von da aus konnten sie den Fahrstuhl beobachten und den Eingang. Sie hatten wirklich die Hoffnung, ihr Idol Udo zu treffen.

Frauke trank Gin Tonic. Für Frederico hatte Rupert sich einen Weißwein bestellt. Der Barkeeper hatte ihm mehrere Sorten vorgeschlagen. Bei Grauburgunder hatte Rupert genickt, kurz probiert und dann zu Frauke gesagt: »Ach, heute bleibe ich mal beim Bier.«

Der Mann, der auf Rupert zukam, sah nicht nach zwölf Millionen Bargeld aus. Er trug einen korrekten, vermutlich maßgeschneiderten hellblauen Anzug, darunter aber kein Hemd, sondern ein weißes T-Shirt. Die Ärmel des Jacketts waren etwas kurz, vermutlich, damit die dicken Goldketten und die Rolex an seinen Handgelenken besser zu sehen waren.

Auch er kam nicht ungeschützt, sondern hatte einen drahtigen jungen Mann wie einen Schatten an sich kleben. Immer einen Meter Abstand, die Augen überall, sprung-, ja kampfbereit.

Er breitete die Arme aus: »Frederico!«

Lächelnd ging Frederico auf ihn zu. Die beiden umarmten sich, wobei es für Rupert ein bisschen unangenehm war. Um auf gleicher Höhe zu sein, musste er sich recken.

Der Mann sah erst jetzt Mai-Li und Charlotte. Es war ihm peinlich, die beiden Frauen nicht zuerst begrüßt zu haben. Er ließ Rupert stehen und ging zu ihrem Tisch. Gentlemanlike verbeugte er sich, und Rupert war froh, seinen Namen zu hören, denn beim Küsschen-rechts-Küsschen-links redete Mai-Li ihn mit »mein lieber Bekir« an.

Rupert ging davon aus, einen türkischstämmigen Gangsterboss vor sich zu haben. Als Bekir zu ihm zurückkam und vorschlug, gemeinsam einen Raki zu trinken, war Rupert einverstanden. Er hob das Glas und sagte: »Auf die deutsch-türkische Freundschaft.«

Das Lächeln in Bekirs Gesicht gefror.

Frauke machte das Angst, was Rupert daran merkte, dass ihre Finger sich in seinen Oberarm krampften. Doch Bekir fing sich sofort wieder, hob das Glas erneut und stellte klar: »Die deutsch-kurdische Freundschaft wäre mir lieber.«

»Entschuldige«, stammelte Rupert und schüttelte über seine eigene Blödheit den Kopf.

Bekir griff in sein Jackett und zog zwei Schlüssel heraus. Er hielt sie Rupert hin. Es waren Schlüssel für Gepäckschließfächer im Bahnhof.

»Zwei Schlüssel?«, fragte Rupert.

Bekir grinste: »Es passte nicht alles in eins.«

So läuft das, staunte Rupert. Keine Quittung, keine großen Worte, einfach zwei Schlüssel. Ich soll jetzt das schwarze Geld aus den Schließfächern holen und es in offizielles Geld umwandeln. Aus Scheinen muss nun digitales Geld werden, das man überweisen kann, mit dem man Autos, Häuser, Fabriken kaufen, Löhne und Gehälter auszahlen kann.

Gern hätte Rupert noch länger an der Bar gewartet. Sein Wunsch, Udo Lindenberg kennenzulernen, beherrschte ihn gerade sehr. Am liebsten hätte er ein Selfie mit ihm gemacht, aber er konnte im Moment schlecht damit angeben …

Rupert bestellte sich gerade noch ein Pils und wollte auch Bekir einladen, da kam Detlev Schilling herein. Scheiße, dachte Rupert, ausgerechnet der!

Die beiden kannten sich aus Esens. Sie mochten sich durchaus. Sie hatten bei einer Grillparty gemeinsam über Senfsorten gefachsimpelt. Detlev Schilling hatte damals ein T-Shirt getragen, das offensichtlich für ihn persönlich angefertigt worden war. Darauf stand: *Für Pillepalle bin ich nicht zuständig.*

So ein T-Shirt wünschte Rupert sich auch. Am liebsten hätte er es Detlev abgekauft und am anderen Tag im Dienst getragen. Ja, diesen Satz wollte er sich merken und ihn in Zukunft in der Polizeiinspektion öfter mal sagen, vor allen Dingen zu Ann Kathrin Klaasen und Martin Büscher. Welch kluges Lebensmotto: *Für Pillepalle bin ich nicht zuständig.*

Schilling sah Rupert und winkte ihm zu.

Was jetzt, fragte Rupert sich. Was jetzt? Soll ich ihm ins Ohr flüstern: *Halt die Fresse, dies ist eine geheime Polizeiaktion? Ich bin Frederico Müller-Gonzáles und nicht Rupert.* Oder sollte er so tun, als ob er ihn nicht kannte?

Zum Glück flatterten zwei Tänzerinnen auf Detlev zu. Die eine hatte Probleme mit ihrem Kostüm, die andere irgendwo ihre Uhr verloren. Geduldig kümmerte Detlev sich um alles.

»Kennt ihr euch?«, fragte Frauke.

»Der ist Udos Tourmanager.«

Detlev hörte die Sätze und rief lachend: »Ja, im Moment bin ich eher so eine Art Heimleiter. Morgen geht's weiter.«

»Wie viele Leute sind da im Hintergrund bei so einer Tournee?«, fragte Frauke.

»Hundertachtzig«, antwortete Detlev Schilling nicht ohne Stolz.

Ich muss hier raus, dachte Rupert, ich muss hier raus, bevor ich auffliege. Also rief er laut in die Runde: »Schöne Grüße an den Meister, aber ich bin jetzt müde und hau mich hin. Bis morgen, wir sehen uns beim Frühstück!«

Mai-Li und Charlotte winkten Rupert zu. »Wir warten noch auf Udo. Der kommt immer erst ganz spät, der ist doch ein Nachtmensch.«

Bei der Fahrstuhltür holte Frauke ihn ein. Schon im Fahrstuhl stellte sie sich mit ihren Pumps auf seine Gamaschen, drückte ihn gegen die Wand und hauchte einen Kuss auf seine Lippen. Rupert versuchte, sich aus ihrer Umarmung herauszuwinden. Einerseits fand er es toll, andererseits hinderte ihn gerade etwas. War dieser Aufzug vielleicht videoüberwacht? Frederico wäre das vermutlich egal gewesen.

Auf dem Weg zur Suite legte sie einen Arm um ihn. Er fragte: »War das Show? Ich meine, gehörte das dazu, diese Abknutscherei während des Konzerts und dass du mich immer so angehimmelt hast?«

Sie druckste ein wenig herum. Sie betraten gemeinsam das Zimmer, und sie war sofort an der Minibar. »Ich habe immer noch einen Riesenbrand«, lachte sie. »Bei so einem Konzert trinke ich meist nicht so viel, weil ich nicht dauernd zur Toilette laufen will.«

So leicht ließ Rupert sie nicht da raus. »Also«, hakte er nach, »war das Job oder …«

Er hatte sich die Lippenstiftspuren immer noch nicht aus dem Gesicht gewischt. Irgendwie war er ganz stolz darauf.

Frauke drehte sich vor ihm im Kreis, machte ein paar Tanzbewegungen, ja, vielleicht inspiriert von den Tänzerinnen.

»Hast du mal als Stripperin gearbeitet?«, fragte er.

»Meinst du, ich hätte das Talent dazu?«

»Zurück zu meiner Frage.« Das Ganze hier kam ihm fast so vor wie ein Verhör. Immer versuchte der Verdächtige, abzulenken oder das Gespräch auf Nebenkriegsschauplätze zu führen. Wie beim Verhör wollte Rupert auch jetzt bei der Sache bleiben, um die Wahrheit zu erfahren.

»Also«, sagte sie und stieg auf den kleinen runden Tisch und bewegte sich zu Klängen einer imaginären Musik, die in ihrer Vorstellung so schön gewesen sein musste, dass sie sogar die Augen schloss, um sie besser genießen zu können. Darum beneidete Rupert sie. Ihm fehlten solche Phantasiebilder. Er kam sich vor wie ein materialistischer Plattkopf.

»Um ehrlich zu sein«, sagte sie, wobei sie die Oberlippe immer wieder mit den Zähnen festhielt, als wollte sie darauf herumkauen, »ist es beides. Natürlich hatte ich schon Kunden, die wollten, dass ich sie in der Öffentlichkeit bewundere und beflirte. Das steigert ihr Selbstwertgefühl und ihren eigenen Marktwert. Glaub mir, das ist gar nicht so einfach. Grab mal die ganze Zeit einen Typen an, von dem alle anderen am Tisch denken, was für ein Drecksack. Und wenn der auch noch schlecht riecht, dann ... Geruch ist für mich so wichtig.« Sie sog die Luft tief ein.

»Und ich«, fragte Rupert, »wie rieche ich?«

»Immer ein bisschen nach Pommesbude ...«

»Ich bin Vegetarier!«, rief Rupert.

»Ja, aber du wirst den Duft nicht los. Das erinnert mich an meine Kindheit. Ich würde heute so etwas auch nicht mehr essen, aber ...«

Noch einmal versuchte Rupert, zu seiner Frage zurückzukommen. »Also, wie ist es jetzt? War das alles echt oder ...«

»Was mache ich denn hier gerade für dich?«, fragte sie und ließ das Achthundertfünfzig-Euro-Kleid fallen. »Es war«, sagte sie, »von beidem ein bisschen. Natürlich ist es Job. Ich bin deine Miet-Ehefrau. Hallo? Ich will dir eine gute Ehefrau sein. Du sollst die Zeit hier in bester Erinnerung behalten und mich weiterempfehlen. Irgendwie mag ich dich auch wirklich, verstehst du? Du hast so etwas, das macht mich an.«

»Aber dein Ex? Was ist mit dem?«

»Nun, er ist mein Ex.« Das Gespräch über den Mann war ihr unangenehm. Sie ließ die linke Hand über ihre Unterwäsche gleiten. »Wie gefällt dir das? Als ich diese süßen Dessous ausgesucht habe, warst du ja leider schon nicht mehr dabei.«

Sie mag mich wirklich, dachte Rupert, und das tat ihm sehr gut. Die steht auf mich. Sie macht es nicht einfach nur für Geld. Gleichzeitig törnte der Gedanke ihn mächtig ab.

»Was zahle ich dir eigentlich als Miet-Ehefrau? Ich meine, was verdient man da so?«

Sie lachte. »Tausend am Tag. Und am Ende der drei Monate, wenn alles gut gelaufen ist, zehntausend extra. Manche geben auch ein Trinkgeld. Dazu kommen natürlich solche Klamotten. Die darf ich behalten …«

Sie beendete ihren Tanz, was Rupert sehr leidtat. Hab ich's vergeigt, fragte er sich. Wird jetzt daraus so ein Geschäftsgespräch? Geht es jetzt plötzlich um Geld?

»Das heißt«, erklärte sie, »für drei Monate kassiere ich gut hunderttausend. Plus Klamotten, Schmuck, Schuhe … Einige meiner Freundinnen sind nach zehn, fünfzehn Jahren Ehe nicht so gut rausgekommen wie ich … Und bei mir ist auch noch alles steuerfrei. Wenn du Lust hast, könnten wir jetzt zusammen eine Menge Spaß haben. Was meinst du, Frederico?« Sie tippte ihm mit dem Finger gegen die Brust: »Zieh den albernen Anzug aus und lass uns zusammen duschen gehen. Du bist verschwitzt, mein Lieber.«

Rupert hatte Mühe, aus den Gamaschen zu kommen. Sie half ihm lachend. Das hier, dachte er, wird eine Menge Ärger geben. Aber scheiß drauf.

»Nun guck doch nicht so, als würdest du zur Schlachtbank geführt. Oder musst du erst irgendetwas einnehmen, bevor wir …«

»Nein«, wehrte Rupert ab, »nein, natürlich nicht!«

»Sonst kannst du dich in solchen Fragen vertrauensvoll an mich wenden. Ich habe immer ein paar von den blauen Pillen bei mir. Berufsehre. Ich will nicht hinterher als Versagerin dastehen.«

Rupert fühlte sich großartig, als er im zerwühlten Bett neben Frauke wach wurde. Sie schlief noch tief, ihr Gesicht ins Kissen gekuschelt. Auf ihrem Po war ein kleines Tattoo zu erkennen, ein winziger Clown.

Er hätte sich jetzt eigentlich aus seinem »sicheren Hotel«, dem Mercure, melden und Bericht erstatten müssen. Es war schon kurz nach zehn. Garantiert warteten sie in der Polizeiinspektion Aurich auf seine Meldung.

Der Gedanke, ihnen zu erzählen, wer dieser ominöse Udo war, gefiel Rupert. Immerhin fand er immer mehr Gefallen an der gesamten Situation. Er ließ die letzte Nacht noch einmal geistig Revue passieren, reckte sich und gähnte.

Nun, er konnte sich jetzt nicht ins Severinsviertel begeben. Und überhaupt kam ihm diese ganze Geheimhaltung plötzlich auch so überflüssig vor. Vielleicht fühlte er sich inzwischen schon so sehr als Frederico, dass er die Regeln der verdeckten Ermittlung nicht mehr besonders ernst nahm. Klar würde er Weller anrufen, so viel Pflichtbewusstsein hatte er natürlich noch, aber das würde er dann eben von hier aus tun, mit seinem ganz normalen Handy. Was sollte schon passieren?

Er ging ins Badezimmer, stellte die Dusche an, schließlich musste Frauke ja nicht hören, was er Weller zu sagen hatte. Aber so, wie sie aussah, würde sie noch lange tief schlafen.

Er nahm sich vor, ein Frühstück zu bestellen und sie damit zu wecken. Frühstück am Bett, das kam bei Frauen doch immer gut an. Auch bei seiner Beate.

Rupert nahm einen Schluck Leitungswasser, gurgelte einmal und wählte dann Wellers Nummer.

»Moin, Alter«, meldete Rupert sich fröhlich. Irritiert fragte Weller: »Was ist das für ein Handy? Von wo aus rufst du an?«

»Ich bin in Bremen, im Dorint. Hier ist die ganze Lindenberg-

Clique abgestiegen. Ich war gestern beim Konzert, und so ganz nebenbei habe ich noch zwölf Millionen einkassiert. Tja, Alter, so langsam wird unsere Polizeizentrale zum Profitcenter für ganz Niedersachsen. Ach, was sag ich, für die Republik! So, und jetzt habt ihr hoffentlich die Bank so weit, dass ich den Vorsitz übernehmen kann. Ich hätte hier nämlich ein paar Einzahlungen zu tätigen.«

»Wie redest du überhaupt?«, fragte Weller irritiert. »Rupert, die ganze Aktion muss sofort abgebrochen werden.«

Er war wohl doch zu laut gewesen, denn die Badezimmertür öffnete sich und Frauke, die jetzt ein bisschen wie die Chantal aussah, als die sie sich vorgestellt hatte, lehnte im Türrahmen und blickte Rupert an.

Allein ihr Anblick reichte aus, um Rupert jedes Risiko vergessen zu lassen und zum Helden zu werden. Er sprach einfach als Frederico weiter. Er richtete sich auf, drückte die Brust raus, zog den Bauch ein und tönte: »Aktion abbrechen? Was seid ihr denn für Weicheier? Wir brechen das nicht ab, wir ziehen das knallhart durch!«

Ruperts Miet-Ehefrau deutete auf die Toilette. Rupert trat zur Seite, gab ihr den Weg frei, verbeugte sich gentlemanlike und verschwand aus dem Bad. Als er die Tür schloss, warf Frauke ihm noch ein Küsschen zu.

In der Polizeiinspektion saßen Klatt, Büscher, Weller und Ann Kathrin am runden Tisch, der mit Akten, Lageplänen und Fotos übersät war. Sie wussten mittlerweile eine Menge über die Lederlady, die zu Rupert keine andere Verbindung hatte als die über den Chat. Aber sie wussten immer noch nichts über Liane Brenneckes Aufenthaltsort.

Zum ersten Mal empfand Ann Kathrin so etwas wie Sympathie für Klatt, denn offensichtlich quälte ihn der Gedanke, seiner Mitarbeiterin, zu der er sonst in schärfster Konkurrenz stand, könne etwas passiert sein. Ja, er kämpfte sogar mit Schuldgefühlen. Das nahm Ann Kathrin für ihn ein.

Da sie nicht gern selbst in so eine Situation geraten und einen Mitarbeiter auf dem Gewissen haben wollte, nahm sie Weller das Handy ab und gab Rupert klare Anweisungen.

»Hör mal zu, mein Freund. Hier spricht Ann Kathrin. Ich gebe dir hiermit den dienstlichen Befehl, sofort – hast du mich verstanden, sofort! – die Aktion abzubrechen und zurückzukommen. Das Ganze ist aus dem Ruder gelaufen.«

Rupert fehlten, wie so oft im Leben, Ann Kathrin gegenüber einfach die Argumente. Er konnte doch jetzt schlecht sagen, dass er noch für drei Monate eine Miet-Ehefrau hatte, die vermutlich von der Organisation schon bezahlt war und mit der er noch jeden Tag genießen wollte.

Er ahnte, wie die Kampflesbenfraktion in der Polizeiinspektion darauf reagieren würde. Er hatte die Kolleginnen in Aurich und in Norden im Grunde alle gegen sich, und er wusste auch, warum. Wahrscheinlich waren sie einfach scharf auf ihn und konnten sich das nicht eingestehen, und deshalb attackierten sie ihn ständig. Da war es doch mit Frauke ganz anders.

Im Hintergrund hörte Rupert seinen Freund Weller, der zu Ann Kathrin sagte: »Wenn er auf dich nicht hört, dann vielleicht auf seine Schwiegermutter. Ruf die doch an. Vor der hat er Schiss.«

»Sie haben nicht nur deine Lederlady umgebracht, du Deckhengst, sondern«, mit Blick auf Klatt hätte Ann Kathrin es lieber anders ausgedrückt, aber ihr blieb keine andere Wahl, »man hat möglicherweise Liane Brennecke entführt. Vielleicht wurde sie auch getötet. Wir haben ihre Leiche noch nicht. Es gibt keinen Kontakt mehr zu ihr.«

»Es gibt keinen Kontakt mehr zu ihr«, spottete Rupert. »Klar, die hatte endlich die Schnauze voll von ihrem Scheißjob und von diesem Klatt. Kann ich gut verstehen.«

Ann Kathrin zeigte auf Weller, und ihr Blick hatte etwas Vorwurfsvolles. Es war noch nicht lange her, da hatte er etwas Ähnliches gesagt.

»Wir diskutieren das jetzt nicht, Rupert. Du kommst zurück. Du meldest dich hier in der Dienststelle.«

»Du hast mir gar nichts zu sagen!«, blaffte Rupert. Es tat ihm gut, diese Worte endlich mal auszusprechen. Als Rupert hatte er sie oft gedacht, aber nicht über die Lippen gebracht. Als Frederico fiel es ihm leicht. Rupert war Frederico dankbar dafür.

»Ich hab dir nichts zu sagen?«, staunte Ann Kathrin empört.

Büscher winkte ihr zu. Er wollte das Handy. Widerwillig gab Ann Kathrin es ihm. Sie hätte das gerne selbst mit Rupert geklärt.

»Martin Büscher. Dein Chef. Falls du dich noch daran erinnerst. Ich lehne jede weitere Verantwortung für diese Aktion ab und fordere dich hiermit auf ...«

»Ich hatte immer für alles selbst die Verantwortung. Die hat mir nie einer abgenommen. Wenn ich meine Frau betrüge, kriege ich den Ärger und nicht du. Wenn ich rauche, kriege ich Lungenkrebs und nicht du ... Okay, das war vielleicht ein schlechtes Beispiel«, gab Rupert zu. »Immerhin könntest du ja vom Passivrauchen auch ...«

»Hör jetzt mit dem Scheiß auf!«, schimpfte Büscher. »Noch stehst du auf unserer Gehaltsliste und ...«

So höhnisch hatte er Rupert noch nie lachen gehört. »Gehalt nennt ihr das? Diesen Hungerlohn? Ich verdiene hier in einer Stunde, während ich schlafe, mehr als bei euch im ganzen Monat! Gehaltsliste ...«, spottete er, »ich glaub es nicht!« Laut tönte er: »Schmeiß deine Personalakte weg, Weller, und komm zu mir. Ich hab hier 'n guten Job für dich! Du deckst mir den Rücken ...«

Rupert hörte die Toilettenspülung und wurde wieder ganz zu Frederico.

»Rupert«, bat Büscher ruhig, »bitte werd vernünftig. Wir würden dich gerne lebend wiedersehen.«

»Zum ersten Mal im Leben habe ich Leibwächter und Personenschützer, und jetzt macht ihr euch Sorgen um mich? Soll ich dir mal was sagen, Martin? Du hast die Anweisung, mich zurückzurufen, von ganz oben bekommen, stimmt's? Wenn ich mit meiner Aktion hier fertig bin – und ich entscheide, wann das so weit ist –, dann rollen ganz oben im BKA ein paar Köpfe. Vermutlich auch beim Zoll. Ich komme hier nicht nur an die Namenslisten der Gangster, sondern auch …«

Frauke tänzelte an Rupert vorbei zum Bett zurück. Auf dem Weg nahm sie sich einen Orangensaft aus der Minibar. Sie hatte Mühe, die Flasche zu öffnen. Schon war Rupert bei ihr, um das Problem zu lösen. Das Handy warf er einfach in den Sessel.

»Ärger, Liebster?«, fragte sie.

»Immer dasselbe«, antwortete er. »Personalprobleme. Wir können ja unsere Mitarbeiter schlecht beim Arbeitsamt anfordern.«

Sie trank den Orangensaft, warf sich die Haare aus der Stirn, setzte sich mit übereinandergeschlagenen Beinen aufs Bett und sah ihrem Rupert beim Telefonieren zu. Ihr Blick machte aus ihm einen starken, unbeugsamen Mann.

Rupert nahm das Handy wieder an sich und pflaumte ins Telefon: »Hört mal zu, ihr Pappnasen! Ein paar Bullen, die wir auf unserer Gehaltsliste haben, kriegen Muffensausen. Und so ganz nebenbei habe ich viel zu viel Bargeld rumliegen.«

Er zwinkerte ihr zu. Frauen, so wusste Rupert, hatten schnell gute Ideen, was man mit Bargeld anfangen konnte. Allerdings konnte man die Größenordnung, die er zur Verfügung hatte, kaum in einer Boutique in der Innenstadt ausgeben.

»Gebt mir eure Bankverbindungen, dann lasse ich euch ein bisschen Kohle überweisen. Haltet die Ohren steif, ihr Versager. Das Glück ist nicht der Freund der Feiglinge, das Glück belohnt nur die Mutigen. Und jetzt tut, was ich euch gesagt habe, und zwar dalli, dalli! Oder muss Onkel Frederico erst sauer werden und selbst vorbeikommen?«

Rupert knipste das Gespräch weg und warf das Handy wieder in den Sessel.

»Ich habe einen Mordshunger«, sagte Frauke. »So eine Liebesnacht verbraucht ordentlich Kalorien. Die haben hier unten ein geiles Frühstück.«

»Du warst schon mal hier?«

Sie verzog den Mund. »Zweimal.«

»Mit anderen Männern?«

»Nein, Frederico. Mit dir.«

Er lachte.

»Jedenfalls«, sagte sie, »will ich ein paar Spiegeleier mit Speck und Würstchen.« Darauf freute Rupert sich auch.

»Schade«, fuhr sie fort, »dass du Vegetarier bist.«

Alle waren wütend. Ann Kathrin tigerte durch den Raum wie sonst bei einem Verhör. Drei Schritte, eine Kehrtwendung, drei Schritte, eine Kehrtwendung. Nach jedem zweiten Schritt ein Blick auf den Verdächtigen. Wobei sie in diesem Fall keinen Verdächtigen ansah, sondern Weller, der immer kleiner wurde, weil er sich zunehmend so fühlte, als säße er statt Rupert auf der Anklagebank.

Büscher schlug die Hände vor dem Gesicht zusammen. Er war der Erste, der Worte fand: »Tja«, sagte er, »und jetzt?«

»Wir könnten ihn«, schlug Ann Kathrin vor, »einfach verhaften lassen. In seiner Szene versteht das jeder. Dann holen wir ihn hierher und lesen ihm die Leviten.«

Klatt wirkte auf eine Art zufrieden, aber gleichzeitig auch zerknirscht. Er spielte, während er sprach, mit einem Sanddornkeks, vermutlich, um niemandem in die Augen sehen zu müssen. »Seine Sturheit gefällt mir im Grunde. Oder sagen wir besser, sie nutzt uns im Augenblick sehr. Ich will ein Gesprächsprotokoll haben von dem, was hier passiert ist. Wenn irgendetwas schiefgeht, tragen wir dafür jedenfalls nicht die Verantwortung. Es ist mehr eine private Aktion von ihm. Gleichzeitig nutzt es uns aber sehr.«

»Wie?«, fragte Weller.

Klatt fuhr in Richtung Martin Büscher fort: »Solange er Frederico spielt, wird ihn niemand suchen. Und wir haben Zeit, den richtigen anonym in einer Urne beizusetzen. Ich habe gestern Lianes E-Mails gecheckt und noch mal bei den Beteiligten Druck gemacht. Uns stünde jetzt auch die Online-Bank zur Verfügung.«

»Das heißt?«, fragte Ann Kathrin.

»Das heißt, Rupert hat jetzt eine Bank?«, staunte Weller.

Klatt schüttelte den Kopf. »Nein, das heißt, wir haben jetzt eine Bank, die wir für unsere Pläne nutzen können. Und wir machen Rupert lediglich zum Vorstandsvorsitzenden.«

»Braucht man dafür nicht eigentlich eine offizielle Sitzung? Muss sich da nicht der Aufsichtsrat ...«, wendete Martin Büscher ein.

Klatt schüttelte den Kopf. »Nein. Man braucht das Protokoll einer Vorstandssitzung, und das habe ich hier als PDF vorliegen. Ein gewisser Frederico Müller-Gonzáles wurde gewählt. 51 Prozent der Anteile sind offiziell in unserer Hand – also, in seiner.«

Weller stand auf und sah aus dem Fenster. Er brauchte jetzt den Blick in die Weite. »Als kleiner Hauptkommissar ist er gegangen, und als Gangsterboss und Aufsichtsratsvorsitzender einer Bank kehrt er zurück. Na, was für eine Karriere ...«

Sie gingen dann doch gemeinsam frühstücken. Insgeheim hoffte Frauke, Udo Lindenberg dort zu treffen. Der schlief aber um diese Zeit vermutlich noch.

Im Frühstücksraum saß Kleebowski mürrisch mit dem Rücken zur Wand, so dass er den Eingang im Blick hatte, trank Latte macchiato und stierte ein belegtes Brötchen an, ohne reinzubeißen.

Gut gelaunt setzte Rupert sich zu ihm, zeigte auf sein Getränk und fragte: »Ist das nicht eher was für verliebte Mädchen?«

Frauke gab ganz die liebevolle Ehefrau und hauchte in Ruperts Ohr: »Soll ich uns frisch gepressten Orangensaft besorgen?«

Rupert nickte: »Ja, wenn er frisch gepresst ist ...« Er wusste, dass ihm das Zeug morgens auf den Magen schlug, aber er fand, ein Gangsterboss sollte einen guten Magen haben und sich von so etwas nicht einschüchtern lassen.

Kaum war Frauke im Gewühl des Buffets abgetaucht, maulte Kleebowski: »Uns ist einer zuvorgekommen.«

»Wobei?«

»Wir können dein schwarzes Viereck in St. Petersburg nicht mehr klauen. Da war einer schneller. Da hängt schon längst eine Kopie. Das Original wird zum Verkauf angeboten.«

»Wo? In der Such und Find?«, fragte Rupert, immer noch gut gelaunt.

Kleebowski nahm etwas vom Milchschaum seines Latte macchiato auf den Löffel und probierte davon. »Das findet immer außerhalb der Dreimeilenzone statt. Auf einer Yacht. Es ist so 'ne Art Kunstausstellung mit Versteigerung.«

»Nur geklaute Werke?«, fragte Rupert.

Kleebo sah ihn an, als würde er die Frage gar nicht verstehen.

Rupert beantwortete seine Frage selbst: »Ja klar. Was denn sonst?«

Er suchte in seiner Jacke einen Zettel, fand ihn aber nicht.

Rupert deutete auf Kleebos Hemd. Aus der Brusttasche ragten eine Sonnenbrille und ein Zettel.

Kleebo nahm ihn. »Also, sie haben deinen Kasimir Soundso, einen van Gogh, dann Emil Nolde, Miró, zwei Picasso …«

»Haben sie keinen Richter dabei?«, fragte Rupert. »Keinen Gölzenleuchter, keinen Ole West?«

Kleebowski winkte ab und nahm einen Schluck von seinem Latte macchiato. »Nur das, was ich hier auf der Liste habe.«

Er schob sich den Zettel wieder in die Brusttasche.

»Und was heißt das jetzt?«, fragte Rupert.

»Nun, Frederico, wenn du das Bild wirklich haben willst, haben wir zwei Möglichkeiten: Wir kapern das Schiff, legen die Typen alle um und nehmen die Bilder mit nach Hause, oder du fährst da hin und bietest mit.«

»Mitbieten?« Rupert tat, als müsste er darüber nachdenken. »Vieles spricht natürlich für die erste Variante«, sagte er, um den harten Frederico raushängen zu lassen. »Andererseits wird das eine Riesensauerei. Wir stehen da wie Seepiraten. Die sind doch heute schon mit der NATO hinter Piraten her. Willst du dich mit irgendwelchen Kriegsschiffen anlegen?«

Frauke kam mit dem Orangensaft zurück, setzte sich und genoss die Blicke einiger männlicher Frühstücksgäste.

»Was ist das?«, fragte Kleebo, ihr auf seine ungeschickte Art ein Kompliment machend. »Warum starren alle sie an? Ich meine, hier gibt es eine Menge schöne Frauen. Da hinten zum Beispiel sind drei von den Tänzerinnen.«

Rupert bog seinen Rücken durch. Das war eine Steilvorlage für ihn. »Eine befriedigte Frau«, sagte Rupert, »hat halt immer eine ganz besondere Ausstrahlung.«

Kleebowski deutete auf den Zettel in seiner Hemdtasche, zeigte Rupert die offene Hand und machte ein fragendes Gesicht. Rupert folgerte daraus, dass Kleebowski Frauke nicht vollständig traute, zumindest nicht in solchen Dingen. Oder vielleicht gehörte es sich in Gangsterkreisen auch nicht, über solche Geschäfte im Beisein von Frauen zu sprechen. Jeder Mitwisser war schließlich ein Risiko.

Um ihm trotzdem zu antworten, lächelte Rupert Frauke an, zupfte ihr eine Haarsträhne aus dem Gesicht und fragte: »Was hältst du davon, Schatz, wenn wir eine Kunstausstellung besuchen?«

Vielleicht gehörte es zu ihrer Professionalität dazu, vielleicht war es auch echt. Sie zeigte sich erfreut: »Eine Kunstausstellung! Wie schön!! Wer stellt denn aus?«

»Lass dich doch einfach überraschen«, schlug Rupert vor.

»Ich weiß nicht, ob sich das arrangieren lässt«, wandte Kleebo vorsichtig ein. »Also, für dich garantiert, Frederico, aber …«

Rupert breitete die Arme aus, so dass er sie auch links und rechts auf den Rückenlehnen der Stühle ablegen konnte. Er wollte breiten Raum einnehmen. »Jeder wird stolz darauf sein, wenn ich meine Frau mitbringe«, sagte er, und Kleebo verstand, dass dies sein Ernst war. Er nickte, aber er sah nicht erfreut aus und warf Frauke einen missbilligenden Blick zu.

Rupert stand auf: »So, jetzt hab ich aber Hunger.« Er wollte zum Buffet. In dem Moment kam Detlev Schilling herein. Er hatte noch Freunde mit dabei. Sie waren in einem intensiven Gespräch.

Rupert kapierte sofort, dass dieser Frühstücksraum jetzt heißer Boden für ihn war. Er bückte sich, als sei ihm etwas runtergefallen, um sein Gesicht vor Detlev zu verbergen. Gleichzeitig machte Detlevs Erscheinen ihm wieder klar, dass er nicht Frederico war, sondern Rupert.

Irgendwann, wenn das hier vorbei war, würde er sich nicht mehr mit Frauke in Hotelbetten wälzen, sondern morgens neben seiner Beate wach werden. Dann wäre das alles nur ein Abenteuer, und er wollte es überleben.

Detlev war es vorne im Frühstücksraum zu voll. Er ging mit den anderen nach hinten durch, wo sie einen Tisch reserviert hatten.

Frauke spürte wohl, dass Rupert auf dem Sprung war. »Aber Liebling«, sagte sie, »du willst doch jetzt noch nicht gehen? Wir haben noch gar nichts gegessen. Ich habe einen Mordshunger und ... Am besten lassen wir uns Zeit mit dem Frühstück. Vielleicht kommt Udo ja noch ...«

»Um die Zeit garantiert noch nicht«, brummte Kleebowski.

»Wo sind«, fragte Rupert, »Mai-Li und Charlotte? Haben die schon gefrühstückt?«

»Das sind Nachteulen wie Udo. Die waren bestimmt die Letzten an der Theke da unten. Um die Zeit kannst du mit denen noch nicht rechnen ...«

Frauke zog los, um sich Eier, Schinken und Würstchen zu besorgen.

Rupert zeigte auf Kleebowski. »Ich will das Bild. Aber wenn mich einer reinlegt, ist er tot.«

»Das, mein lieber Frederico, ist, glaube ich, allen klar, die mit Leuten wie uns Geschäfte machen. Wir beschweren uns nicht bei der Polizei. Wir führen auch keine Zivilklagen.« Kleebowski deutete dorthin, wo seine Waffe saß, um zu zeigen, wie er so etwas regelte.

Weller hatte Fischbrötchen besorgt. Zwei Matjes mit weichem Brötchen und doppelt Zwiebeln, einen Brathering im Brötchen und zwei Krabbenbrötchen. Das sollte reichen.

Er packte alles aus. Der Raum roch sofort nach Fisch und Nordsee, aber Ann Kathrin sah nicht einmal hin. Sie war völlig vertieft in das, was sie auf dem Computerbildschirm las.

Weller rechnete damit, dass sie sich für den Brathering entscheiden würde, mehr als zwei Brötchen würde sie garantiert nicht essen, drei blieben also für ihn, aber bevor er ihr eins anbieten konnte, sagte Ann Kathrin: »Wir müssen nach vergleichbaren Fällen suchen, Frank.«

Weller staunte immer wieder über seine Frau.

»Vergleichbare Fälle? Sprichst du von primitiven Frohnaturen wie Rupert, die zu dämlich sind, einen Kreditvertrag zu verstehen, und es gerade schaffen, ein Überweisungsformular auszufüllen, aber dann Chef einer Bank werden?«

»Nein«, sagte Ann Kathrin, »ich rede von Polizistinnen, die plötzlich verschwunden sind. Ich habe in unseren Verbrechensdateien gesucht. Unter *vermisste Personen* bin ich nicht fündig geworden. Aber weißt du, was ich dann gesehen habe?«

Weller reagierte nicht, war nur hoch konzentriert und wartete auf die Antwort. Sie drehte ihren Computerbildschirm in seine Richtung: »Zwei tote Polizistinnen. Beide vom BKA. Helene Münstermann, 34 Jahre alt, ledig, ein uneheliches Kind. War als Undercover-Agentin im Kölner Drogenmilieu unterwegs. Sie verschwand während einer Reise von Düsseldorf nach Zürich. Zwei Wochen später wurde ihre schlimm zugerichtete, nackte Leiche im Regierungsbezirk Düsseldorf gefunden. Am Rhein, im Kreis Wesel. Sie wies deutliche Spuren von Folter auf, war am ganzen Körper rasiert und von Tieren angefressen worden.«

»Post mortem?«, fragte Weller.

Ann Kathrins Gesicht versteinerte.

Weller beugte sich vor, um genau lesen zu können, und führte dabei aus: »Ich meine, wenn eine nackte Leiche lange am Rheinufer liegt, dann kann es doch sein, dass Tiere ...«

»So war es aber wohl nicht«, sagte Ann Kathrin. »Ihre Leiche wurde schon gefunden, kurz nachdem sie dort abgelegt worden war.«

»Jemand hat sie also vielleicht in der Nähe festgehalten, gequält und ...«

Ann Kathrin drehte den Computer wieder zu sich und scrollte weiter. »Ziemlich genau sechs Monate später, Marie Weschenfelder aus Oberfranken. 43 Jahre alt. Hat als internationale Zielfahnderin einige spektakuläre Erfolge für die Firma eingefahren.«

Weller hatte Mühe, ruhig zu bleiben, während Ann Kathrin sprach. Er ahnte schon, wie es weiterging. Er konnte es seiner Frau ansehen.

»Die fränkische Kollegin war an einer ganz großen Sache dran, so geheim, dass es in den Akten unlesbar gemacht wurde. Hier sind bloß ein paar Kreuzchen.«

»So geheim«, spottete Weller, »dass wir es nicht lesen dürfen?« Er pfiff durch die Zähne.

»Ja«, sagte Ann Kathrin, »darauf stehe ich besonders. Sie verschwand nach einem Kneipenbesuch in Schwabing. Davon gibt es sogar noch Fotos, weil Kollegen Selfies mit ihr gemacht haben. Ihre Leiche wurde zehn Tage nach ihrem Verschwinden an der Emscher gefunden, in Holzwickede, an einem Quellteich.«

»Quellteich?«, hakte Weller nach.

»Ja, das muss im Kreis Unna sein, bei Dortmund.«

Sie zeigte Weller nun auf dem Bildschirm ein Foto der Leiche.

Weller, der einiges gewohnt war, entfuhr der Satz: »Mein Gott, was muss sie mitgemacht haben ...«

»Auch hier«, erklärte Ann Kathrin und zeigte auf die Stellen, »Biss- und Schnittspuren. Offensichtlich wurden beide Frauen mit derselben Klinge traktiert.«

»Er liebt die Gewässer, was?«

»Ja«, folgerte Ann Kathrin, »und es sieht ganz so aus, als hätte er Teile der Frauen an Tiere verfüttert. Marie Weschenfelder hatte keine Finger mehr an der rechten Hand, und links fehlten ihr drei Zehen.«

Weller erschrak über Ann Kathrins Gedanken noch mehr als über die Fotos. »Wie kommst du darauf, dass er die Körperteile verfüttert hat?«

»Ich weiß nicht«, sagte Ann Kathrin, und ein Schauer lief ihr den Rücken herunter. Sie rieb sich die Oberarme, weil sie zu frieren begann. »Es ist so eine Phantasie ... Wo immer er die Frauen gefangen gehalten hat, da waren auch Tiere. Sieh nur, ihre Nase ist angefressen. Die Kriminaltechniker sagen, ihre Leiche sei, wenige Stunden nachdem sie an der Emscher abgelegt worden war, gefunden worden. Es hatte noch keine Madenentwicklung gegeben, obwohl es sehr heiß war.«

»Das heißt«, sagte Weller, »er hält sie in einem Raum fest, und in gewisser Weise versorgt er sie.«

»Ja, und er hält ihre Wunden sauber. In dem Raum müssen sich die Tiere befunden haben«, behauptete Ann Kathrin. »Ich stelle mir irgendeinen Keller vor, in dem es Ratten gibt und vielleicht noch anderes Viehzeug, das gerne an Menschen herumknabbert. Möwen oder Raubvögel waren es jedenfalls nicht.«

»Stimmt«, sagte Weller, »Möwenbisse sehen ganz anders aus.«

Ann Kathrin folgerte: »Klatt weiß das ganz genau, deswegen war er so fertig, als Liane morgens nicht zum Frühstück kam.«

»Wer immer das den Polizistinnen antut, will kein Lösegeld erpressen.«

»Sondern?«, fragte Weller und sah Ann Kathrin an.

»Entweder er hat einen irren Hass auf Polizistinnen und tobt das an ihnen aus, oder die Entführungen fanden zielgerichtet statt, weil der Täter etwas erfahren wollte.«

»Ich hätte ihm alles gesagt«, platzte es aus Weller heraus. »Alles, das sag ich dir, Ann. Niemand kann in so einer Situation …«

»Ich fürchte«, gab Ann Kathrin zu, »die beiden haben entweder dichtgehalten, oder er hat sie direkt, nachdem er von ihnen erfahren hatte, was er wissen wollte, umgebracht.«

Weller riss im Besprechungsraum die Fenster auf. Es roch hier muffig. Da wünschte er sich fast das Erdbeerparfüm von Liane Brennecke zurück. Jetzt müffelte es nach dem Schweiß alter Männer, irgendwie säuerlich. Weller hielt es kaum aus.

Er fragte sich, ob Klatt in diesen Räumen schlafen würde. Er sah auch aus, als hätte er die Wäsche schon lange nicht mehr gewechselt.

Unter Ann Kathrins Arm klemmte ein blauer Ordner, in dem ein paar Fotos und Papiere lagen. Auf dem Ordner stand: *Langeoog – Meine Insel fürs Leben.*

Sie hatte darauf bestanden, dass auch Büscher bei der Besprechung mit dabei war. Sie wollte Klatt damit konfrontieren, warum niemand sie über die beiden toten Polizistinnen informiert hatte. Sie konnte sich auch nicht an eine große Präsenz der Fälle in der Presse erinnern. Irgendwer musste ein Interesse daran gehabt haben, das Ganze herunterzuspielen. In ihren Karteien für ungelöste Verbrechen tauchten die Leichen natürlich auf, aber solche spektakulären Verbrechen riefen doch normalerweise die Presse auf den Plan.

Auch in Nordrhein-Westfalen war darüber nicht groß berichtet worden. Sie hatte bei der Internetrecherche lediglich von einer toten Frau gelesen, die an der Emscher gefunden worden war, und einer am Rheinufer. Nicht einmal dass es sich dabei um Polizistinnen gehandelt hatte, war im Internet nachzuvollziehen. Die Nachnamen der Frauen wurden nicht genannt. Es war nur von einer Helene M. und einer Marie W. die Rede.

Ann Kathrin war so sauer auf Klatt, sie hätte ihn am liebsten geschüttelt. »Kann es sein«, schrie sie, »dass Liane Brennecke in den Händen von diesem sadistischen Schwein ist?«

»Ich fürchte«, gab Klatt zu, »wir müssen mit dem Schlimmsten rechnen.«

Endlich kam Büscher herein. Weller registrierte, dass er keine Schuhe anhatte, sondern auf Socken durch den Flur gelaufen war. Ann Kathrin musste es echt dringend gemacht haben, sonst legte Büscher auf korrekte Kleidung Wert. Die obersten zwei Knöpfe an seinem Hemd standen offen. Er hatte einen Kaffeebecher in der Hand. Durch seine fahrigen Bewegungen schwappte etwas daraus auf den Boden. Ann Kathrin musste die ganze Zeit hinsehen, so als wäre die Frage, ob er jetzt mit seinen Socken in die Kaffeepfütze trat oder nicht, entscheidend für den weiteren Verlauf des Falles.

Er bewegte sich im Raum, als wisse er noch nicht, wo er Platz nehmen sollte. Die ständige Anwesenheit von Klatt hatte alles durcheinandergebracht. Selbst die Sitzordnung.

Jetzt stand Büscher auf dem Kaffeefleck, schien es aber gar nicht zu bemerken.

»Also?«, fragte Büscher.

Noch bevor Ann Kathrin richtig loslegen konnte, spielte Wellers Handy *Piraten ahoi!*. Klatt sah ihn missbilligend an, doch als Weller den Namen auf seinem Display sah, nahm er das Gespräch an.

Er gab nur kurz eine Erklärung an Ann Kathrin. Ein Name dafür reichte: »Gerber.«

Weller drückte sich das Handy fest gegen das Ohr. Meist war sein Handy zu laut eingestellt, so dass alle mithören mussten. Er hatte versucht, dies zu ändern, gerade im Rahmen von Ruperts Undercover-Mission schien ihm das ratsam. Jetzt war es so leise gestellt, dass er kaum etwas verstand. Dieses Handy, so dringend er es brauchte, kam ihm manchmal vor, als sei es sein Feind, der ihn an entscheidenden Stellen blockierte.

Weller drehte allen den Rücken zu und lehnte sich beim Telefonieren sogar weit aus dem Fenster. Einerseits wirkte es so, als sei er rücksichtsvoll den anderen gegenüber, um die Besprechung nicht zu stören, andererseits schloss er sie auch aus von dem, was er da hörte.

Büscher hatte das Gefühl, sich Klatt gegenüber für Wellers Verhalten entschuldigen zu müssen, und sagte schulterzuckend: »Ja, so sind die hier eben.«

Ann Kathrin eröffnete die Versammlung noch nicht, denn Wellers Rücken reichte aus, um ihr zu sagen, dass gerade etwas Entscheidendes geschah. Möglicherweise etwas, das den ganzen Fall drehte.

Klatt und Büscher waren voller Ungeduld und hatten keine Lust, Weller beim Telefonieren zuzusehen oder auf ihn zu warten. Ann Kathrin versuchte, die Situation noch einen Moment in der Schwebe zu halten, und heischte für Weller um Verständnis, indem sie sagte: »Er spricht mit einem unserer Informanten. Wir haben ihn in Düsseldorf besucht. Er ist ziemlich nah dran an ein paar Bossen im Milieu.«

»Ja«, fragte Klatt unwirsch, als würde er die Antwort schon ahnen und sie könne nur negativ ausfallen, »und was hat das jetzt mit unserem Fall zu tun?«

»Eine Menge«, behauptete Ann Kathrin und zog die in DIN-A4-Format ausgedruckten Fotos der beiden ermordeten Polizistinnen aus dem blauen Ordner. Sie legte die Bilder auf den Tisch, zeigte auf das jeweilige Foto und fuhr dann fort: »Helene Münstermann und Marie Weschenfelder. Wir wollen unter allen Umständen verhindern, dass hier auch noch ein Bild von Liane Brennecke hinzukommt.«

Klatt schluckte und hielt sich an seinem Ledergürtel fest, über dem eine Speckrolle hing.

Weller fluchte zweimal laut, dann beendete er das Telefongespräch und baute sich vor dem Fenster auf. Er reckte seinen Hals, als hätte er sich beim Telefonieren den Nacken verrenkt. Er musste dringend wieder Sport machen.

»Also«, sagte er, »die Russen behaupten, sie hätten Liane Brennecke, die Tschetschenen sagen es ebenfalls, und eine dritte Gruppe, die er *Kölsche Jungs* nannte, will sie auch haben.«

»Wer«, fragte Klatt, »behauptet diesen Unsinn?«

»Gerber«, sagte Weller, als würde das überhaupt keine Rolle spielen.

Klatt wiederholte: »Heißt das, drei verschiedene Gangsterbanden behaupten, sie entführt zu haben, und stellen Lösegeldforderungen?«

»Von Lösegeldforderungen kann gar keine Rede sein. Aber die Gangs sind geradezu in einem Triumphgefühl, sagt unser Düsseldorfer Informant. Sie glauben, dass bald das große Reinemachen beginnen kann.«

»Weil sie«, ergänzte Büscher mit Blick auf die Fotos, »aus ihr die Namen unserer Informanten herausschneiden wollen.«

»Ja. So ist es«, bestätigte Ann Kathrin.

Weller wandte sich an Ann Kathrin: »Was ich nicht verstehe, wieso drei Gangs? Es kann sie doch bloß einer haben.«

Ann Kathrin beugte sich über den Tisch und schob die Fotos zusammen. Sie legte sie wieder in ihren blauen Langeoog-Ordner. »Wer immer das hier veranstaltet, ist ein Freiberufler. Der gehört zu keiner Gang. Der spielt sein eigenes Spiel. Der verkauft sie beziehungsweise ihre Informationen an den Meistbietenden, bevor er sie an irgendeinem Gewässer entsorgt.«

Büscher hielt sich eine Hand vor den Mund. Er begriff, dass Ann Kathrin mit ihrer Prophezeiung vermutlich recht hatte. »Die Chance, die Kollegin lebend wiederzukriegen, sieht also keiner von euch?«, fragte er. Da er sich immer noch die Hand vor die Lippen hielt, waren seine Worte kaum zu verstehen. Trotzdem wusste jeder, was er gesagt hatte.

»Wir sind am Arsch«, sagte Weller, »aber so was von ...«

Einen kleinen Funken Hoffnung gab Ann Kathrin in die Runde: »Die Information von Gerber könnte aber auch bedeuten, dass sie noch lebt.«

Weller gab seiner Frau recht: »Ja. Und vermutlich wird sie gerade von Ratten angeknabbert. Sie nennen den Mann, der sie festhält, den ›Geier‹.« »Weil, wo immer der auftaucht, ist der Tod so nah, dass man schon Aas riecht«, fügte Ann Kathrin hinzu.

»Was wissen wir über diesen ›Geier‹?«, wollte Büscher wissen.

Klatt hob die Hände: »Nichts. Rein gar nichts. Er geistert durch viele Akten. Manche behaupten, dass mehrere Leute unter diesem Namen arbeiten, ja, dass es eine ganze Organisation ist.«

Ann Kathrin schüttelte den Kopf und hob noch einmal den blauen Ordner hoch, in dem die Fotos lagen. »Der hier ist ein Einzelgänger.«

»Ein eiskalter Killer«, ergänzte Klatt, doch Ann Kathrin schüttelte den Kopf. »Nein. Ein Sadist. Beide Frauen waren an Kopf und Körper vollständig rasiert ... Vermutlich ist er bestens organisiert. Er hat irgendwo Räume, in denen er die Frauen für lange Zeit festhält. Es muss ein einsames Gebäude sein, damit niemand die Schreie hört.«

»Was er tut«, sagte Weller, »macht er für Geld, wenn ich Gerber trauen darf.«

»Ja«, bestätigte Ann Kathrin, »aber nicht nur. Er braucht das Geld, um weiterzumachen. Aber für ihn ist es, als würde er seine Bestimmung ausleben. Er genießt, was er tut.«

»Na danke«, schimpfte Klatt, »was haben Sie nur für eine morbide Phantasie. Man genießt ein gutes Essen, einen schönen Film oder …«

Er suchte nach anderen Dingen, die man genießen konnte, aber Weller bremste ihn: »Der ist nicht wie wir. Der ist völlig krank.«

»Sagt das auch Ihr Informant?«

»Nein«, behauptete Ann Kathrin, »das sagen die Fotos jedem, der es versteht, so etwas zu lesen.«

Kleebowski war stolz auf sich. »Ich habe bei der OFD eine Maschine gechartert. Das ist schön unauffällig. Wir fliegen nach Borkum. Wir haben Zimmer im Vier Jahreszeiten. Da steigen wir aber nur pro forma ab. In Wirklichkeit gehen wir auf ein kleines Schiffchen, das uns zur Ausstellung bringt. Du kannst dir da die Bilder angucken und meinetwegen auch kaufen, was immer du möchtest.«

»Fliegen?«, fragte Frauke.

»Ja klar, mit einer kleinen Maschine. Ein Viersitzer oder Sechssitzer, ich weiß nicht mehr genau. Die Dinger sind laut, du musst dir was in die Ohren stöpseln, sonst kannst du hinterher stundenlang nichts mehr hören. Es ist, als würde zu nah am Ohr ein Schuss abgefeuert.«

»Muss das denn sein?«, hakte sie ein bisschen zickig nach.

Kleebowski, der sich nicht gern von Frauen etwas sagen ließ, sah Frederico an. »Was soll der Scheiß? Hat sie Flugangst?«

Sie antwortete für sich selbst: »Nein, aber ich habe gerne das hier bei mir.« Sie hob mit zwei Fingern ihre Waffe aus der Handtasche.

Kleebo pfiff. »Oh, eine Arminius. Lange nicht gesehen. So 'n Damenrevölverchen. Reicht kaum, um durch eine Tür zu schießen.«

Sie hob die Waffe und richtete sie auf Kleebos Kopf. »Aber deine Stirn ist sicherlich nicht hart genug, um das Gehirn zu schützen. Wollen wir wetten?«

Kleebo hob die Hände. »Schon gut, schon gut. Bei diesen kleinen Flugzeugen ist das Mitnehmen von Waffen leichter als bei einem Lindenberg-Konzert«, grinste er. »Ich hab da noch nie eine Tasche aufmachen müssen. Warum denn auch? Wer entführt denn eine Cessna oder eine Islander?«

Rupert rieb sich die Hände. »Ich freu mich drauf.«

Sie übergaben Dickie ihre Waffen, denn wie Kleebo schulterzuckend erklärte, »kommen wir mit 'nem Ballermann garantiert nicht auf die Yacht«.

Auch Frauke händigte nun Dickie ihre Arminius aus. Sie bekam dabei einen hochroten Kopf und lächelte Rupert verlegen an.

»Wenn ihr zurückkommt«, versprach Dickie, »bin ich wieder da. Keine Sorge, ich passe gut auf eure kleinen Lieblinge auf.«

Er betrachtete Fraukes Revolver lächelnd. »Süße Zimmer-Flak. Für Ladyhandtaschen!?«

Für ihn war das eine lange Rede gewesen. Vermutlich hatte er mehr Wörter verbraucht, als er sonst in einer Woche benutzte.

»Marcellus besorgt das Boot, das uns rüberbringt«, sagte Kleebowski und wirkte dabei, als sei er noch nicht überzeugt davon, dass Marcellus das hinbekam. »Ich hab ihm eingeschärft«, fügte er hinzu, »dass er nicht wieder so 'n Scheiß machen soll wie bei der kleinen Eigentumswohnung in Nippes. Wenn uns noch einmal die falschen Leute empfangen, ist er der Erste, den ich umlege.«

Rupert räusperte sich: »Ja, so genau wollten wir es eigentlich gar nicht wissen.« Er küsste Frauke und beschloss, sich im Internet noch schnell ein paar Sachen über Malerei anzuschauen. Auf jeden Fall wollte er über die Bilder von van Gogh, Nolde, Miró und Picasso Bescheid wissen.

Rupert war an der ostfriesischen Küste groß geworden. Er konnte einen Krabbenkutter von einem Segelboot unterscheiden. Er hatte gern sonntags mit Beate im *Skipperhuus* gegessen und sich die Schiffe im Norddeicher Yachthafen angeguckt.

Er war sogar einmal als junger Mann am Gardasee, später dann auf Mallorca Wasserski gefahren. In einem führerscheinfreien Hausboot waren sie als junges Paar über den Shannon geschippert. Beate hatte ihm etwas von den vierzig – oder waren es fünfzig – Grüntönen des irischen Grases vorgeschwärmt. Ihn interessierten die Pubs an Irlands Westküste mehr. Es hatte die halbe Zeit geregnet, aber sie waren jung, verliebt und hatten die meiste Zeit im ziemlich schmalen Bett verbracht.

Er sah Schiffen gern zu, wenn sie am Horizont vorbeizogen. Aber er war im Grunde – vielleicht wegen der ständigen Nähe des Meeres – eine Landratte geblieben. Er hatte großen Respekt vor dem Meer. Er wusste, dass es nicht nur schön war, sondern auch tödlich sein konnte. Ja, er konnte schwimmen, aber sein Lieblingssport war es nicht.

Er verstand nichts von Schiffen. Als sie auf die Yacht zufuhren, wusste er gleich, so ein großes, edles Schiff hatte er in Norddeich noch nie vom *Skipperhuus* aus gesehen. Vermutlich war das oftmals verschlickte Hafenbecken gar nicht tief genug ausgebaggert, um so einem Luxuskahn eine Einfahrt zu ermöglichen. Da wollte jemand zeigen, dass Geld für ihn keine Rolle spielte.

Rupert hielt Frauke im Arm, als das Motorboot sie näher brachte. Kleebo stand neben ihnen. Sie waren alle sehr beeindruckt.

»Onassis ist sein Vorbild«, behauptete Kleebowski.

Fraukes Haare flatterten im Wind. Sie kniff die Augen zusammen und hielt sich eine Hand als Sonnenschutz an die Stirn.

Der laute Motor machte Gespräche schwierig, und sie spürten jede Welle. Das Boot hüpfte auf und ab, und Kleebo sah aus, als würde er seekrank werden. Er war blass, mit schmalen Lippen, und rülpste ständig. Der Wind blies heftig von Nordwest. Die Flut drückte Wassermassen in Richtung Deich. Gischt flog ihnen ins Gesicht.

Frauke drückte sich fester gegen Rupert. Das gefiel ihm. Er spielte gern den starken Mann und Beschützer, hoffte aber, nicht vor Kleebowski kotzen zu müssen.

Frauke sah ziemlich fit aus. Irgendwie ging Rupert eine Karussellfahrt nicht aus dem Kopf. Er wehrte sich dagegen. Aber die Bilder tauchten immer wieder vor ihm auf. Es war seine erste Fahrt in einer Raupe gewesen. Das war damals *die* Attraktion auf dem Marktplatz in Norden, denn während der Fahrt zog sich das Verdeck zu, und die Mitfahrer waren von außen für kurze Zeit nicht mehr zu sehen. Er war fünfzehn gewesen, hatte mit seiner Flamme gebrannte Mandeln gegessen, ihr eine Rose geschossen und ein Lebkuchenherz gekauft. Um cool zu wirken, hängte er sich ständig eine Filterzigarette zwischen die Lippen.

In der Raupe, als sie bei vollem Tempo durch die Fliehkraft gegen ihn gepresst wurde und sich endlich das Dach schloss, hatte er versucht, sie im Dunkeln zu küssen. Ihre Zähne waren gegeneinandergekracht. Er hatte sich die Zunge blutig gebissen. Ein Stück von ihrem Eckzahn war abgebrochen.

Sie hatte ihm eine geknallt und zu heulen begonnen.

Nein, er hatte sie nicht nach Hause bringen dürfen. Sie ging ohne ihn, und er tröstete sich mit einer doppelten Portion Currywurst vom Holzkohlegrill. Die scharfe Wurst ließ den Schmerz auf der Zunge neu aufflammen. Er wollte – ganz der starke Mann – den Schmerz mit einem kühlen Bier bekämpfen, doch der Typ am Zapfhahn hatte ihn nur angegrinst: »Bist du dafür nicht noch 'n bisschen kleen?«

Klassenkameraden hatten das mitgekriegt und feixten. Ein Tag der Niederlagen ...

Ja, die Erinnerung an den ersten Kuss schmerzte noch heute. Warum ihn gerade jetzt diese Gedanken quälten, verstand er nicht, und es ärgerte ihn.

Er wusste nicht, wem die gigantische Yacht gehörte. Frederico hätte es eigentlich wissen müssen, doch Rupert durfte niemanden danach fragen.

Sie musste ohnmächtig geworden sein, oder sie war einfach vor Erschöpfung eingeschlafen. Er weckte sie, indem er ihr Eiswasser auf den nackten Körper goss. Er klatschte ihr nicht einfach einen Eimer voll ins Gesicht, nein, er tat es langsam, wie ein Maler, der die Farbe auf einem Bild verteilt, nur dass in diesem Fall ihr Körper die Leinwand war.

Das Licht im Raum hatte sich verändert. Liane konnte kaum etwas sehen, so hell war es. Oder wirkten irgendwelche Drogen, die er ihr verabreicht hatte?

Die Helligkeit schmerzte in den Augen, ja brannte geradezu wie

Säure. Gleichzeitig spürte sie einen inneren Zwang, durch diese Lichtschranken hindurchzugucken, um zu sehen, welche Teufelei er als Nächstes plante, denn was immer er jetzt tat, es sollte dazu dienen, sie zu erniedrigen und ihr weh zu tun, sie zum Sprechen zu bringen.

Sie wusste, dass sie nicht mehr lange durchhalten würde. Innerlich war etwas in ihr zerbrochen. Sie wusste es bereits, doch sie leugnete die Tatsache noch vor sich selbst.

Etwas in ihr war bereit, sich vollständig zu ergeben. Alles zu tun, was er von ihr verlangte, in der Hoffnung, ihn milde zu stimmen, damit es endlich ein Ende hatte.

Die ausgebildete Polizistin wusste, dass diese Hoffnung trügerisch war und genau dem entsprach, was er wollte. *Wenn du ihm sagst, was er wissen will, bist du tot,* warnte sie sich selbst. Es war, als würden zwei Kräfte in ihr streiten. Die, die aufgeben wollte, sah keinen Sinn mehr darin, weiterzuleben. *Du kommst hier nie raus, nie. Es ist erst vorbei, wenn du deinen letzten Atemzug getan hast.*

In ihrem Bauchnabel schmolz ein Eiswürfel. Dann waren da wieder diese Geräusche. Er wieselte um sie herum.

Er machte die Bilder mit seinem Handy. Eigentlich funktionierte so etwas lautlos, doch er hatte diesen Ton eingestellt. Wollte er damit an die gute alte Zeit erinnern, als noch Filme eingelegt wurden und Bild für Bild entwickelt werden musste? Sollte sie sich an ihre Kinderzeit erinnern?

Sie kannte dieses Geräusch von Zoobesuchen mit den Eltern. Ihre erste Kamera für damals dreiunddreißig Mark. Man konnte nichts einstellen, außer Hell und Dunkel. Sie hatte einen Film mit zwölf Bildern dazu bekommen. Das Ganze war so wertvoll für sie gewesen, dass sie sich bei jedem Foto überlegte: Brauche ich das wirklich? Will ich das haben? Ist es das wert, eine meiner kostbaren Aufnahmemöglichkeiten dafür zu opfern?

Oder machte er es einfach nur, damit sie wusste, dass sie fotografiert wurde? Weil er Geräusche liebte? Ein Ohrenmensch war?

Jetzt kam er mit einem Handtuch und trocknete ihren nassen Körper ab. Er tupfte ihr Gesicht ab. »Was glaubst du«, fragte er, »wie viel bist du wert? Lächle ein bisschen. Ich schicke Bilder von dir rum. Ich mache gerade eine kleine Versteigerung. Du bist begehrter, als ich dachte. Fünf Gangs bieten auf dich. Als Playboy-Covergirl bist du nicht mehr wirklich geeignet, das weißt du, was?«, spottete er. »Es geht mehr um das, was in deinem Köpfchen ist.« Er klopfte gegen ihre Stirn: »Aber es macht allen großen Spaß, dich leiden zu sehen. Das ist schön für mich, weißt du … Früher dachte ich, ich sei einsam und alleine, ein krankes Arschloch. Aber das stimmt gar nicht. Es gibt viele von meiner Sorte, die sind nur zu feige, zahlen lieber dafür, zugucken zu dürfen. Ich hatte schon zwei Freundinnen von dir in der Mangel, aber die waren beide zusammen nicht halb so viel wert wie du.«

Er strich mit dem Fingernagel seines linken Zeigefingers über ihren Körper, als wollte er bestimmte Teile markieren. Den Arm. Die linke Brust. Den rechten Fuß.

»Ich könnte«, sagte er, »auch Einzelteile von dir verkaufen. Nun komm, rate doch mal. Was bist du wert? Wie groß ist das Höchstgebot?«

Er hatte eine Idee und lachte schallend. Noch nie in ihrem Leben hatte sie eine so gemeine Lache gehört. »Nein, keine Sorge, ich verkaufe dich nicht als Ehefrau in den Harem eines Scheichs. So, wie du aussiehst, bist du da keine zwei Kamele mehr wert. Die Düsseldorfer bieten zwei Millionen für dich und alles das, was in deinem kleinen Köpfchen drin ist. Ja, nun guck nicht so enttäuscht! Klar bist du mehr wert. Ich habe hier zwei arabische Clans, die miteinander völlig verfeindet sind. Die überbieten sich schon aus Prinzip.«

Er ging zwei Schritte rückwärts. Durch das Licht konnte sie nur noch erahnen, wo er war. Die Stimme verriet seinen Standort.

»So, jetzt lächle mal ein bisschen.«

Sie lächelte natürlich nicht. Den Gefallen tat sie ihm nicht. Wahrscheinlich wäre es ihr auch unmöglich gewesen, selbst bei größter Kraftanstrengung.

Es klickte nicht mehr. Drehte er ein Video? Gab es eine Möglichkeit, irgendeine Information nach draußen zu bringen? Wo war sie hier?

Ich könnte einfach um Hilfe rufen, dachte sie, doch gleichzeitig fand sie das blödsinnig. Wer ein Foto oder einen Film von ihr in dieser Situation sah, der wusste, wahrlich, dass sie Hilfe brauchte.

Konnte sie irgendeinen Hinweis darauf geben, wo sie war? In welchem Auto hatte er sie hierhingebracht? Sie sah es vor sich, doch sie konnte sich nicht an den Namen der Marke erinnern.

Die Informationen, die ihre Kollegen dringend brauchten, um sie aufzuspüren, fielen ihr nicht mehr ein. Leere breitete sich in ihrem Gehirn aus, und das deprimierte sie mehr als alles andere. Sie fühlte sich als Polizistin plötzlich so unprofessionell. Würden sich später Kollegen den Film anschauen und fragen: Warum hast du uns kein Zeichen gegeben? Warum hast du dies nicht gemacht, das nicht gemacht?

Das alles würde irgendwann bewertet werden. Irgendwann. Vielleicht war sie dann schon tot.

Hoffentlich, dachte sie. Ja, hoffentlich.

Er ging auf die andere Seite. Jetzt filmte er sie frontal. Der Fotoapparat klickte auch wieder ein paarmal. Er lobte sie auf seine zynische Weise: »Ja, du hast schon recht. Wenn du lächelst, kommt das überhaupt nicht gut. Du willst ja hier nicht parshippen, sondern wir wollen den Preis steigern. Wenn sie dich leiden sehen, dann schießt die Summe gleich in die Höhe. Das ist es doch, was alle wollen: dich leiden sehen. Toll, was? Was sagt dir das über das Leben, das du bisher geführt hast, hm? Leute sind bereit, dafür zu zahlen, dass ich dir weh tue. Wenn ich einen Zeh von dir an die Ratten verfüttere, kriege ich dafür mehr, als du in einem Jahr verdient hast, in deinem Scheißjob.«

Jetzt tat sie es doch, wissend, wie sinnlos es war. Sie brüllte: »Hilfe! Hilfe! Hilfe!«

»Ja«, lachte er, »prima! Das ist prima! So wollen sie dich sehen. Weiter so, Zuckerpuppe!«

Vor der Polizeiinspektion in Norden stand Ruperts Ehefrau, die besorgte Beate. Sie war blass. Sie hatte seit Tagen nicht mehr richtig geschlafen.

Sie versuchte, zu Ann Kathrin Klaasen durchzukommen. Unten an der Besucherschranke hielt Marion Wolters sie nicht auf. Sie kannte und mochte Beate. Sie konnte sich nicht vorstellen, wie eine Frau es mit diesem schrecklichen Kerl aushielt. *Schrecklichen Kerl* nannte Marion Rupert, wenn sie nett sein wollte und mit seinen Freunden und Verwandten sprach. Zu anderen Leuten sagte sie, was sie wirklich über ihn dachte. Ihrer Meinung nach hätte man den erst gar nicht einstellen dürfen, und wenn doch, ihn nach wenigen Monaten feuern müssen.

Jetzt war Beate da, weil sie sich Sorgen um ihn machte.

»Er hat eine andere«, sagte sie zu Ann Kathrin, »und ihr deckt ihn nur, stimmt's? Diesmal ist es schlimmer. Er will mich verlassen und mit ihr zusammenziehen.«

Ann Kathrin musste ein Lachen unterdrücken. Wenn es so einfach wäre, dachte sie, dann befänden wir uns wahrlich in einer komfortablen Situation. Doch leider ist es nicht so.

Als Privatperson und Ehefrau war sie kurz davor, Beate zu erzählen, was wirklich los war. Doch als Polizistin hielt sie natürlich den Mund.

»Er macht«, sagte Ann Kathrin, »einen sehr wichtigen Job. Es ist nicht einfach für ihn.«

»Kannst du«, fragte Beate, »ihn nicht austauschen? Ich meine, das Ganze geht doch jetzt schon seit …«

Ann Kathrin unterbrach sie sofort: »Nein, das können wir wirklich nicht. Nur er kann diese Sache für uns zu Ende bringen. Wir holen ihn so schnell wie möglich zurück, aber …«

Ann Kathrin ärgerte sich über sich selbst. Ohne es zu wollen, hatte sie zu viel verraten. Beate war lange genug mit einem Kommissar verheiratet, um Lunte zu riechen.

»Er passt auf eine Zeugin auf, die vor Gericht aussagen soll, und da kann er nicht abgelöst werden? Was wird hier eigentlich gespielt? Ihr könnt mich doch nicht für dumm verkaufen! Wer wäscht seine Wäsche? Wer bügelt seine Hemden?«

»Das kann er schon selber«, behauptete Ann Kathrin.

Beate lachte. »Der weiß nicht mal, wie man eine Waschmaschine einschaltet. Das ist noch so ein richtiger Mann«, lästerte sie, »verstehst du, einer, der von seiner Mama aus, die den kleinen Prinzen ohne Ende verwöhnt hat, direkt zu einer Frau gezogen ist. Der war noch nie unbeweibt. Und es findet sich immer irgendeine, die so blöd ist wie ich und für ihn die Drecksarbeit erledigt.«

»Ich soll dir«, log Ann Kathrin, »liebe Grüße von ihm bestellen. Er ist bald wieder zurück. Er freut sich auf dich und deine Mutter.«

Beate verzog den Mund. »Er freut sich auf meine Mutter? Freut er sich auch auf Fußpilz oder darauf, sich einen Weisheitszahn ziehen zu lassen?«

Einerseits wollte Ann Kathrin Beate einen Kaffee anbieten oder ein Glas Wasser, andererseits hätte das dieses unangenehme Gespräch nur weiter in die Länge gezogen. Ann Kathrin sah demonstrativ auf die Uhr. »Wir werden alles tun, damit Ruperts Mission so rasch wie möglich beendet werden kann. Glaub mir, Beate, wenn er zurück ist, wirst du stolz auf ihn sein. Er hat keine andere. Er macht nur gerade einen Job, der höchster Geheimhaltung unterliegt. Wir sollten nicht darüber reden, um ihn nicht zu gefährden.«

So, wie Beate Ann Kathrin ansah, hätte sie ihr nur zu gern geglaubt. Aber sie kannte eben auch ihren Rupert, und dass der keine andere hatte, das war immer nur für kurze Zeit der Fall.

Die Yacht war wirklich beeindruckend, doch Rupert fand, dass ein paar Bikini-Schönheiten dazugehörten, um das Playboy-Gefühl auf so einer Luxusyacht komplett zu machen. Was nutzte so ein Teil, wenn man damit keine schönen Frauen beeindrucken wollte?

Sie wurden von zwei Security-Leuten in blauen Stoffhosen und weißen T-Shirts, die ihre Muskeln deutlich abbildeten, abgetastet. Eine Kontrolle am Flughafen war verglichen damit auf dem Niveau einer Sicherheitskontrolle bei einem Kindergeburtstag.

Anders als an Flughäfen wurden hier keine weiblichen Security-Leute eingesetzt. Frauke musste es sich also gefallen lassen, von einem Bodybuilder mit Militärfrisur abgetastet zu werden.

»Hey, hey, hey«, protestierte sie, als seine rechte Hand zwischen ihre Beine fuhr.

Er behauptete: »Ich tue nur meine Pflicht.«

Rupert wusste nicht, wie er reagieren sollte. Als Rupert hätte er ihm am liebsten eine reingehauen, aber was tat Frederico in so einer Situation?

»Mach meinen Engel nicht an«, zischte Rupert.

Der Security-Mann richtete sich auf. Er war zwei Köpfe größer als Rupert und fast doppelt so breit. »Das dient«, sagte er, »auch eurer Sicherheit.«

»Das ist die Frau vom Boss«, erklärte Kleebo, um die Situation zu entkrampfen.

Der Bodybuilder verzog den Mund. »Erzähl keinen Scheiß. Das ist 'ne Professionelle.«

»Wie heißt du?«, fragte Rupert scharf.

»Carl.«

»Carl? Mit C oder mit K?«, hakte Rupert nach.

Carl sah aus, als müsse er darüber nachdenken. Er entschied sich dann für C, weil das irgendwie cooler war.

»Dachte ich mir«, sagte Rupert und donnerte seine Faust ansatzlos auf Carls Nasenspitze. Blut schoss sofort heraus.

Carl griff nach Rupert. Der machte einen Ausfallschritt nach hinten, packte Carls Hand und brach ihm zwei Finger. Jaulend kniete Carl am Boden und schüttelte die Hand mit den gebrochenen Fingern, doch davon wurde es nicht besser.

»Wenn du«, sagte Rupert so sachlich wie möglich, »meine Frau noch einmal anfasst oder beleidigst, verlierst du die ganze Hand. Und glaub mir, das ist noch das Netteste, was ich mit dir tun werde. Hast du das kapiert, Arschloch?«

Auf jeder anderen Party oder Ausstellungseröffnung wäre jetzt die Polizei gerufen worden, und Rupert wäre rausgeflogen, mitsamt allen Leuten, die er mitgebracht hatte. Nicht so hier. Er hatte sich im Grunde genauso verhalten, wie man es von einem Gangsterboss erwartete. Er rückte sein Jackett zurecht und wischte sich ein paar Flusen vom Revers.

Kleebo fischte ein Papiertuch aus seiner Hosentasche und hielt es Carl hin. Carls weißes T-Shirt hatte jetzt einige rote Flecken.

»Du saust ja hier alles voll«, sagte Kleebowski.

Rupert schaute den zweiten Security-Mann an und fragte: »Ist was? Hast du irgendein Problem? Brauchst du eine Fahrkarte?«

Er lächelte und nickte verlegen.

Frauke wollte nicht einfach so gehen. Sie wusste, dass sie gerade im Ansehen aller gewaltig gestiegen war, als die Frau vom Boss. Und ihr war klar, dass Frederico ein Tiefstapler war. Er gab ein bisschen den harmlosen Tollpatsch, doch in Wirklichkeit musste er eine gnadenlos gute Nahkampfausbildung haben, und er war ein Meister der Täuschung. Wie er Carl zunächst in ein Gespräch verwickelt und dann aus der entspannten Situation heraus zugeschlagen hatte, das fand sie beeindruckend.

Sie hielt dem am Boden knienden Carl den Stinkefinger vors Gesicht und sagte: »Wenn deine Mama dir keine Manieren beigebracht hat, müssen das eben andere tun. Falls du noch einen kleinen weiteren Erziehungskurs nötig hast, melde dich bei mir.«

Sie wurden ohne weitere Diskussion nach unten geführt in einen Raum, in dem die Bilder hingen. Einer aus der Pokerrunde, dem Rupert gut zehntausend abgenommen hatte, war auch da und tat so, als seien sie zwei sich noch nie begegnet. Rupert registrierte, dass der ihm das noch nicht verziehen hatte, oder es gab noch einen anderen Grund, warum es besser war, sich hier nicht zu kennen.

Der Auktionator, den alle nur Charlie nannten, führte jeden einzeln in den Raum, damit jeder Sammler die Bilder in Ruhe für sich begutachten konnte.

Rupert sah sich nach Kameras um. Das Ganze wirkte für ihn ein bisschen so, als sollte er verladen werden. War das hier ein Versuch von *Vorsicht, Kamera*, die Kriminalpolizei vorzuführen? Sollte er später als Superdepp dastehen? Alles das, was hier an den Wänden hing, diese bunten Bilder von Nolde, van Gogh, Miró und Picasso, hätte Rupert an einem Nachmittag aufs Papier gekleckst. Davon war er fest überzeugt.

Wie konnte ich nur, fragte er sich, so dämlich sein, zur Kripo zu gehen, wenn man mit ein paar Pinselstrichen so viel Geld verdienen kann?

Der Gipfel aber war, dass zwischen den bunten Kinderzeichnungen das ›Schwarze Quadrat‹ hing. Und genau das sollte er kaufen. Angeblich stand er ja so sehr darauf.

Mein Gott, dachte Rupert, was ist nur aus dieser Welt geworden? Wie verrückt sind die Leute?

»Es handelt sich«, sagte Charlie, »selbstverständlich um Originale. In den Museen hängen jetzt Fälschungen. Perfekt, aber eben Fälschungen.«

Kleebowski stupste Rupert an: »Siehst du, Frederico ...«

Rupert zeigte sich beeindruckt, aber kritisch. »Wer sagt mir«, fragte er, »dass dies hier keine Fälschungen sind?«

Charlie warf sich in die Brust. Rupert zeigte auf Charlie, der sofort bereit war, Gutachten vorzulegen, doch die interessierten Rupert nicht. »Wenn du mich reinlegst«, sagte er im Brustton der Überzeugung, »ich merke mir dein Gesicht. Wenn du mich reinlegst, hast du hier zwischen den Augen später ein kreisrundes, neun Millimeter großes Loch.«

»Ich? Einen der Bosse reinlegen? Ich bin doch nicht lebensmüde!«, gestand Charlie.

Kleebowski erklärte: »Einige der wirklich großen Bosse, also, im Grunde fast alle, sind inzwischen Kunstsammler geworden. Der Markt ist sehr eng. Es gibt ja praktisch keine Zinsen mehr fürs Geld, da muss etwas passieren.«

»Die Bilder«, führte Charlie aus. »sind selbstverständlich alle versichert. Die Museen werden erpressbar. Natürlich sind sie bereit, die Fälschungen gegen die Originale auszutauschen, gegen entsprechende Summen.«

Kleebowski grinste: »Ein ganz neues Geschäftsmodell.«

»Das interessiert mich nicht«, behauptete Rupert. »Ich sammle wirklich Kunst.«

Frauke strahlte ihn an. Ihr gefiel der Miró am besten. Doch Rupert ließ als Frederico sein Kunstwissen raushängen, das er sich gerade erst angelesen hatte: »Das hier«, sagte er und zeigte auf Kasimir Malewitschs ›Schwarzes Quadrat‹, »ist ein Meilenstein in der Entwicklung der Kunst. So etwas wie die Entdeckung des Feuers in der Entwicklung der Menschheit oder der Kühlschrank für die heutige Zivilisation. Es ist die größtmögliche Verdichtung von Farbe und gleichzeitig die Auflösung jeder Struktur.«

»Trotzdem«, sagte Frauke, »mir gefällt der Miró besser. Das wäre mir zu düster. Ich würde mir das nicht ins Schlafzimmer hängen.«

»Wie läuft das jetzt weiter?«, fragte Rupert. »Sind schon Angebote abgegeben worden?«

»Oder gibt es eine Versteigerung?«, hakte Kleebowski nach. »Die Bosse sind drüben und nehmen einen kleinen Drink. Wir haben ein paar Häppchen vorbereitet, und danach können wir dann …«

»Laber nicht rum«, unterbrach Rupert ihn. »Wie hoch sind die Angebote?«

»Die Türken bieten zwanzig Millionen für alles zusammen. Ihr Boss will wohl gleich die ganze Sammlung … Aber wenn wir jedes Stück einzeln verkaufen, kommt bestimmt mehr dabei raus.«

Rupert zeigte wieder auf das Bild von Kasimir Malewitsch: »Und das da? Gibt es dafür auch Angebote?«

»Och Schatz, du willst doch nicht wirklich dieses schwarze Bild da kaufen?«, lachte Frauke.

»Doch«, sagte Rupert, »genau das will ich.«

»Also, der Düsseldorfer hat fünf Millionen geboten. Aber ich denke, da ist nach oben noch ziemlich viel Luft«, freute Charlie sich.

»Fünf Millionen«, staunte Frauke beeindruckt.

Um in ihrem Ansehen noch höher zu steigen, erkundigte Rupert sich nach dem Preis des Miró.

»Also, als Einzelbild sind wir da bis jetzt bei achthunderttausend.«

»Würdest du dir das ins Schlafzimmer hängen?«, fragte Rupert und legte seinen Arm um Frauke.

»Oh ja«, sagte sie, »mit großer Freude.«

Rupert grinste: »Wenn wir nicht schon verheiratet wären, würde ich es dir zur Hochzeit schenken, Süße.«

Sie sah ihn irritiert an. Ihr war nicht ganz klar, ob er damit gerade einen Gag auf ihre Kosten gemacht hatte und ihr sagen wollte, dass er nicht daran dachte, so viel Geld für sie auszugeben, oder ob das Ganze ein Heiratsantrag war. Wollte er ihr das Bild am Hochzeitstag schenken? Das mit ihrem Ex hatte doch ohnehin keine Zukunft. Er würde immer die Arschgeige bleiben, die er war.

Warum, dachte sie, verliebe ich mich immer in solche Typen? Aber der hier, der hat wenigstens genug Geld.

Sie gingen nach nebenan zum Buffet. Dort sorgte gerade irgendeine Nachricht für Superstimmung. Eine Art La-Ola-Welle hallte ihnen entgegen.

Als Rupert den Raum betrat, verstummte die Freude. Ihm war klar, dass alle ihn musterten. Jeder hier wusste mehr über ihn als er über die anderen. Er fühlte sich unwohl und war froh, Kleebowski an seiner Seite zu haben und den Arm um Frauke legen zu können.

Charlie raunte hinter Rupert: »Sie wissen es also schon.«

Das Buffet machte ihn nicht besonders an. Es gab Sushi und Fingerfood. Ein ostfriesisches Buffet sah anders aus. Ihm fehlten ein paar Rollmöpse, Bratheringe, von Matjes ganz zu schweigen. Nicht mal Krabben hatten sie hier. Dafür gab es Lachsschnittchen und ständig dieser Champagner, das ging Rupert allmählich auf den Keks. Hatte denn noch niemand von diesen Intelligenzbestien begriffen, dass man von zu viel Champagner einen sauren Magen bekam? So ein Bierchen dagegen konnte den nervösen Magen beruhigen.

»Ich finde«, sagte jemand, der mit Stäbchen sein Sushiröllchen in die Kabayaki-Soße stippte. In der Mitte des Reisbällchens leuchtete etwas giftgrün. Nie im Leben hätte Rupert so etwas gegessen.

Der Typ schloss dabei genießerisch die Augen, um dann mit vollem Mund zu verkünden: »Ich finde, wir sollten uns das Vergnügen gönnen. Er soll ihr den Mund zunähen, und das übertragen wir dann live hierhin. Das wird die Stimmung heben, wenn wir sehen, dass das Plappermaul für immer die Fresse hält.«

Frauke erschrak. Rupert sah irritiert Kleebowski an, der mit den Schultern zuckte.

Charlie sprach nun laut, so dass jeder im Raum ihn verstehen konnte: »Ja, wir haben noch eine kleine Überraschung. Ihr wisst es schon, Freunde, nur Frederico ist ein bisschen spät gekommen und ahnt noch nichts von dem Glück. Der ›Geier‹ hat Strawberry eingefangen.«

»Leider«, tönte ein Mann dazwischen, der mindestens fünfzig Kilo zu viel drauf hatte, seinen runden Bauch aber wie ein Herrschaftssymbol vor sich hertrug, »leider arbeitet er nicht mehr für mich. Ich hatte ihm den Auftrag erteilt, aber er hat sich selbständig gemacht. Er möchte sie gerne versteigern.«

»Gönnen wir ihm den Spaß«, rief jemand aus der anderen Ecke, der für Rupert aussah wie ein sprechender Penis. »Er ist der beste Hitman, den wir je hatten.«

Ein anderer lachte: »Wenn du deine Leute nicht vernünftig bezahlst, musst du dich nicht wundern, wenn sie …«

Kugelbauch zeigte auf seinen Widersacher und zischte: »Ich erwarte ein bisschen mehr Respekt von dir, Heiko!«

Merk dir den Namen, dachte Rupert. Vermutlich war das nur

sein Straßenname, und in Wirklichkeit hatte er einen Doktortitel und einen malerisch klingenden Doppelnamen, der auf eine internationale, wenn nicht gar adlige Herkunft hinwies.

»Wir können also Kriminaldirektorin Liane Brennecke«, lächelte Charlie und betonte ihren Namen, »hier und heute ebenso versteigern wie die edlen Kunstwerke im Nachbarraum. Ich habe den Anruf vom ›Geier‹ genau so verstanden.«

Kugelbauch schimpfte: »Das ist eine Unverschämtheit! Er ist immer noch mein Mitarbeiter!«

Die Runde brach in geradezu viehisches Gelächter aus.

»Hat er bei dir«, spottete Heiko, »eine Art Beamtenstatus mit Lohnfortzahlung im Krankheitsfall? Mach dich doch nicht lächerlich, George! Wo lebst du eigentlich? Die Welt ist keine Scheibe mehr, sondern sie dreht sich!«

Die Stimmung wurde zunehmend aufgeladener. Rupert hätte am liebsten seine Waffe gezogen und auf der Stelle alle hier verhaftet. Zu gern hätte er jeden einzeln auf den Verhörstuhl gesetzt.

Liane Brennecke, die ihn so sehr gepiesackt und verspottet hatte, wurde hier also zur Versteigerung angeboten.

Frauke hatte eigentlich Hunger, nahm aber nichts vom Buffet. Sie war zwar den Umgang mit Gangstern gewöhnt, aber das hier war ihr doch ein bisschen heavy.

Wie von Zauberhand löste sich eine Leinwand von der Decke. Sie hing jetzt überm Buffet. Sekunden später erschienen darauf Fotos in einer Slideshow, die Liane Brennecke zeigten. Nackt, gefesselt an einen Zahnarztstuhl. Ihr Kopf war an einer Seite kahl rasiert. An der anderen baumelten ihre blonden Haare in fettigen Strähnen herab.

Rupert hätte sie fast nicht erkannt. Er hatte sie als schöne, durchaus hochmütige Frau kennengelernt. Die da auf dem Stuhl war ein bemitleidenswertes Wesen, zum Stück Fleisch degradiert.

Scheiße, dachte Rupert, ich muss etwas tun. Ich muss etwas tun.

Dieser Tag würde wie ein Schnitt durch sein Leben gehen. Irgendwann würde er alles einteilen in den Tag vor der Versteigerung und in den Tag danach.

Frauke wurde schlecht. Sie stützte sich auf dem Teetisch ab. Das machte sie etwas unglücklich, so dass eine Platte mit Sushi-Röllchen hochsprang. Es war ihr unangenehm, dass einige Fischteile auf den Boden fielen. Die Absurdität der ganzen Situation wurde ihr erst dadurch klar, dass das Abschlachten eines Menschen vor laufender Kamera hier als freudiges Ereignis angesehen wurde, das man beklatschte, während eine ungeschickte Bewegung und ein paar Speisereste auf dem Holzboden mit empörten Blicken quittiert wurden.

Sie deutete Rupert mit einem Blick an, er solle zu ihr runterkommen.

Rupert bückte sich und half seiner Miet-Ehefrau dabei, die Sushi-Teilchen aufzuheben. Er spürte sein Iliosakralgelenk. Es war ein stechender Schmerz, der durchs Bein und durch den Oberkörper fuhr, bis in sein Gehirn. Der Schmerz erinnerte ihn daran, wer er wirklich war: Rupert mit Rückenproblemen, der eigentlich Krankengymnastik brauchte, sich aber genierte, weil er der Meinung war, dass richtige Männer so etwas nicht machten, zumindest nicht vor ihrem fünfundachtzigsten Lebensjahr.

Frauke raunte ihm zu: »Hier sind ein paar Leute, die dich gerne umlegen würden. Ich werde dir den Rücken decken. Guck du nach vorn, biete so wenig Angriffsfläche wie möglich. Der Raum ist eng.«

»Danke, Süße«, hauchte Rupert und gab ihr einen Kuss auf die Wange.

Mit ein paar Sushi-Röllchen in der Hand erhob er sich wieder und wusste, dass er gerade etwas getan hatte, was für einen Gangsterboss völlig ungebührlich war. Bosse bückten sich nicht.

Hoben nichts auf. Räumten nichts ab. Sie wuschen auch keine Gläser und bügelten keine Hemden.

Kleebowski stand links von ihm. Auch er hatte kapiert, dass Frederico hier sehr gefährdet war. Er deckte ihn mit seinem Körper vorsorglich gegen mehrere Personen ab.

»Du arbeitest doch hier nicht als Reinigungspersonal«, zischte er. Er fühlte sich regelrecht beleidigt dadurch, dass sein Boss sich bückte und etwas aufhob. Wie standen sie jetzt da?

»Wie fühlt man sich so als Hausmann, Frederico?«, fragte Heiko denn auch schon und erntete brüllendes Gelächter.

»Wer glaubt, dass Frauen in die Küche gehören, weiß nicht, was man im Bett so alles mit ihnen anstellen kann«, konterte Rupert und entschuldigte sich mit einem Blick auf Frauke für seine Worte. Doch sie fand, dass er ganz gut pariert hatte.

George klemmte seine Daumen hinter seinen Hosengürtel und wirkte dadurch auf Rupert fast wie eine Karikatur von Dirk Klatt. Nur dass Klatt natürlich längst nicht so dick war, nicht so mächtig und auch nicht so böse.

George stampfte mit dem rechten Fuß auf und verlangte: »Schluss mit dem Scheiß! Ich habe Strawberry, und ich schlage euch einen Deal vor.«

»Du hast sie nicht«, entgegnete Heiko mindestens genauso laut und versuchte, George zu übertönen. »›Geier‹ hat sie. Und er versteigert sie.«

Der, den Rupert vom Poker kannte, rief: »Die Schlampe interessiert mich überhaupt nicht! Ich will nur die Informationen.«

Er bekam Applaus.

»Aber mich!«, rief Rupert und begab sich in die Mitte des Raumes. Sie standen alle im Kreis um ihn herum. Dabei klebte Kleebowski links an seiner Seite, und Frauke deckte seinen Rücken und die Flanke rechts. Dabei spielte sie mit einem Steakmesser, das sie vom Buffet entwendet hatte. Auch der Dümmste kapierte jetzt, dass die drei zusammengehörten und bereit waren, sich den Weg gemeinsam freizukämpfen.

Rupert zeigte auf die Slideshow an der Wand. »Ich habe noch ein Hühnchen mit ihr zu rupfen. Und glaubt mir, ich werde es rupfen!«

Sein Auftreten beeindruckte George durchaus. Er wusste, wie mächtig die Müller-Gonzáles-Familie war, und wollte es nur ungern auf einen Krieg mit ihnen ankommen lassen.

»Okay«, rief er, »du sollst deinen Spaß haben, Frederico. Du darfst dir als Erster wünschen, was ihr abgeschnitten und an die Ratten verfüttert werden soll. Wir können es uns hier live ansehen, Freunde!«

Er breitete die Arme aus und reckte den Bauch weiter vor, damit die Hose nicht herunterrutschte. Er war viel sportlicher, als Rupert gedacht hatte. Er machte ein paar tänzelnde Schritte, als habe er früher mal Ballettunterricht gehabt. »Lasst uns eine Party daraus machen, Freunde! Ich geb einen aus! Wir werden uns gemeinsam anhören, was sie zu sagen hat. Jeder kriegt alle Informationen! Das neue Zeitalter hat begonnen! Wir gehören zusammen! Der Krieg gegeneinander – was soll das denn? Wir haben unsere abgegrenzten Bereiche, in denen jeder seine Geschäfte machen kann. Wenn wir erst die Namen der Verräterschweine aus ihr rausgeschnitten haben, dann …«

Seine weiteren Worte gingen im allgemeinen Geraune unter.

Heiko hatte Sorge, an Einfluss zu verlieren. Das Ganze hier schien für Rupert auch ein Kampf darum zu sein, wer die Führung im Gangsterkonsortium für die nächste Zeit übernehmen sollte. »Und wer zahlt?«

»Wir lassen uns nicht gegeneinander ausspielen, und schon gar nicht von einem Hitman!«, forderte George. Er zeigte auf die einzelnen Anwesenden: »Du gibst eine Million, du gibst eine Million und du gibst eine Million!«

Nicht bei allen löste das Begeisterung aus. Andere nickten, weil sie gar nicht damit gerechnet hatten, so billig davonzukommen.

»Statt uns gegenseitig zu überbieten, werden wir ihm gemeinsam eine Summe auf den Tisch legen.«

»Und danach leg ich den Scheißkerl um«, raunte Heiko. »Ich las mich doch von so einer Witzfigur nicht erpressen!«

Noch immer standen Rupert, Kleebowski und Frauke im Mittelpunkt des Kreises. Frauke fühlte sich dort zunehmend unwohl, denn der Kreis wurde enger. Jeden Moment konnte irgendwer eine Waffe ziehen und auf Frederico abfeuern. Sie war sich nicht sicher, ob wirklich jeder nach Waffen durchsucht worden war. Waren sie vielleicht die Einzigen, die hier ohne Schießeisen herumstanden? Das Messer in ihrer Hand gab ihr ein wenig Sicherheit.

Zu Kleebowskis völliger Überraschung und zum Staunen aller anderen rief Rupert: »Ich übernehme die Rechnung, Freunde! Ich zahle die Spesen! Sozusagen mein Einstand.«

»Du?«, staunte George. »Das sind«, er zählte durch, als wüsste er nicht, wie viele Personen sich im Raum befanden, »zehn Millionen.«

»Das ist mir der Spaß wert«, tönte Rupert. »Aber ich habe eine Bedingung.«

Heiko wurde sofort misstrauisch: »Bedingung?«

Rupert setzte alles auf eine Karte und zog dieses Spiel durch. Er hoffte, gut genug zu sein. Er dachte an die Begegnung im Savoy mit Barnaby Metschurat, Julia Jentsch und Christian Erdmann. Vielleicht hätte er Barnaby Metschurat um ein bisschen Schauspielunterricht bitten sollen. Dem wäre es bestimmt leichtgefallen, jetzt hier den großen Gangster raushängen zu lassen, der sich retten will.

Während Rupert sprach, entwickelte sich sein Plan, wurde von Wort zu Wort konkreter. Er staunte über sich selbst. Er galt nicht als besonders selbstkritisch, aber heute fand er sich wirklich gut.

Schade, dachte er, dass Beate mich nicht so sehen kann. Und Ann Kathrin. Und Weller. Und der Bratarsch.

»Ich will sie am Stück«, forderte Rupert. »Ich bin dem gottverdammten Luder noch was schuldig. Ich gönne dem ›Geier‹ diesen Spaß nicht. Versteht ihr mich? Ich habe mit ihr noch eine Rechnung offen.«

»Das haben wir alle«, lachte George, und sein Wabbelfleisch bebte.

»Seit einem halben Jahr«, bellte einer aus der Runde, dessen Gesicht Rupert sehr an einen Irish Setter erinnerte, nur sahen Irish Setter viel schöner aus. Rupert wäre nie auf die Idee gekommen, dem Typen den Nacken zu kraulen. »Seit einem halben Jahr kriegen wir keine einzige Lieferung mehr durch. Sie hat einen Spitzel bei uns installiert, der alles auffliegen lässt. Wir sind praktisch«, empörte er sich, »gezwungen, legale Geschäfte zu machen.« Er klopfte sich gegen die Brust. »Ja, soll ich jetzt vom Einzelhandel leben, oder was?«

Rupert drehte sich. Kleebo und Frauke vollzogen seine Bewegung mit. Es machte den Eindruck einer gelernten Choreographie.

Rupert richtete den Zeigefinger wie eine Waffe auf die einzelnen Gesichter, während er sich drehte. »Niemand von euch hat mit ihr erlebt, was ich erlebt habe. Ich kenne sie besser als ihr alle!« Rupert wusste nicht weiter. Er holte Luft. Dann rief er: »Wer von euch hat sie flachgelegt? Na, wer? Aufzeigen!«

Niemand hob die Hand. Einige lächelten verschmitzt, andere schüttelten erstaunt den Kopf. Niemand begriff, worauf Rupert wirklich hinauswollte.

»Sie hat sich an mich rangeschmissen. Sie wollte über mich unsere Organisation auffliegen lassen. Sie dachte, ich hol mir den Kronprinzen, dann hab ich die ganze Organisation. Ich will sie haben, und ich vögle ihr die Seele aus dem Leib, bevor ich sie im Namen von euch allen kaltmache!«

Frauke erwischte sich dabei, dass seine Worte sie trafen. Sie wunderte sich über ihre Reaktion und fragte sich, ob sie wirklich eifersüchtig war?

Irgendwie ahnte sie jedoch, dass das, was er erzählte, nicht echt war. Er verfolgte einen anderen Plan. Sie wusste nicht, welchen, aber sie war bereit, ihn dabei zu unterstützen. Der hatte es doch nicht nötig, Frauen zu vergewaltigen. So einer war er nicht. Der stand auf Zärtlichkeiten und Streicheleinheiten. Wenn er wirklich mal etwas mit dieser Liane gehabt hatte, dann versuchte er, die rauszuholen, weil er sie liebte? War das denkbar?

Rupert zeigte mit dem Zeigefinger auf den Boden und machte Bewegungen, als würde er mit einem Stock gegen den Fußboden klopfen. »Ich verlange, verdammt nochmal, dass er sofort aufhört! Mir steht es zu, sie in Stücke zu schneiden, mir ganz allein!«

»Warum?«, fragte George und spottete: »Hast du ihn nicht hochgekriegt bei ihr, oder was?«

Die Bande brach in brüllendes Gelächter aus.

Einen Moment überlegte Frauke ernsthaft, ob sie etwas dazu sagen sollte, um das Standvermögen ihres Mannes zu bekräftigen, doch dann hielt sie lieber den Mund und achtete darauf, dass niemand in seine Tasche griff. Dem Ersten, der seine Hand ins Jackett steckte oder in Richtung Schulterholster, dem würde sie das Steakmesser in den Körper rammen.

»Hat sie dir dein bestes Stück abgebissen, oder was?«, grinste Heiko.

»Fast«, log Rupert, »fast. Aber es hat verflucht weh getan. Und ich werde sie dafür leiden lassen.«

Frauke staunte, wie sehr diese Art der Diskussion alle überzeugte. Selbst der Irish Setter nickte wohlwollend.

»Wer sagt uns«, fragte George, »dass du uns nicht reinlegst?«

Rupert atmete nur noch flach. So ging es nicht mehr lange weiter, dann würde er hyperventilieren. Er hatte so etwas selber noch nie erlebt, aber er kannte es von Zeugen. Diese flache, hektische Atmung hielt man nicht lange durch. Er versuchte, tief auszuatmen und die Luft durch die Nase wieder einzusaugen bis in den Bauch.

Junge, sagte er sich, im Grunde machst du das doch ganz gut. Leider kannst du nicht wie Barnaby Metschurat, wenn etwas schiefläuft, sagen: *Ach, dann drehen wir die Szene eben noch mal. Alles auf Anfang.* Hier und heute gab es nur die eine Chance für ihn. Und er musste sie nutzen.

Er fand, er hatte sich bis jetzt ganz tapfer geschlagen, aber sein linkes Knie zitterte. Er hatte Angst, dass das jemand bemerken und als Schwäche auslegen könnte.

»Du kannst mich ja«, schlug Rupert vor, »begleiten, wenn du mir nicht traust. Kannst draußen warten, während ich mit ihr abrechne.«

»Wir können uns die Übertragung ja hier gemeinsam anschauen«, lachte Charlie, der, das ahnte Rupert, von den zehn Millionen eine gute Provision abbekommen würde. Oder warum grinste der sonst so glückselig?

»Eigentlich«, sagte Rupert, »bin ich nur deshalb gekommen, um Bilder zu kaufen. Aber ich gebe zu, was ihr jetzt anbietet, ist für mich deutlich interessanter.«

»Wie wickeln wir das Geschäft ab?«, wollte George wissen.

Charlie hob die Hand. »Das lasst mal meine Sorge sein. Er vertraut mir.«

»Ich werde jetzt«, verkündete Rupert, »vorsichtig in meine rechte Tasche greifen und zwei Schlüssel herausziehen.«

Alle Augen folgten seiner Bewegung. Tatsächlich hob er zwei Schlüssel hoch und warf sie Charlie zu. »Die gehören zu zwei Schließfächern in Bremen. Darin sind zwölf Millionen in bar. Dafür wollte ich eigentlich das ›Schwarze Quadrat‹ von Malewitsch kaufen. Oder hätte einer von euch Kulturbanausen mehr geboten? Zehn sind für den ›Geier‹ und zwei für dich, Charlie, wenn alles gut läuft.«

Seine Großzügigkeit beeindruckte alle. Rupert zeigte auf die Leinwand: »Stoppt die Scheiße mit ihr. Sofort. Ich will sie am Stück. Im Grunde ist sie schon weniger wert, weil der Idiot ihr den Kopf rasiert hat.«

Charlie lächelte. Ihm standen dreißig Prozent vom Deal zu, plus die zwei Millionen, die Frederico draufgelegt hatte. Er war sehr zufrieden.

»Dann«, so schlug er vor, »sollten wir uns jetzt ein bisschen mit dem Fingerfood stärken, in der Zeit rede ich mit dem ›Geier‹. Danach gehen wir zur Ausstellung rüber, und die einzelnen Gemälde können ersteigert werden.«

Frauke stand immer noch sehr nah bei Rupert. Sie berührte seinen Rücken. Er war unter der Anzugjacke klatschnass.

Der Mann, in dessen Gewalt sie sich befand, wirkte fröhlich, ja geradezu aufgekratzt. Seine Bewegungen waren aber nicht mehr so präzise wie zuvor, sondern eher fahrig. Versehentlich stieß er eine Stehlampe um.

Er machte unbeholfene Schritte. Zweimal hatte sie das Gefühl, er könne das Gleichgewicht verlieren und hinfallen. Er hatte glasige, fiebrige Augen. Seine rechte Gesichtshälfte war wie versteinert, die linke zuckte immer wieder.

Sie vermutete, dass er sich irgendwelche Aufputschmittel eingepfiffen hatte. Vielleicht wurde sein Körper gerade von Amphetaminen geflutet. In ihren Augen war er der typische Koksschnupfer. Gut möglich, dass er sich seit vierzig, fünfzig Stunden auf den Beinen hielt.

Je aufgekratzter Menschen waren, umso unberechenbarer wurden sie. Zu Beginn hatte er alles sehr langsam, ruhig gemacht. Jede Bewegung genossen, ja geradezu zelebriert und ihr damit fürchterliche Angst eingeflößt.

Jetzt war die Ruhe aus der Sache raus. Er musste irgendetwas hinter sich bringen, stand unter Zeitdruck oder drehte gerade völlig durch.

Er griff ihr ins Gesicht und zog ihre Augenlider auseinander, als würde er darunter etwas suchen. Seine Stimme hörte sich gepresst an, als müsste sie durch einen Widerstand oder einen Filter: »Ein Boss hat zehn Millionen für dich geboten, Puppe. Nicht für deine Informationen, für dich!«

Er tätschelte ihr die Wangen. »Er will das ganze Stück Fleisch hier. Ich war mir sicher, dass der dicke George dich auf jeden Fall erwerben wird, allein schon, um allen zu zeigen, dass er es ist, der im Hintergrund die Fäden zieht, und dass ich weiterhin sein Hitman bin. Aber es gibt jemanden, dem du noch mehr wert bist.«

Er ließ seine Finger über ihren Körper spazieren. »Weißt du, so etwas hatte ich noch nie. Und ich frage mich, ob mich da jemand reinlegen will. Natürlich rückt der Vermittler nicht mit dem Namen raus. Er will ja schließlich seine Provision kassieren. Soll er! Aber ich mache das hier nicht erst seit gestern. Die sind doch immer alle froh, wenn sie mit der Drecksarbeit nichts zu tun haben. Sie wollen ein paar Fotos, ein paar Tonbandaufnahmen, ein Filmchen, und am Ende soll ich dann auch noch die Leiche entsorgen. Dich aber will einer lebendig. Warum?«

Er nahm die Finger ihrer rechten Hand und zog an jedem einzelnen, bis es in den Gelenken knackte. »Ich soll dir nicht mal die Fingerchen abschneiden, um sie an die Ratten zu verfüttern. Und genau das haben die Bosse immer toll gefunden. Irgendjemand liebt dich so sehr, dass ihm jeder kleine Finger von dir eine Million wert ist.«

Er schlug ihr gegen den Kopf. Es war kein Faustschlag, sondern mehr eine Ohrfeige. Ihr Kopf flog zur Seite.

»Und du wirst mir jetzt sagen, wer es ist. Wem bist du so viel wert? Was hat er mit dir vor? Warum braucht er dich ganz, in einem Stück? Will er dich selber durch den Häcksler jagen? Möchte er dich zu seiner Sexsklavin machen? Hat er so einen schlechten Geschmack? Glaub mir, Süße, da gibt es Bessere als dich. Frischfleisch. Der Markt ist voll davon.«

Er ging zu einem Tisch zurück, der sich außerhalb ihres Blickfelds befand. Er hantierte dort mit Metallgegenständen. Er wollte, dass sie es hörte. Er machte absichtlich klirrende Geräusche.

Sie wusste genau, was er vorhatte. Er wollte ihre Phantasie anregen. Sie sollte sich vorstellen, welche Folterinstrumente er aussuchte, um sie damit zu traktieren. Er wusste, dass die Phantasie manchen Menschen viel mehr zusetzen konnte als die Wirklichkeit. Darin war er ein Spezialist.

Und dann geschah für sie etwas Wunderbares. Es war ein kleiner Glücksmoment, der ihre alte Stärke zurückbrachte und ihr neuen Mut verlieh. Sie stellte sich vor, wie sie an ein Rednerpult trat. Vor ihr saßen Schüler der Polizeiakademie. Und genau das, was sie gerade dachte, erzählte sie ihnen. Sie konnte berichten, wie es war, so einem Psychopathen ausgeliefert zu sein. Die Polizeischüler hörten ihr gebannt zu. Einige schrieben mit. Jetzt war sie mit ihrem Fachwissen da und konnte etwas über diese besondere Spezies Mensch, die es zu erkennen und zu fangen galt, erzählen.

Vielleicht würde sie ein Buch darüber schreiben, auf jeden Fall Vorträge halten. Egal. Sie musste überleben, um das tun zu können. Und dann kam ein Funke Gewissheit, dass sie es schaffen konnte. Er war verunsichert.

»Ich sollte dich einfach umlegen«, sagte er, »genau wie die anderen, und zwar jetzt. Ich kann auf ihre zehn Millionen scheißen. Was denkst du darüber? Damit könnte ich doch ein Signal setzen, oder? Versucht nicht, den ›Geier‹ zu verarschen. – Weißt du, dass sie mich den ›Geier‹ nennen? Eigentlich gefällt mir das ganz gut. Wenn die Menschen an einen Geier denken, haben sie ein Bild vor Augen, und dem entspreche ich so gar nicht. Ich habe keine Hakennase. Ich sitze auch nicht herum und warte auf Aas. Nein, ich bin in Wirklichkeit ein Jäger. Es gefällt mir, wenn die Leute etwas Falsches von mir denken.«

Er trat wieder vor ihren Stuhl, so dass sie ihn sehen konnte. Er zeigte auf sein Gesicht. »Sieht so ein Geier aus?«, fragte er.

In der Hand hielt er ein langes Messer mit schlanker, gebogener Klinge. Er drehte die Klinge im Licht, so dass sie glänzte. »Das ist ein klassisches Ausbeinmesser. Du weißt, wozu ein Ausbeinmesser gut ist, oder, Schätzchen? Und du verrätst mir jetzt, wer so viel für dich geboten hat und warum. Sonst beginnen wir mal mit deiner Kniescheibe. In manchen Kulturen glaubt man ja, dass das Ego im Knie steckt. Was denkst du? Ist das einfach nur ein Bewegungsinstrument, oder wohnt darin ein Teil der menschlichen Seele?«

»Die Frage ist doch: Sind wir unser Körper, oder haben wir ihn nur?«, sagte sie, und das machte ihn für einen Moment ratlos. Er guckte sich das Messer an, als hätte er es noch nie zuvor gesehen. Dann betrachtete er ihr rechtes Knie.

Als sie von Bord gingen, mussten sie noch einmal an Carl vorbei. Er stand da wie sein eigenes Denkmal, völlig unbeweglich. Die Arme hingen herunter, die Hände offen, so wie Cowboys in amerikanischen Western zum Duell gingen, nur dass keine Colts an seinem Gürtel baumelten.

»Mach jetzt keinen Scheiß«, raunte Kleebowski Rupert zu und versuchte, sich zwischen Carl und Rupert zu positionieren. Das war aber schwierig, da sie hier die Leiter runtermussten, um auf ihr Motorboot zu kommen.

Rupert blieb direkt vor Carl noch einmal stehen, sah ihm ins Gesicht und sagte drohend: »Ich hab mir dein Gesicht gemerkt. Du weißt, was das heißt. Wenn ich Klagen höre, dann ...« Rupert deutete einen Schnitt durch den Hals an und ging lächelnd von Bord. Hinter ihm kam Frauke. Sie konnte nicht anders, sie nutzte Carls Verwirrung und rammte ihr Knie in seine Weichteile.

»Oh«, sagte sie, »Verzeihung, ich wusste nicht, dass du auf Kuschelsex stehst. Ich dachte, du hast es gerne ein bisschen härter.«

Die Yacht lag ruhig da, aber das kleine Motorboot schaukelte doch heftig hin und her. Nachdem sie sich aus dem Windschatten der Yacht herausbewegt hatten, gab es mehrere Momente, in denen Rupert glaubte, sie könnten kentern.

Der Wind war laut, der Motor des Bootes tat das Seinige dazu, doch trotzdem musste Kleebowski sich jetzt Luft machen. Er brüllte herum, flippte richtig aus: »Frauen machen bei solchen Sachen nur Ärger! Ich hab's doch gleich gesagt! Ich hab's doch gewusst! Was soll das? Wir wären fast draufgegangen dabei! Ich dachte, du willst das Bild haben, und alles war wunderbar arrangiert, und jetzt haben wir diese Strawberry an den Hacken! Und glaub mir, mit dem ›Geier‹ ist nicht gut Kirschen essen! Der legt uns um, wenn er nur den geringsten Verdacht hat, dass etwas nicht so läuft, wie wir es abgesprochen haben! Was hast du mit diesem Weib laufen, verdammt? Reicht es denn nicht, wenn wir alle Informationen aus ihr herausholen? Hattest du wirklich mal was mit ihr? Willst du sie retten, oder was?« Kleebowski schlug sich gegen die Stirn. »Hast du jetzt ein Helfersyndrom? Bist du religiös geworden im Knast, oder was? Hattest du 'ne Gotteserscheinung? So was hatten wir schon mal, mit einem der besten Hitmen, dagegen war der ›Geier‹ ein Pfadfinder! Und dann hatte der Typ plötzlich eine Gotteserscheinung oder Engelserscheinung oder irgend so 'n Scheiß und ist völig aus dem Ruder gelaufen! Geier hat ihn ausgeknipst, und wir waren alle echt erleichtert!«

Rupert reagierte nicht. Er kämpfte mit seiner Übelkeit.

Kleebowski wandte sich an Frauke: »Ja, sag du doch mal was, verdammt! Vielleicht hört er ja auf dich! Weißt du, was seine Familie mit uns allen macht, wenn ihm was passiert, Chantal?«

»Er möchte nicht, dass ich Chantal genannt werde. Ich heiße Frauke«, stellte Chantal klar.

»Wir werden heute Nacht«, forderte Kleebowski geradezu ultimativ, »auf Borkum bleiben. Wir pennen im Vier Jahreszeiten. Wir werden gut essen, gut trinken und eine Nacht über alles schlafen. Und morgen überlegen wir es uns noch mal. Scheiß auf die zwölf Millionen, scheiß auf das beknackte Bild – aber ich mache mir Sorgen um deine geistige Gesundheit, Frederico. Statt die Clans zu vereinen, hättest du fast einen Krieg heraufbeschworen!«

Rupert schluckte etwa Säuerliches herunter, das sein Magen gerade die Speiseröhre hochdrückte. Er packte Kleebowski am Revers und zog ihn zu sich. Halb schüttelte er ihn, halb hielt er sich an ihm fest. »Hör mal zu, du Pappnase. Ich führe die Geschäfte so, wie ich es für richtig halte. Ich plane immer ein paar Schritte im Voraus. Das kapierst du nicht, und das musst du auch gar nicht.«

»Was für Pläne? Erklär's mir, verdammt!«, schrie Kleebowski. »Ich bin für deine Sicherheit verantwortlich!«

»Erst wenn ich sie habe, sind wir in Sicherheit. Oder willst du, dass sie ausplaudert, an wen all das Shore gegangen ist, das die Bullen beschlagnahmt haben?«

Kleebowskis Mund öffnete sich, aber er bekam keinen Laut heraus.

Jetzt ging Frauke verbal auf Kleebowski los, griff sein rechtes Ohr und zog daran. »Hast du wirklich geglaubt, dass er zehn Millionen hinlegt, nur um sie zu vögeln? Bist du so bescheuert? Das ist mein Ehemann! Der hat es nicht nötig, dafür zu bezahlen! Der hat mich! Und glaub mir, da bleiben keine Wünsche offen!«

Kleebowski befreite sein Ohr aus ihrem Griff und spottete: »Sagt seine Miet-Ehefrau!«

»Du hast doch wohl gesehen, was er mit Leuten macht, die mich beleidigen«, fauchte Frauke. »Willst du, dass er dich über Bord wirft?«

»Moment mal«, schlichtete Rupert. »Moment mal. Wir sollten jetzt alle mal langsam runterkommen und uns beruhigen. Die Nerven liegen blank, Leute.«

Ich spreche schon wie Ubbo Heide, dachte er. Der hätte etwas Ähnliches gesagt.

Erst jetzt wurde ihm klar, wie viel er von dem alten ostfriesischen Kripochef gelernt hatte. Und auch von Weller und Ann Kathrin. Plötzlich sehnte er sich so sehr nach seinem alten Team zurück. Er wollte das hier nur noch hinter sich bringen. Gleichzeitig fühlte er sich wohl als Gangsterboss und auf eine verrückte Weise unantastbar, denn in allem, was er tat, war er doch gedeckt durch einen Auftrag des BKA.

»Ich brauche dich«, sagte er zu Kleebowski, »als meinen Freund, ja, meinen Leibwächter. Aber«, er zeigte auf Frauke, »behandle sie wie eine Königin, oder ich reiß dir die Eier ab, Alter.«

»Sie ist 'ne Miet-Ehefrau, die unsere Jungs für dich besorgt haben! Ich hab meine zu Hause, damit es genau solchen Ärger nicht gibt. Meine Güte, sonst könnten wir ja gleich unsere echten Ehefrauen mitnehmen!«

Rupert richtete seinen Zeigefinger wie eine Waffe auf Kleebo. »Wie eine Königin, hab ich gesagt. Wie eine Königin!«

Kleebowski nickte.

Noch nie zuvor in ihrem Leben hatte Frauke sich von einem Mann so gewertschätzt und gut behandelt gefühlt wie von Rupert. Ihr Ex war gegen Rupert doch nur eine lächerliche Gestalt. Plötzlich wusste sie, dass sie bereit wäre, alles dafür zu tun, um diesen Mann für sich zu gewinnen. Gleichzeitig wurde ihr aber auch schmerzlich bewusst, dass sie ja tatsächlich eine Miet-Ehefrau war. Zunächst für drei Monate, aber jederzeit kündbar.

Weller hatte Ann Kathrin lange nicht mehr so fertig gesehen. Sie fokussierte nichts mehr richtig, sondern stierte die Wand an, als könne sie hindurchschauen und dahinter sei das Meer oder der Himmel. Irgendwie Weite.

Sie wusste nicht mehr weiter, und das geschah nicht oft. Meist hatte sie ein Gespür dafür, wie die Dinge sich entwickeln könnten und was es zu tun galt. Wenn sie hochkonzentriert einen Fall analysierte, ja durchdrang, bekam er immer das Gefühl, alles könne doch noch gut werden.

Jetzt war es ganz anders. Ihre Ratlosigkeit entsetzte ihn geradezu.

Martin Büscher saß da wie einer, der am liebsten woanders wäre. Wartete der nur noch darauf, endlich pensioniert zu werden? Von Klatt erwartete Weller am wenigsten. Der hatte im Grunde längst aufgegeben. Er wirkte auf Weller wie ein Boxer, der weiß, dass er nach Punkten verloren hat und seinem Gegner nicht gewachsen ist. Trotzdem muss er noch einmal für eine letzte Runde in den Ring steigen. Am liebsten ginge er in den ersten paar Sekunden k. o., um nicht noch mehr Schläge einstecken zu müssen.

»Wir sehen alle aus«, sagte der alte Skatspieler Weller, »als ob wir unser Blatt mächtig überreizt hätten. Wir haben«, führte er weiter aus, obwohl das alle längst wussten, »keinerlei Kontakt mehr zu ihm. In unserer Infostation im Kölner Mercure ist er schon lange nicht mehr aufgetaucht. Er trägt keine Kameras und keine Mikros. Wir können sein Handy nicht orten. Und wir wissen nicht mal, ob er noch lebt. Um das gleich festzuhalten, Leute: Ich sag es seiner Frau Beate nicht, wenn er ...«

Es war, als würde seine Aussage sie wecken. »Frank«, mahnte Ann Kathrin ihn, »bitte! So etwas dürfen wir nicht mal denken!«

»Ihr denkt es doch alle schon«, behauptete Weller. »Außerdem, wer hat denn immer gesagt, keine Denkverbote! Das haben wir doch von dir, Ann.«

»Und ich«, sagte sie, »habe es von Ubbo Heide.«

Der Name hing jetzt im Raum wie ein Lösungswort, das in eine Quizshow eingeblendet wird. Da war ein Aufatmen.

»Wir können doch jetzt nicht ernsthaft Ubbo mit diesem Problem ...«

»Wer soll uns denn sonst helfen?«, fragte Ann Kathrin.

Büscher wehrte sich. Er, der neue Kripochef, musste mit Lösungen kommen. Oder Klatt vom BKA. Aber doch nicht der pensionierte Kripochef Ubbo Heide. Büscher ahnte, dass dadurch der Mythos Ubbo Heide noch mal vergrößert werden würde, was ihn in seiner Stellung zweifellos noch mehr schwächte. Er war froh, dass Klatt mit matter Stimme protestierte: »Wir können doch nicht einen völlig Fremden, der nicht mal mehr zu uns gehört, in so eine geheime Mission einweihen. Leute, bitte!«

»Der wird immer zu uns gehören!«, protestierte Ann Kathrin. Den Satz: *Mehr als Sie jemals zu uns gehören werden*, schluckte sie runter. Es war nicht nötig, ihn auszusprechen. Alle im Raum wussten, was sie dachte.

Ann Kathrin griff zu ihrem Handy.

Klatt erhob sich mühsam und versuchte, den Anruf zu verhindern: »Ich kann nicht zulassen, dass Sie …«

Weller schob Klatt auf den Stuhl zurück: »Halt die Fresse!«

Entgeistert funkelte Klatt Weller an.

»Entschuldigung«, sagte Weller. »Halten *Sie* die Fresse, wollte ich sagen, Herr Klatt!«

Ann Kathrin erreichte Ubbo Heide sofort. Ubbo saß auf Wangerooge im *Friesenjung* und sah aufs Meer. Ann Kathrin schaltete ihr Handy sofort auf laut. Sie hörten das Meer rauschen.

Während Ann Kathrin die Situation für Ubbo schilderte, wurde die Hoffnungslosigkeit, in die sie sich hineingefahren hatten, umso deutlicher.

»Und ihr seid sicher«, fragte Ubbo, »dass dieser ›Geier‹ die Kollegin Brennecke hat?«

»Ja, Ubbo, wir sind sehr sicher.«

»Es gab«, erzählte Ubbo aus seinem Erfahrungsschatz, »schon mal einen Hitman, der, wenn ich mich recht erinnere, ein Dutzend Leute umgebracht hat. Vermutlich viel mehr, aber ein Dutzend konnten wir ihm nachweisen. Und dann fand er zu Gott und wollte seine ehemaligen Auftraggeber in die Hölle schicken. Damals hat ihn jemand ausgeknipst, den sie ›Geier‹ nannten. Das wissen wir aus verschiedenen Verhören. Aber wir haben von diesem ›Geier‹ kein Bild, nicht mal eine Beschreibung. Wir waren uns auch nicht sicher, ob er überhaupt existiert oder nur eine Erfindung ist, um unsere Suche von Verbrechersyndikaten auf eine Einzelperson abzulenken, einen Hitman. Wenn er Frau Brennecke hat, befürchte ich, dass sie ihm alles sagen wird, was sie weiß. Sichert sämtliche Personen, deren Namen sie preisgeben könnte. Anonymisiert sofort ihre Wohnungen, verwischt die Spuren. Sie werden sich jeden holen.«

Büscher warf Klatt einen vorwurfsvollen Blick zu. Der zuckte nur mit den Schultern.

»Wir kennen«, sagte Ann Kathrin, »die Personen ja selber nicht, die sie verraten kann, Ubbo.«

»Aber Klatt kennt sie. Fragt die Pfeife. Schließlich ist es seine Aufgabe ...«

Klatt sank immer tiefer in den Stuhl. Erst jetzt erklärte Ann Kathrin: »Er ist bei uns, Ubbo. Ich habe dich laut geschaltet. Wir können dich alle verstehen.«

»Vor allen Dingen haben wir Angst um Rupert, Ubbo«, warf Weller ein.

Ann Kathrin ergänzte: »Wir haben keinerlei Kontakt mehr zu ihm.«

»Das muss nichts heißen«, sagte Ubbo. »Das kann sogar sehr gut sein. Er traut den Leuten in seiner Umgebung nicht, und dem BKA hat Rupert noch nie vertraut.«

»Ja«, presste Weller hervor, »er findet alle BKAler doof, weil die ihn nie genommen haben. Aber jetzt ...«

»Unterschätzt ihn nicht, Freunde«, sagte Ubbo. »Er hat einen extremen Überlebenswillen. Und sehr wache Instinkte.«

Um sich zu verteidigen, rief Klatt: »Vielleicht hat er uns alle für ein paar Euro schon längst verraten!«

Ubbo Heide lachte: »Nein, Rupert ist vielleicht hinter jedem Rock her und einem guten Drink gegenüber nie abgeneigt, aber er ist ein zutiefst loyaler Mensch. Er würde uns und unsere Polizeiinspektion niemals verraten. Der strebt nicht nach Macht, und er braucht auch keine Millionen, um glücklich zu sein. Seine Bedürfnisse sind viel einfacher zu befriedigen. Und außerhalb Ostfrieslands hält er es eh nicht lange aus.«

»Und was können wir konkret tun?«, fragte Weller.

Ubbo Heide ließ sich mit der Antwort Zeit: »Jetzt braucht ihr alle gute Nerven, Freunde. Achtet auf euch selbst. Sorgt dafür, dass es euch gutgeht. Verbeißt euch nicht. Im entscheidenden Moment werdet ihr eure Kräfte brauchen. Schlaft auch. Esst vernünftig. Ihr macht das im Grunde prima«, lobte Ubbo seine alte Truppe. Klatt wusste genau, dass er damit nicht gemeint war.

»Auf neue, ungewöhnliche Probleme kann man nicht mit alten Mustern reagieren. Passt auf seine Familie auf. Die Leute, mit denen ihr es zu tun habt, holen sich gerne Frau oder Kinder, um Druck auf jemanden auszuüben, der sonst nicht besonders druckempfindlich ist.« Er wiederholte es noch einmal eindringlich: »Passt auf Beate auf!«

Irgendwie hatten Ubbos Worte Ann Kathrin gutgetan. Es sprach Hoffnung aus ihnen und keinerlei Vorwurf. Sie bedankte sich und drückte das Gespräch weg.

Klatt klatschte in die Hände: »Na, das hilft uns ja jetzt wirklich weiter! Wir sollen also ganz nach guter ostfriesischer Tradition abwarten und Tee trinken, was?«

Seine Reaktion empörte alle Anwesenden. Er spürte die gegen ihn aufkeimende Wut und machte es nicht besser, als er auf Weller zeigte und vorschlug: »Vielleicht sollten Sie mit seiner Frau ein paar Tage Urlaub auf Mallorca machen. Um sie aus der Schusslinie zu nehmen. Das würde Ihnen doch bestimmt Spaß machen, oder? Sie haben bestimmt nichts dagegen, Frau Klaasen?« Er grinste breit.

Ann Kathrin legte eine Hand auf Wellers Oberarm. Sie hatte Angst, dass er auf Klatt losgehen könnte. Vielleicht, um das zu verhindern, sagte sie: »Im Grunde ist das eine prima Idee. Dann hätten wir sie aus der Schusslinie.«

Ihre Sätze gefielen Weller. Es machte ihn Klatt gegenüber groß, denn es zeigte auch, wie sehr seine Frau ihm vertraute. Als würde er den Vorschlag ernst nehmen, sagte er: »Es muss ja vielleicht nicht Mallorca sein. Eine der Ostfriesischen Inseln würde mir schon reichen. Am liebsten eine autofreie. Ich glaube, Beate fährt doch gerne Fahrrad. Ich könnte mit ihr nach Langeoog.«

Klatt klatschte mit der offenen Handfläche gegen den Tisch: »Das ist doch jetzt nicht Ihr Ernst?!«

»Lassen Sie sich von denen nicht verarschen«, forderte Büscher. »Die meinen das nicht übel ... Die sind so ...«

Ann Kathrin lehnte sich im Stuhl zurück. Sie wirkte nicht mehr so resigniert wie zu Beginn. Das Gespräch mit Ubbo hatte sie geradezu mit Energie neu aufgeladen. Etwas, das gestockt hatte, kam wieder in Fluss.

»Es reicht nicht«, sagte Ann Kathrin, »wenn vor Ruperts Haus ab und zu mal eine Streife vorbeifährt. Das erhöht Beates Sicherheit auch nicht. Ubbo hat recht. Wir müssen sie an einen geheimen Platz bringen, bevor ...«

Das Wort *bevor* reichte aus. Den Rest konnte Weller sich denken. Er stand auf und ging zur Tür.

»Was jetzt«, fragte Klatt süffisant, »Mallorca?«

»Leck mich am Arsch«, entgegnete Weller. Er verließ den Raum, ohne die Tür zu schließen. Im Flur hörte er Ann Kathrins Stimme, die Klatt und Büscher zurechtwies: »Wir werden nicht warten, bis wir Beate auf dem Doornkaat-Gelände finden oder sonst wo. Frank bringt sie jetzt in Sicherheit.«

»Und wohin, wenn ich fragen darf?«, formulierte Büscher vorsichtig.

»Das wird niemand erfahren.«

»Ach«, entfuhr es Büscher. Er setzte sich anders hin. Hatte Ann Kathrin damit gerade auch ein Misstrauen gegen ihn formuliert?

»Nicht einmal ich will wissen, wohin er sie bringt«, erklärte Ann Kathrin. »Wenn niemand weiß, wo sie ist, dann ist sie wirklich in Sicherheit, da sind wir uns doch alle einig, meine Herren, oder nicht?«

Der logischen Schlussfolgerung konnte niemand von ihnen widersprechen. Trotzdem war es sowohl Büscher als auch Klatt mulmig zumute, denn sie waren damit beide in Ann Kathrins Augen potenzielle Verräter.

Büscher wusste gar nicht, ob das alles im Rahmen der Dienstvorschriften so möglich war, aber hier in Ostfriesland zogen sie manchmal ihr eigenes Ding durch. Sehr erfolgreich, das musste er zugeben.

Weller fuhr am Distelkamp vorbei, um für sich noch ein paar Sachen einzupacken. Er wusste nicht, wie lange das, was er jetzt vor der Nase hatte, dauern würde. Jeder andere hätte vermutlich an Rasierzeug gedacht, frische Unterwäsche, Hemden, Socken.

Frank hingegen wollte nicht in irgendeinem Hotelzimmer hocken und aufs Fernsehprogramm angewiesen sein. Er war immer eine Leseratte geblieben. Die Welt der Literatur half ihm über viele Stromschnellen des Lebens hinweg. Manche Dinge, die ihm geschahen, verstand er nur, weil er sie in anderen Kostümen, aus anderer Sicht, schon mal in Romanen gelesen hatte. Vieles, was Menschen zustieß – Liebe, Tod, Verlust, Hass, Neid, Ängste –, war bereits in Romanen erzählt worden. Romane waren für ihn der Versuch, in das Leben anderer Leute einzusteigen, die Welt mit ihren Augen zu sehen, und das half ihm im eigenen besser zurechtzukommen.

Sachbücher, in denen jemand versuchte, ihm etwas zu erklären, interessierten ihn nicht. Er suchte in Romanen eine andere Sicht auf die Welt. Und die hatte er im Moment besonders nötig.

Aktuell las er einen alten Simenon, aber er packte noch den neuen Roman von Nele Neuhaus dazu und *Mord bei Nordwest* von Christiane Franke.

Das Schwierigste würde werden, Beate loszueisen. Was sollte er ihr erzählen? Die Wahrheit war undenkbar. So wie er sie kannte, würde sie ihn mit Fragen löchern. Wahrscheinlich würde sie versuchen, ihn dazu zu bringen, mit Rupert zu tauschen, so dass Rupert mit ihr in Ferien fahren könnte. Aber wie war es ihm möglich, ihr klarzumachen, dass so ein Tausch nicht drin war? Und was sollte er tun, wenn er mit ihr irgendwo ein Hotelzimmer teilte und dann die Nachricht erhielt, dass Rupert leider den unterbezahlten Dienst am Staat nicht überlebt hatte?

Ja, er bezog Ruperts Tod durchaus in seine Überlegungen mit ein. Dabei tröstete er sich ständig mit Sprüchen wie: *Unkraut vergeht nicht* oder *Sieben Leben hat die Katze*. Aber wie viele Leben hatte Rupert inzwischen verwirkt?

Vom Distelkamp aus zu Beate brauchte er nicht mal eine Minute. Es war zwei Straßen weiter im Neubauviertel. Der Vorgarten war immer noch nicht richtig angelegt. Neben der Eingangstür lag ein Berg Kieselsteine, die verteilt werden mussten. An der anderen Seite lehnte eine Holzpalette, die schon langsam von Wind und Regen morsch geworden war.

Beate öffnete ihm und sah aus wie eine Frau, die mit dem Schlimmsten rechnete.

»Keine Angst«, sagte Weller, »ich habe keine schlechte Nachricht.«

Trotzdem hakte sie nach: »Was ist mit ihm?«

»Er macht sein Ding wirklich gut. Er ist noch voll im Einsatz. Ich soll dich grüßen.«

Hoffentlich, dachte Weller, wird sich nicht irgendwann herausstellen, dass Rupert zu diesem Zeitpunkt bereits tot war. Wie werde ich dann vor ihr dastehen?

»Ich will dir die Wahrheit sagen: Wir machen uns Sorgen um dich.«

»Um mich?« Sie griff sich ans Herz. »Wer soll mir denn was tun?«

Ich bin ein Idiot, dachte Weller. Warum kann ich nicht irgendeine Geschichte erfinden? Ich lese so viele Romane. Ich hätte einen der Autoren anrufen sollen. Sie hätten bestimmt eine tolle Story für mich gehabt, mit der ich Beate weglocken kann, um mit ihr in Urlaub zu fahren. Und wenn ich ihr eine Liebeserklärung gemacht hätte – alles wäre besser gewesen als das hier, was ich Blödmann ihr gerade präsentiere.

»Wir fürchten, dass jemand auf dumme Gedanken kommen könnte und, um Rupert unter Druck zu setzen, vielleicht hier auftaucht, um …«

Er sprach nicht weiter. Es war auch nicht nötig. Beate hatte längst begriffen.

»Soll ich jetzt hier verschwinden, oder habe ich ab jetzt ein paar Bodyguards, die auf mich aufpassen?«

»Na ja, ein paar Bodyguards können wir uns jetzt nicht direkt leisten, und du weißt doch von Rupert, wie unterbesetzt unsere Polizeiinspektion ist. Und deswegen habe ich mir gedacht … Wie wäre es, wenn wir beide zusammen ein paar Tage Urlaub auf Langeoog machen? Bisschen Fahrrad fahren, am Meer sitzen, Milchkaffee trinken …« Er versuchte, es noch schöner auszumalen: »Wir könnten oben im Seekrug sitzen und …«

Sie glaubte nicht so recht, was sie da hörte: »Wir sollen zusammen nach Langeoog fahren?«

»Im Seekrug kochen sie echt bio«, sagte Weller, womit er es auch nicht besser machte. »Aber wir können natürlich auch auf eine andere Insel. Oder meinetwegen aufs Festland. Wenn es dir lieber ist, können wir nach Hamburg, uns ein Musical angucken, oder ...«

»Du verarschst mich jetzt nicht, Frank, oder?«

»Nein«, sagte er, »es ist ernst. Bitte pack ein paar Sachen zusammen und komm mit mir mit.«

Sie war sofort bereit dazu: »Ich muss nur noch meiner Mutter ...«

Weller schüttelte den Kopf. »Nein. Niemand, wirklich niemand wird wissen, wo wir hinfahren. Und schon mal gar nicht deine Mutter. Die gilt doch, wenn ich Rupert trauen darf, als die Zentrale der Deutschen Presseagentur, wenn es darum geht, Meldungen zu verbreiten.«

Beate drehte sich um und ging ins Haus. Weller folgte ihr. Sie packte rasch eine kleine Reisetasche, und auch sie warf Bücher hinein. Eins über Reiki und eins über die Heilkräfte der Natur.

Weller atmete durch und sah sich in der Wohnung um, während er auf Beate wartete. Alles sah so gutbürgerlich, ja geradezu spießig aus, wenn auch esoterisch angehaucht. Dort im Regal, bei den Büchern über östliche Weisheit und Lebenshilfe, zwei Ministatuen. Ein Buddha, dickbäuchig und grinsend, daneben Ganesha mit dem Elefantengesicht.

Wenn man hier stand, war es undenkbar, welch Unheil sich draußen zusammenbraute. So ging es Weller manchmal; wenn er sich in fremden Räumen befand, stellte er sie sich plötzlich als Tatort vor. Blut klebte dann an den Wänden und auf dem Teppich. Er konnte sich nicht dagegen wehren. Seit er zum ersten Mal einen wirklich schlimmen Tatort gesehen hatte – es war in Leer gewesen –, bekam er diese Bilder nicht mehr aus dem Kopf. Ein schöner, gemütlicher Raum konnte sich binnen Sekunden in ein Schlachthaus verwandeln. Es kam nur darauf an, welche Menschen ihn betraten.

»Wir sollen«, sagte Weller zu Beate, »die Fahrräder benutzen und querfeldein zur Fähre fahren. In zwanzig Minuten müsste die Fähre nach Norderney ablegen.«

Sie war sofort einverstanden. »Also nach Norderney?«

Er nickte. »Wir versuchen, die Spur zu verwischen. Wir machen eine Art Schnitzeljagd daraus. Wenn man uns folgt, dann will ich es ihnen so schwer wie möglich machen. Wir werden nicht auf Norderney bleiben, sondern so eine Art Inselhopping versuchen. Vielleicht kriegen wir da noch einen Flieger nach Langeoog, und von da können wir vielleicht …«

Sie ließ ihn nicht weiterreden. Sie hatte kapiert, dass es wirklich ernst war.

»Ich habe noch«, sagte sie, »ein paar Stückchen Pflaumenkuchen und Käse aus der Krummhörn.«

»Wir werden uns nicht in irgendeiner Höhle außerhalb der Zivilisation verstecken«, beruhigte Weller sie. »Wir suchen uns ein schönes Hotel und machen es uns gemütlich. Vielleicht werden wir eine ganz schöne Zeit haben, einfach nur in Sicherheit ein bisschen abwarten, bis das Schlimmste vorbei ist.«

Sie stieg auf das orangefarbene Fahrrad. Weller nahm Ruperts E-Bike.

»*Meine Harley*, nennt er sein Rad«, sagte sie. »Aber damit fährt er wieder viel öfter Rad.«

Sie hatte mehrere Stückchen selbstgebackenen Pflaumenkuchen in eine Tupperdose gepackt und klemmte die Dose nun auf den Gepäckträger zwischen zwei Taschen.

Weller hatte jetzt den Duft vom Pflaumenkuchen in der Nase und bekam doch ein bisschen Hunger. Er nahm sich vor, sie an Bord der Fähre um ein Stückchen zu bitten. Gleichzeitig schämte er sich für solche Gedanken. Sein Kollege Rupert schwebte vermutlich in Lebensgefahr, falls er überhaupt noch unter den Lebenden weilte. Wie es Liane Brennecke ging, darüber wollte Weller lieber erst gar nicht nachdenken. Wenn man wusste, wozu dieser ›Geier‹ fähig war, konnte man ihr eigentlich nur einen raschen Tod ohne zu viel Leid wünschen.

Sie überquerten die Bahngleise. Sie nahmen nicht den Radweg auf der Norddeicher Straße, sondern den Feldweg Richtung Hafen.

Sie kamen bei der Unterführung raus. Beate radelte voran. Sie war wesentlich schneller als Weller, denn er hatte vergessen, den Motor des E-Bikes einzuschalten. Er spürte schon, dass seine Oberschenkel vom Trampeln heiß wurden.

Ich sitze zu viel im Büro, dachte er. Verflucht, und Skat spielen, lesen und Filme gucken wird als Sport auch überbewertet. Ich muss wieder mehr aufs Rad. Er nahm sich vor, in Zukunft wieder mit dem Fahrrad zur Polizeiinspektion zu fahren.

Sie stellten die Räder zunächst am Bahnhof ab, doch dann entschied Weller sich anders: »Nein, wir nehmen sie mit auf die Fähre. Nicht, dass jemand eure Räder hier sieht und dann gleich weiß, welche Fähre wir genommen haben.«

»Ist es wirklich so schlimm?«, fragte Beate.

»Schlimmer«, sagte Weller. Er legte den Arm um sie und zog ihren Kopf zu sich. Sie reagierte irritiert darauf.

Weller deutete auf die Touristen, die in der Schlange an der Kasse standen, und flüsterte: »Niemand sucht ein Liebespärchen. Wenn überhaupt, Beate, dann suchen sie eine einzelne Frau.«

Sie stöhnte und legte ihren Kopf an Wellers Brust. »Werden wir uns«, fragte sie, »in irgendeinem Hotel ein Doppelzimmer nehmen?«

»Wir reisen«, antwortete Weller, »als Liebespaar.«

»Rupert wird ausflippen«, gab Beate zu bedenken.

»Im Gegenteil«, erwiderte Weller, »er würde es für eine sehr gute Idee halten. Er würde es genauso machen.«

»Da hast du zweifellos recht«, sagte sie, meinte es aber ganz anders als Weller, dem jetzt erst klarwurde, was er da eigentlich losgelassen hatte. Rupert hatte zwar ständig irgendwelche Frauenaffären, war aber selber tierisch eifersüchtig. Die Männer in Beates Reikigruppe akzeptierte er nur, weil die für ihn sowieso alle schwul waren, denn er konnte sich nicht vorstellen, dass ein richtiger Mann …

Sie standen mit ihren Fahrrädern auf dem Fahrzeugdeck. Die Fahrer verließen ihre Autos und schlossen ab. Weller und Beate wussten genau, was gleich passieren würde. Sobald die Fähre ablegte und die ersten Wellen sie hin und her schaukelten, hörte man die Möwen nicht mehr und auch nicht das Meeresrauschen, denn dann gingen in den Autos die Alarmanlagen los.

Ein Autofahrer rannte zu seinem Fahrzeug und versuchte, die Anlage abzuschalten. Fünf andere kriegten davon gar nichts mit, weil sie oben für einen Kaffee Schlange standen, Knackwürstchen aßen oder sich auf dem Außendeck den Wind um die Nase pfeifen ließen.

»Rein statistisch gesehen«, sagte Weller zu dem Touristen, »ist Ihr Auto auf der Fähre relativ sicher. Bisher wurde noch nie ein Fahrzeug von einer fahrenden Fähre gestohlen. Die Alarmanlagen haben dazu bestimmt einen wertvollen Beitrag geleistet.«

Er war sich nicht sicher, ob der Mann die Ironie verstanden hatte.

Auf Norderney radelten sie an eisschleckenden Touristen vorbei Richtung Flugplatz. Das Wetter war wunderbar.

»Wir werden«, sagte Weller zu Beate, »am besten von hier aus nach Langeoog fliegen. Das verwischt unsere Spur.«

So, wie Weller aussah, war das immer noch nicht das Ende der Reise.

Sie radelte jetzt direkt neben ihm. Ein paar Austernfischer mit ihren langen roten Schnäbeln flatterten aufgeregt vor ihnen hoch.

»Auf Langeoog gibt es einen Masseur«, sagte Weller. »Thanne. Er hat nicht nur ein goldenes Händchen, sondern auch ein Segelboot.«

Beate kannte ihn: »Rupert hat er auch schon mal eingerenkt. Er nennt ihn den Mann mit den goldenen Händen.«

»Und der«, versprach Weller, »bringt uns von Langeoog mit seinem Segelboot nach Juist oder Borkum. Er weiß zwar noch nichts von seinem Glück, aber er gehört zu den Menschen, die, wenn ein Freund nachts anruft und in Not ist, nicht sagen: Weißt du, wie spät es ist, sondern: Wie kann ich dir helfen? Wenn wir erst einmal auf seinem Segelboot sind, ist es praktisch unmöglich, unsere Spur nachzuverfolgen. Vielleicht werden wir heute Nacht sogar darauf schlafen. Keine Ahnung.«

Im Grunde war es völlig egal, wo sie sich aufhielten, dachte Weller. Hauptsache, er konnte dafür sorgen, dass Beate nicht in Gefahr geriet.

»Juist ist eine ganz zauberhafte Insel«, freute sich Beate. »Ich habe dort endlose Strandspaziergänge gemacht, und ich mag es, dass man keine Autos hört, sondern höchstens Pferdehufe.«

»Ja«, gab Weller zu bedenken, »aber vielleicht ist die Insel ein bisschen zu klein, um sich zu verstecken. Und immerhin tideabhängig. Ich weiß jetzt gar nicht, ob das ein Vorteil für uns ist oder ein Nachteil. Man hat es nicht leicht, auf die Insel zu kommen, und nicht leicht, wieder runterzukommen. Es sei denn, man nimmt den Flieger. Aber selbst wenn man mit dem Flieger auf Juist landet, muss man eine Pferdekutsche nehmen und fährt dann noch eine halbe Stunde, bis man im Dorf ist.«

Der Gedanke der Langsamkeit gefiel Beate. Juist war so etwas wie ein Schutzwall gegen das hektische Leben.

Trotzdem sagte Weller: »Es kann sein, dass es besser für uns ist, nach Borkum zu segeln. Das ist zwar ein bisschen weiter von Langeoog aus, aber die Insel ist groß, und es ist leichter, dort unterzutauchen.«

Weller dachte an Holger Bloem. Ihr Freund vom *Ostfriesland-Magazin* hielt sich oft auf Borkum auf. Er hatte dort Freunde. Bestimmt würde er als Quartiermacher behilflich sein. So wenig wie möglich durfte jetzt über offizielle Kanäle laufen. Je weniger Leute eingeweiht waren, umso besser.

Die Milchbuden hatten schon geschlossen. Dort hätte Rupert jetzt am liebsten gesessen und mit Blick auf die Seehundbank eine Currywurst nach der anderen gegessen. In so einer aufgeheizten Situation, wenn alles Spitz auf Knopf stand, jede Entscheidung in eine falsche Richtung führen konnte, in Erwartung einer Katastrophe, war ein Blick auf die Seehunde, die sich in der Sonne aalten, ab und zu mal rumdrehten, ihre Bäuche über den Sand ins Wasser zogen, um zu jagen, dann wieder zurückkamen, um sich vom Essen auszuruhen, einfach gut für die Seele. Genau da wollte Rupert hinkommen. Er begriff, was Ubbo Heide damit gemeint hatte, als er sagte: »Ein Blick aufs Meer relativiert alles.«

Ein Blick auf schlafende Seehunde war noch viel intensiver, fand Rupert. Denen ging echt alles am Arsch vorbei, solange genug Luft zum Atmen, Wasser zum Schwimmen und Fisch zum Fressen da war.

Vielleicht, dachte er, kann ich ja im nächsten Leben als Seehund geboren werden. Beate glaubte an Wiedergeburt. Er selbst wurde das Gefühl nicht los, dass mit dem Tod einfach alles vorbei war, und deshalb galt es, so viel wie möglich mitzunehmen. Keinen Genuss auszulassen und zu leben, zu leben, zu leben.

Von *Ria's* und von *Leo's* aus hatte man auch noch den freien

Blick auf die Seehundbank, wo mindestens fünfzig Tiere chillten.

Frauke hatte überhaupt nichts dagegen, dort zu sitzen, doch Kleebowski winkte ab. »Da kannst du dich gleich mit dem Schlafsack auf die B1 legen, Alter. Hier haben sie von überall ein freies Schussfeld auf dich. Mir wäre lieber, du würdest hinter einer abgedunkelten, kugelsicheren Scheibe sitzen und den Blick genießen.«

»Heißt das jetzt«, fragte Rupert, »dass ich nichts zu essen bekomme?«

»Nein, das heißt, dass du das isst, was sie dir im Hotel aufs Zimmer liefern. Und notfalls gehe ich los und hole für dich eine Pizza.«

»Pizza?«

»Nun mach es ihm doch nicht so schwer, Frederico«, wandte Frauke ein. »Er meint es doch nur gut. Er will auf dich aufpassen, genau wie ich.«

In der Suite gab es dann leider keine Currywurst, aber dafür ein Pfeffersteak, englisch, mit Süßkartoffeln und ein kühles Bier hatten sie im Vier Jahreszeiten auch. Der Kellner brachte das Essen mit einem kleinen Wagen hoch und servierte es an dem runden Tisch am Fenster. Das Fensterglas war zwar nicht kugelsicher, aber dafür gab es Vorhänge.

Staunend sah Kleebowski zu, mit welcher Gier Rupert das blutige Steak aß. »Ich denke«, sagte Kleebowski, »du bist Vegetarier?«

Frauke verschlug es die Sprache. Sie rührte ihren Salat gar nicht an, sondern sah Rupert nur zu. Seine Art zu essen hatte etwas Animalisches an sich. Blutiger Fleischsaft lief runter bis zu seinem Kinn.

»Ja, war ich auch«, sagte Rupert. »Bis gestern. Und jetzt esse ich Fleisch. Jemand was dagegen?«

»Nein, natürlich nicht, Boss«, sagte Kleebowski. »Aber ich wäre vorsichtig. Dein Magen ist so was nicht mehr gewöhnt. Ein Steak, englisch – du liebe Güte! Hättest du es nicht wenigstens medium bestellen können?«

»Wenn ich Fleisch esse«, sagte Rupert, »will ich auch Blut sehen.«

»Ja klar, schon gut«, lenkte Kleebowski ein und stocherte in seiner Scholle Finkenwerder Art herum. Er hatte Mühe, das weiße Fleisch von den Gräten zu trennen, weil seine rechte Hand zitterte. Er gestand sich das nicht gerne ein. Für jemanden, der eine ruhige Hand beim Schießen brauchte, war Parkinson nicht die beste Krankheit.

Er hatte dieses Zittern nur phasenweise. Er redete sich dann ein, er sei unterzuckert oder hätte zu viel Stress gehabt. Aber schon das war für einen wie ihn undenkbar. Er brauchte Nerven wie Drahtseile. Stress durfte ihm nichts ausmachen. Ein Mafioso mit zitternden Händen und nervösem Magen wurde schnell zur Lachnummer. Er lebte davon, ernst genommen zu werden. Niemand musste ihn lieben, es reichte ihm, wenn sie Angst vor ihm hatten.

Ein paar Nordseekrabben rollten von seiner Gabel und fielen auf den Teller. Er ließ die Gabel klirrend fallen. Er wischte sich mit dem Handrücken Fett von den Lippen und zerknüllte die Stoffserviette zwischen den Fingern.

Rupert aß unbeeindruckt weiter.

»Wer sagt uns«, fluchte Kleebowski, »dass Charlie uns nicht reinlegt? Vielleicht haut der einfach mit den zwölf Millionen ab, oder er teilt sich die Schore mit dem ›Geier‹, und wir sehen keinen von den beiden wieder. Und Strawberry liegt längst mit durchgeschnittenem Hals am Rheinufer.«

Rupert tupfte sich Blut von den Lippen, nahm aber dazu nicht die Serviette, sondern versehentlich die Kante vom Tischtuch. »Köstlich«, sagte Rupert, »ganz köstlich. Keine Ahnung, wieso ich so lange darauf verzichtet habe.«

Rupert nahm das Bierglas, hob es hoch, als wollte er anstoßen, und führte es dann zu den Lippen. Er leerte das Glas in einem Zug. Mit lauten Geräuschen gab er dem guten Geschmack Ausdruck. Hart setzte er das Glas ab. »Außerdem geht doch nichts über ein solides Pils. Dafür lasse ich jeden noch so edlen Rotwein stehen. Wisst ihr, Freunde, ich habe immer gedacht, ich muss so ganz auf intellektuell machen. Rotwein trinken, Vegetarier werden, Kunst sammeln. Ich wollte unbedingt Anerkennung von diesen Kreisen oder was auch immer. Keine Ahnung. Jedenfalls merke ich gerade, dass ich eine Menge verpasst habe.«

»Willkommen im Club«, lachte Frauke, doch Kleebowski betonte: »Das ist keine Antwort auf meine Frage, Boss.«

»Besorg mir lieber noch ein Bier«, forderte Rupert und fügte dann hinzu: »Scheiß auf die zwölf Millionen. Das ist doch nur bedrucktes Papier. Wir werden bald so viel Geld verdienen, dass das überhaupt keine Rolle mehr spielt. Und dann kaufe ich auch diese Kunstsammlung, und natürlich für dich«, er tippte Frauke an, »den Milo oder wie der Typ heißt.«

»Miró«, verbesserte Frauke. »Wirklich, ist das dein Ernst?«

Rupert nickte. Sie umarmte ihn.

»Und Strawberry?«, fragte Kleebowski.

»Ja? Was ist mit ihr? Wir holen sie. Hast du ein Problem damit?«

»Frederico, ich habe immer hohes Risiko gespielt. Wahrlich! Aber seitdem wir zusammen sind, habe ich das Gefühl, nackt auf einem Hochseil zu tanzen, während von unten Präzisionswaffen mit Zielfernrohren auf uns gerichtet sind.«

Rupert stand auf und schaffte es, vom Stuhl auf den Tisch zu kommen, ohne dass sein Iliosakralgelenk ihn daran hinderte. Er machte ein paar Steppschritte zwischen den Tellern und den Gläsern. »Das, Kleebowski«, rief er und klatschte in die Hände, »nennt man Leben! Olé! Der Wind kommt immer von vorn. Volles Risiko! Es dauert genau so lange, wie es dauert, und dann ist es eben vorbei. Wenn ich den Löffel abgeben muss, sollen meine letzten Worte nicht sein: *Ich hoffe, liebe Angehörige, ich habe alles zu eurer vollsten Zufriedenheit erledigt.* Oh nein! Dann will ich sagen: *Herrje, war das ein geiler Ritt! Schade, dass er zu Ende ist.*«

Frauke sprang, von Rupert angestachelt, auf ihren Stuhl und versuchte, auch noch auf den Tisch zu kommen. Rupert hielt ihr die Hand hin, so dass sie mit auf den Tisch kam. Sie tanzten zusammen. Ihr Rotweinglas fiel auf Kleebowskis Teller. Der Wein ergoss sich über seine Hose. Er sprang auf und fegte so auch noch die Reste seiner Scholle Finkenwerder Art vom Tisch.

Rupert und Frauke tanzten unbeeindruckt auf dem Tisch weiter. Sie brauchten dazu nicht einmal Musik, sondern klatschten und stampften sich den eigenen Takt. Auf herabstürzende Teller nahmen sie keine Rücksicht.

Kleebowski zog es vor, die zwei alleine zu lassen. Er nahm vor der Tür Aufstellung und warf ein Auge auf die umliegenden Zimmer.

Er kannte das von sich selbst. Manchmal entlud sich äußerster Stress hinterher in einer wilden Party, ja, mündete in eine Orgie oder ein Besäufnis. Jeder hatte so seine eigenen Methoden, mit dem Druck fertig zu werden. Frederico fand er beeindruckend. Er feierte einfach ein Fest auf das Leben.

»Wir gehen aus, Süße«, sagte der ›Geier‹ und legte seine Hand auf Lianes zur Hälfte kahlrasierten Schädel. »Ich weiß, Frauen machen sich für solche Anlässe gerne schick, und am liebsten würdest du dich jetzt in dein hübschestes Kostüm werfen. Aber daraus wird nichts. Ich denke, die nehmen dich auch so. Für das, was der mit dir vorhat, brauchst du keine Kleidung. Um dir die Reise ein bisschen angenehmer zu machen, werde ich dich ins Traumland schicken.«

Er zeigte ihr eine Spritze. Er ließ aus der Nadel ein paar Tropfen in die Luft spritzen, und ein dicker rann daran herunter wie eine durchsichtige Schnecke.

»Rechts oder links?«, fragte er und deutete auf ihre Armbeugen. »Ja, sage keiner, ich hätte dir nicht die Wahl gelassen.«

Er ertastete eine Vene, dann schob er ihr die Nadel tief unter die Haut.

Es brannte, aber obwohl sie sich gegen das, was dann kam, sträubte, brachte es ihr zunächst eine Erleichterung. Wie sehr sie sich verkrampft hatte, merkte sie erst, als die in den Körper gepumpte Chemie ihre Muskulatur erschlaffen ließ.

Dies war für ihn der unangenehmste Teil der Arbeit. Er musste sie hochschleppen. Er ärgerte sich, dass er sie nicht die Treppe hochgejagt hatte. Es hätte doch gereicht, ihr oben eine Spritze zu geben. Bei den beiden anderen wäre das nicht möglich gewesen, die konnten nicht mal mehr alleine kriechen. Aber die hier war doch praktisch noch vollständig intakt. Warum behandelte er sie dann wie die verstümmelten Polizistinnen, die er vorher gehabt hatte?

Am liebsten hätte er sie auf der Hälfte einfach liegenlassen und abgewartet, bis sie wieder wach wurde. Doch bei der Ladung, die er ihr gespritzt hatte, konnte das gut acht oder zehn Stunden dauern. Nein, er musste das hier jetzt hinter sich bringen.

Er zog sie an den Füßen hoch. Ihr Kopf knallte gegen jede Treppenstufe.

Sie wurde nicht wach.

Er schleppte sie in seinen VW-Transporter und kettete sie dort vorsichtshalber noch an. Er fuhr nicht gern weite Strecken mit diesem Auto. Er wusste genau, wenn er in eine Verkehrskontrolle kam, wenn er aus irgendeinem nichtigen Grund angehalten wurde, würden die Polizeibeamten sofort versuchen, ihn einzukassieren. Er hatte sich seit Jahren dafür einen genauen Plan zurechtgelegt. Er würde, wenn er nach den Papieren gefragt wurde, sich freundlich vorbeugen, so tun, als hätte er vor, die Wagenpapiere aus dem Handschuhfach zu holen, und stattdessen seine ständig einsatzbereite Glock auf den Brustkorb des Polizeibeamten abfeuern. Es war eine alte Waffe des österreichischen Bundesheeres. Er war in der Lage, mit links präzise zu schießen. Er hatte das lange geübt. Er würde die Waffe aus dem Fenster halten und auch die anderen Polizeibeamten niederstrecken, um dann mit Vollgas abzuhauen.

Wenn sie mich anhalten, dachte er, gibt es nur zwei Möglichkeiten: Tod oder Flucht.

Auf dem Schießstand mit Ohrenschutz, breitschultrig mit beiden Händen ins Schwarze zu treffen, das konnte doch jeder Anfänger. Er musste auf den Kampf vorbereitet sein. Und das hieß in seinem Fall, mit links aus dem offenen Fenster zu feuern.

Es wäre einfacher für ihn gewesen, die Übergabe mit Charlie hier in seinem einsamen Häuschen an der Emscher-Mündung zu arrangieren. Aber er traute niemandem. Auch nicht Charlie, obwohl er mit dem schon lange gute Geschäfte machte. Niemand sollte wissen, wo er wohnte. Er hatte lange gebraucht, diesen kleinen, verwunschenen Platz in der Natur zu finden. Hier vermutete niemand etwas Böses, höchstens einen Marder, der Vogeleier raubte.

Nein, jeder, der von diesem Ort erfuhr, musste sterben. Niemand sollte jemals eine Aussage darüber machen dürfen.

Während er auf die Hauptstraße einbog, fragte er sich, ob er es wirklich riskieren konnte, sie lebend zu übergeben. Sie konnte niemandem sagen, wo er wohnte. Oder? Sie kannte die Adresse von diesem Schlupfloch nicht. Sie wusste doch nicht mal, ob sie sich in Nordrhein-Westfalen oder in Niedersachsen befand. Mit ein bisschen Zeitgefühl konnte sie vielleicht angeben, in welchem Umkreis von Norden er sie gefangen gehalten hatte. Wie lange er Autobahn gefahren war, wann über Kopfsteinpflaster oder Landstraßen. Aber er glaubte nicht, dass sie sich an so etwas erinnerte, und Frederico Müller-Gonzáles würde sie sicherlich nicht entwischen lassen, sondern ihr das pochende Herz herausschneiden und es dann in seiner Hand erkalten lassen.

Er traf Charlie verabredungsgemäß in Gelsenkirchen auf dem Parkplatz hinter dem Stadttheater. Charlie war schon da.

Der ›Geier‹ parkte seinen Transporter direkt neben Charlies weißem Mercedes Kombi. Sie begrüßten sich nur mit einem Kopfnicken. Er hob die Taschen selbst aus dem Mercedes und warf sie in den Fahrerraum des Transporters. Dann setzte er sich hinters Lenkrad und begann tatsächlich zu zählen und einzelne Scheine auf deren Echtheit zu überprüfen.

Charlie stand vor dem Wagen, lehnte sich mit dem Rücken daran und hätte jetzt zu gerne einen Zigarillo geraucht, aber da seine Mutter und sein Vater beide an Lungenkrebs gestorben waren, versuchte er jetzt, mit dieser Sucht aufzuhören. Es wäre doch blöd gewesen, nach all den harten Jahren jetzt nicht den Wohlstand genießen zu können, dachte er. Es kam ja nicht nur darauf an, Beute zu machen, sondern man musste dann auch noch Zeit genug haben, sie auszugeben.

»Meine Provision habe ich bereits abgezogen«, sagte Charlie.

»Klar«, nickte ›Geier‹, ohne sich beim Zählen stören zu lassen.

»Du traust mir nicht«, sagte Charlie, mehr zu sich selbst.

Der Geier lachte: »Einer wie du traut doch nicht mal sich selbst.«

»Ja«, nickte Charlie, »da hast du wohl recht.« Trotzdem war er ein bisschen beleidigt. »Und, darf ich jetzt auch die Ware, die ich dafür bekomme, begutachten?«, fragte er. »Wenn ich sie nicht lebendig abliefere oder sie zu beschädigt ist, werden die ihr Geld zurückverlangen. Und glaub mir, die verstehen keinen Spaß.«

»Ich gelte auch nicht gerade als Witze-Clown«, konterte der ›Geier‹. Er hatte sich verzählt. Er fing nicht noch einmal von vorne an. Er nahm noch ein paar Geldbündel heraus und überprüfte, ob er es wirklich mit Scheinen oder nur mit unbedrucktem Papier zu tun hatte. Er konnte sich an einen Deal erinnern, ganz zu Beginn, bevor er beim dicken George anfing. Da hatte ihm tatsächlich ein arabischer Clanchef bündelweise Geldscheine übergeben. Es war jeweils nur oben und unten ein echter Fünfziger in jedem Bündel, darunter nett zugeschnittene Zettel aus verschiedenen Porno-Magazinen und Illustrierten.

Der Clanchef hatte das Ganze keine zwanzig Sekunden überlebt.

›Geier‹ stieg wieder aus. Die Taschen lagen noch offen auf dem Beifahrersitz und im Fußraum des Fahrzeugs. Er öffnete hinten die Tür und machte eine einladende Geste: »Na, wie gefällt dir die Kleine?«

Zwei Taxen jagten über die Rolandstraße. Der zweite Taxifahrer hupte, der erste bremste. Das Ganze hatte aber mit Liane Brenneckes Übergabe nichts zu tun.

»Falls uns einer stört«, grinste ›Geier‹, »gehört mir der Erste, und du darfst den Zweiten nehmen, okay?«

»Wir werden doch hier jetzt nicht unnötigerweise ein paar Leichen rumliegen lassen«, lächelte Charlie.

»Nein«, bestätigte der andere, »wir fahren hier keine Sonderschichten.«

Er öffnete mit seinem Schlüssel die Handschellen, die Liane Brennecke an die Ketten gefesselt hielten.

»So«, lachte er, »gekauft wie gesehen.«

Charlie war einverstanden.

Demonstrativ verschränkte ›Geier‹ die Arme vor der Brust und sah süffisant lächelnd zu, wie Charlie versuchte, die ohnmächtige nackte Frau aus dem VW in den Mercedes zu hieven. Charlie war körperliche Arbeit nicht gewohnt und in keiner Weise durchtrainiert. Er gehörte aus ›Geiers‹ Sicht zu diesen Schlipsträgern, die sich die Hände im Grunde nie schmutzig machten und immer nur Geschäfte vermittelten. Ja, Diamanten, Kunstwerke oder Bargeld zu überbringen, das war ihr Geschäft. Leute wie Charlie genossen in der kriminellen Szene das Ansehen wie unter den Normalos ein Notar oder ein Auktionator. Sie kauften nie auf eigene Rechnung, aber sie sorgten dafür, dass Geschäfte problemlos über die Bühne gingen. Ohne Leute wie Charlie wäre alles viel komplizierter gewesen.

In seinem früheren Leben, das wusste ›Geier‹, hatte Charlie mal Jura studiert, hatte sogar versucht, Richter zu werden, oder es gar geschafft. Der Rest war Legende. Die Szene lachte darüber. Manche nannten ihn spöttisch *unseren Notar*.

Charlie mühte sich redlich ab, doch Lianes Körper entglitt ihm und knallte auf den Asphalt.

»Ich helfe dir«, sagte ›Geier‹ großzügig und packte mit an.

Das hier sollte ja nicht länger dauern als nötig. Sie waren mitten in der Stadt, aber an einer dunklen Stelle. Das Leben fand jetzt woanders statt. Rundum in den Kneipen, ja möglicherweise lief gerade im Musiktheater eine Operette, aber hier hinten auf dem Parkplatz hinterm Theater war davon nichts zu bemerken. Während der Vorstellung kam niemand durch den Künstlereingang.

»Was«, fragte Charlie, »ist mit ihrem Hinterkopf passiert, mein Gott …« Sein Oberhemd war blutig, weil Lianes Kopf gegen seine Brust geknallt war. »Hast du ihr den Schädel eingeschlagen? Lebt die überhaupt noch?«

»Keine Sorge«, lachte ›Geier‹, »Menschen vertragen 'ne ganze Menge. Ich habe ja nicht mit dem Baseballschläger zugehauen, ich habe sie lediglich die Treppenstufen hochgezogen, weil das Luder zu faul war, selbst zu laufen. Sie wird eine Gehirnerschütterung haben und vielleicht sind ein paar Wirbel angeknackst, aber viel mehr ist nicht. Ich war sehr nett zu ihr, siehst du ja. Ist noch alles dran.«

»Warum ist sie denn nackt, verdammt?«, schimpfte Charlie, dem das alles hier gegen den Strich lief. Er übernahm lieber Gemälde berühmter Meister, die aus Museen geklaut worden waren, oder edle Uhren und Geschmeide, wie neulich, als eine Jugendgang, die sie *Nutellas* nannten, weil sie alle noch keinen richtigen Bartwuchs hatten, aber dafür umso größere Ballermänner trugen, für sie in Düsseldorf zwei Juweliere ausgeräumt hatten.

»Anziehen? Hätte ich sie vorher anziehen sollen? Bin ich ein Scheißmodedesigner oder was?«

Irgendwie war es Charlie peinlich, den Körper der nackten, geschundenen Frau hinten bei sich im Auto liegen zu haben. Hier konnte niemand reingucken, dafür war gesorgt, aber trotzdem … Das Ganze war ihm zuwider.

Er zog sein Jackett aus. Jetzt waren die Blutflecken auf seiner Brust noch deutlicher zu sehen. Er legte das Jackett über Liane und versuchte, damit ihre Geschlechtsteile zu bedecken.

»Du bist ein sentimentaler Hund, was?«, lachte ›Geier‹. »Hast bestimmt mal 'n katholisches Gymnasium besucht oder so.«

Vielleicht war dies der Moment, in dem Charlie wirklich kapierte, dass er anders war als dieser Mann. Und er wollte auch nie so werden wie der, sondern ein bisschen Anstand gehörte doch bei allem dazu.

Als er den Parkplatz verließ und das Musiktheater im Revier einmal umkreiste, wurde ihm deutlich, was für ein besonders Bauwerk das hoch aufragende Gebäude war. Er hatte sich in seiner Jugend für Architektur interessiert. Gern hatte er Städtetouren gemacht und sich Bauwerke angesehen. Er wusste, dass Gelsenkirchen angeblich eins der bedeutendsten Theatergebäude des Landes hatte. Jetzt wusste er auch, warum.

Wahrscheinlich hätten die Bosse vor Lachen Schluckauf bekommen, wenn sie erfahren hätten, dass er mit der entführten Polizistin im Auto noch eine Ehrenrunde ums Theater drehte.

Am liebsten hätte er sie ins Krankenhaus gebracht. Ihre Verletzungen musste sich jemand ansehen. Er fürchtete, dass sie im Auto sterben könnte, deswegen gab er Gas, um auf die Autobahn zu kommen.

Ich muss sie loswerden, dachte er, so schnell wie möglich. Bevor sie mir stirbt.

Thanne hatte behauptet, mit einer Tide kämen sie nicht von Langeoog bis nach Borkum. Juist zu erreichen sei dagegen kein Problem. Mit seiner Kielyacht brachte er sie sicher hin.

Beate und Weller hatten überhaupt nur noch mit Mühe ein Zimmer auf Juist bekommen. Im *Landhaus Daheim* hatte ein krank gewordener Stammgast abgesagt. Das war ihre Chance. Thanne hatte sie sogar noch bis vor die Tür gebracht und Weller dann kurz umarmt.

Jetzt lagen Beate und Weller nebeneinander auf dem Doppelbett. Sie hielten zwischen sich so viel Abstand, wie eben möglich war, ohne dass einer aus dem Bett fiel. Weller las in seinem Nele-Neuhaus-Kriminalroman, Beate versuchte, durch Bilder über gesunde Ernährung satt zu werden. Ihr Magen knurrte. Weller musste grinsen.

»Ob man um die Zeit«, fragte sie, »hier überhaupt noch was bekommt?«

So freundlich, wie das Personal sie begrüßt hatte, konnte sie sich sogar vorstellen, dass die ihnen noch etwas zu essen machen würden, aber Weller erinnerte sie daran, dass das *Landhaus Daheim* kein Hotel, sondern eine Pension war, mit, wie er gehört hatte, gutem Frühstück.

»Ich wollte«, sagte sie, »sowieso abnehmen«, und Weller gab ihr recht: »Ich auch.«

Kleebowski wollte von der Insel runter. Am liebsten zurück in eine Großstadt. Da fühlte er sich am wohlsten. In Köln im Savoy, da gefiel es ihm. Von dort aus ließen sich alle Geschäfte in Ruhe erledigen.

Rupert wäre eigentlich noch gerne mit Frauke auf Borkum geblieben, dieser Einsatz war ja auch ein bisschen wie Flitterwochen für ihn, gleichzeitig war ihm natürlich klar, dass die Übergabe von Liane Brennecke vermutlich auf dem Festland stattfinden würde.

Sie nahmen den ersten Flug von Borkum nach Emden um 7.30 Uhr. Eigentlich eine Zeit, zu der sowohl Rupert als auch Frauke gerne noch ein bisschen im Bett gelegen und gekuschelt hätten.

Charlie war mit Liane zu einem Oldenburger Arzt gefahren, der ihm noch etwas schuldig war. Er hatte schon mehrfach für die Rossi und auch für die Gonzáles-Familie Schuss- und Stichwunden versorgt, die besser nicht offiziell registriert wurden. Er galt als verschwiegen und absolut zuverlässig. Doch der gute Mann erschrak, als er Liane Brennecke sah.

Charlie hatte den Wagen direkt in die Doppelgarage gefahren. So – das wusste er von den anderen – brachte man Verletzte hierhin. Schließlich konnte sich ein angeschossener Mafioso nicht gut ins Wartezimmer zu den anderen Patienten setzen.

Der Doktor nähte Liane Brenneckes Kopfwunden, gab ihr eine Infusion und prophezeite, dass sie innerhalb der nächsten paar Stunden sicherlich mit heftigen Schmerzen wach werden würde.

»Das mit dem Wachwerden«, sagte Charlie, »ist wirklich ein Problem.«

Der Arzt gab ihm drei Spritzen. »Jede davon sollte sie für fünf, sechs Stunden ausknocken«, sagte der Doktor seines Vertrauens.

»Ich kann das nicht selber spritzen«, wandte Charlie ein. »Ich bin nicht gut in so was. Mir wird immer schlecht, wenn ich Spritzen sehe …«

»Stell dich nicht so an. Ich kann schlecht mitkommen und es für dich erledigen. Und ich will auch nicht, dass du sie vorbeibringst. Du bringst mich in Teufels Küche. Ich helfe euch ja gerne, aber das hier ist eine harte Nummer, mein Lieber. Kannst du sie nicht einfach vor irgendeinem Krankenhaus ablegen? Oder sie an einer Bushaltestelle auf die Bank setzen?«

»Nein, das geht so nicht. Ich brauche noch etwas, in das ich sie einwickeln kann. Ich will nicht ständig diese nackte Frau im Auto liegen haben.«

Der Dottore, wie er genannt wurde, brachte zwei Decken. Er wollte sie schon aushändigen, da zog er sie wieder zurück. »Wenn sie darin gefunden wird … da sind DNA-Spuren von mir, von meiner Frau, von meinen Kindern dran.«

Jetzt konnte Charlie ihm die Retourkutsche verpassen: »Stell dich nicht so an. Niemand wird diese Decken jemals zu sehen kriegen. Ich verbrenne sie persönlich, sobald ich die Lady los bin. Dies ist einfach nur eine Übergabe.«

Seine Worte beruhigten den Dottore nicht wirklich.

Mit einer heftigen Bewegung riss Charlie ihm die Decken aus der Hand. »Eigentlich«, sagte Charlie, »bin ich für so eine Scheiße gar nicht zuständig. Diese Drecksarbeit erledigen normalerweise unsere Reinigungsteams.«

»Reinigungsteams«, spottete der Dottore. »Jaja. Aber dann wäre die Puppe schon tot, mein Lieber. Hatte etwa der ›Geier‹ sie in den Händen?«

Darauf antwortete Charlie nicht. So etwas konnte schon als Verrat gelten.

Der Dottore beantwortete seine Frage selbst: »Sieht ganz nach ihm aus. Aber wieso hat er ihr nicht den Rest gegeben?«

Auch dazu sagte Charlie lieber nichts.

Der Dottore lachte laut über seinen eigenen Witz: »Erzähl mir jetzt nicht, er sei ein besserer Mensch geworden!«

George hatte seine Gäste verabschiedet. Er stand an der Reling und blickte in Richtung Festland. Neben ihm standen die zwei Männer, denen er sein Leben anvertraut hätte: Carl und Heiner.

Heiner hatte er aus einem Waisenhaus geholt, als er acht Jahre alt war, Carl aus einer Jugendstrafanstalt. Er hatte ihnen die Chance gegeben, eine Lehre zu machen.

Heiner hatte es in der Küche versucht, aber er aß doch lieber, als dass er kochte. Carl hatte das Zeug zum Hotelfachmann. George dachte, mit so einer Ausbildung könnte er später immer noch die Leitung eines Bordells übernehmen. Aber am Ende waren sie beide in seiner Kampfschule gelandet.

George hatte immer davon geträumt, einen eigenen Boxstall zu haben und als Boxpromoter Geschichte zu schreiben. Eine Weile glaubte er, Carl sei der Richtige, um mal ein ganz großer Boxer zu werden, doch obwohl Carl wirkte wie ein kraftstrotzender Gigant, hatte er das Herz eines Hasen. Wenn der technisch und körperlich unterlegene Gegner nur heftig genug Widerstand leistete, gab Carl einfach zu schnell auf. Er konnte nichts einstecken. Ihm fehlten die Nehmerqualitäten.

Wie oft hatte George ihm mit dem Zeigefinger gegen die Stirn geklopft und gesagt: »Man gewinnt oder man verliert im Kopf! Zuerst musst du deinen Gegner vor deinem inneren Auge fallen sehen, dann haust du ihn um.«

Die beiden beschützten jetzt ihren Boss. Ihre Statur machte Eindruck, und sie warteten beide auf ihre große Chance, ihm endlich zu beweisen, was sie draufhatten. Er war bereit, ihnen diese Chance jetzt und hier zu geben.

Er sah sie nicht an, während er sprach, sondern er blickte aufs Meer. Er wurde auch nicht lauter, obwohl der Wind es schwer machte, ihn zu verstehen. Sie mussten halt sehr genau aufpassen, auf seine Lippen gucken und die Köpfe nah an ihn heranschieben.

»Die denken«, sagte er, »dass ich mich von ihnen verarschen lasse. Der ›Geier‹ hat das Weib an Charlie übergeben. So weit, so gut. Er hat nun das Geld. Soll er. Ist ja nicht mein Geld. Aber ich mag es nicht, wie Frederico mich hier vorgeführt hat. Dieser Jungspund glaubt, machen zu können, was er will. Bringt hier diese Nutte mit an Bord. Erweist mir keinen Respekt. Gibt an mit seinen paar Mäusen, die er nicht mal selbst erarbeitet hat, sondern von Papi bekommt. Ich will, dass ihr sie ihm abnehmt.«

An der Idee, gegen Frederico Müller-Gonzáles und seine Miet-Ehefrau vorgehen zu dürfen, fand Carl großen Gefallen. Er rieb seine rechte Faust in der linken Handfläche. »Ich hab mit den beiden sowieso noch eine kleine Rechnung offen.«

George lächelte. »Ich will diese Liane. Und ich will alles, was sie weiß. Und dann dürft ihr mit Frederico und seiner Braut machen, was ihr wollt. Aber lasst es so aussehen, als seien es die Düsseldorfer gewesen oder die Polen. Ich möchte keinen Krieg mit den Gonzáles oder den Rossi. Noch hat Charlie sie. Charlie darf nichts passieren, und er darf euch auch nicht sehen.« George griff tief in seine Hosentasche und fischte sein Handy heraus. »Ich bin über eine Ortungs-App mit ihm verbunden. Ich kann euch jederzeit sagen, wo er ist.«

»Holen wir ihn uns«, freute sich Carl.

»Nein, nein, nein! Erst nach der Übergabe. Das Geschäft muss richtig abgeschlossen werden, versteht ihr?« George kniff Carl in die Wangen, dann klatschte er dagegen. »Ihr seid beide gute Jungs, das weiß ich doch. Ihr lernt das Geschäft von der Pike auf, und wenn ihr fein aufpasst und tut, was Papa George euch sagt, dann werdet ihr eines Tages zu den ganz großen Bossen gehören.«

Heiner träumte seit Jahren davon, einfach nur die Leitung eines Striptease-Clubs oder eines Bordells zu übernehmen, aber er wusste, dass der dicke George größere Pläne mit ihm hatte. Und ein bisschen machte ihm das auch Angst.

»Wo wird die Übergabe stattfinden?«, fragte Carl.

»In Norddeich im Hafen«, freute sich George.

»Woher wissen wir das?«, wollte Heiner wissen.

»Wir wissen es, weil ich es so bestimmt habe. Dort wird Charlie einen Wagen abstellen, und sie liegt im Kofferraum.«

»Und dann?«, fragte Carl.

George tätschelte jetzt Carls Stiernacken. »Dort habe ich ein kleines Segelboot. Ihr werdet die beiden umlegen, und die Kleine mit dem Segelboot zu mir bringen. Auf diese schöne Yacht hier.

Dann schippern wir noch ein bisschen weiter in Richtung Helgoland und kitzeln aus der kleinen Polizistin alles raus, was wir wissen wollen.«

»Klasse«, grinste Carl. »Wir legen diesen Gonzáles und seine Schlampe noch im Hafen um. Wie sollen wir es machen?«

»Das überlasse ich eurer Phantasie. Jedenfalls kommt ihr danach mit dem Boot zu mir. Segeln habe ich euch doch beigebracht. Ich will nur diese Strawberry.«

»Die bringen wir dir, Boss«, freute sich Carl. »Ich erledige Fredericos Braut. Ich will, dass sie mir dabei in die Augen guckt.«

»Okay, dann übernehme ich den Kronprinzen persönlich.« Heiners Augen strahlten. Ruhm und Ehre warteten auf ihn. Frederico auszuknipsen war in seiner Szene so etwas, wie den Nobelpreis zu gewinnen.

»Und was ist mit diesem Kleebo?«, fragte Carl.

Heiner sah ihn nur mitleidig an. Der Junge musste wirklich noch viel lernen. Man hinterließ niemals Zeugen. Die wurden immer mit den Zielpersonen liquidiert.

»Sei vorsichtig«, riet George seinen Jungs. »Der ist gefährlich. Er hat in Italien ein paar Leute umgelegt, die sich seiner Mutter gegenüber ungebührlich benommen haben. Der schießt erst und fragt dann ...«

Heiner deutete an, ein Gewehr abzuschießen. »Kapiert, Boss. Er beißt als Erster ins Deichgras.«

Weller und Beate lagen noch immer auf dem Bett und lasen. Wellers linkes Bein baumelte herunter, so dass seine Fußspitzen den Boden berührten, als müsse er jederzeit auf dem Sprung sein.

Sosehr die schöne Insel sie lockte, wussten sie doch beide, dass sie im Hotelzimmer am sichersten waren. Zumindest solange niemand ahnte, dass sie hier im *Landhaus Daheim* wohnten.

Sie tranken Leitungswasser und blickten immer wieder auf ihre Handys, als müssten sie sich vergewissern, dass die Welt draußen noch bestand.

Mit trockener Stimme fragte Beate: »Rupert ist mit der Frau, die er beschützt, in so einer ähnlichen Situation wie du jetzt mit mir, oder?«

Weller hatte die Geschichte schon fast vergessen, die er ihr damals aufgetischt hatte. Jetzt kam es ihm komisch vor. Beate befürchtete, dass ihr Rupert zusammen mit einer schönen Frau viel Zeit einsam in einem Zimmer verbringen musste – genau in so einer Lage befand er sich jetzt mit ihr.

»Nein«, lachte Weller, »das ist nicht so.«

»Ich soll dir also glauben, dass sie älter ist als meine Mutter?«

»Ja«, bestätigte Weller, »sie geht auf die achtzig zu.«

»Wenn er sie beschützt und du mich, warum tauschen wir nicht einfach …«

»Wie, tauschen?«

»Na, du beschützt die Zeugin und Rupert mich …«, schlug Beate vor.

Darauf wusste Weller keine Antwort. Er stellte eine Gegenfrage: »Wieso? Mache ich das irgendwie nicht richtig?«

Während sie mit Weller sprach, sah sie auf ihr Handy, als sei es ihr peinlich, ihn dabei anzusehen. Sie wischte auf dem Display herum.

»Nein, nichts gegen dich, aber immerhin bin ich seine Frau und …«

Beate zuckte zusammen, und zwar so heftig, dass das Bett wackelte. Weller sah zu ihr rüber. Hatte ein Giftpfeil sie getroffen, oder war sie von einer Schlange gebissen worden?

Er versuchte, den Gedanken sofort wieder zu verdrängen.

Beate rief: »Das ist doch mein Rupert!«

»Was? Wo?«, fragte Weller.

Sie zeigte ihm ihr Handy. »Guck mal!«

Weller sah ein Bild, auf dem Rupert als Engel zwischen Gitterstäben schwebte. Er lächelte dabei geradezu bekifft.

»Wo hast du das denn her?«, fragte Weller. »Was soll das?«

»Das ist von OKI«, erklärte Beate. »Eine Freundin hat es mir gerade geschickt. Es gibt eine digitale Ausstellung seiner Werke. Dies hier wird versteigert, zugunsten des Hospizvereins.«

»Sitzt dieser OKI nicht im Gefängnis?«, fragte Weller.

»Ja«, bestätigte Beate. »Er ist wahrscheinlich der berühmteste Häftling in Deutschland, wenn man mal von Dr. Sommerfeldt absieht. Aber wieso malt der meinen Mann?«

Weller ahnte Schlimmes.

»Wird das Bild da gerade versteigert?«

Beate nickte heftig. Wieder wackelte das Bett, und die Matratze quietschte.

»Ja, die Versteigerung beginnt gleich.«

»Wir sollten«, sagte Weller, »uns diese Gelegenheit nicht entgehen lassen.«

»Du meinst, wir sollten mitbieten?«

»Klar«, sagte Weller. »Das ist doch ein tolles Geburtstagsgeschenk für Rupert, oder?«

»Frank, die starten mit zweieinhalbtausend Euro!«

Weller machte eine Geste, als seien das kleine Fische für ihn. Er hoffte, dass er die Entscheidung nicht so bald bereuen würde. Er konnte sich jetzt schlecht vorher in der Einsatzzentrale vergewissern, ob die Summe übernommen werden würde oder nicht. Aber dieses Bild durfte auf gar keinen Fall in falsche Hände geraten und musste so rasch wie möglich wieder im Internet gelöscht werden.

»Aber trotzdem«, sagte Beate und wedelte mit den Händen, »verstehe ich nicht, woher der meinen Mann kennt. Das ist doch Rupert! Schau ihn dir an. Dieses leicht arrogante Lächeln, diese Augen, in die sich jede Frau gleich verliebt …«

Weller versuchte, zu relativieren: »Na ja, ein bisschen Ähnlichkeit ist da schon, aber Rupert sieht doch irgendwie ganz anders aus. Also, ich habe ihn zum Beispiel ganz ohne Flügel in Erinnerung.«

»Ach Mensch«, rief Beate und boxte gegen Wellers rechten Oberarm. Jetzt rutschte er aus seiner instabilen Lage vom Bett. Er krachte mit dem Hintern auf den Boden. Er tat sich nicht weh dabei, er kam sich nur blöd vor.

Charlie hatte den Wagen mit Liane Brennecke im Yachthafen geparkt, direkt neben einem BMW aus Bamberg und einem VW-Bus aus Bottrop. Die Scheiben waren zwar abgedunkelt, und sie lag in eine Decke gehüllt auf der Ladefläche, doch er hatte ihr vorsichtshalber noch eine Spritze verpasst. Er hoffte, dass sie es überleben würde, sonst wäre das Geschrei hinterher bestimmt groß.

Er wollte auch den Wagen loswerden. Wer immer sie sich holte, sollte auch das Fahrzeug entsorgen. Es war voll mit DNA-Spuren. Das Teil war jetzt einfach heiß geworden. Auf keinen Fall würde er darin noch irgendeine weitere Fahrt machen.

Zunächst legte er den Autoschlüssel auf das linke Hinterrad. Aber dann wurde ihm klar, dass jetzt jeder den Wagen öffnen konnte, weil die Nähe des Schlüssels zur Tür ausreichte, um die Verriegelung zu öffnen. Es gab einen Mechanismus, dies abzuschalten, aber er war viel zu nervös, um den sinnvoll in Gang zu setzen. Also deponierte er den Schlüssel vom Fahrzeug weit entfernt auf einem Parkscheinautomaten.

Er verließ Norddeich nun mit der Entschlossenheit, nie mehr dorthin zurückzukehren. Irgendetwas war anders geworden. Er kam sich beschmutzt vor. Er wollte in eine Sauna, am besten bei 100 Grad schwitzen und sich danach besaufen.

Er blickte nicht zurück, sonst hätte er Carl und Heiner gesehen, die mit dem Segelboot in den Hafen einliefen. Sie lieferten sich mit der Fähre praktisch ein Rennen in der Fahrrinne.

»Der Schlüssel liegt auf einem Parkscheinautomaten. Bescheuerte Idee. Wer kommt denn auf so was? Ich denk, der ist Profi? Und wenn jetzt jemand anders den Autoschlüssel findet? Die faule Sau will, dass wir die Kiste entsorgen«, beschwerte sich Kleebowski.

Rupert hatte ein mulmiges Gefühl im Magen. Nicht so sehr wegen Liane Brennecke oder dem Fahrzeug, das sie unauffällig verschrotten sollten, sondern wegen Frauke. Immerhin waren sie jetzt nah an seiner Heimat. Sie würden bald schon durch die Straßen fahren, in denen seine Ehefrau Beate sich normalerweise bewegte. Er wollte ein Zusammentreffen zwischen ihr und Frauke auf jeden Fall vermeiden. Am liebsten hätte er Frauke irgendwo abgesetzt, doch sie bestand darauf, ihn zu begleiten.

Kleebowski gefiel das gar nicht. Er mochte keine Zeugen in seiner Nähe.

»Chantal«, sagte er, während er den Wagen lenkte, »du solltest tun, was dein Mann dir sagt. Spiel hier nicht den Hausdrachen, der alles bestimmen will! Dann hätte er gleich seine richtige Ehefrau mitnehmen können.«

»Nenn mich nicht Chantal! Ich heiße Frauke, du Hohlkopf«, schimpfte Chantal, und um ihm eins auszuwischen, nannte sie ihn bei seinem richtigen Vornamen, Karl-Heinz.

Er ließ sich gern als *Kleebo* anreden oder als *Kleebowski*, auch wenn man *Der Adlige* zu ihm sagte, gefiel ihm das. *Alexander von Bergen* ließ er sich ebenfalls gern gefallen. Aber *Karl-Heinz*! Er hasste diesen Namen. Er wusste selbst nicht genau, warum. Er war nach zwei Onkeln benannt worden, der eine hieß *Karl* und der andere *Heinz*, und keinen von ihnen hatte er jemals kennengelernt.

Rupert konnte es plötzlich nicht mehr aushalten. »Gib Gas«, sagte er, »gib Gas. Ich will sie endlich haben!«

Kleebowski, der immer noch an das Märchen glaubte, das Frederico allen bei der Bildversteigerung aufgetischt hatte, fragte: »Und wo sollen wir sie hinbringen? Wo willst du sie so richtig fertigmachen? Wir brauchen einen ungestörten Ort, wir können uns nicht einfach eine Ferienwohnung mieten, da hört doch jeder die Schreie, verdammt nochmal. Diese ganze Aktion gefällt mir nicht. Das riecht förmlich danach, aufzufliegen.«

»Was«, fragte Frauke, »hast du denn wirklich mit ihr vor, Frederico?« Sie griff an seinen Kopf und streichelte sein Gesicht.

Rupert kapierte jetzt, warum sie unbedingt dabei sein wollte. Glaubte sie wirklich, er würde eine Frau vergewaltigen und sie dann töten? So sollte sie nicht von ihm denken. Nein, das nun wirklich nicht.

»Ich habe«, sagte Rupert mit sanfter Stimme, »nicht vor, ihr etwas anzutun, Frauke. Ich habe das nur erzählt, weil ich für diese Arschgeigen eine Geschichte brauchte.«

Kleebowski schlug mit der Faust gegen das Lenkrad. »Verflucht, verflucht! Halt die Fresse, Frederico! Willst du, dass sie einst endet wie diese Liane?«

Frauke kreischte: »Wie kommst du denn darauf?«

»Wenn du zu viel weißt, Mädchen, dann und nur dann passiert so etwas. Du bist dir doch im Klaren darüber, wozu die bereit sind, um etwas herauszufinden. Deswegen sprechen die Bosse nicht in

Anwesenheit ihrer Frauen, verstehst du?« Er drehte sich um, fuhr zwar weiter geradeaus, sah aber nur noch nach hinten.

»Guck auf die Straße!«, brüllte Rupert und versuchte, ihm ins Lenkrad zu greifen.

»Wenn du es ihr nicht klarmachst, muss ich es tun«, knurrte Kleebowski. »Es ist nur zu eurem Schutz, wenn wir euch aus dem ganzen Scheiß raushalten. Meinetwegen mach dir ein schönes Leben an seiner Seite, verdammt nochmal! Aber interessier dich nicht für die Geschäfte, die er abzieht, warum er was tut und wen er umlegt. Das geht dich nichts an, wenn du weiterleben willst, Mädchen!«

»Nenn mich nicht Mädchen«, zischte Frauke. So, wie sie aussah, war Rupert sich nicht sicher, ob Kleebowski einen Zweikampf mit ihr überstehen würde. Sie gab sich Mühe, wie ein harmloses Kätzchen zu wirken, aber sie war ein bissiges Raubtier.

Rupert merkte nicht, dass er nervös auf der Unterlippe herumkaute und seine Finger ineinanderhakelte. Für einen Gangsterboss gehörte sich so etwas nun wahrlich nicht, doch Rupert wusste nicht weiter. Zu gern hätte er seine vertrauten Kollegen befragt. Weller! Ja selbst Ann Kathrins Rat wäre ihm im Moment recht gewesen.

Was sollte er mit Liane machen? Sie musste dringend zu einem Arzt, und Rupert hätte sie auch gerne freigelassen, aber das konnte er als Frederico nicht machen. Im Grunde dachten die beiden hier doch, dass er ein paar Informationen aus ihr herauspressen und sie dann erledigen würde.

Er musste sie loswerden. Aber sie klebten an seinen Schuhen wie Kaugummi, das sich nicht ohne weiteres abstreifen ließ.

Als sie auf der Norddeicher Straße waren, schlug er vor: »Lasst mich hier aussteigen. Ich erledige das von jetzt ab alleine. Dabei kann ich euch nicht brauchen.«

Frauke schüttelte heftig den Kopf und ergriff seinen Arm: »Aber wir lassen dich doch jetzt nicht im Stich!«

Kleebowski brauste auf: »Du brauchst einen, der dir den Rücken deckt, Boss. Und der werde ich sein. Mit meinem Leben. Ich habe es deiner Mutter versprochen.«

Wer hat nicht alles angeblich meiner Mutter versprochen, mein Leben zu schützen, fragte Rupert sich. War das nur so ein Gangsterspruch, oder hatte sie tatsächlich Leute wie Marcellus und Kleebowski beauftragt, auf ihren Sohnemann aufzupassen? Erstatteten sie vielleicht sogar Bericht an die Eltern, wie der Kleine sich so machte im Drogen- und Rotlichtmilieu?

Das *Skipperhuus* war wegen Umbauarbeiten geschlossen. Eine perfekte Situation für Heiner. Mit seinem Präzisionsgewehr hatte er von der Terrasse aus den gesamten Yachthafen und den Zugang zu den Parkplätzen unter Kontrolle. Auch große Teile des Deiches lagen unverbaubar als Zielscheibe vor ihm. Wenn er hier oben Stellung bezog, gab es keine Deckung für seine Feinde. Lediglich zwischen den Autos hätte sich jemand verstecken können.

Spaßeshalber zielte er auf eine junge Frau, die mit strubbeligen Haaren gegen den Wind lief, um zu ihrem Auto zu kommen. Er hatte sie im Fadenkreuz. Er schoss nicht, aber er hätte hundert Gelegenheiten gehabt. Für ihn war das hier geradezu ein Fest.

Dass das Lokal heute geschlossen war, empfand er als Gnade des Schicksals. Die Götter waren ihm eben hold. Sie unterstützten seinen Plan. Im Ansehen seines Chefs, den er wie einen Vater verehrte, würde er noch einmal steigen. Es war völlig gefahrlos, Kleebowski und Frederico von hier aus zu erledigen. Er würde nicht einmal in den Schussbereich ihrer Handfeuerwaffen geraten. Es war fast ein bisschen zu einfach. Er durfte sie nur nicht zu nah rankommen lassen. Geübte Schützen, und das waren Kleebowski und Frederico garantiert, waren auch aus zwei-, dreihundert Metern Entfernung mit ihren Handfeuerwaffen noch eine Gefahr.

Carl wollte *der Hure*, wie er Frauke nannte, in die Augen sehen, wenn er ihr den Hals durchschnitt. Ihm brachte so ein Schuss aus weiter Entfernung einfach nicht genug Befriedigung. Dafür war er von ihr zu sehr verletzt und erniedrigt worden. Er wollte ihre Angst sehen.

Er versteckte sich nicht weit entfernt von dem Parkscheinautomaten, auf dem der Autoschlüssel für Charlies weißen Mercedes Kombi lag. Sie hatten eine klare Absprache. Falls die drei zu Fuß kämen, würde Heiner zuerst Frederico erschießen, weil sie den für den wichtigeren und gefährlicheren Mann hielten, dann Kleebowski. Sobald die beiden in ihrem Blut am Boden lagen, würde Carl sich die Braut holen. Sollte sie zu viele Schwierigkeiten machen, würde Heiner ihr einen Schuss ins Knie verpassen. Dass eines ihrer schönen Beine verletzt wäre und sie in Zukunft keinen so lasziven Hüftschwung mehr hinlegen könnte, sondern humpeln würde, wäre im Grunde genommen schon Strafe genug für sie. Doch er würde es genießen, sie ins Jenseits zu befördern.

Sie kamen aber nicht zu Fuß. Das hatte er sich schon gedacht. Der Wagen machte einen ganz normalen Eindruck, war aber vermutlich gepanzert.

Da Heiner einen Schalldämpfer auf seinen Gewehrlauf geschraubt hatte, war nur ein Ploppen und ein Pfeifen zu hören, als seine Kugel den linken Vorderreifen zerfetzte. Sekunden später traf eine zweite rechts hinten.

Sie reagierten falsch, aber genauso, wie Heiner es vorausberechnet hatte. Fahrer und Beifahrertür flogen auf. Hinter jeder Tür suchte einer Deckung und scannte die Gegend nach einem Schützen ab.

Er war weit genug weg. Noch hatten sie ihn nicht entdeckt. Sie vermuteten ihren Gegner auf einem der Boote.

Rupert legte sich auf den Rücksitz. Einerseits hatte er Angst, andererseits war er völlig verblüfft, weil Frauke plötzlich die Führung übernahm. Als die dritte Kugel den Wagen traf – es war ein ohrenbetäubend lauter Schlag in die rechte Hintertür – rief Frauke: »Er ist oben auf der Terrasse vom Restaurant! Direkt über dem Yachthafen! Gib mir Deckungsfeuer! Ich hole ihn mir!«

Kleebowski tat, was sie sagte. Er machte sich gerade, legte beide Arme aufs Autodach und schoss sein Magazin in Richtung Terrasse leer.

Der Wind verfälschte den Lauf seiner Kugeln. Trotzdem saßen die Einschläge so präzise, dass Heiner sich auf den Boden warf, um nicht getroffen zu werden.

Frauke rannte los.

Rupert kroch auf der dem Schützen abgewandten Seite hinten aus dem Auto. Er sah Frauke auf das *Skipperhuus* zulaufen. Ein Mann folgte ihr. Rupert war sich sicher, Carl zu erkennen.

Fast hätte Rupert die Polizeiregeln eingehalten und gerufen: *Halt, stehen bleiben oder ich schieße!* Er ahnte, dass ihm als Rupert dieser Carl entwischt wäre, und vermutlich hätte er dabei zusehen müssen, wie der seiner Frauke mit dem Messer in den Rücken stach. Frederico hätte ihm vermutlich zweimal in den Rücken geschossen. Rupert feuerte auf seinen Oberschenkel. Und er traf. Carl schlug lang hin, gab aber noch nicht auf, sondern robbte weiter in Richtung Frauke.

Sie gewann deutlich an Vorsprung.

Heiner spürte, dass es eng für ihn wurde. Er zeigte sich mit dem Gewehr und zielte auf Frauke. Sie schlug Haken wie ein Hase und fand zwischen den geparkten Autos Schutz. Sie kroch unter einen BMW und von dort unter einen Toyota. Sie robbte sich näher an das *Skipperhuus*. Das nächste Auto war so tief gelegt, dass sie nicht drunterpasste.

Was für eine Scheißkiste, dachte sie.

»Meine Knarre ist leer!«, fluchte Kleebowski. »Ich hab das Magazin ... Die Scheiße klemmt ... Schieß, Mensch, schieß, Frederico!«

Rupert eröffnete das Feuer auf Heiner.

»Wir holen uns die Sau!«, schrie Kleebowski. Er stand im Pulverdampf, und die Luft schmeckte nach Schwefel. Rupert verstand nicht, was Kleebowski ihm zugeschrien hatte, doch er sah ihn in Richtung *Skipperhuus* rennen. Rupert gab Schuss um Schuss ab. Hauptsache, dieser Heiner kam nicht dazu, sein Präzisionsgewehr in Stellung zu bringen.

An der Südwestseite des *Skipperhuus* war keine Glasscheibe mehr heil. Frauke kletterte schon an der Fassade hoch. Was für ein Weib, dachte Rupert. Was für ein Mörderweib!

Er vermutete, dass sie sich diesen Heiner greifen würde, bevor Kleebowski auch nur die Treppen hochgelaufen war.

Ruperts Magazin war jetzt leer, und er nutzte augenblicklich seine Chance. Er rannte zum Parkscheinautomaten. Tatsächlich lag obendrauf der Schlüssel. Er klickte einmal und sah sofort, zu welchem Auto der Schlüssel gehörte, denn die Rücklichter leuchteten auf.

Rupert suchte keine Deckung. Er rannte einfach drauf zu. Vielleicht war das Todesmut, vielleicht verließ er sich einfach auf sein Glück, oder er ging davon aus, dass Frauke diesem Heiner inzwischen so sehr zusetzte, dass er keine Zeit mehr hatte, sich um Frederico zu kümmern.

Rupert hörte Schreie, wusste aber nicht genau, woher sie kamen. Ein paar Segler telefonierten mit der Polizei. So widersprüchlich die Angaben auch waren, die in der Notrufzentrale ankamen, eins wurde klar: Es gab im Yachthafen eine wilde Schießerei.

Rupert stieg ein und ließ den Wagen an. Er warf nur einen kurzen Blick nach hinten. Ja, dort lag sie: Liane Brennecke. Ihr zur Hälfte rasierter Schädel war nur einen halben Meter weit von Rupert entfernt. Er musste den Impuls unterdrücken, darüberzustreichen. Er wollte etwas sagen. Er hatte einen schrecklichen Schwefelgeschmack im Mund.

Er hustete. »Alles wird gut. Ich bin's.«

Sie antwortete ihm nicht. Einen Augenblick befürchtete er, dass sie tot sei, doch dann seufzte sie und hob den linken Arm. Gleich fiel er wieder runter wie ein Stück Holz.

Rupert kannte diesen Wagen nicht. Er haute den Rückwärtsgang geradezu rein, um aus der Parklücke herauszufahren, und er machte es zu schwungvoll. Fast wäre er rückwärts ins Hafenbecken gefahren. Er bremste so hart, dass Liane gegen seinen Rücksitz rutschte.

Rupert musste an Carl vorbei, der bäuchlings auf dem Boden lag und mit beiden Händen einen Revolver hielt. Er zielte auf den Wagen. Eine Kugel krachte in die Windschutzscheibe. Zu Ruperts Erstaunen platzte die zwar, aber sie hielt. Wie ein engmaschiges Spinnennetz zogen sich silberne Streifen und Brüche quer durch die Windschutzscheibe, doch sie flog nicht raus.

Rupert widerstand dem Impuls, über Carl drüberzufahren. Er bretterte einfach mit Vollgas an ihm vorbei.

Inzwischen waren überall Polizeisirenen zu hören. Das tat Rupert gut. Er wurde jetzt wieder Polizist. Der Gangsterboss fiel von ihm ab. Er riss sich den Schnauzbart herunter. Es tat saumäßig weh. Er hatte sich schon oft beim Rasieren geschnitten, war dann von der männlichen Nassrasur auf Elektrorasierer umgestiegen. Aber so weh hatte ihm noch nie ein Schnitt getan.

Er sah in den Rückspiegel und kam sich vor, als hätte er ein Hitlerbärtchen unter der Nase. Allerdings nicht aus Barthaaren, sondern eins aus Blut und losen Hautfetzen.

Rupert steuerte die Polizeiinspektion am Markt in Norden an. Er hielt sich nicht an die Verkehrsregeln. Er setzte keine Blinker. Er benutzte die Hupe, fuhr quer über den Marktplatz und hielt direkt vor den Stufen zur Dienststelle. Er lief um den Wagen herum, öffnete den Kofferraum und zog Liane Brennecke heraus.

Holger Bloem kam fast zeitgleich mit ihm an. Der Journalist hatte gehört, was los war, und wollte sich vor Ort erkundigen. Doch aus Respekt vor der verletzten Frau senkte er den Fotoapparat. Statt Bilder zu machen, bot er seine Hilfe an. Rupert lehnte ab.

Oben am Fenster standen jetzt Marion Wolters, Sylvia Hoppe, Jessi Jaminski, die Kommissaranwärterin, Ann Kathrin Klaasen und Polizeichef Martin Büscher. Rupert beschloss, Liane ins Gebäude zu tragen. Zunächst bedeckte er sie mit der Decke. Er wollte es für sie so würdig wie möglich gestalten. Dann nahm er sie auf den Arm. Links fasste er sie unter den Kniekehlen, rechts unter ihrem Nacken. Sowohl ihre Waden als auch ihr Kopf hingen wie leblos herab.

Rupert stieg die Treppen zur Polizeiinspektion hoch. Er sah zu Holger Bloem, und die staunenden Gesichter seiner Kollegen oben am Fenster gefielen ihm. Welch ein Triumph!

Als er die letzte Stufe nahm und sich vorkam wie Tarzan, der die blonde Frau vor dem bösen schwarzen Gorilla rettet, machte er einen unbedachten Schritt. Vielleicht war Liane Brennecke auch einfach zu schwer für ihn. Jedenfalls schoss vom Iliosakralgelenk ein Schmerz seine Wirbelsäule hoch bis in sein Gehirn. Er presste die Lippen gegeneinander, biss die Zähne zusammen. Nein, verdammt, so wollte er jetzt nicht durch diese Tür gehen. Das war einfach gemein.

Die Gesichter oben an den Fenstern waren verschwunden. Die

Kollegen rannten die Treppen runter und rissen die Tür für Rupert auf. Jessi Jaminski sah Liane Brenneckes zur Hälfte rasierten Schädel und fiel in Ohnmacht. Fast wäre Rupert über sie gestolpert. Er stand jetzt nicht mehr gerade, sondern Liane Brenneckes Füße berührten schon fast den Boden.

Marion Wolters und Ann Kathrin Klaasen waren zuerst bei Rupert. Ann Kathrin nahm Lianes Kopf, Marion packte bei ihren Schultern mit an. Sie befreiten Rupert vorsichtig von der Last. Er war aber nicht in der Lage, sich wieder gerade hinzustellen. Er konnte auch nichts sagen. Der erbärmliche Schmerz machte ihn stumm.

»Mein Gott«, fragte Ann Kathrin, »warum bringst du sie hierhin? Warum nicht ins Krankenhaus? Wir brauchen einen Arzt, wir brauchen dringend einen Arzt! Renn einer rüber zu Dr. Bill oder …«

Rupert sah sie nur an. Klar, dass sie wieder etwas zu meckern hatte.

Rupert griff sich ins Kreuz. Endlich fand er wieder Worte: »Ich«, sagte er, »könnte auch einen Arzt gebrauchen. Am besten einen Orthopäden.«

»Ich habe«, sagte Büscher, »in meinem Schreibtisch Ibuprofen 800. Das hilft mir immer, wenn mich der Rücken plagt.«

»Oben in meinem ist eine Flasche Scotch«, erklärte Rupert. »Hol mir lieber die.«

Büscher war sich im Klaren darüber, dass es überhaupt nicht in Ordnung war, dass er als Kripochef jetzt einem Hauptkommissar Whiskey aus dem Schreibtisch holte. Die Flasche hätte sich nicht mal in der Polizeiinspektion befinden dürfen. Aber scheiß drauf, dachte er. Langsam wurde er wie die hier und machte sich ihre Art zu eigen. Regeln waren für die Menschen da, nicht Menschen für die Regeln.

Während Frank Weller Ruperts Frau zum Eis einlud, wurden im Norddeicher Hafen Spuren gesichert. Ein Mann war auf dem Parkplatz von zwei Kugeln erwischt worden. Eine steckte in seinem Oberschenkel, die andere, aus nächster Nähe abgefeuert, in seinem Kopf.

Ann Kathrin brauchte keinen Obduktionsbericht, um zu verstehen, was passiert war. Dieser Mann war mit einer Kugel ins Bein niedergestreckt worden, und mit einer zweiten hatte man ihn hingerichtet.

Oben auf der mit Glasscherben übersäten Terrasse des *Skipperhuus* lag ein zweiter Mann. Nicht weit von ihm ein Präzisionsgewehr mit Zielfernrohr und Schalldämpfer. Er war von drei Kugeln getroffen worden. In die linke Schulter, ins linke Handgelenk und dann hatte jemand aus nächster Nähe ein Geschoss in seinen Hinterkopf gejagt.

»Verglichen mit denen«, stellte Ann Kathrin trocken fest, »sind wir alle Amateure.«

Der Whiskey verbesserte zwar Ruperts Laune, half aber nicht wirklich gegen die Rückenschmerzen. Er brauchte noch eine Spritze.

Klatt und Büscher ließen sich von ihm berichten. Rupert war ziemlich wortkarg, vielleicht, weil er Klatt nicht traute, vielleicht auch, weil der Schmerz noch so groß war und er sich den Sieg nicht durch blöde Fragen oder Bemerkungen nehmen lassen wollte. Er hatte Liane Brennecke gerettet. Er!

»Eigentlich«, sagte er, »bin ich fix und alle, Leute. Ich kann nicht mehr. Und ich habe auch keine Lust mehr. Als Rupert würde ich jetzt einfach zu meiner Beate nach Hause fahren.«

Da, wo vorher sein Bart geklebt hatte, saß jetzt ein Pflaster.

Beim Sprechen kam es ihm komisch vor. Er griff ständig an seine Nase, als würde sie laufen. Es war ein Gefühl, als bekäme er einen Schnupfen. Es kitzelte.

»Du willst zu deiner Frau?«, fragte Büscher. »Das kannst du vergessen.«

Rupert sah ihn groß an. »Wieso?«

»Die ist mit Weller auf Juist.«

»Ich glaube«, sagte Rupert, »ich brauche noch einen Whiskey.«

Schon am nächsten Morgen war Liane Brennecke so weit, dass sie im Krankenhaus ihre Kollegen zu einer kleinen Dienstbesprechung empfangen konnte. Auf Bitten von Ann Kathrin hielt Weller sich noch immer mit Beate auf Juist auf.

Liane Brennecke hatte das Kopfteil ihres Bettes hochgestellt und ihre Frisur so gestaltet, dass die langen blonden Haare jetzt wie ein Turban wirkten, der auch die kahlrasierte Seite bedeckte.

Rupert, Ann Kathrin und Klatt standen mit Blumen und Pralinen in ihrem Zimmer. Aus einem Tropf lief eine Flüssigkeit in ihren Arm. Rupert zeigte auf Liane und versuchte, mit einem Scherz die Situation zu überbrücken: »Das wird bestimmt ein Modetrend«, grinste er.

»Was?«, fragte sie. »Krankenhausnachthemden?«

»Nein«, lachte er, »ich meine die Frisur.«

»Sie haben mir, Rupert«, sagte sie ruhig und schaute ihn mit ihren glasigen Augen durchdringend an, »das Leben gerettet.«

Es war ihm ein wenig peinlich. Er zog die Schultern hoch und legte den Kopf schräg. Er griff sich an das Pflaster unter seiner Nase. »Keine Sache«, sagte er. »Ich stand vor einer simplen Wahl. Ich meine, ich habe Sie einfach gekauft, Frau Brennecke.«

Klatts Unterlippe hing schlaff herab. Er griff seinen Hosengürtel mit beiden Händen und hielt ihn fest.

»Hm ja, eigentlich wollte ich so ein Gemälde kaufen, von diesem Malewitsch. Ein ziemlich heißes Ding. Aber dann dachte ich, wenn ich die Wahl habe zwischen einer schönen Frau und einem Bild, auf dem im Grunde nicht mal richtig was zu sehen ist, dann wähle ich doch die schöne Frau.«

»Was habe ich denn«, fragte sie, »gekostet?«

»Peanuts«, antwortete Rupert. »Zwölf Millionen.«

»Woher«, wollte Klatt wissen, »hatten Sie denn das Geld?«

»Keine Ahnung. Ein Gangsterboss hat es mir ausgehändigt. Ein Kurde. Er steht für mehrere große Familien, glaube ich. Ich sollte aus schwarzem Geld weißes machen. Na ja, das können wir ja jetzt auch mit der Bank.«

»Mit der Bank, mit der Bank?«, schimpfte Klatt. »Sind Sie völlig plemplem? Wenn die zwölf Millionen weg sind, wo sollen die denn jetzt herkommen?«

»So«, spottete Ann Kathrin in Richtung Klatt, »hatte ich mir eine Belobigung des Kollegen vorgestellt, Herr Klatt. Sie machen ihn einfach nur rund. Ohne ihn wären wir in eine Katastrophe gelaufen.«

»Katastrophe?«, fragte Klatt. »Das ist eine Katastrophe!«

»Jetzt stellt euch nicht so an wegen der paar Mäuse«, lachte Rupert. »Ich meine, immerhin haben wir Kriminaldirektorin Brennecke zurück. Das war es doch wohl wert.«

Büscher sprang ihm sofort bei: »Das kann man wohl sagen. Wir sind stolz auf dich, Rupert.«

»Und wo soll das Geld jetzt herkommen?«, fragte Klatt noch einmal. »Die wollen das doch sehen, das ist doch keine Frage. Wissen Sie, was die Leute für zwölf Millionen machen? Wenn bei denen ein Loch in der Bilanz auftaucht, dann gehen die damit nicht zum Steuerberater.«

Rupert machte sich gerade. »Ja, entschuldigen Sie bitte, dass ich nicht vorher ein Formular abgeholt habe, wahrscheinlich mit grünem Durchschlag, das man ausfüllen muss, wenn man ein Menschenleben retten will. Vermutlich musste erst noch eine Kosten-Nutzen-Berechnung gemacht werden, oder? Mensch, Leute, manchmal frage ich mich, ob wir wirklich so viel besser sind als die Typen, mit denen Frederico zusammensteckt.«

Ann Kathrin sprach scharf und laut: »Keine Sorge, Rupert, die Bank für dich ist gegründet. Und wir werden dafür sorgen, dass du die zwölf Millionen erhältst.«

»Ja«, sagte Liane Brennecke, »das wäre wohl besser, falls wir Frederico nicht mit einem Stück Blei im Kopf zurückbekommen wollen.«

»Jetzt geht es nur noch darum«, sagte Ann Kathrin, »wie wir aus dieser ganzen Situation herauskommen.«

Liane Brennecke schüttelte den Kopf. Dabei zog sich ein Schmerz durch ihren Nacken. Sie griff hin. »Nein, Frau Klaasen, ich fürchte, darum geht es nicht. Darf ich einen Moment alleine mit meinem Retter sprechen?«

Klatt drehte sich beleidigt um und verließ das Krankenzimmer. Büscher und Ann Kathrin folgten ihm, ließen aber die Tür offen. Rupert schloss die Tür und flötete: »Sie möchte gerne mit mir alleine sein, dafür habt ihr doch bestimmt Verständnis.« Er zwinkerte Büscher zu.

Nachdem er die Tür hinter sich geschlossen hatte, trat er an Lianes Bett. Sie griff seine Hand und streichelte sie. »Ich habe es Ihnen nicht ganz einfach gemacht am Anfang. Ich habe Sie, gelinde gesagt, für einen Idioten gehalten.«

»Und ich Sie für eine dämliche Schnepfe.«

»Na, dann haben wir uns ja nichts vorzuwerfen«, lächelte sie. »Aber bitte, Sie werden das verstehen, Rupert, ich muss diese Sache jetzt zu Ende bringen. Das ist etwas Persönliches zwischen diesem ›Geier‹ und mir.«

»Dem Sadisten, der Sie in seiner Gewalt hatte? Ja, das verstehe ich. Wenn wir dem nicht das Handwerk legen, dann wird er sich bald die nächsten von uns holen.«

Liane Brennecke fühlte sich verstanden. »Der steht darauf. Der liebt es, Schmerzen zuzufügen. Wir müssen ihn erwischen. Es geht längst nicht mehr nur um Drogen, Bordelle oder Schwarzgeld. Es geht um etwas viel Wichtigeres.«

»Ich verstehe«, sagte Rupert. »Sie brauchen mich, um an ihn heranzukommen.«

»Ich brauche Frederico Müller-Gonzáles.«

Rupert lächelte. »Zu dem habe ich gute Beziehungen. Und der hat auch noch ein Hühnchen mit diesem ›Geier‹ zu rupfen.«

ENDE

Leseprobe

Der zweite Fall für
RUPERT UNDERCOVER
Stürmische Jagd

George hieß eigentlich Wilhelm Klempmann. Er wurde Willi gerufen. Aber vor einem Willi Klempmann hatten die Leute vielleicht Respekt. Angst hatten sie vor einem, der so hieß, nicht.

Als Gangsterboss lebte er aber davon, dass man ihn fürchtete. George klang irgendwie geheimnisvoll, fand er. Manche sprachen den Namen deutsch aus, mit »e« am Ende, wie bei *Götz George*. Früher hatte er sie dann selbst korrigiert, jetzt taten das seine persönliche Assistentin oder sein Bodyguard.

Die meisten Menschen wurden schon bevor sie auf ihn trafen von Mitarbeitern darauf hingewiesen, dass sein Name englisch ausgesprochen werde, wie bei *George Clooney*. Er selbst sah nicht gerade aus wie der erwähnte Filmstar, sondern eher wie der ehemalige Fußballfunktionär *Reiner Calmund*.

Früher war George als Boxer recht erfolgreich gewesen. Jetzt hätte er als Sumo-Ringer eine gute Figur gemacht, aber Sport war nicht mehr sein Ding. Zumindest nicht aktiv. Er träumte immer davon, einen Boxstall zu leiten und einen Champion zu trainieren.

Jetzt weinte er. Ja, er weinte tatsächlich. Richtige, echte Tränen flossen über sein aufgedunsenes Gesicht bis hin zu seinen Lippen.

Carl und Heiner waren tot. Er hatte sie geliebt, wie andere Menschen ihre eigenen Kinder lieben. Hatte ihnen eine Chance gegeben. Eine Zukunft.

Frederico Müller-Gonzáles, auch *Der Kronprinz* genannt, hatte sie auf dem Gewissen. Im Norddeicher Yachthafen, vor dem *Skipperhuus*, waren beide erschossen worden.

Am liebsten hätte er in seiner Trauer das ganze Gebäude in die Luft gesprengt, dabei mochte er es eigentlich. Mehrfach hatte er dort gegessen und den Blick auf die Nordsee und den Hafen genossen. Das Haus war wie ein Schiff gebaut, mit großen Glasfenstern, die, besonders wenn es heftig stürmte oder ein Gewitter tobte, einen unwiderstehlichen Ausblick auf die Naturgewalten ermöglichten.

Er erinnerte sich an den letzten Besuch dort. Heiner und Carl hatten mit ihm Schollen gegessen und dazu viel Bier getrunken. Und jeder drei oder vier eiskalte Aquavit.

Sie waren seine Jungs gewesen. Seine! Treu ergeben. Dankbar. Sie hätten ihn einst beerben sollen. Noch hatten sie nicht das Zeug dazu gehabt. Nicht sein Format. Aber er war geduldig mit ihnen. Ihre Loyalität war ihm wichtiger als alles andere. Bildung konnte sich jeder Papagei aneignen, der in der Lage war, etwas auswendig zu lernen. Charakter hatte man oder eben nicht.

Jetzt waren die beiden tot, und hier im *Skipperhuus* hatte er, als der Regen gegen die Scheiben prasselte, gesagt: »Draußen wütet eine Sturmflut, und wir sitzen hier schön warm und gucken zu.«

Heiner hatte ihm recht gegeben: »Ja, hier sind wir sicher.«

Welch ein Irrtum! Sein lebloser Körper war zwischen Glasscherben auf der Terrasse gefunden worden.

George schwor Rache. Vendetta. Das Wort kreiste in seinem Gehirn. Er musste es alle paar Minuten aussprechen: »Vendetta!« Es hörte sich italienisch furchterregender an als das deutsche Wort *Blutrache*, glaubte er. Er, der keine Fremdsprache wirklich beherrschte, fand Deutsch oft zu spießig oder zu provinziell. Deshalb schmückte er seine Reden gern mit ausländischen Vokabeln. *Vendetta* wurde jetzt zu seinem Lieblingswort.

Frederico Müller-Gonzáles sollte sterben. Und mit ihm sein ganzer Clan. Auge um Auge. Zahn um Zahn. So sah es der Ehrenkodex vor.

Zunächst wollten Weller und Rupert sich im *Mittelhaus* an der Theke treffen, um die Probleme einzudeichen. Es gab eine Menge zu besprechen und zu klären. Noch wusste keiner von beiden, ob sie sich am Ende weinend als Freunde in den Armen liegen würden oder ob ihnen eine Schlägerei bevorstand.

Mehr als einmal hatten sie sich Rücken an Rücken irgendwo freigekämpft. Jeder den jeweils anderen deckend und füreinander einstehend, waren sie meist ganz gut klargekommen. Doch diesmal war es möglich, dass sie gegeneinander statt miteinander gegen andere kämpfen würden.

Sie hatten sich dann vorsichtshalber lieber zu einem Spaziergang am Deich verabredet. Der Wind konnte die überkochenden Gefühle vielleicht ein bisschen abkühlen. Die Weite eröffnete manchmal auch in Gesprächen einen neuen Horizont. Einen Blick über Denkbarrieren hinweg. Das Meer bot eine Erweiterung der Perspektive. Die beiden fühlten sich hier geistig weniger eingemauert. Oder wie der ehemalige Kripochef Ubbo Heide es ihnen beigebracht hatte: *Ein Blick aufs Meer relativiert alles.*

Sie hatten sich so viel zu sagen, doch jetzt gingen sie schweigend auf der Deichkrone nebeneinanderher in Richtung Westen. Sie wurden immer schneller. Je fester sie die Lippen geschlossen hielten, umso mehr legten sie die unausgesprochene Wut in ihre Beinmuskulatur. Ihr Spaziergang ähnelte eher einem militärischen Gewaltmarsch. Rupert wurde schon kurzatmig und griff sich in die Seite.

Vor ihnen wich eine Schafherde aus. Fünfzig, sechzig Tiere flohen deichabwärts in Richtung Watt, die anderen Schafe liefen landeinwärts. Zum Glück hinderte ein Zaun sie daran, auf die Straße zu kommen. Normalerweise waren Schafe friedlich und eher faul. Sie machten zwar Spaziergängern bereitwillig Platz, gingen aber einfach nur kurz zur Seite und gaben den Weg frei.

Vor unbekannten Hunden hatten sie Angst. Weller hatte mal ein Schaf gesehen, das einen Herzinfarkt bekam und den Deich runterrollte, weil ein Hund bellend auf die Herde zugelaufen war. Schafe spürten aufkeimende Gefahren oder Aggressionen sofort. Insofern, dachte Weller, müsste Rupert auf die Tiere wie ein hungriger Wolf wirken.

Er schloss aus, dass es an ihm selbst liegen könnte. Obwohl er mit Rupert Schritt hielt, kam Weller sich ausgeglichen, ja friedlich vor. Rupert hingegen kochte spürbar.

Endlich platzte Rupert damit raus: »Was läuft zwischen dir und Beate?«

Weller blieb stehen. Rupert tat es ihm gleich. Der Wind blies jetzt Weller ins Gesicht und Rupert in den Rücken. Seine Jacke flatterte in Richtung Weller, und sein Hemd blähte sich auf.

Weller lachte, ein bisschen aus Verlegenheit und ein bisschen, weil es ihm so blöd vorkam: »Du bist ja eifersüchtig!«

»Ja, verdammt, bin ich! Sie ist *meine* Frau!«

»Gut, dass du dich daran erinnerst. Wenn mich nicht alles täuscht, hast du ja noch eine Miet-Ehefrau. Wie geht's der denn?«

»Nicht ich«, wehrte Rupert ab, »ich habe keine Miet-Ehefrau, sondern Frederico!«

»Oh ja, verzeih, alter Kumpel. Wie konnte ich euch beide nur verwechseln ... Ach, by the way, mit wem rede ich eigentlich gerade? Mit meinem Kollegen Rupert oder mit dem Gangsterboss Frederico Müller-Gonzáles?«

Rupert machte eine schneidende Bewegung durch die Luft, als müsse er etwas durchtrennen. »Fang jetzt bloß nicht diese Haarspalterei an!«

»Haarspalterei?«, hakte Weller nach.

»Hast du Ehekrüppel jetzt etwas mit meiner Beate oder nicht?«

Weller lachte für Ruperts Gefühl ein bisschen zu herausgestellt. Solch demonstratives Lachen kannte Rupert aus Verhören von Ganoven, wenn sie mit der Wahrheit konfrontiert wurden. Sie versuchten, mit einem Lachen ganze Indizienketten zu widerlegen, aber es ging meist schief, weil er clever genug war, ihr falsches Lachen richtig zu deuten.

»Ich habe«, erklärte Weller und wählte seine Worte mit Bedacht, »sie in Sicherheit gebracht, weil wir befürchtet haben, dass sich die Schweine Beate greifen, wenn du auffliegst.«

Rupert schluckte schwer daran, es klang aber ehrlich für ihn. »Und dann«, folgerte Rupert provokativ, »hast du mit ihr auf Norderney ein Doppelzimmer genommen?«

Weller wehrte ab: »Nein, nein, das stimmt nicht, Rupert.«

»Lüg mich nicht an!«, brüllte Rupert.

Weller blieb dabei: »Nicht auf Norderney. Auf Juist haben wir uns ein Doppelzimmer genommen.«

Rupert schlug sich mit der rechten Faust in die offene linke Handfläche. Er trampelte wild auf dem Boden herum.

Die ersten mutigen Schafe, die sich gerade den ruhig stehenden Männern vorsichtig näherten, verzogen sich sofort wieder.

»Deine Beate ist eine ganz wunderbare Frau, Rupert«, schwärmte Weller.

Rupert biss in den Rücken seiner rechten Hand. Nur so konnte er verhindern, Weller die Faust ins Gesicht zu hauen. Er hätte ihm zu gern die Zähne eingeschlagen. Gleichzeitig wusste er, dass er Weller brauchte. Der fuhr fort: »Ich mag ihre Leidenschaft ...«

Rupert tänzelte herum wie ein Boxer, der eine Lücke in der Deckung seines Gegners suchte.

Weller musste niesen. Irgendwelche Gräserpollen flogen hier herum, gegen die er allergisch war.

»Ihre Leidenschaft?«, fragte Rupert ungläubig nach. »Da muss mir was entgangen sein.«

»Ja. Ihre Leidenschaft für gute Bücher. Sie ist so gar kein oberflächlicher Mensch – also, sie ist echt ganz anders als du, Rupert.«

»Ja klar«, bestätigte Rupert, »sie ist eine Frau, und ich bin ein Mann.«

»Das ist zu einfach gedacht, Rupert. Sie ist feinsinnig, spirituell, eine Seele von Mensch.«

Weller putzte sich die Nase. Sobald er das Taschentuch einsteckt, semmel ich ihm eine rein, dachte Rupert. Ein Mann, der eine Hand in der Tasche hat, macht seine Deckung sträflich weit offen.

Noch mit dem Taschentuch in der Hand fuhr Weller kopfschüttelnd fort: »Völlig unverständlich, wieso sie ausgerechnet einen wie dich liebt.«

»Heißt das«, fragte Rupert, »du hast sie nicht flachgelegt?«

Weller schüttelte tadelnd den Kopf: »Denkst du das wirklich, Alter? Nee, deine Beate ist nicht so eine. Die hat sich nur Sorgen um dich gemacht.«

»Wie? Echt jetzt?«

»Ja, Rupert, echt.«

»Wollte sie nicht oder du?«, hakte Rupert nach.

»Das kommt dir vielleicht komisch vor, aber wir hatten keinen Sex und haben uns trotzdem nicht gelangweilt.«

Rupert staunte. Er wollte Weller nur zu gern glauben.

»Und jetzt erzähl mir mal, wie es mit dir und deiner Miet-Ehefrau so läuft. Ist sie so eine scharfe Schnitte, wie man sich erzählt?«

Rupert erschrak. »Wer erzählt das? Wer weiß davon? Verdammt! Das ist ein Dienstgeheimnis!«

»Dienstgeheimnis«, grinste Weller. »Schon klar. Also von mir aus muss Beate nichts erfahren.«

Rupert war erleichtert. Weller legte einen Arm um ihn und zog ihn nah zu sich. »Machst du jetzt den Job weiter, weil du dann zwei Frauen haben kannst? Eine als Rupert und eine als Frederico?«

Rupert überlegte einen Moment. »Nein«, sagte er, »ich mache es, weil ein Mann einfach manchmal tun muss, was er eben tun muss.«

»Ja«, grinste Weller, »schon klar. Und normalerweise sagt ihm seine Frau dann, was das ist.«

Rupert ging ein paar Schritte. Unter seinen Füßen zerkrachten Austernschalen, die Möwen hier abgeworfen hatten.

»Ja«, sagte er, »bei dir ist das bestimmt so und bei den meisten Kollegen auch. Wahrscheinlich trifft es sogar auf mich zu. Aber als Frederico kann ich über so was nur lachen, verstehst du, Weller? Wenn ich Frederico bin, tanzen alle nach meiner Pfeife.«

Weller gab ihm mit einer kleinen Einschränkung recht: »Ja, wenn sie dich nicht vorher umlegen.«

Kriminaldirektorin Liane Brennecke hätte eigentlich Angst um ihr Leben haben müssen, aber dem war nicht so. Sie betrachtete sich im Spiegel. Sie war sich selbst fremd geworden. In diesem Folterkeller, wo sie an den Zahnarztstuhl gefesselt den Gynäkologenstuhl als Drohung vor Augen hatte, war etwas mit ihr geschehen. Ihr fehlten noch die Worte dafür. Etwas hatte sich von ihr abgespalten, war aus ihrem Körper ausgetreten. Ein Teil von ihr war wie weg.

Sie trauerte dem fehlenden Anteil nicht nach. Im Gegenteil, es war wie ein Triumph. Etwas war aus dem Körpergefängnis geflohen und hatte sich in Sicherheit gebracht. Ein Seelenanteil von ihr war entkommen.

Sie wollte so nicht von sich denken. Sie sorgte sich um ihre geistige Gesundheit. War sie kurz davor, verrückt zu werden, oder hatte sie diese Schwelle bereits in dem Rattenloch überschritten, in dem er sie gefangen gehalten hatte?

Um wieder ganz zu werden, musste sie ihn erledigen. Dazu brauchte sie einen Köder und ein Werkzeug. Nichts und niemand erschien ihr geeigneter als dieser Rupert alias Frederico Müller-Gonzáles.